TRACY BROGAN

Warum Seepferdchen im Sommer keine Schuhe tragen

amazon crossing

Das Buch

Sadies große Stärke ist es, Ordnung ins Chaos zu bringen. Als schließlich ihr eigenes perfektes Leben völlig durcheinandergerät, hofft sie, ein Sommer am See im Haus ihrer Tante könnte ihr dabei helfen, es wieder in den Griff zu bekommen. Sie möchte sich erholen und ihre Wunden lecken, die ihr Exmann hinterlassen hat. Was sie braucht, ist Ruhe vor den Männern. Doch mit zwei Hunden und zwei Cousins – von denen einer Sadie unbedingt eine Rundumerneuerung verpassen möchte – ist es schwer, ein wenig Ruhe und Frieden im Hause ihrer exzentrischen Tante Dody zu finden. Besonders, weil alle entschlossen zu sein scheinen, sie mit dem attraktiven neuen Nachbarn Desmond zu verkuppeln. Desmond ist Sadies schlimmster Albtraum: groß, sonnengebräunt, muskulös ... und um dem Ganzen die Krone aufzusetzen, versteht er sich auch noch blendend mit ihren Kindern. Aber irgendeinen Fehler muss er doch haben – schließlich ist er ein Mann. Während der Sommer seinen Lauf nimmt, scheint Sadies Leben immer komplizierter zu werden: Ihr eröffnet sich eine neue Karrieremöglichkeit, ihr fieser Ex stellt ihr nach und Dody enthüllt ein trauriges Geheimnis. Aber vielleicht ist ein bisschen Chaos ja genau das, was Sadie braucht.

Die Autorin

Ob historisch oder gegenwärtig, Tracy liebt Liebesromane. Sie schreibt sowohl lustige zeitgenössische Geschichten über ganz normale Menschen, die eine außergewöhnliche Liebe finden, als auch erotische und historische Romanzen, voller politischer Intrigen, Jungfrauen in Nöten und ab und zu auch mal mit einem Mann in Kilt. Zweimal wurde sie für den Golden-Heart-Preis der Romance Writers of America nominiert und hat bereits mehrere Auszeichnungen erhalten. Während der seltenen Gelegenheiten, in denen sie nicht schreibt, genießt Tracy die Zeit mit ihrer Familie, geht auf Reisen und verwöhnt ihre Hunde.

Tracy hört sehr gerne von ihren Lesern, schauen Sie also gerne mal auf ihrer Website *www.tracybrogan.com* vorbei oder suchen Sie auf Facebook nach ihr, unter *http://www.facebook.com/AuthorTracyBrogan* und *twitter.com/tracybrogan*.

TRACY BROGAN

Warum Seepferdchen im Sommer keine Schuhe tragen

Übersetzt von Diana Bürgel

amazon crossing

Die Originalausgabe erschien 2012 unter dem Titel
»*Crazy Little Thing*« bei Montlake Romance, Las Vegas.

Deutsche Erstveröffentlichung bei AmazonCrossing,
Luxemburg, November 2013

Umschlaggestaltung: bürosüd° München, www.buerosued.de
Printed in Germany
by Amazon Distribution GmbH, Leipzig

Lektorat: Asta Hemmerlein
Satz: Verlag Lutz Garnies,
Haar / München – www.vlg.de
Printed in Germany
by Amazon Distribution GmbH, Leipzig

ISBN 978-1-477-84967-5

www.amazon.com/crossing

Für meinen großartigen Mann,
der immer an mich geglaubt hat,
selbst dann, wenn ich mir alles andere als sicher war.
Und für meine wunderschönen Töchter,
die einmal gesagt haben, sie wollten genauso werden wie ich.
Hoffentlich war das nur ein Scherz.

1

Meinem Ehemann hatte es schon immer gefallen, in unbekanntes Terrain vorzudringen. Weshalb es mich auch nicht sonderlich überraschte, ihn bei einer Büroparty dabei zu erwischen, wie er mit der Hand das Gebiet unter dem Rock einer albern kichernden Rothaarigen erkundete. Von seiner Gürtelschnalle baumelte ein Mistelzweig, dabei war nicht einmal Weihnachten. Plötzlich hatten acht Jahre banges Zweifeln ein Ende und ich hatte definitiv eine Antwort darauf, ob ich nun intuitiv oder paranoid war. Richard betrog mich und ich konnte nicht länger die Augen davor verschließen.

Ich hätte ihn wohl schon viel früher verlassen sollen, aber ich war blind und dumm gewesen vor Liebe und außerdem hielt meine Mutter nichts von Scheidungen, obwohl sie selbst eine hinter sich hatte. Vielleicht machte sie sich auch einfach nur Sorgen und dachte, diese Ehe sei immer noch das Beste, was ich kriegen könnte. Wie sich herausgestellt hatte, war sie eher das Schlimmste.

Genau ein Jahr, sechs Tage und vierzehn Stunden später setzten Richard und ich unsere Unterschriften auf die gestrichelte Linie und unsere Ehe löste sich auf wie das Salz einer Margarita im Mund. Sie hinterließ den bitteren Nachgeschmack von etwas, das süß begonnen, aber sauer geendet hatte.

Die schmutzigen Details unserer Scheidung waren ein gefundenes Fressen für die Lokalpresse von Glenville. Immerhin war

Richard der erklärte Lieblingssohn der Stadt und alle wollten sich den saftigsten Happen für die Abendnachrichten sichern. Sein Job als Moderator der Channel-Seven-News machte ihn quasi zum Star dieser Geschichte und schon bald sammelte er eine Schar unterwürfiger Anhänger um sich. Mir dagegen wurde ohne Umschweife die Rolle der Glamour-Hausfrau zugewiesen, die den ganzen Tag nichts anderes tat, als sich die Fingernägel zu lackieren, und die es von Anfang an nur auf sein Geld abgesehen hatte. An den Vorfall mit der Rothaarigen schien sich außer mir irgendwie niemand mehr zu erinnern. Von einem Tag auf den anderen war ich zur Außenseiterin abgestempelt, zur bösen Hexe in der Realityshow meines eigenen Lebens. Schließlich rief meine Tante Dody an und lud mich und die Kinder zu sich nach Michigan ein. Den ganzen Sommer in dem winzigen Nest Bell Harbor zu verbringen war ein Angebot, das ich in diesem Augenblick einfach unmöglich ablehnen konnte.

»Du musst deinen Geist mal gründlich durchschrubben, Sadie«, erklärte mir Dody am Telefon. »Jetzt ist es Zeit, dass du Richards fieses Karma abschüttelst.«

Ich hatte zwar nicht das mindeste Vertrauen in ihre Tarotkarten oder all den engelgeführten Kristallwellenblödsinn, aber ich brauchte dringend ein wenig Erholung. Ich wollte mich vor der Welt verstecken, und ihr rosafarbenes Schindelhaus, das hoch oben am Hang eines Hügels mit Blick auf den Michigansee thronte, war der perfekte Ort, um sich auszuruhen, neu anzufangen und sich darüber klar zu werden, was zum Teufel ich mit den nächsten fünfzig Jahren meines Lebens anstellen wollte. Klar, vielleicht lebte ich ja nicht einmal mehr so lange, aber ich konnte es nicht ausstehen, die Dinge dem Zufall zu überlassen.

Also lenkte ich jetzt meinen SUV durch die schmalen, von Ulmen gesäumten Straßen Bell Harbors. Ich kurbelte das Fenster herunter und atmete tief ein. Der Duft von warmem Sand, Sonnenöl und Fliederblüten rief mir sorgenfreie Sommer in

Erinnerung, lange bevor ich mir Gedanken über die schädliche Wirkung von UV-Strahlen oder Toxine im Wasser gemacht hatte. Das Zirpen der Grillen verschluckte fast das leise Plätschern der Wellen am nahen Strand.

Was für ein dramatischer Gegensatz zu der flirrenden Hitze und der Straßenkämpfermentalität, die auf den Verkehrsadern Glenvilles herrschten. Bell Harbor schien erstarrt in einer Zeit, die es sonst nirgendwo gegeben hatte, unberührt von der grellen, turbulenten Welt dort draußen. Wie das verwunschene Dorf Brigadoon in diesem Musical. Nur dass die Menschen hier natürlich nicht unvermittelt anfingen zu singen und zu tanzen. Oder vielleicht taten sie es ja doch und ich hatte es einfach nur noch nie bemerkt.

Ich fuhr weiter, vorbei an hellen Häusern mit staksigen weißen Verandas, auf denen die US-amerikanische Flagge wehte. Ein verwahrloster goldbrauner Hund mit rotem Halstuch trabte den Bürgersteig entlang, den Schwanz emporgereckt, als hätte er etwas Wichtiges zu erledigen. Dann bog der Wagen um die letzte Kurve und Dodys Garten flammte in meinem Blickfeld auf. Er war ein wahres Blütenmeer, wie in einem runtergekommenen Gartencenter. Einige der Blumen waren echt, andere aus Seide oder verblasstem Plastik. Azaleenbüsche umwucherten Vogeltränken, Eisenbänke und ein ganzes Heer von Engelsstatuen und Gartenzwergen. Unerwartet begann mein Herz heftig gegen meine Rippen zu flattern wie ein in einem Glas gefangenes Glühwürmchen.

»Wow! Was für ein Haufen Schrott!«, staunte meine Tochter Paige. Mit ihren sechs Jahren war sie eine wahre Meisterin darin, das Offensichtliche auszusprechen.

»Da sind Trolls!«, fügte der vierjährige Jordan hinzu. »Ein, zwei, dei, vier …«

»Das sind Zwerge, du Doofkopf. Und Trolls sagt man nicht, das ist unhöflich.«

»Doofkopf ist auch unhöflich, Blödi.«

»Das reicht, ihr beiden. Wir sagen zu niemandem Doofkopf oder Blödi«, warf ich ein.

Meine Kinder hatten den Großteil der zweistündigen Fahrt damit verbracht, sich lautstark darüber zu streiten, ob Elfen größer sind als die Zahnfee, ob alle Giraffen gleich viele Flecken haben und wo denn wohl bei Meerjungfrauen, ich zitiere: »das Kackaloch« ist. Jordan, ganz der Sohn seines Vaters, kann einfach nicht anders, als bei jedem x-beliebigen Thema genau die Gegenmeinung zu vertreten, und mein Kopf schwirrte schon von all dem Gezanke.

Ich parkte den Wagen in Dodys Auffahrt und stellte den Motor ab. Paige stieß die Autotür auf und hopste aus dem Wagen wie Popcorn aus der Mikrowelle, Jordan dicht auf ihren Fersen. Sie spurteten direkt in das Dickicht der überbordenden Blumenbeete und rannten Slalom um die Skulpturen.

»Passt in dem Gestrüpp auf!«, rief ich. »In dem Unkraut ist bestimmt alles voller Dornen!«

Sie achteten gar nicht auf mich. Heute Abend würde ich ihnen sicher eine ganze Menge Splitter aus den Füßen ziehen dürfen.

Ich stieg aus dem Auto und steuerte die sonnengebleichten Holzstufen an, die zu Dodys Haustür führten. Seit über einem Jahr war ich nicht mehr hier gewesen, trotzdem trat ich ein, ohne vorher anzuklopfen. Das vertrauensvolle Völkchen von Bell Harbor klopfte nicht – und sie verschlossen auch nie ihre Türen. Und sie mochten es, wenn man sie *Völkchen* nannte. Eigentlich benutzte ich dieses Wort eher selten, aber wenn ich schon den Sommer hier verbringen wollte, konnte ich mich genauso gut gleich anpassen.

Sobald die Sohlen meiner Riemchensandalen den brüchigen Linoleumboden berührten, traf mich das wirre Durcheinander im Hausinneren voll in mein äußerst sensibles Nervensystem. Dieser funkelnde, verstörende Wust raubte mir den

Atem. Eine geflochtene Eule starrte mit ihren Perlenaugen quer durch den Raum. Ein lange verwaister Frettchenkäfig barst fast vor staubiger Seidenrosen, die zweifellos an seinen verstorbenen Bewohner erinnern sollten. Porzellanballerinen wetteiferten mit Elvis-Wackelkopffiguren um die Vorherrschaft auf den Wandregalen und über dem steinernen Kamin hing ein Elchkopf mit riesigem Geweih. Eine Baseballkappe der Detroit Tigers baumelte salopp von einem Ohr.

Mir stockte der Atem. Dodys Flohmarktdekor brachte mich immer ganz durcheinander.

Pingeligkeit konnte man ihr nun wirklich nicht vorwerfen. Mir allerdings schon.

»Dody? Hallo?«, rief ich.

Das Klackern von Hundekrallen gab mir eine Sekunde Zeit, mich zu wappnen, bevor mich Faulpelz und Dickmops – beides ungehobelte Riesenköter von undefinierbarer Rasse und mit fragwürdigen Manieren – gegen die Wand warfen und von oben bis unten abschlabberten. Sie verteilten ihren Sabber ebenso bedingungslos wie ihre Liebe. Ich versuchte, sie mir mit einem Knie vom Leib zu halten, aber sie benahmen sich weiter so, als hätte ich die Taschen voller Speck, und zitterten vor Freude und Aufregung.

Ach, wie schön musste es sein, eine so ungezügelte Freude empfinden zu können.

»Dody«, rief ich noch einmal. »Pfeif die Hunde zurück!«

»Sadie? Schatz, bist du das? Na, endlich!«

Meine Tante kam mit wehenden blonden Locken um die Ecke geflitzt und fuchtelte wild mit den Armen durch die Luft. Entweder freute sie sich, mich zu sehen, oder das Haus stand in Flammen. Auf ihrem türkisfarbenen Kimono prangte ein rosarotes Blumenmuster. Geübt schob sie die Hunde mit ihrer massigen Hüfte beiseite und schloss mich in eine anakondagleiche Umarmung.

»Ich dachte schon, du kommst nie an! Wie war die Fahrt?« Wieder wehrte sie eine Hundeattacke mit der Hüfte ab. »Hast du das neue Postamt an der Hauptstraße gesehen? Sind die Wasserspeier nicht toll? Zum Glück musstest du nicht bei Schnee fahren, na ja, es ist ja auch Juni. Faulpelz, runter von meinem Fuß!« Sie schob ihn weg. »Und? Wo sind die Kinder?«

Meine Tante war ein Wirbelsturm in Plüschpantoffeln.

»Sie sind draußen und zählen Gartenzwerge.«

Ihre Augen leuchteten. »Oh, ich kann es gar nicht erwarten, sie zu sehen. Sind sie sehr groß geworden? Natürlich sind sie das.«

Sie zog mich zurück zur Eingangstür und stieß diese mit solcher Wucht auf, dass sie gegen die Hauswand knallte, abprallte und wieder ins Schloss fiel.

Dody schüttelte den Kopf. »Verflixt! Ich wünschte nur, Walter hätte diese Tür noch repariert, bevor er gestorben ist.« Etwas behutsamer drückte sie die Klinke herunter und trat ins helle Sonnenlicht hinaus. Beim Anblick meiner vorlauten Sprösslinge drückte sie sich die Hände gegen die Wangen und rief: »Oh, da sind sie ja! Die Kinder. Sadie, sind sie nicht wunderbar?«

Paige hielt eine Handvoll Grünzeug mitsamt Wurzelballen und Erdklumpen umklammert, während Jordan versuchte, einen Stein von der Größe einer Orange in seine kleine Hosentasche zu zwängen. Als die Hunde freudig auf sie zugejagt kamen, zuckten beide Kinder erschrocken zusammen.

»Faulpelz! Dicki! Benehmt euch!« Dody klatschte in die Hände und die Vierbeiner trollten sich traurig.

»Kinder, sagt eurer Tante Dody Hallo.« Sofort kam Paige herübergelaufen. »Tante Dody, ich hab dir einen Blumenstrauß gepflückt!«

»Paige! Hab ich dir nicht gesagt, du sollst nichts aus anderer Leute Gärten reißen?«, schimpfte ich.

»Aber gerade hast du doch gesagt, das ist sowieso alles nur Unkraut!«

Dody warf mir aus dem Augenwinkel einen Blick zu, dann beugte sie sich vor und strich Paige so vorsichtig über die Wange, als wäre sie eine Seifenblase.

»Pflück ruhig so viele Blumen, wie du willst, Schätzchen. Dafür sind sie ja da.« Dody nahm den improvisierten Strauß entgegen und klopfte die Erdklumpen an ihrem seidenverhüllten Bein ab. »Die sind wunderschön. Und wer ist dieser Riese da drüben?« Dody deutete auf Jordan. »Dein kleiner Bruder kann das jedenfalls nicht sein.«

Jordan zögerte. Er kannte Dody zwar, seit der Scheidung war er jedoch sehr schüchtern.

»Ich bin nicht klein«, grummelte er.

»Natürlich bist du das nicht. Du bist ja fast schon groß genug, um Jasper eins auf die Nase zu geben.«

Die Mundwinkel meines Sohnes zuckten, als er versuchte, ein Lächeln zu unterdrücken.

Jasper war Dodys ältester Sohn und mit seinen ein Meter neunzig mit Abstand der Größte in der Familie. Er hatte gerade seine Ausbildung als Koch abgeschlossen, oder, wie er es nannte, die *Akademie für Kochkunst und Hotelfach* erfolgreich absolviert.

»Weißt du schon, dass Jasper jetzt im *Arno's* arbeitet? Wie ich betonen möchte, das edelste Restaurant in ganz Bell Harbor. Aber das soll er dir selbst erzählen. Jasper!«, trällerte sie über die Schulter.

»Ist er hier?«, fragte ich.

»O ja. Habe ich dir das denn nicht erzählt? Er ist wieder bei mir eingezogen, damit er Geld für ein eigenes Restaurant sparen kann.«

In meinem Kopf schrillten die Alarmglocken los. Sie hatte es mir nicht erzählt, wie sie sehr wohl wusste. Denn wenn sie es getan hätte, wäre ich vielleicht gar nicht gekommen: Ihr war klar, dass ich mir männerfreie Sommerferien wünschte. Wenn Jasper hier war, würde ich mir das Badezimmer mit seinen Barthaaren und seiner Phobie vorm Im-Sitzen-Pinkeln teilen müssen. Er würde dauernd pupsen und es dann auf die Hunde schieben. Und ich konnte nicht ohne BH herumlaufen! Was sollten das denn bitte schön für Ferien sein? Erneut zweifelte ich an diesem Sommerarrangement.

Es war keine leichte Entscheidung gewesen, die Kinder aus ihrem vertrauten Umfeld zu reißen. Jeder ausgedehnte Besuch bei Dody hatte Katastrophenpotenzial. Die meisten kurzen Stippvisiten übrigens auch. Als uns Richard diese Reise dann aber verbieten wollte, war meine Entscheidung gefallen. Die passiv-aggressive Schadenfreude, mit der ich ihm verkündet hatte, er könne mich nicht aufhalten, war es allemal wert, sich mit Jasper herumzuschlagen.

Ich ging zu meinem SUV hinüber und öffnete den vollgestopften Kofferraum. Ich packte grundsätzlich viel zu viel ein und hatte alles mitgenommen, was wir auch nur möglicherweise in diesem Sommer brauchen könnten – und dann noch ein paar Dinge, die wir definitiv nicht brauchen würden. Ich war eben gerne auf alle Eventualitäten vorbereitet. Man weiß ja schließlich nie, ob man nicht einmal irgendwo in der Wildnis verloren geht, und dann können eine Garnrolle und Gummiklebstoff lebensnotwendig werden. Richard hatte sich stets über diese Marotte lustig gemacht, ohne auch nur einen Gedanken daran zu verschwenden, wie viele *meiner* Anstrengungen *seinem* ungetrübten Urlaubsvergnügen zugutekamen.

Dody wandte sich wieder an meine Kinder. »Hört mal, ihr Süßen, in der Küche liegen Spielsachen für euch. Das meiste davon sind allerdings alte Sachen von meiner Freundin Anita Parker. Die hat nämlich gerade ihren Speicher ausgeräumt.«

Paige und Jordan juchzten auf und rannten sofort los in Richtung Küche. Ein Wort über Spielsachen – sogar über alte, schrottige vom Speicher irgendeiner Fremden –, und schon vergaß Jordan seine Schüchternheit.

Dann drehte sich Dody wieder zu mir um. »Anitas Vogel ist gestorben. Habe ich das schon erzählt? Eine Tragödie.« Feierlich senkte sie die Stimme. »Von ihrer eigenen Katze gefressen. Kannst du dir das vorstellen?«

»Meinst du den Vogel, der mich früher immer gebissen hat?« Als Kind hatte ich eine Heidenangst vor diesem Vieh.

Dody nickte. »Wahrscheinlich.« Wieder umarmte sie mich. »Oh, ich bin ja so froh, dass du endlich hier bist! Drei Jahre sind einfach zu lange.«

Ich wand mich aus ihrer Umklammerung und griff nach einem der Koffer.

»So lange ist es doch noch gar nicht her, Dody.«

»Papperlapapp! Diese Besuche, die du im Hotel verbracht hast, zählen nicht.« Sie strich mir eine Haarsträhne von der Wange, als wäre ich drei statt dreißig.

»Wir haben nur nicht bei dir gewohnt, weil Richard allergisch gegen die Hunde ist.«

»Quatsch. Er mochte mich einfach nicht.«

Ich stritt es nicht ab. Sie hatte ja recht. Richard fand, sie sei unverschämt und müsse sich in alles einmischen, und außerdem rieche es in ihrem Haus immer nach Kohl und Patschuli. Was es tatsächlich tat.

»Letzte Woche habe ich die Scheidungspapiere unterschrieben«, sagte ich entschieden.

»Wirklich? Gott sei Dank!«

Noch einmal fand ich mich in einer überschwänglichen Umarmung wieder.

»Ich habe ihn auch nicht gemocht, weißt du.« Dody rieb sich die Hände, als wäre die Erinnerung an ihn etwas Schleimiges. »Aber jetzt ist diese Sache ja abgehakt und wir können dir einen Besseren suchen.«

Den nächsten Koffer wuchtete ich so schwungvoll heraus, dass ich Dody beinahe damit umgehauen hätte. »Warum sollte ich denn einen wollen?«

Sie sah so verwirrt aus, als hätte ich gerade ein Stück Schokoladenkuchen abgelehnt. »Weil du doch nicht für immer alleine bleiben kannst, Dummerchen.«

Mit einem vernehmlichen Plumps landete der Koffer auf dem Boden.

»Genau genommen bin ich gerade mal seit fünf Tagen geschieden, Dody. Onkel Walter ist jetzt schon sechs Jahre lang tot und du bist immer noch Single.«

»Aber du wohnst doch jetzt auch schon seit über einem Jahr alleine. Und ich bin ganz gut im Rennen. Tatsächlich habe ich gerade erst einen umwerfenden Mann kennengelernt. Habe ich dir das denn noch gar nicht erzählt? Wir sind uns auf dem Schießplatz begegnet.«

»Auf dem Schießplatz? Was wolltest du denn auf dem Schießplatz?«

»Zielen üben, Dummerchen. Man sollte wirklich keine Waffe haben, wenn man nicht damit umgehen kann.«

Fast hätte ich meine Hand ungebremst in den nächsten Koffer gerammt.

»Damit umgehen? Wann hast du dir denn eine Waffe zugelegt?«

Das klang gar nicht gut. Meiner Tante würde ich guten Gewissens nicht einmal eine Wasserpistole anvertrauen, von scharfer Munition ganz zu schweigen.

»Vor ein paar Wochen. Hier treibt sich ein Stinktier herum, weißt du.«

»Was für ein Stinktier?«

»Ein Stinktier, das ständig unsere Mülltonne durchwühlt. Letzte Woche hat es Faulpelz eine Ladung direkt ins Gesicht gesprüht.«

»Und deshalb willst du es erschießen?«

»Natürlich nicht!« Sie beugte sich in den Kofferraum und griff nach dem kleinsten Köfferchen. »Ich schieße direkt über seinen Kopf und erschrecke diesen Frechdachs so sehr, dass er sich aus dem Staub macht. Er heißt übrigens Harry.«

»Du hast das Stinktier Harry genannt?«

Jetzt sah sie mich an, als hätte ich endgültig den Verstand verloren. »Warum sollte ich ein Stinktier Harry nennen? Das ist doch lächerlich. Der Mann, den ich kennengelernt habe, der heißt Harry. Er ist Zahnarzt und hat wirklich ein schönes Gebiss, muss man schon sagen. Seine Enkelin arbeitet bei Starbuckel.«

»Starbuckel?«

»Ja, diesem Café.«

»Ach, du meinst Starbucks.«

»Genau, das ist es. Ich bin ganz verrückt nach diesen Machos, du nicht?«

»Sie meint Macchiatos«, rief Jasper, der endlich auch aus dem Haus trat. Er umarmte mich kurz und lud sich dann eine ganze Reihe Gepäckstücke auf. »Willkommen im Irrenhaus.«

»Danke.«

Mein Cousin hatte sich seit unserer letzten Begegnung kaum verändert. Er war noch größer geworden und – falls das überhaupt möglich war – noch schlaksiger. Mit seinen blonden Locken und hellblauen Augen war er aber noch immer eine Spitzbubenausgabe meiner Tante. Besonders haarig war er eigentlich nicht, vielleicht würde es mit den Bartstoppeln im Waschbecken also doch nicht so schlimm werden.

»Wie auch immer«, ergriff Dody wieder das Wort. »Harry ist Italiener. Und natürlich hat er auch einen echt italienischen Schnurrbart. Aber weißt du, was das Beste ist?« Sie kicherte mädchenhaft. »Er sieht aus wie dieser Talkmaster, Dr. Phil!«

Echt? Und das war das Beste?

»Den habe ich auch schon mal kennengelernt, weißt du.

Dr. Phil, meine ich«, fuhr sie fort, während Jasper und ich mein Gepäck ins Haus schleppten. »Bei einer Aufzeichnung seiner Show. Er hat mir gesagt, mein Schal sei einfach einzigartig. Das war der, den mir Walter in Fort Knox gekauft hat. Du weißt schon, der wie ein riesiger Hundertdollarschein aussieht. Wie auch immer, dieser Dr. Phil ist wirklich der charmanteste Mann, den ich je getroffen habe, auch wenn er mir die ganze Zeit auf den Busen gestarrt hat.« Sie straffte die Schultern. »Walter hat auch immer gesagt, ich hätte einen beeindruckenden Vorbau.«

»Herrgott, Mum«, beschwerte sich Jasper.

»Was denn? Hab ich doch auch.«

***

»Wo warst du denn so lange, Mami?«, wollte Paige wissen, als ich mich etwas später am Abend endlich zu ihnen an den Strand gesellte. Jasper hatte im Halbkreis ein paar Stühle aufgestellt, damit wir uns den Sonnenuntergang über dem Wasser ansehen konnten. Dody und er waren schon da und warteten mit den Kindern auf mich.

»Ich habe nur ein paar Sachen eingeräumt«, erklärte ich.

Sie stemmte die Hände in die Hüften und sah mich finster an. »Du räumst immer irgendwas ein!«

»Schätzchen, Jordan und du, ihr könntet mir doch ein paar Vogelfedern sammeln«, unterbrach sie Dody. »Wenn ihr welche findet, mache ich jedem von euch einen Traumfänger daraus.«

Paige nickte und flitzte davon, Jordan im Schlepptau.

Jasper deutete auf einen Liegestuhl. »Setz dich doch. Willst du ein Bier?« Er griff in die rote Kühltasche, die neben ihm im Sand stand.

An mein letztes Bier konnte ich mich nicht einmal mehr erinnern. In Glenville tranken die Frauen kein Bier. Sie nippten teuren Chardonnay aus langstieligen Gläsern. Allerdings leerten sie dann meistens gleich die ganze Flasche, um ihre Antidepressiva herunterzuspülen. Und mit *sie* meine ich mich.

Aber jetzt war ich ja offiziell im Urlaub. Zeit, sich zurückzulehnen und zu entspannen. »Klar, ein Bier wäre super. Danke.«

Kaum hatte ich die Flasche entgegengenommen, erklang die unverwechselbare Stimme meines anderen Cousins.

»Endlich frei, meine Kleine! Du bist endlich wieder frei!«

Fontaine, Dodys jüngerer Sohn, kam, immer zwei Stufen auf einmal nehmend, die Verandatreppe heruntergelaufen. Sein limettengrünes Hemd war aufgeknöpft und flatterte in der Brise. Das dunkle Haar war zu einer kunstvollen Gelfrisur gestylt und er trug ein brandneues Ziegenbärtchen. Er hauchte einen Kuss in die Luft neben meinem Ohr. »Du sieht toll aus, Sades. Ein gebrochenes Herz steht dir.«

»Danke, Fontaine. Du siehst auch ganz passabel aus.«

Sein strahlendes Lächeln entblößte unnatürlich weiße Zähne, als er seinen Bizeps spannte. »Weiß ich. Ich mache jetzt Yoga mit Mum.«

Jasper verschluckte sich an seinem Bier. »Ein grauenvoller Anblick.«

Fontaine hob eine dunkle Braue. »Du bist doch bloß neidisch, weil ich so gelenkig bin.«

»Stimmt. Wenn ich mir irgendwann mal dringend den Kopf in den Hintern stecken will, mache ich bei euch mit. Hier.« Er warf Fontaine ein Bier zu, der es elegant auffing.

»Jungs, vertragt euch«, warf Dody ein, streckte ein Bein aus und wippte mit dem Fuß. »Fontaine, wie findest du meine neuen Flip-Flops? Die waren ein echtes Schnäppchen im Ein-Dollar-Laden. Nur einen Dollar haben sie gekostet.«

»Wer hätt's gedacht«, murmelte Jasper in sein Bier, der eine derartige Begeisterung über ein Paar günstiger Schuhe nicht nachvollziehen konnte.

»Glänzend, Mum. Toller Fang.« Fontaine ließ sich in einen

der Liegestühle fallen und ich tat dasselbe.

Die Sonne glühte orange und warf ein Spiel aus Licht und Schatten auf den Sand. Eigentlich mussten die Kinder gleich ins Bett, aber Paige warf gerade kichernd Federn in die Luft und sah zu, wie sie langsam wieder herabsegelten, und Jordan stocherte mit einem Stück Treibholz in einem Knäuel aus trockenem Tang herum. Vielleicht konnten sie ja ausnahmsweise einmal länger aufbleiben. Morgen würde ich sie dann wieder wie gewohnt ins Bett bringen.

»Fontaine, erzähl Sadie doch mal von deinem Zeitungsinterview«, forderte Dody ihren Sohn auf, wandte sich dann aber gleich selbst an mich. »Er wurde von der Zeitung interviewt, Sadie, ist das nicht aufregend? Es ging um seinen neuen Job als Innenarchitekt und um dieses Fong-Shai, das jetzt alle machen.«

»Es war nur eine kleine Anzeige, Mum.« Fontaine trank einen Schluck von seinem Bier.

»Trotzdem war es sehr schmeichelhaft.« Sie wischte sich über die Augen. »Du hast deinen schicken Architektenjob und Jasper arbeitet in einem wundervollen Restaurant und hat eine hübsche Freundin. Ihr macht euch beide so gut.« Ihre Stimme klang tränenerstickt. »Walter und ich sind so stolz auf euch.«

»Hast du mal wieder mit Dad gesprochen?«, fragte Jasper trocken.

»Natürlich nicht direkt, aber meine spirituelle Meisterin hat es getan. Sie ist sehr weise.« Noch einmal streckte Dody den Fuß vor und bewunderte die in der Sonne funkelnden Glitzersteinchen auf ihren neuen Ein-Dollar-Flip-Flops.

»Jedenfalls weise genug, um dir dein Geld für Blödsinn abzuknöpfen. Wenn sie sich so gut mit Dad versteht, könnte sie ihn doch mal fragen, wo er die teure Gartenharke hingelegt hat.«

»Mit solch trivialen, irdischen Fragen darf man ihn nicht belästigen«, entgegnete sie.

»Warum nicht? Ist ja nicht so, als müsste er dringend irgendwo hin«, schoss Jasper zurück.

»Oh, pfui. Mit euch rede ich nicht mehr darüber. Sadie, frag Fontaine nach seinem Zeitungsartikel. Ach ja, und nach den Renovierungsarbeiten an seinem Haus. Deshalb wohnt er nämlich für ein paar Wochen bei uns, weißt du.«

Ich kippte mir einen Schwaps Bier über das T-Shirt. »Du wohnst auch hier?« Verdammt! Wie viele Männer musste ich über den Sommer denn noch ertragen?

»Bei mir werden ein paar Wände eingerissen und dieser Feinstaub ist die Hölle für meine Nebenhöhlen. Außerdem ist es mit mir hier lustiger. Du kannst ja nicht nur den ganzen Tag mit meiner Mutter rumsitzen.«

Au contraire! Genau das hatte ich vor. Ein riesiges, ausgedehntes Nichtstun! Ich wollte stundenlang am Strand liegen, mit meinen Kindern *Mensch ärgere Dich nicht* spielen, dumme Filme im Fernsehen anschauen und jede Form der Körperpflege aufgeben. Ich war hier, um mich vor den Männern zu verstecken, doch meine Vorstellung eines perfekten, östrogengesteuerten Sommers schmolz schneller dahin als die Polkappen. Klar mochte ich Fontaine. Genau wie ich Zuckerwatte mochte. Aber von zu viel Süßem bekomme ich Kopfweh. Genau wie von zu viel Fontaine.

Ich rang mir ein Lächeln ab. »Toll. Das wird ein Mordsspaß.«

Ich blickte wieder auf den See hinaus und trank mein Bier. Das hier lief ganz und gar nicht nach Plan. Aber was war in meinem Leben bisher denn schon jemals so gelaufen, wie ich es erwartet hatte?

Fontaine stieß mich mit dem Ellbogen an. »Also, Zuckerfee, was gibt es, abgesehen von dem totalen Scheitern deiner Ehe, sonst noch Neues?«

Er war genauso direkt wie modebewusst, nämlich ganz außerordentlich.

»Nicht viel, Richard ist immer noch sauer, weil ich das Haus kriege. Meine Mutter ist immer noch sauer, weil ich mich habe scheiden lassen, und meine Schwester ist immer noch sauer, weil ich ihn nicht schon viel früher verlassen habe. Ach, und ich denke darüber nach, mir die Haare schneiden zu lassen. Und du?«

Er nickte. »Ja, ich finde, das solltest du unbedingt tun.«

»Das meinte ich nicht. Hey, Moment mal! Gerade hast du noch gesagt, dass ich toll aussehe.«

Er ging mir jetzt schon auf die Nerven.

»Stimmt ja auch, größtenteils. Aber deine Haare lassen sich ein bisschen hängen. Das müssen wir ändern, jetzt wo du wieder auf dem Markt bist.«

Ich setzte mich so abrupt auf, dass ein paar herumlungernde Seemöwen erschrocken aufflogen. »Ich bin nicht wieder auf dem Markt!«

»Natürlich bist du das!« Dody nickte entschieden.

»Bin ich nicht.« Ich schüttelte ebenso entschieden den Kopf.

»Versuch's erst gar nicht, Sadie.« Jasper grinste. »Du bist ihr Sommerprojekt, wusstest du das denn nicht?«

»Papperlapapp, Jasper. Sei still«, fauchte Dody.

»Hast du mich deswegen eingeladen?« Eine Welle der Übelkeit schlug über mir zusammen und mein Nacken kribbelte wie bei einem Hautausschlag. Ich hätte wissen müssen, dass meine Tante bei dieser hartnäckigen Einladung so ihre Hintergedanken gehabt hatte. Sie war schließlich nicht umsonst Präsidentin des Bell-Harbor-Kupplerinnenvereins.

»Hör nicht auf ihn, Schatz«, sagte Dody beschwichtigend. »Wir wollen dich nur aufpäppeln und deine verwundete Seele heilen.«

»Meine Seele ist nicht verwundet!«

Fontaine und seine Mutter tauschten einen Blick, der so viel bedeutete wie: *Sie ist so bedauernswert, dass sie nicht einmal merkt, wie bedauernswert sie ist.*

»Im Ernst. Mir geht's gut. Ich brauche nur ein bisschen Erholung.«

»Reg dich nicht auf, Kätzchen«, seufzte Fontaine. »Wir wollen doch nur, dass du ein bisschen Spaß hast.«

»Ja, prima, aber Spaß hat für mich nicht unbedingt etwas mit Männern zu tun.«

»Aber Schatz«, tadelte mich Dody sanft, »man kann sich nicht gegen das Gleichgewicht des Universums auflehnen. Ohne das Leid von heute kann man auch nicht die Freude von morgen genießen.«

»Hat dir das Dr. Phil gesagt?«, wollte Jasper wissen, der sein Bier austrank und in der Kühltasche nach einem zweiten fischte.

Sie schüttelte den Kopf. »Das ist nicht von Dr. Phil, sondern aus *Kung Fu Panda*. Aber trotzdem darf Sadie nicht zulassen, dass ihr ein einziger fauler Apfel jede Romantik verdirbt.«

»Romantik?«, schnaubte Fontaine, verschränkte die Arme hinter dem Kopf und streckte sich auf dem Liegestuhl aus. »Wer spricht denn von Romantik? Ich rede von wildem, lautem Sex. Wie … mit dem da, zum Beispiel.« Er nickte in Richtung Strand.

Am Wasser joggte ein Mann vorüber. Und was für ein Mann. Gebräunt, groß, muskulös und verschwitzt. Die Sorte Kerl, die genau weiß, wie das von den Wellen reflektierte Sonnenlicht über das Spiel ihrer Muskeln tanzt. Eingebildeter Blödmann. Gerade solchen Typen wollte ich unbedingt aus dem Weg gehen, mit ihren dummen langen Beinen und den bescheuerten breiten Schultern. Genauso gut hätte er sich *untreu* auf diesen gewölbten Bizeps tätowieren lassen können, von dem ich einfach nicht den Blick lösen konnte. Mist.

»Wer ist das?«, fragte ich und meine Stimme klang eine Spur schwächer als geplant. Habe ich schon erwähnt, dass er verschwitzt war?

Fontaine lächelte. »Keine Ahnung. Nennen wir ihn doch einfach *den Jogger.*«

Der Jogger lief weiter, während Dody, Fontaine und ich die Köpfe drehten und ihn auf peinliche Weise anstarrten und Jasper das Etikett von seiner Bierflasche pulte.

»Hey, Fontaine!« Paige kam angerannt und brach den Bann.

»Hey, Prinzessin! Gib mir Zucker.« Er zog sie zu sich und küsste sie auf die Wange.

Meine Tochter liebte Fontaine, was nicht unerheblich an ihrer gemeinsamen Leidenschaft für alles, was glitzerte, lag.

»Das kratzt,« sagte sie und zupfte an seinem Ziegenbärtchen. »Warum hast du das da im Gesicht?«

Fontaine lachte. »Das nennt man Style, Süße. Das ist es, was uns von den Tieren unterscheidet. Und von den Hinterwäldlern.«

2

»Kaffee, Sadie?« Dody streckte den Arm mit der vollen Kaffeekanne aus, die sich bereits gefährlich neigte, obwohl noch keine Tasse darunter bereitstand. An diesem Morgen trug sie einen mintgrünen Turban, aus dem oben ihre blonden Locken hervorquollen. Sie sah aus wie ein übersprudelndes Reagenzglas.

»Unbedingt.« Ich zog eine Tasse aus dem Schrank und versuchte, über die schmuddelige Innenseite hinwegzusehen.

Das Aufstehen war heute eine echte Herausforderung gewesen. Meine Matratze war so durchgelegen, dass es sich anfühlte, als schliefe man auf einem Sack Orangen, und das Plätschern der Wellen hatte mich keineswegs eingelullt, sondern ständig an meine volle Blase denken lassen. Als dann auch noch Jordan im ersten Morgengrauen in mein Bett gekommen war und die sabbernden Köter mitgebracht hatte, begann ich, mich erneut zu fragen, ob es wirklich eine so gute Idee gewesen war, nach Bell Harbor zu kommen. Dody hatte mir jedoch derart hartnäckig zugesetzt, dass sie den Zeugen Jehovas alle Ehre gemacht hätte, und schließlich hatte ich einfach nicht mehr Nein sagen können.

»Hast du gut geschlafen?« Dody streute eine Prise Zimt auf meinen Kaffee und reichte mir die Tasse zurück.

»Wunderbar«, log ich und wünschte, ich könnte mir den Kaffee direkt intravenös injizieren. Ich reckte den Arm an ihr vorbei und rückte die Kaffeekanne zurecht, sodass sie in einer Reihe mit dem Mixer stand.

»Das freut mich, Schatz. Was hältst du von einem Spaziergang nach dem Frühstück? Es gibt einen Weg, der direkt zu dem Spielplatz bei der Grundschule führt.«

Meine Kinder saßen schon am Küchentisch. Sie waren noch etwas verschlafen, machten bei der Aussicht auf den Spielplatz aber ein hoffnungsvolles Gesicht. Ich beugte mich vor, um sie zu küssen. Paige küsste mich zurück, doch Jordan wandte das Gesicht ab und drückte die Wange gegen die Schulter. Er wurde allmählich zu alt für Küsschen und das versetzte mir einen leichten Stich.

»Bitte, Mami, ich möchte die Schule so gerne sehen.« Paige setzte ihr entzückendstes Lächeln auf.

»Habt ihr euch schon die Zähne geputzt?«, fragte ich.

Jordan sah verwirrt aus. »Wir haben doch Urlaub!«

»Nicht von der Zahnhygiene. Wenn ihr euch nach dem Frühstück die Zähne putzt, gehen wir zum Spielplatz.«

Triumphierend klatschten sie sich ab und sahen höchst zufrieden aus, bis Dody vor jedem eine dampfende Schale abstellte. »Hier ist euer Porridge, ihr Süßen.«

Paige beäugte die fremdartige Pampe misstrauisch. »Was ist das denn?«

Ich knuffte sie in die Schulter. »Haferbrei, Paige. Iss es einfach.«

»Das sieht aber ganz anders aus als unser Haferbrei. Was sind das für schwarze Punkte?«

Ich besah mir den Matsch genauer. Dodys Kochkünste hatten sich nicht verbessert. Als meine Schwester und ich noch Kinder gewesen waren, schlossen wir manchmal Wetten ab. Der Verlierer musste eine von Dodys Kreationen essen. Der Haferbrei war schon immer am schlimmsten gewesen, pappig und grau, und manchmal biss man auf etwas, von dem man nicht sagen konnte, was es war oder was es da zu suchen hatte. Ich hegte schon lange den Verdacht, dass Jasper nur aus reinem Selbsterhaltungstrieb Koch geworden war.

»Ja, was sind das für Punkte?«, musste ich einfach fragen.

»Leinsamen. Die helfen euch beim Aufs-Klo-Gehen.«

Jordan bekam ganz große Augen. »Kacka machen ist lustig. Einmal habe ich einen ...«

»Jordan!« Das war jetzt eindeutig keine passende Geschichte. »Esst einfach.«

»Ja, esst schnell auf, Kinder. Ich muss mittags wieder hier sein, dann holt mich Harry nämlich zum Tontaubenschießen ab.« Sie drückte sich eine Hand an die Schläfe und sah mich an. »Oh, Schatz. Ist das grob von mir? Zu einem Rendezvous zu gehen, wo du doch seit einer *Ewigkeit* keines mehr hattest?«

Sie sprach das Wort *Ewigkeit* aus, als würde es ihr körperliche Schmerzen bereiten. Das war hart. Meine fünfundsechzigjährige Tante hatte Mitleid mit mir, weil ihr Sozialleben besser war als meines. Wenn man es allerdings genau nahm, war das schon immer so gewesen. Nach Onkel Walters Tod hatte sie stets eine ganze Schar von Verehrern um sich versammelt. Anscheinend gefielen den Herren der Bell-Harbor-Pensionistenvereinigung ihr verdrehter Sinn für Humor und ihre Lebensfreude. Na ja, das und die Tatsache, dass sie Dody auch ranließ.

»Schon gut, Dody. Nach dem Spielplatz gehe ich mit den Kindern zum Strand. Ich wollte ihnen sowieso das Schwimmen beibringen.«

»Hey, ihr Hübschen! Kommt mal her«, rief Fontaine in seinem besten Crocodile-Hunter-Tonfall von der Veranda. »Jogger gerade voraus. Herrje, schaut euch nur dieses stramme Hinterteil an.«

Der Jogger? Schon wieder? Was für ein aufgeblasener Arsch ging denn in zwölf Stunden gleich zweimal joggen? Das musste ich mir nicht anschauen. Der Typ war mir egal. Trotzdem lugte ich aus dem Küchenfenster hinaus und sah ihn rasch näher kommen. Ich nippte an meinem Kaffee. Na ja, andererseits war ein so frischer, sonniger Morgen doch wie geschaffen dafür, den Kaffee auf der Veranda zu genießen.

Und so begann unser gemütliches Morgenritual, das wir an jedem Tag der folgenden beiden Wochen wiederholten. Dubioser Porridge für meine Tante und die Kinder in der Küche und dunkler, koffeinhaltiger Göttertrank für mich und meinen Cousin auf der Veranda. Der Jogger wurde zum ahnungslosen Komparsen dieses Stücks. Fontaine und ich fanden heraus, dass wir ihn von den Liegestühlen aus durch die Schlitze der Verandabrüstung ziemlich gut im Blick hatten, aber manchmal standen wir auch auf der Veranda und winkten verwegen wie Touristen auf einem Doppeldeckerbus. Das kam immer ganz darauf an, wie meine Haare gerade aussahen.

»Führ doch mal die Hunde spazieren«, schlug Fontaine eines Morgens vor, als der Jogger vorüber war. »Wenn der Jogger dann vorbeiläuft, rennen ihm die Hunde bestimmt hinterher und du kannst dich ihm vorstellen.«

Mein Magen machte einen Hüpfer, wie in dem Augenblick, in dem man die Polizei im Rückspiegel entdeckt und sich fragt, ob man vielleicht gerade zu schnell gefahren ist. »Ich will mich ihm aber gar nicht vorstellen. In den letzten beiden Wochen hatte ich die schönste Beziehung meines Lebens und das will ich jetzt nicht alles kaputt machen, indem ich ihn wirklich kennenlerne.«

Fontaine senkte bedeutungsschwer den Kopf. »Kleine, jetzt hör mir mal zu: Du musst dich wieder in den Sattel schwingen. Wie lange ist es jetzt schon her?«

Ich trank einen Schluck Kaffee, doch der war plötzlich alt und bitter. Wie ich. »Seit ich im Sattel gesessen bin? Das geht dich nichts an.« Ich wollte diese Unterhaltung nicht führen, nicht einmal mit Fontaine, der nun wirklich nichts zurückhielt.

Ich stand von meinem Liegestuhl auf und schob ihn ordentlich an die Glasplatte des Tisches.

»So lange also schon, was?« Fontaine nahm einen Schluck Kaffee.

»So lange nun auch wieder nicht.« Mit einem Zipfel meines T-Shirts rieb ich einen Fleck von der Glasplatte.

»Gab es denn seit Richard jemanden?« Er streckte ein Bein aus, sodass ich darübersteigen musste, als ich hastig ins Haus floh.

Es hatte schon ein paar Dates gegeben, seit ich Richard den Laufpass gegeben hatte, doch jedes davon war exponentiell schrecklicher gewesen als das davor. Beim letzten wollte ich mich schließlich vor Grauen einen leeren Fahrstuhlschacht hinabwerfen.

Fontaine stürzte sich darauf wie ein Puma. »Oh, es hat also wirklich jemanden gegeben. Das sehe ich doch. Raus damit, Zuckerschnäuzchen!«

Ich zeigte ihm den Stinkefinger und ging hinein.

Unbeirrt folgte mir Fontaine. »Ach, komm schon!«

Irgendwas musste ich ihm geben, der Kerl war ein Pit Bull in Caprishorts.

»Sagen wir einfach, ich habe bei meinem letzten Date einen großen Fehler gemacht und der Typ hat mich nie wieder angerufen, okay?« Ich hob Jordans Schuhe vom Boden mitten im Flur auf und stellte sie ordentlich in die Reihe, die ich gestern neben der Tür angeordnet hatte.

»Aha, ich verstehe.« Er nickte allwissend und ließ sich auf das Sofa im Wohnzimmer fallen. »Aber du solltest wirklich nicht so hart zu dir sein. Diesen Fehler haben wir alle schon mal gemacht. Und genau deshalb musst du dich wieder ins Getümmel stürzen. Lass nicht zu, dass ausgerechnet dieser Typ der letzte war.«

Mit dem Knie rückte ich das Kaffeetischchen ein paar

Zentimeter zur Seite. »Du bist ja genauso schlimm wie deine Mutter. Sie findet, ich sollte mal mit Anita Parkers Wrack von einem Sohn ausgehen! Du weißt schon, der Idiot, der mir früher immer Raupen in die Haare geworfen hat, als wir noch klein waren. Nein, danke. Ich komme gut alleine zurecht.«

»Das glaube ich dir nicht.« Er zupfte am Saum eines Sofakissens herum.

»Warum nicht? Denkst du, ich kann nicht selbst auf mich aufpassen?«

»Natürlich kannst du das, aber wir sind nun mal soziale Wesen und allein zu sein ist abnormal. Glaub mir. Was abnormales Verhalten angeht, bin ich Experte.«

»Ist mir klar.« Ich warf ein passendes Kissen auf das Sofa neben ihm und ließ mit der anderen Hand den Kauknochen von Dickmops in einen Korb fallen. »Egal, ich will nicht darüber sprechen. Männer sind kein Thema für mich im Augenblick.« Oder jemals wieder.

»Gut, wie du meinst.« Fontaine schmollte und strich sich dabei über das Ziegenbärtchen. Ich fühlte seinen bohrenden Blick, während ich herumhantierte und versuchte, Ordnung in Dodys Chaos zu bringen. Ich pickte einen Fussel vom Teppich und sortierte die Unterhaltungsheftchen, bis das Schweigen unerträglich wurde.

»Hör auf damit!«, fauchte ich schließlich. »Du machst mich ganz wahnsinnig.«

Ein spitzbübisches Funkeln glomm in seinen Augen auf, wie damals, als wir sechzehn waren und er mich dazu überredet hatte, im Bootsschuppen einen Joint mit ihm zu rauchen, was damit endete, dass ich nackt im See badete. Am nächsten Morgen war ich voller Strandgras in meinem Bett aufgewacht, mit einer Riesenportion geschmolzener Eiscreme auf dem Kopfkissen.

»Du bringst mich da gerade auf eine Idee«, sagte er.

Finster sah ich ihn an. »Ich mag deine Ideen nicht.«

»Diese vielleicht schon. Hör sie dir einfach mal an. Ich bin Innenarchitekt, okay?«

»Und?« Ich hielt inne, ein weiteres Hundespielzeug in der Hand.

»Wenn ich zu meinen Kunden nach Hause gehe, finde ich dort Schrott. Berge von Schrott, überall.«

»Und?«

»Und du bist ganz versessen darauf, Schrott wegzuräumen. Du bist wie eines dieser Roboter-Staubsauger-Dinger. Wie heißen die noch mal? Ein Robosauger!« Er schnippte mit den Fingern. »Das ist es. Du bist ein menschlicher Robosauger ... ein Mebosauger. Was übrigens auf eine kranke Art faszinierend ist.«

»Dann meinst du also, ich sollte Putzfrau werden?« Ich warf das Hundespielzeug in den Korb und stapelte die Glasuntersetzer auf dem Kaffeetischchen auf.

»Nein, du Blockflötengesicht, ich meine, du solltest professionelle Raumorganisatorin werden.«

Mein eigenes Lachen überraschte mich. »Eine professionelle Raumorganisatorin? Mann, Fontaine, ich dachte schon, du meinst es ernst. Dafür bezahlt mich doch niemand.«

»Gummibärchen, sie werden dir ein Vermögen zahlen! Das sind stinkreiche Leute mit bergeweise Kohle und viel zu viel Zeug. Aber sie sind zu beschäftigt damit, noch mehr Geld zu scheffeln, statt sich um den ganzen Kram zu kümmern, den sie schon besitzen. Und du hast eine Gabe. Mal im Ernst, schau dir doch nur an, was du in nur zwei Wochen aus diesem Haus gemacht hast.«

Ich folgte der ausholenden Geste seiner Arme. Ich hatte ein bisschen Ordnung in Dodys Verhau gebracht. Inzwischen war das Haus schon fast bewohnbar und man konnte ungehindert von der Küche ins Esszimmer und zur Veranda gehen. Ich hatte sie sogar davon überzeugt, ihre Star-Wars-Figürchen in eines der Gästezimmer zu verbannen, statt sie hier neben Großmutters antiker Kristallvasensammlung zu präsentieren. Wenn ich sie nur dazu kriegen könnte, den Wolpertinger wegzuschaffen.

Fontaine redete weiter. »Ich designe wunderschöne Räume für meine Kunden und sie müllen alles mit herumliegenden Papieren, Hockeyschlägern und Wii-Konsolen voll. Sie wissen einfach nicht, wie man Dinge sortiert. Aber dir liegt das Ordnen im Blut. Wie … der Sarkasmus.«

Das stimmte. Sarkasmus war meine zweite Muttersprache. Und ich war schon immer pingelig gewesen. Beim Puppenspielen hatte ich meine Schwester Penny in den Wahnsinn getrieben. Sie wollte einfach nur, dass Malibu-Barbie und Surfbrett-Ken ein bisschen miteinander schmusten, aber das ließ ich erst zu, wenn sie vorher alle ihre kleinen Kleider ordentlich zusammenlegten und die Schühchen aufräumten.

»Eine professionelle Raumorganisatorin, hm?« Ich sank auf das Sofa.

»Genau, Süße. Setz diese persönliche kleine Störung für das Gute ein statt für das Böse. Denk einfach mal darüber nach.« Er stemmte sich vom Sofa hoch, verließ den Raum und überließ mich meinen Gedanken.

Hm. Ich liebte es wirklich, Dinge zu sortieren. Sie zu ordnen, zusammenzulegen, zu verstauen und zu stapeln. Tatsächlich war mein Lieblingsgeschenk von Richard mein eigenes Etikettiergerät gewesen. Er hatte es mir zum Scherz mitgebracht, aber das kleine Ding war mein Ein und Alles. Natürlich hätte ich ihm zuallererst ein großes, fettes Etikett mit dem Schriftzug *verheiratet* auf die Stirn kleben sollen. Aber vielleicht hatte Fontaine da ja wirklich eine gute Idee gehabt. Ein Job wäre etwas, auf das ich mich konzentrieren, auf das ich zuarbeiten könnte, statt meine ganze Energie darauf zu verschwenden, vor meiner Vergangenheit wegzulaufen. Ich arbeitete gerne. Jedenfalls war das früher so gewesen.

Als ich Richard geheiratet hatte, war ich gerade erst mit dem College fertig gewesen. Ich hatte einen netten kleinen Job in einem Buchladen, mit jeder Menge Menschen um mich herum. Mütter, Großeltern, Schriftsteller und Pseudointellektuelle. Aber Richard hatte etwas dagegen, dass ich nicht zu Hause auf ihn wartete. Ich glaube, hauptsächlich missfiel ihm, dass frei denkende Individuen mich auf gefährliche Ideen bringen könnten. Als dann Paige auf die Welt kam, wollte ich nichts lieber, als jede Minute des Tages mit ihr zu verbringen, und ich empfand es als Privileg, nicht arbeiten gehen zu müssen.

Inzwischen waren sie und Jordan aber keine Babys mehr. Schon bald würden sie beide den ganzen Tag in der Schule verbringen und ich würde etwas brauchen, mit dem ich mich beschäftigen konnte. Vielleicht würde mir ein Job ja eine Aufgabe geben und eine neue Richtung zeigen. Ich würde mehr sein als nur Richard Turners Exfrau. Auf jeden Fall hätte ich dann eine bessere Antwort auf die Frage, was ich denn so machte, als: »Ich nutze einen fatalen Fehler meines Exmannes aus.«

3

Ich warf das Handy auf den Beifahrersitz und drehte die Klimaanlage auf, sodass sie mir direkt ins erhitzte Gesicht blies. Dann fuhr ich abrupt wieder an. Ich hatte angehalten, um Richards SMS zu lesen. Wie brachte es dieser Mann nur fertig, mich mit nur einhundertvierzig Zeichen so wütend zu machen?

Ich war auf dem Weg nach Glenville, um die Kinder für einen kurzen Besuch abzusetzen. Paige und Jordan saßen auf der Rückbank und diskutierten darüber, ob »Kacka aus dem Nachttopf in den Goldfischhimmel kommt«, während ich vorne vor Wut über ihren Vater schäumte.

Seine Nachricht hatte gelautet: »Bin spät dran. Bring die Kinder im Büro vorbei.«

Natürlich war er spät dran. Natürlich dachte er, ich könne die Kinder doch einfach in sein Büro bringen statt in seine Wohnung. Was machte es schon, dass sein Büro mitten in der Innenstadt von Glenville lag, wo der Verkehr eine Katastrophe war? Oder dass dort die rothaarige Schnepfe am Empfangstresen saß?

Ich hasste es, das Gebäude von Channel Seven zu betreten. Jedes Mal, wenn ich dort vorbeikam, feixten seine Mitarbeiter und flüsterten plötzlich in die Telefonhörer. Mit seinem Charme hatte er ihnen samt und sonders eine Gehirnwäsche verpasst. Sie schienen seine Eskapaden für harmlos zu halten. Nichts als ein dummer Jungenstreich. Ganz sicher kein Grund, sich gleich scheiden zu lassen. Wie mir zu Ohren gekommen war, hatten sie den Kopierraum nach jener berüchtigten Party umgetauft. Jetzt war er nur noch der Kopulationsraum.

Ich packte das Steuer fester und machte mich auf den Weg in die Stadt. Nach einigen weiteren nervenaufreibenden Kilometern war ich schließlich da. Ich parkte in der Einfahrt neben dem Channel-Seven-Gebäude und rief Richard an. Sollte er gefälligst rauskommen und seine Kinder einsammeln. Ich würde jedenfalls nicht da reingehen.

»Hallo, Schönheit«, raunte er ins Telefon.

Ich schluckte die Antwort herunter, die mir schon auf der Zunge gelegen hatte. Sie schmeckte genauso bitter, wie sie geklungen hätte. »So solltest du mich wirklich nicht mehr nennen.«

»Ich weiß, aber du bist nun mal schön. Ich kann nicht anders.«

»Versuch es. Wir sind jetzt geschieden, weißt du noch?«

Sein Lachen klang so humorlos wie das eines Pläne schmiedenden Serienkillers. »Wie könnte ich das vergessen? Ich werde ja jedes Mal daran erinnert, wenn ich die nächste saftige Hypothekenrate für ein Haus abdrücken muss, das ich nicht mehr betreten darf. Und in dem du im Augenblick nicht einmal wohnst.«

»Vielleicht hättest du darüber nachdenken sollen, bevor du die Wetterfee geknallt hast.«

Er schwieg, als müsste er darüber tatsächlich erst nachdenken. »Ich habe noch nie eine Wetterfee geknallt.«

Ich atmete tief durch und wünschte, ich könnte jeden Gedanken an ihn einfach wegpusten. »Wie auch immer, wir sind da. Komm raus und hol die Kinder.«

»Ihr seid da? Super! Bring sie rein.« Ehrliche Freude klang aus seiner Stimme und mein Ärger legte sich.

»Nein, komm du raus und sammle sie ein.«

Trotz unserer jüngsten feindseligen Vergangenheit konnte Richard immer noch sehr überzeugend auf mich wirken. Wenn ich ihm auch nur den kleinen Finger gab, würde ich ihm schneller das Abendessen kochen und die Füße massieren, als ich »Leck mich, du Arschloch« sagen konnte.

»Ich erwarte einen Anruf. Kannst du nicht bitte einfach reinkommen?« Es klang flehend, weshalb ich sofort wusste, dass er log. Na ja, eigentlich wusste ich, dass er log, weil er den Mund aufgemacht hatte.

»Nein. Komm und hol sie ab.«

Sein dramatisches Seufzen hätte einer Ballkönigin alle Ehre gemacht. »Also gut!«

Ein paar Minuten später trat er aus der Tür, ein breites Lächeln auf dem Gesicht, das er für Paige und Jordan aufgesetzt hatte. Sein Anblick verschlug mir den Atem. Er war braun gebrannt und sein blondes Haar war so hell, wie ich es noch nie gesehen hatte, was seine braunen Augen nur noch dunkler und durchdringender erscheinen ließ. Die Farbe seiner Augen hatte mich immer an Schokolade erinnert – noch so etwas, das ich einmal geliebt, aber zu meinem eigenen Wohl aufgegeben hatte.

»Hey, ihr Helden! Kommt schon! Umarmt euren Paps!« Er breitete weit die Arme aus.

Ich half den Kindern aus dem Auto und sie stürmten auf ihn zu wie Welpen auf Hundekekse. Mein Herz zog sich zusammen. Wenn ich Richard mit unseren Kindern sah, schmolz ich immer noch dahin. Es erinnerte mich daran, warum ich mich damals in ihn verliebt hatte. Aber jetzt war er mein ganz persönliches Kryptonit, die Schwachstelle von Sadie Supergirl. Ich musste hier weg, und zwar schnell. Ich zerrte die Taschen der Kinder aus dem Auto und warf sie Richard mehr oder weniger vor die Füße.

»Hier sind ihre Sachen. Wo soll ich sie abholen?«

»Wie wäre es morgen um neun in der Waffelburg? Wir

könnten zusammen frühstücken.« Seine Stimme klang hoffnungsvoll. Idiot.

Die Samstagmorgen in der Waffelburg waren unser Familienritual gewesen. Er war zu vernagelt, um zu begreifen, wie unsensibel das war. Ein Zeichen seiner sturen Weigerung, anzuerkennen, wie drastisch sich unsere Leben verändert hatten.

»Nein, das hier ist deine Zeit mit ihnen.« Ich fühlte, wie mein Mund zu einer harten, schmalen Linie wurde, die einer vertrockneten alten Jungfer alle Ehre gemacht hätte.

Richard beugte sich vor und flüsterte: »Meine Therapeutin sagt, wir sollten auch manchmal als Familie eine schöne Zeit miteinander verbringen. Für die Kinder.«

Den Bruchteil einer Sekunde lang schämte ich mich. Vielleicht war er ja überhaupt nicht vernagelt. Vielleicht wollte er nur den Kindern etwas Gutes tun.

»Deine Therapeutin?«, fragte ich.

»Ja, na ja, eigentlich ist sie nicht direkt meine Therapeutin. Nur eine Freundin.« Er zuckte die Schultern.

Meine vorsichtig aufkeimende Hoffnung wurde von einem Schwall essigsaurer Verbitterung ertränkt. Er vögelte sie.

»Ich lasse das Frühstück lieber aus.«

Richard schüttelte den Kopf und griff nach den Taschen der Kinder. »Wie du willst. Kommt, Kinder.«

Schnell gab ich Paige einen Kuss auf die Wange, schon jetzt fast überwältigt vor Sehnsucht nach ihnen. Jordan war schon außerhalb meiner Reichweite, er klammerte sich an die Hand seines Vaters und sah mich nicht einmal mehr an. Sie freuten sich so, ihren Vater zu sehen, dass ich unsichtbar geworden war.

»Okay, dann viel Spaß«, rief ich ihnen nach. Keiner drehte sich zu mir um.

Während der Fahrt nach Glenville hatte ich mir Sorgen gemacht, die Kinder könnten mich übers Wochenende zu sehr vermissen.

Jetzt wurde mir ganz anders bei dem Gedanken, dass sie mich vielleicht überhaupt nicht vermissten.

***

Ich stieg wieder ins Auto. Jetzt folgte der obligatorische Besuch bei meiner Mutter, was mich kein bisschen aufheiterte. Ich hatte ihr zwar nicht erzählt, dass ich in die Stadt kommen würde, aber irgendein übernatürlicher Sinn schien ihr stets alles zu verraten, was ich lieber verheimlicht hätte. Wenn ich nicht wenigstens kurz bei ihr vorbeischaute, würde ich früher oder später in ernsten Schwierigkeiten stecken. Es wäre ein weiterer Punkt auf ihrer langen Liste meiner Unzulänglichkeiten.

Sie hatte mir noch immer nicht vergeben, dass ich mich von Richard hatte scheiden lassen, was ich nicht verstand, da sie selbst doch ohne jede Reue dasselbe getan hatte, als ich elf gewesen war. Penny und ich hatten bei unseren Cousinen übernachtet. Als wir am nächsten Morgen wieder nach Hause gekommen waren, war er fort gewesen. Keine Nachricht. Kein Anruf. Nur meine Mutter, die uns erklärte, sie habe ihn fortgeschickt. Niemand sagte uns geradeheraus, dass eine andere Frau im Spiel war, doch es sprach alles dafür.

Ein Jahr später heiratete er wieder, und danach sah ich ihn nur noch ein paar Mal, bevor er starb. Das war jetzt beinahe fünfzehn Jahre her. Schließlich war der permanente Schmerz über seinen Verlust abgeebbt und zu einem sanften Hintergrundgeräusch geworden. Ein Summen, so leise, dass ich es kaum wahrnahm, wenn ich nicht bewusst lauschte. Wie an jenem Tag, als niemand da gewesen war, um mich zum Altar zu führen, oder als meine Kinder geboren wurden.

Beim Haus meiner Mutter angekommen, klopfte ich sachte an das gläserne Fenster der Eingangstür, obwohl ich sie in der Küche stehen sah. »Hi, Mum.« Ich trat ein und putzte mir reflexartig die Schuhe an der Fußmatte ab.

Sie trug ein frisches weißes Tennisoutfit, und ihr glattes, schwarzes Haar war zu einem schicken Nackenknoten geschlungen. Das Eis in ihrem Tee klirrte leise, als sie das Glas abstellte.

»Sadie, was für eine Überraschung.« Sie machte keine Anstalten, mich zu umarmen. Helene Harper betrachtete körperliche Gesten der Zuneigung als vulgär.

»Ich habe gerade die Kinder bei Richard vorbeigebracht und dachte, ich frage dich, ob du morgen vielleicht Zeit zum Essengehen hast oder so.«

»Du hättest anrufen sollen. Morgen ist doch die Museumsgala. Ich führe durch den Abend, weißt du noch?«

»Die Gala ist schon morgen?« Ich strich mir eine widerspenstige Strähne meines dunkelbraunen Haars zurück. Alle behaupteten, ich würde aussehen wie sie, aber abgesehen von den dunklen Haaren konnte ich keine Ähnlichkeit erkennen.

»Ich habe nicht erwartet, dass du dich daran erinnerst, so wichtig ist es dir ja nicht.«

Erster Tiefschlag, Mum.

»Wer hält denn dieses Jahr die Rede?« Mein geheucheltes Interesse würde sie meinen Fehler nicht vergessen lassen, aber so lief unser alterprobtes Spielchen nun mal. Ich lehnte mich an die Küchenzeile.

»Irgendein Historiker«, sagte sie abfällig. »Ohne Richards Verbindungen war es nicht leicht, irgendjemand Interessantes aufzutreiben. Mach nicht so einen Buckel, Sadie.«

Ich ertappte mich dabei, wie ich mich aufrichten wollte, und zwang mich dazu, es nicht zu tun. »Mama, du spielst Golf mit der Frau des Bürgermeisters. Richard ist doch bestimmt nicht deine einzige Verbindung.«

»Bist du hergekommen, um dich mit mir zu streiten?« Sie nippte an ihrem Tee. Mir bot sie keinen an.

»Nein, natürlich nicht. Tut mir leid.« Das tat es eigentlich gar nicht und das war nur allzu offensichtlich. »Dann bist du also das ganze Wochenende ausgebucht?«

»Ja. Es sei denn, du möchtest jetzt gleich mit mir Tennis spielen. Ich bin spät dran für meine Cardio-Klasse.« Sie sah auf ihre Uhr. Um sie zu finden, musste sie erst mehrere Goldarmreife beiseiteschieben.

Ich verbiss mir die Bemerkung, dass sich ihre Rückhand sicher verbessern würde, wenn sie ein paar der Dinger abnehmen würde.

»Nein. Ich bin immer noch eine Niete beim Tennis. Was macht Penny denn heute?«

»Da musst du sie schon selbst fragen.«

Das war doch lächerlich: zwei erwachsene Frauen, die nicht in der Lage waren, zu sagen, was sie wirklich dachten.

»Wie lange willst du noch sauer auf mich sein?«, platzte ich heraus. Verdammt. Fontaines große Klappe war ansteckend.

Meine Mutter stellte das Teeglas so energisch ab, dass der Inhalt überschwappte. »Was soll das denn heißen?«

»Anscheinend bist du immer noch wütend wegen Richard.«

Sie seufzte tief. »Ich bin nicht wütend auf dich, Sadie. Aber ich glaube, diese Scheidung war übereilt. Richard hat einen Fehler gemacht, aber du hast acht Jahre Ehe einfach weggeworfen. Und wer darunter leidet, sind die Kinder.«

Hitze ballte sich in meinem Magen zusammen und breitete sich im ganzen Körper aus, als hätte man mir soeben eine Waffe auf die Brust gesetzt. »Glaubst du denn, diese Entscheidung ist mir leichtgefallen? Du hast dich doch auch von Dad scheiden lassen und Penny und ich haben es unbeschadet überstanden.«

Leuchtende Röte flammte auf ihren Wangen auf. »Was mit mir und deinem Vater geschehen ist, hat nichts damit zu tun. Das war etwas ganz anderes.«

»Warum?« Da ich die schlafende Löwin nun schon mal

geweckt hatte, konnte ich sie genauso gut auch brüllen lassen.

Meine Mutter zupfte an ihrem Lycra-Tennisoberteil und strich es über ihrem durchtrainierten Bauch glatt. »Für so etwas habe ich jetzt wirklich keine Zeit, Sadie. Ich habe dir doch schon gesagt, dass ich spät dran bin.«

Sie hob ihre Handtasche von der Couch auf und kramte auf der Suche nach ihren Schlüsseln darin herum. Als sie wieder aufsah, glänzten ihre Augen feucht und ich wäre vor Überraschung fast einen Schritt zurückgewichen. Noch nie hatte ich meine Mutter den Tränen nahe gesehen. Es war bizarr. Plötzlich war ich wieder neun Jahre alt und beichtete ihr dieses Missgeschick mit der Kristallvase. Damals hatte ich mir von ganzem Herzen gewünscht, ich könnte die Sache irgendwie wieder in Ordnung bringen.

»Du hast nicht ernsthaft vor, den ganzen Sommer bei Dody zu verbringen, oder? Dir wird doch sicher langweilig werden.« Ihre Stimme klang jetzt weicher. Auch in meinen Augen brannten heiße Tränen, auch wenn ich nicht so recht wusste, warum.

»Vielleicht. Und wenn es so weit ist, komme ich zurück.« Ich strich nicht vorhandene Krümel von der blitzsauberen Arbeitsplatte. »Aber im Augenblick haben wir einfach Spaß am Strand.«

»Spaß?« Sie wedelte mit der Hand, als wäre Spaß ein lästiges Insekt. Die Beinahetränen verschwanden. Vielleicht hatte ich sie mir ja auch nur eingebildet. »Tja, ich komme noch zu spät zum Tennis.«

Und das war's.

***

Fünf Minuten später war ich bei Penny. Sie und ihr Ehemann Jeff lebten in einem Landhaus aus gelbem Backstein, das genauso aussah wie jedes andere Backsteinlandhaus in ihrer

Straße. Ich musste von der Ecke an immer Briefkästen zählen, um sicherzugehen, dass ich auch beim richtigen Haus hielt.

»Hey, Sadie! Du hast mir gefehlt! Komm, ich zeig dir meine neue Küche.«

Penny zupfte an meinem T-Shirt und zog mich lächelnd in die Küche. Die Beziehung zu meiner Schwester war das genaue Gegenteil von der zu meiner Mutter. Wir waren sehr offen zueinander, manchmal vielleicht sogar ein bisschen zu offen. Die Dinge, die sie mir gelegentlich über Jeff erzählte, würden sogar einen Sextherapeuten erröten lassen.

Pennys frisch umgestylte Küche war schwarz-weiß mit roten Akzenten. Wo man auch hinsah, tummelten sich Marienkäfer. Eine Marienkäfer-Keksdose, Marienkäfer-Sitzkissen und Marienkäfer-Tischläufer …

Mir brach der Schweiß aus. »Was in Gottes Namen …?«

»Ist es nicht hübsch? Ohne dich war mir langweilig, also habe ich ein bisschen umdekoriert.«

Ich wollte noch nicht mal meine Handtasche abstellen.

Penny lachte. »Oje, ich habe deine Marienkäfer-Macke ganz vergessen. Du hast echt nen Knall.«

»Ich habe keinen Knall. Aber wir hatten vor ein paar Jahren so ungefähr tausend von den Viechern in der Garage, weißt du noch?« Ein Schauder lief mir über den Rücken und ich drehte ihre Marienkäfer-Tischsets um, bevor ich mich setzte.

»Na, egal. Möchtest du ein Glas Wein oder Tee oder so?« Sie holte zwei Gläser aus dem Schrank.

»Ich war gerade bei Mum.«

Unsere Blicke trafen sich. »Dann also Wein.«

Sie schenkte mir ein Glas ein, entschied sich selbst aber für Eistee. Dann setzte sie sich zu mir.

»Tee?«

Meine kleine Schwester zuckte mit den Schultern. »Im Augenblick ja. Und? Drehst du in Hinterposemuckel schon durch? Haben sie da inzwischen eine Ampel?«

Ich nippte an meinem Wein, aber nur weil es unhöflich gewesen wäre, das Glas in einem Zug zu leeren.

»Ja, seit letztem Jahr. Ich glaube, sie haben extra eine Parade abgehalten.« Ich erzählte ihr alles über meine Zeit bei Dody und gestand ihr sogar meine voyeuristischen Observationen des Joggers. Normalerweise liebte Penny solche Geschichten, aber heute benahm sie sich irgendwie komisch. Sie spielte mit ihrem Eisteeglas und vermied es, mir in die Augen zu sehen. Schließlich hatte ich genug davon.

»Okay. Was zum Teufel ist los mit dir? Du bist doch eine noch schlimmere Säuferin als ich, also warum trinkst du keinen Wein?«

Sie errötete entzückend und sah sich in der Küche um, als lauerten um uns herum FBI-Agenten.

Auch ich wandte den Kopf und erwartete schon fast, den Secret Service an der Tür stehen zu sehen. Aber da war nichts.

»Jeff und ich versuchen, schwanger zu werden.« Ihr Flüstern klang ganz heiser vor Aufregung.

»Das wurde aber auch Zeit!« Ich schlug mit der Hand auf den Tisch und stieß dabei fast mein Glas um. »Na, Gott sei Dank. Wenn ihr euch noch länger Zeit gelassen hättet, wären Paige und Jordan Teenager gewesen.« Schon seit Jahren lag ich meiner Schwester damit in den Ohren, sie solle sich doch endlich reproduzieren. Meine Kinder brauchten Cousins und Cousinen. Außerdem wollte ich, dass sie die einzigartigen Freuden des Mutterseins kennenlernte, damit ich mich für all die guten Ratschläge revanchieren konnte, die sie mir im Laufe der Jahre gegeben hatte. Schließlich war niemand besser dafür geeignet, eine junge Mutter zu belehren, als eine zweiundzwanzigjährige Studentin ohne eigene Kinder.

»Jeff ist furchtbar aufgeregt. Ständig redet er davon, welcher seiner kleinen Schwimmer im Eileiterkanal wohl der schnellste ist. Und neulich, als ich meinen Eisprung hatte, habe ich ihm eine schmutzige SMS geschickt und gefragt, ob er nicht für einen ehelichen Kurzbesuch nach Hause kommen kann. Er ist ganz wild aufs Kindermachen. Aber sag Mum nichts davon, ja?«

»Davon, dass du deinem Ehemann schmutzige SMS schreibst?«

»Nein. Dass wir versuchen ein Kind zu bekommen. Ich kann ihr Gedrängel wirklich nicht brauchen.«

»Aber vielleicht würde sie mich dann endlich mit Richard in Ruhe lassen.«

Penny deutete auf mich. »Im Ernst, verpetz mich bloß nicht. Ich sage es allen schon selbst, wenn ich so weit bin, okay? Wenn Jeffs Familie das mitbekommt, werden sie uns wahnsinnig machen, er will es also auch lieber noch geheim halten.«

»Klar, hab's verstanden. Ich verspreche, euer schmutziges kleines Geheimnis für mich zu behalten.«

Wieder lächelte Penny und hob ihr Glas, um mit mir anzustoßen. »Danke. Dafür erzähle ich Mum auch nicht, dass du von einem halb nackten Jogger am Strand träumst, abgemacht?«

»Abgemacht.«

»Gut. Und weil deine Kinder die nächsten zwei Tage bei Richard verbringen, kannst du ja bei mir bleiben und mir mit der Kinderzimmerplanung helfen.«

Ich schüttelte den Kopf. »Ich habe doch immer noch mein eigenes Haus hier. Und ich sollte mich dringend bei ein paar Freundinnen melden, aber natürlich helfe ich dir später mit dem Kinderzimmer.«

In den letzten Wochen hatte ich kaum etwas von meinen Nachbarinnen und Freundinnen gehört und es gab sicher viel nachzuholen. Die meisten Verabredungen hatten wir immer spontan getroffen, wenn wir alle draußen im Garten waren – Grillabende, Ausflüge ins Schwimmbad, so was eben. Also war es nicht besonders merkwürdig, dass sich niemand bei mir gemeldet hatte. Aber ich hätte mich trotzdem gefreut.

4

»Schau mal, diese Teekanne hier«, rief Dody mir zu. Sie saß am Küchentisch und schwenkte das besagte gute Stück. »Sie hat im Zweiten Weltkrieg einem französischen Widerstandskämpfer gehört. Walter und ich haben sie in diesem reizenden kleinen Laden in Paris gekauft.«

Ich sah von meinem wackligen Tritthocker aus zu ihr hinüber. Genau genommen hatte ich ihr diese Teekanne zum fünfzigsten Geburtstag geschenkt. Sie war von Sears. Aber ich wollte ihr die Freude nicht verderben.

»Hübsch.« Ich nickte.

»Nicht wahr? Ich liebe Dinge, die eine Geschichte haben.« Verträumt strich sie über die Kanne.

Jedes der Relikte in Dodys Haus hatte so eine Geschichte, auch wenn die meisten davon nicht stimmten. In unserer Familie wurde oft gescherzt, Dody erinnere sich an alles, ob es nun tatsächlich passiert war oder nicht.

»Danke, dass ich an deiner Küche üben darf«, sagte ich.

Die Kinder und ich waren aus Bell Harbor zurück und heute hatte ich mir Dodys Speisekammer vorgeknöpft. Wenn ich diesen Hamsterstall in den Griff bekam, konnte ich es mit allem aufnehmen.

Ich überlegte noch immer, ob ich den Sprung in die Professionalität wirklich wagen sollte. Ich hatte mich ein bisschen im Internet schlaugemacht und entdeckt, dass es eine Nationale

Vereinigung professioneller Raumorganisatoren gab. Also hatten sie es immerhin fertiggebracht, einen Landesverein zu organisieren. Sie boten sogar Fortbildungsseminare an. In ein paar Wochen würde ein solches Seminar in der Nähe von Bell Harbor stattfinden. Dody sagte, das müsse ein Zeichen des Universums sein. Ich war mir da nicht so sicher. Trotzdem bot es mir immerhin einen Vorwand, Dodys über Generationen angesammeltem Abfall auf den Leib zu rücken.

Meine bisherige Ausbeute belief sich auf elf Gläser mit selbst gemachter Marmelade – jeder Inhalt in einer ganz einzigartigen Farbschattierung; jede Menge Kartoffeln, die drauf und dran waren, auf den Regalbrettern Wurzeln zu schlagen; gehackte, gemahlene, gequetschte und ganze Leinsamen, einen Zehn-Kilo-Sack braunen Reis und eine Packung Cracker, deren Alter nur noch anhand einer Kohlenstoffdatierung hätte ermittelt werden können. All das lagerte in einer bunten Sammlung aus getrockneten Fingerfarben, glitzernden Pinienzapfen, einer Packung Futter für Vogelspinnen, einem von Elton John signierten Tamburin, einer Obama-Wackelkopffigur, drei Handpuppen und jeder Menge Brettspielfigürchen.

Ich fischte nach etwas ganz oben auf dem Regal. »Warum liegen hier Pfauenfedern?«

»Ganz vorsichtig mit denen!« Dody sprang auf und nahm die Federn entgegen. »Die hat mir Jasper einmal zum Muttertag geschenkt. Ich hatte mich schon gefragt, wo sie wohl abgeblieben sind.« Kurz musterte sie den Federnstrauß liebevoll, dann steckte sie ihn in die Erde einer Topfpflanze.

Ich förderte eine weitere Spielfigur zutage. »Was sollen die ganzen Schachfiguren hier?«

»Ach, die sollen mich nur daran erinnern, dass ich nicht Schach spielen kann.«

»Ist ja klar.«

Ich hob den Deckel von einem Schuhkarton. »Fotos.«

»Wirklich? Die muss ich sehen.«

Ich reichte ihr den Karton.

Dody schob sich die zu langen Ärmel ihres Red-Wings-Eishockeypullovers zurück und sah sich die Fotos an.

»Schau mal, hier ist eines von Walter auf einem Elefanten in Indien. Oder war das im Zoo?«

Es war staubig und ich nieste, dann besah auch ich mir das Bild. Es war eindeutig nicht im Zoo von Bell Harbor aufgenommen worden. »Ich tippe mal auf Indien.«

Sie nickte. »Auf diese Reise bin ich nicht mitgegangen. Da war Jasper noch ein Baby. Und hier ist eins von Fontaine mit Irokesenschnitt, diese Phase hat aber zum Glück nicht lange gedauert. Ach herrje, und da ist eines von deiner Mutter und mir, wann war denn das?« Sie tippte sich mit dem Foto gegen die Stirn, wie um ihrer Erinnerung auf die Sprünge zu helfen. »Ich glaube, das war an dem Tag, als ich meinen Führerschein bekommen habe. Unser Vater hat mich damals zur Prüfung gefahren.« Sie betrachtete das Bild noch einmal. »Oh, richtig! Siehst du, wie ich den Führerschein hochhalte? Das war kurz bevor ich Paps Ford gegen die Garage gefahren habe.«

»Du hast sein Auto gegen die Wand gefahren?«

Sie rollte mit den Augen. »Aber doch nicht absichtlich!«

Erzählungen über die Missgeschicke meiner Tante waren so mit unserer Familiengeschichte verwoben, dass wir es »einen auf Dody machen« nannten, wenn jemand etwas vollkommen Unerwartetes oder Lächerliches tat.

»Ich hatte meinen Führerschein gerade mal eine Stunde, bevor ihn mir Dad wieder weggenommen hat. Aber ich bin froh, dass er es getan hat. Sonst wäre ich am nächsten Tag nicht im Regen nach Hause gelaufen und dann hätte mir Walter nie angeboten, mich im Auto mitzunehmen, und dann hätte ich ihn vielleicht nie kennengelernt.«

»Du bist zu ihm ins Auto gestiegen, obwohl du ihn nicht

einmal kanntest?« Ich warf ein weiteres Schachfigürchen auf den Haufen seiner Vorgänger.

»Oh, ich wusste schon, wer er war! Aber er kannte mich noch nicht. Wir sind auf dieselbe Schule gegangen, aber er war älter als ich.« Sie seufzte wie ein Backfisch vor einem Elvis-Poster. »Gott, er sah so gut aus. Alle Mädchen fanden das.«

Ich sah Onkel Walter mit seiner Glatze voller Sommersprossen, seinem weichen Bauch und den dicken Brillengläsern vor mir. Dodys Mona-Lisa-Lächeln sagte mir jedoch, dass sie ihn ganz anders in Erinnerung hatte.

»Damals waren wir immer nackt baden, weißt du. Walter nannte es ›unter dem Vollmond feiern‹.« Röte stieg ihr in die Wangen.

Voller Verwunderung schüttelte ich den Kopf. Sie war vierzig Jahre lang mit demselben Mann zusammen gewesen und trotzdem brachte sie der Gedanke an ihn immer noch zum Erröten. Falls es so etwas wie wahre Liebe wirklich gab, dann musste es das sein.

***

»Wow! Die Küche sieht ja super aus! Jetzt könnte ich hier sogar kochen.«

Jaspers überschwängliches Lob ließ mich fast vergessen, wie schmierig, verschwitzt und erschöpft ich von diesem Mammutprojekt war. Die schiere Menge an Krimskrams, die in Dodys Küche nur darauf gewartet hatte hervorzubrechen, war buchstäblich über mir zusammengeschlagen. Es hatte den ganzen Tag gedauert, mich wieder frei zu graben. Doch jetzt war ich fertig und Jasper hatte recht. Die Küche sah tatsächlich unglaublich funktional und sauber aus.

Sogar meine Kinder hatten dabei geholfen, wenn auch nicht ohne Murren. Jetzt malte Paige und Jordan saß auf dem Boden und spielte mit ein paar Lastwagen.

»Schau mal, Jasper. Ich habe sogar beschriftete Schildchen an meinen Regalen!« Dody stand strahlend im Türrahmen der Speisekammer und wedelte mit den Armen wie die Assistentin einer Gameshow.

Er trat zu ihr und legte den Kopf schief. »Wie hast du denn diese Etiketten gemacht?«

»Mit einem Etikettiergerät«, antwortete ich.

»Du hast dein eigenes Etikettiergerät?«

Ich stemmte die Hände in die Hüften. »Jeder sollte sein eigenes Etikettiergerät haben.«

Jasper lachte, während sich Dody an ihm vorbei hinausschob. »Ich muss zugeben, du hast da wirklich ein verblüffendes Talent.«

»Danke. Machst du mir jetzt was zu essen? Ich verhung…«

Meine Worte wurden von einem Ratschen, einem Schrei und einem übel klingenden Krachen unterbrochen. Dody war auf dem Weg aus der Küche gestolpert, nach vorne gefallen und mit dem Kopf gegen die Ecke eines Tisches geprallt. Mit einem vernehmlichen Plumps landete sie auf dem Boden.

»Dody!«

»Mum!«

Wir waren gleichzeitig bei ihr, gerade als Blut aus einer Wunde an ihrer Schläfe zu rinnen begann. Mir wurde schwindlig. Blut war nicht so meine Sache. Als ich mich einmal in der Dusche beim Rasieren geschnitten hatte, musste ich fast den Notruf wählen.

»Oje«, sagte Dody schwach und drückte sich die Hand auf die Wunde.

»Geht es dir gut, Tante Dody?«, fragte Paige. »Mami, wir haben nur hier gespielt und sie ist über Jordans Lastwagen gestolpert.«

Ich drehte mich um und sah, wie mein Sohn die zwei Hälften

eines vormals intakten Lastwagens hochhielt.

»Tante Dody hat meinen Lastwagen kaputt gemacht.« Seine Unterlippe bebte.

Jetzt lief das Blut immer schneller aus der Wunde und rann über Dodys Wange. Mein Magen verkrampfte sich. Ich schluckte schwer.

»Paige, hol mir ein Geschirrtuch aus der Küche. Schnell!«

»Mir geht's gut«, sagte Dody matt und sackte gegen Jasper.

»Lass mich mal sehen, Mum.« Er schob ihre Hand beiseite und verzog das Gesicht.

Direkt am Haaransatz verlief ein gut zwei Zentimeter langer Schnitt. Die Haut klaffte weit auf. Bitte lass das nicht *Hirnmasse s*ein, die da rausquillt. Das Zimmer begann, sich um mich zu drehen, und ich musste mich schwer zusammenreißen. Man würde es mir nie verzeihen, wenn ich in Ohnmacht fiele, obwohl Dody die Verletzte war.

Paige reichte mir das Tuch und ich gab es an Jasper weiter. Behutsam drückte er es auf Dodys Wunde.

»Macht nicht so einen Wirbel, ihr beiden«, schalt sie. »Ich habe mir nur den Kopf angeschlagen, es hört bestimmt gleich auf zu bluten.«

»Es tut mir so leid, Dody! Das ist alles meine Schuld«, murmelte ich.

»Natürlich ist es nicht deine Schuld. Du hast mich schließlich nicht geschubst.« Ihr Blick flackerte etwas unsicher zu mir herüber. »Oder?«

»Nein, aber ich hätte aufpassen sollen, dass die Kinder ihr Spielzeug nicht überall herumliegen lassen.«

Jordans Lippe zitterte noch heftiger und eine Träne kullerte über sein Gesicht. »Tut mir leid, Tante Dody.«

Sie zog ihn an sich. »Ach, so ein Quatsch, Schätzchen. Das ist doch nicht deine Schuld. Es war nur ein Unfall.« Jasper drückte das Tuch weiter auf ihre Wunde. »Mum, ich glaube, das muss genäht werden. Der Schnitt ist ganz schön tief.«

Genäht? Jetzt fühlte ich mich noch viel schlechter! Sie hatte uns in ihr Heim eingeladen und uns wie ihre verlorenen Kinder aufgenommen, und nur deshalb hatte sie sich jetzt beinahe den Kopf gespalten.

»Komm, wir bringen dich ins Krankenhaus.« Jasper wollte sie hochziehen, aber sie wehrte sich.

»Auf keinen Fall. Es ist Freitagabend. Ich bin mit meinen Mädels zum Poker verabredet und ich muss meine sechs Dollar von Anita Parker zurückgewinnen, ihr werdet mich also ganz bestimmt nicht in irgend so einen überfüllten Wartesaal zerren!«

»Sei doch nicht so stur«, sagte Jasper. »Ich habe mich schon oft genug geschnitten, um zu erkennen, wenn eine Wunde genäht werden muss. Wir bringen dich jetzt ins Krankenhaus.«

Sie schüttelte den Kopf und beträufelte den Teppich mit Blut.

Ich sah weg. Als Vampir wäre ich eine echte Niete.

»Nein, das tut ihr nicht«, entschied sie. »Aber wenn ihr unbedingt wollt, könnt ihr ja Dr. Pullman holen.«

Dr. Pullman wohnte ein paar Häuser weiter. Dody rief ihn immer, wenn jemand in der Familie hohes Fieber oder einen mysteriösen Ausschlag bekam. Oder wenn sich jemand aus Versehen etwas zu tief in die Nase gesteckt hatte.

»Wie ist seine Telefonnummer?«, fragte Jasper.

Dodys Kopf rollte zurück und ihre Augen wurden glasig. »Meine Güte, schaut euch nur mal diese Spinnweben an der Decke an. Sadie, es wundert mich doch ein bisschen, dass du die übersehen hast.«

Jasper sah mich an. »Könntest du schnell zu ihm laufen und ihn holen? Wahrscheinlich landen wir trotzdem im Krankenhaus, aber vielleicht kann er sich die Wunde wenigstens einmal kurz ansehen.«

Ich nickte und stand mit wackligen Knien auf. Natürlich würde ich zu Dr. Pullman laufen, ich würde alles tun, um hier wegzukommen. Dody war weiß wie ein Gespenst und mir wurde immer schummriger.

Ich rannte die Straße hinunter und stand wenige Minuten später auf Dr. Pullmans teurer Vorderveranda. Verzierte Keramiktöpfe standen zu beiden Seiten der großen Holztür, doch ganz unpassend zu diesem Ambiente waren die Pflanzen darin verdorrt und tot. Als ich auf die Klingel drückte, sah ich Blutflecken auf meinem T-Shirt. Hoffentlich erkannte mich Dr. Pullman von früher und hielt mich nicht für eine gemeingefährliche Irre. Schnell strich ich meine zerknitterte kurze Hose glatt und band mir den Pferdeschwanz neu, als ob das noch irgendeinen Unterschied machen würde.

Eine flauschige graue Katze kam herangeschlendert und musterte mich gebieterisch von oben bis unten.

»Hi, Kätzchen.«

Sie sah mich so herablassend an, wie es nur eine Katze konnte. Ich war weit unter ihrer Würde.

»Zicke«, murmelte ich in dem Versuch, etwas von meinem menschlichen Stolz zu retten.

Sobald dieses Wort meinen Mund verlassen hatte und wirkungslos in der Luft hing, schwang die Tür auf und vor mir stand niemand anderes als der Jogger!

Ich riss die Augen auf, und wahrscheinlich stand mir auch der Mund offen. Ich muss ausgesehen haben wie eine skeptische Achtjährige, die gerade den Weihnachtsmann dabei erwischt hatte, wie er Geschenke unter dem Weihnachtsbaum ablud. Wow! Der Blick, den man von Dodys Veranda aus hatte, wurde diesem Kerl nicht mal annähernd gerecht. Von Nahem betrachtet war er noch viel größer und sein Haar war überhaupt nicht so dunkel, wie ich gedacht hatte. Mit den Muskeln hatte ich allerdings richtiggelegen – sie waren einfach überall.

Hitze stieg mir ins Gesicht und ich stand nur da.

Erwartungsvoll und höflich erwiderte er meinen Blick, bis er die Blutflecken auf meinem T-Shirt bemerkte.

»Geht es Ihnen gut? Kann ich Ihnen helfen?«

Ich konnte nicht anders, ich brach in hysterisches Kichern aus. Immerhin war ich erschöpft und mit den Nerven am Ende. Und eine Idiotin. Mit der Hand strich ich mir über das T-Shirt. »Ähm, mir geht es gut. Ich suche nach dem Haus von Dr. Pullman.« Ich lehnte mich zurück, um die Hausnummer zu überprüfen.

Die Katze stolzierte ins Haus wie ein Saloongirl, wobei sie mir demonstrativ den Hintern zudrehte, als wollte sie sagen: »Und wer hat hier jetzt das Sagen?«

Der Jogger blinzelte. »Äh, das hier ist Dr. Pullmans Haus, aber er ist leider nicht da.«

»Was?«

Moment mal.

Im Ernst?

Hat er wirklich einen Akzent?

Unfair!

Und Grübchen? Obwohl er nicht mal lächelt? Einen Akzent und Grübchen?

Damit musste er eindeutig in die Kategorie der Höschenschmelzer eingeordnet werden (Höschenschmelzer: eine äußerst seltene Männergattung, die mit derart vielen anbetungswürdigen Attributen ausgestattet ist, dass sie problemlos Zugang zu jedem Mädchenhöschen bekommt). *Herrgott, Sadie! Reiß dich zusammen. Hier steht immerhin Dodys Leben auf dem Spiel.*

»Äh, wissen Sie denn, wann er zurückkommt? Meine Tante ist über einen Lastwagen gefallen und ich glaube, sie muss genäht werden.«

Seine schönen grünen Augen weiteten sich. »Sie ist über einen Lastwagen gefallen? Meinen Sie, aus einem Lastwagen?«

Ich schüttelte den Kopf. »Nein, über einen Lastwagen. Einen Spielzeuglastwagen. Sie ist gestolpert und hat sich den Kopf angeschlagen.«

Jetzt lächelte er, sichtlich erleichtert. »Oh. Dann ist es ja gut. Leider wird Dr. Pullman erst in ein paar Monaten zurückkehren, aber ich vertrete ihn hier, bis er wieder da ist. Ich könnte Ihrer Tante helfen.«

Lüsterner Nebel kroch in mein Gehirn und verschleierte die Sorge um Dodys Leben äußerst effektiv. *So* furchtbar war ihre Verletzung nun auch wieder nicht. Pheromone durchdrangen meine gerötete Haut, und schneller als ein Auktionator sprudelte ich einen unkoordinierten Informationswust hervor. »Könnten Sie? Wirklich? Aber wir brauchen einen Arzt, weil sie nämlich nicht ins Krankenhaus will. Heute ist ihr Pokerabend und sie will ihre sechs Dollar von Anita Parker zurückgewinnen. Der Schnitt ist aber ganz schön tief und Jasper glaubt, dass er genäht werden muss. Dody war allerdings schon immer stur und jetzt ist Jordan ganz aufgelöst, weil es nämlich sein Lastwagen war. Dabei war alles nur meine Schuld.«

Sein Lächeln gefror. Ich klang wie eine übereifrige Kandidatin in einer Spaßsendung. Es hätte mich nicht gewundert, wenn er sich nach versteckten Kameras umgesehen hätte.

Er neigte den Kopf. »Sagten Sie, Dody ist Ihre Tante? Dody Baker?«

»Ja!« Ich nickte angesichts dieser verblüffenden Scharfsinnigkeit. »Sie ist meine Tante.« Ich tippte mir ans Schlüsselbein. »Ich bin ihre Nichte.«

Er nickte. »Ist meistens so.«

Zog er mich etwa auf? War das eine Stichelei? Ich liebte Sticheleien!

Aber so hätten wir uns eigentlich nicht begegnen sollen. Auch wenn ich wirklich absolut nichts mit ihm zu tun haben wollte, hatte ich mir schon oft in allen Einzelheiten ausgemalt, wie wir uns kennenlernten. Ich würde bei Sonnenuntergang am Strand liegen und das schwindende Licht würde mich ausgesprochen hübsch aussehen lassen. Er würde zufällig an mir vorübergehen, gut aussehend mit seinen kunstvoll zerzausten Haaren, und er würde sagen: »Oh, aber hallo«, worauf ich etwas sehr Geistreiches und Kluges und unterschwellig Laszives erwidern würde. Dann würde er verschmitzt lachen und schon würde uns klar sein, dass wir füreinander bestimmt wären.

Aber so sollte das wirklich nicht laufen. Ich sah aus, als hätte man mich durch eine Hecke gezerrt, und war blutüberströmt.

Er neigte den Kopf zur anderen Seite. »Stan hat sie erwähnt. Ich komme und sehe sie mir an.«

»Stan?«

Wer zum Teufel ist Stan?

»Dr. Pullman«, erklärte er. »Ich vertrete ihn hier, solange er im Urlaub ist, und er hat mich gebeten, doch auch bei ihm zu wohnen und die Pflanzen zu gießen und so. Von Ihrer Tante hat er mir auch erzählt.«

»Wirklich? Hat er Ihnen auch gesagt, dass sie ein bisschen spinnt?«, platzte ich heraus. Verdammter Mist. Anscheinend hatte ich meinen Blödheitsfilter zu Hause gelassen, wo er gerade in der Lache aus Dodys Blut ertrank.

Aber der Jogger lachte nur. Es war ein leises, samtenes und bezauberndes Geräusch. »Ich glaube, das Wort, das er verwendet hat, war ›speziell‹. Ich packe nur schnell ein paar Sachen zusammen. Kommen Sie doch rein.«

Er stieß die Tür weit auf und trat zurück ins Haus. Ich folgte ihm wie Dorothy an der Schwelle zu Oz. Die Eingangstür krachte gegen ein Ziertischchen im Flur.

Das wurde allmählich merkwürdig. Ich meine, er war zwar echt heiß und so, aber ich konnte doch nicht einfach zulassen, dass ein Fremder, der zufälligerweise so richtig schöne Arme hatte, an meiner Tante herumflickte. Oder?

»Ähm, sind Sie denn auch Arzt?«, fragte ich. »Oder gießen Sie hier nur die Pflanzen?«

Durch die noch immer offen stehende Tür musterte ich die äußerst toten Geranien in den Verandakübeln. Er folgte meinem Blick und runzelte die Stirn.

»Hm. Die muss ich wohl vergessen haben. Sie sagten, Ihre Tante muss vermutlich genäht werden?« Er begann, in einem Karton herumzuwühlen. Im Zimmer stapelten sich eine ganze Reihe Kartons, als zöge hier gerade jemand ein oder aus.

»Ja, mein Cousin ist sich da ziemlich sicher.«

Ich begutachtete die Einrichtung und stellte fest, dass die Pullmans einen teuren, wenn auch etwas altmodischen Geschmack hatten. Alles in Pastelltönen. Meine Kinder müssten hier nicht einmal etwas anfassen, um alles schmutzig zu machen. Ich betrachtete den Rücken des Joggers, das Spiel der Muskeln unter dem Hemd, als er einen weiteren Karton öffnete. Ich schluckte, um nicht zu sabbern wie eine läufige Variante des pawlowschen Hundes. *Was zum Teufel ist denn bloß los mit mir?*

»Wo hat sie sich denn verletzt?« Die Katze sprang auf einen der Kartons neben ihm, doch er schob sie mit dem Ellbogen beiseite. Mit einem Plumpsen landete sie auf dem Boden und funkelte mich wütend an.

»Im Wohnzimmer.«

Sein Lachen verwirrte mich. Offenbar war ich derart in meinem persönlichen kleinen Hormonsturm gefangen, dass ich nicht gleich begriff, dass er nicht dieses *Wo* gemeint hatte.

»Oh! Oh, am Kopf. Sie ist gestürzt und hat sich den Kopf angeschlagen.«

»Ding!«, erklang es und ich machte einen Satz. »Was war das?«

»Nur die Mikrowelle. Abendessen.«

Mikrowellenessen? Für eine Person? Wo war Mrs Jogger?

Er warf etwas in seinen bereitstehenden Rucksack und griff nach dem Haustürschlüssel, der neben der Tür an einem Messingschlüsselbrett in Kätzchenform hing. Seine Hand war direkt vor meinem Gesicht. Scharfsinnig registrierte ich, dass er keinen Ehering trug. Interessant. Doch genauso schnell, wie er sich gehoben hatte, sank mein Mut wieder. Vielleicht war er schwul. Mist. Vermutlich war es so. Er musste einfach schwul sein. Seine Fingernägel waren sauber geschnitten und die Nagelhäutchen gepflegt zurückgeschoben. Jep, eindeutig schwul. Na ja, wenigstens Fontaine würde sich freuen.

Wir traten ins Freie und er zog die Tür hinter sich ins Schloss, dann steckte er die Schlüssel mit seiner ungeschmückten Hand in die Tasche. Auf einmal wurde mir bewusst, dass ich nicht einmal seinen Namen kannte.

Ich streckte ihm meine ebenfalls schmucklose Hand entgegen. »Ich bin übrigens Sadie Turner.«

»Ich heiße Des.«

»Des?« Ich glaube, ich blinzelte verwirrt. Vielleicht verzog ich aber auch das ganze Gesicht. Wie auch immer, es sah vermutlich nicht besonders hübsch aus.

»Desmond. McKnight.«

Sein Name war Desmond? O Mann, dieser Typ musste einfach schwul sein. Aber dann lächelte er und die geballte Wirkung seiner Grübchen traf mich, woraufhin mein Magen einen Purzelbaum schlug und mir ein Schauer südwärts durch den Bauch rieselte.

***

Dodys Verletzung musste nur mit ein paar Stichen genäht werden, aber Dr. McKnight, der anscheinend auch einmal Pfadfinder gewesen war, hatte einfach alles dabei. Sein Rucksack war eine echte Miniatur-Krankenstation. Sogar Lutscher für Paige und Jordan hatte er dabei.

Paige, die dem gut aussehenden Neuling bereits verfallen war, packte ihren Lutscher sofort aus und blinzelte unter ihren dichten, dunklen Wimpern zu ihm hinauf. Jordan war allerdings skeptisch wie immer. Er würde sich nicht einfach von einem dahergelaufenen Eindringling mit einem Stück Zucker einwickeln lassen. Sein Lutscher lag noch immer auf dem Tisch und ab und zu tippte Jordan ihn an, nur um zu demonstrieren, dass er sich überhaupt nicht dafür interessierte.

»Es ist nur eine oberflächliche Platzwunde, Mrs Baker, aber Kopfwunden bluten immer stark. Machen Sie sich nicht zu viele Sorgen.«

Dody ließ sich zurück auf das Zweiersofa auf der Veranda sinken und bettete den Kopf auf ein grellgelbes Kissen. Sie hatte sich einen Spitzenschal um die Schultern geschlungen, um die Blutflecken auf ihrem Oberteil zu verdecken.

»Ich habe mir überhaupt keine Sorgen gemacht. Das waren die beiden da.« Sie wedelte mit klimpernden Armbändern zu mir und Jasper herüber. »Sadie reagiert manchmal ein wenig über. Sie ist eine professionelle Raumorganisatorin, wissen Sie. Sehr pingelig. Aber wahrscheinlich brauchte ich tatsächlich medizinische Hilfe, und zum Glück waren Sie ja da! Was wäre bloß aus mir geworden, wenn Sie nicht zur Stelle gewesen wären?«

Sie wedelte sich mit einem Plastikfächer Luft zu, ein Geschenk von Walter zu ihrem zweiunddreißigsten Hochzeitstag, angeblich stammte er aus der *Vom-Winde-verweht*-Kollektion.

»Sie wären sicher zurechtgekommen, allerdings hätten Sie eine ganz schöne Narbe davongetragen.« Er packte seine Sachen wieder zusammen.

»Oh, eine Narbe habe ich schon, sehen Sie mal.« Sie deutete auf ein winziges Wundmal auf ihrer Wange. »Die habe ich von

Walters Hosenträger. Der ist gerissen, als er einen kleinen Striptease für mich machen wollte …«

»Dody!« Schnell legte ich ihr die Hand auf die Schulter.

Des lächelte. »Wenn Ihnen schwindlig oder übel wird oder wenn Sie Kopfschmerzen bekommen, dann geben Sie mir oder Ihrem Hausarzt Bescheid. Vielleicht haben Sie eine leichte Gehirnerschütterung.«

»Mir geht es bestens. Und jetzt wo wir Sie hier haben, müssen Sie einfach zum Essen bleiben. Sadie hat den ganzen Tag damit verbracht, meine Speisekammer zu etikettieren, und Jasper ist Koch. Bei *Arno's*, wissen Sie.«

Sein Gesichtsausdruck spiegelte weiterhin höfliches Interesse, aber mir war klar, dass Dody bereits Pläne schmiedete, um zu verhindern, dass er zu früh ging.

»Sadie, geh und hol dem guten Doktor eine Limonade. Er muss ja schon ganz ausgetrocknet sein. Sie wohnen also im Haus der Pullmans? Was meinen Sie, womit düngt Joanna Pullman ihre Azaleenbüsche? Jeden Frühling blühen sie so herrlich. Ist Ihre Frau auch hier? Haben Sie schon erwähnt, ob Sie verheiratet sind?«

Dr. McKnight sah von seinem Platz neben Dody zu mir auf. »Hat sie nach dem Sturz das Bewusstsein verloren?« Ich biss mir auf die Lippen und schüttelte den Kopf. »So ist sie immer.«

Dody tippte sich mit dem Fächer gegen die Stirn. »Und? Was ist nun mit Ihrer Frau? Wartet sie zu Hause auf Sie?«

Er errötete. »Auf mich wartet niemand. Ich wohne alleine bei den Pullmans.«

»Oje.« Ihre Stimme troff vor Mitleid, als hätte er soeben verkündet, seine ganze Familie wäre kürzlich an der Cholera gestorben. Oder sie wären Republikaner. »Dann müssen Sie einfach bleiben. Die Sache ist abgemacht.«

»Ich möchte nicht stören.«

»Dody, er ist bestimmt sehr beschäftigt«, sagte ich, obwohl

ich wusste, dass zu Hause nur ein mit Konservierungsmitteln vollgepumptes, gefriergetrocknetes Mikrowellenessen auf ihn wartete. Und er wusste, dass ich es wusste. Hilfe suchend sah ich Jasper an, aber der zuckte nur gleichgültig mit den Schultern.

Dody klappte den Fächer auf und begann, geübt zu wedeln. »So ein Mumpitz. Sie stören überhaupt nicht, immerhin haben Sie mich gerade den Klauen des Todes entrissen, mein lieber Dr. McKnight«

Er lächelte. »Bitte nennen Sie mich Des. Nun, ein bisschen Hunger habe ich schon.«

»Wunderbar!« Sie klappte den Fächer zu. »Jasper, mach uns Abendessen.«

Die Haustür flog auf und Fontaine trat mit seinem üblichen überschäumenden Elan auf die Veranda hinaus. Beim Anblick des Joggers blieb er wie angewurzelt stehen und sein Mund klappte auf wie bei einer Gummipuppe. Er schnappte nach Luft.

»Heilige Mutter Gottes! Was habe ich verpasst?«

5

Ich stand an der Kücheninsel und versuchte, nicht an die phallische Bedeutung der großen, dicken Karotte zu denken, die ich gerade schälte. Angestrengt lauschte ich dem Gespräch von Dody und Des durch das Geklapper der Essensvorbereitungen. Die beiden saßen mir gegenüber an der Kücheninsel.

»Des. Ist das eine Abkürzung? Für Desi vielleicht?«, fragte Dody gerade.

»Es ist die Abkürzung für Desmond, aber so darf mich nur meine Großmutter nennen.«

»Ich habe mal einen anderen Desmond gekannt. Desmond Arnaz. Ich glaube, er hat sich immer um unsere Steuererklärung gekümmert.« Sie nahm sich eine Handvoll Pistazien aus der Schale, die vor ihr stand.

»Du meinst Desi Arnaz, Mum«, sagte Fontaine, der neben mir saß. Er half zwar nicht beim Kochen, aber die Aussicht gefiel ihm. Jasper stand am Küchentresen hinter uns und rührte irgendeine Soße zusammen, während die Kinder am Küchentisch malten.

»Desi Arnaz hat unsere Steuererklärung gemacht? Oh, Moment mal, das war doch Lucys Ehemann«, sagte Dody. »Ihre Haare waren nicht von Natur aus rot, wissen Sie. Aber Ihr Haar hat einen Rotstich, Des.«

»Wirklich?« Geistesabwesend berührte er eine Strähne, als könnte er die rote Farbe darin fühlen.

Aber sein Haar war nicht rot, es war braun. Dicht und schokoladig. Und ein bisschen wellig. Ich schnitt mich mit dem Gemüseschäler in den Finger.

»Desi Arnaz war Kubaner, wissen Sie. Sind Sie auch Kubaner?« Dody klimperte mit den Wimpern, genau wie vorher Paige, nur dass es bei meiner Tante aussah, als hätte sie etwas im Auge.

»Ähm, nein.«

»Haben Sie denn nicht gesagt, Sie kämen aus Kuba?« Sie steckte sich eine Pistazie in den Mund, knackte die Schale mit den Zähnen und spuckte sie zurück in die Schale.

Ich sah, wie sich seine Brauen hoben und wieder senkten. »Ich glaube nicht, dass ich das gesagt habe.«

Für den Uneingeweihten war ein Gespräch mit Dody, als würde man Whac-A-Mole spielen. Man wusste einfach nie, was als Nächstes auftauchte.

»Was sind Sie denn dann?« Sie schob ihm die Pistazienschale hin. Er lehnte ab.

»Schotte. Ich wurde in Glasgow geboren, aber als ich siebzehn war, sind wir in die Staaten gezogen.«

»Aha, das erklärt die roten Haare.«

»Und diesen köstlichen Akzent«, ergänzte Fontaine.

Ich sah Des an und lächelte schwach.

Er zwinkerte mir zu und ich schnitt mir noch einmal in den Finger.

Dody und Des redeten weiter, doch Fontaine wandte das Gesicht ab und schloss die Augen.

»Was machst du denn da?«, flüsterte ich.

»Wenn man nur seine Stimme hört, klingt er wie Gerard Butler«, flüsterte Fontaine zurück.

»Wer ist Gerard Butler?«

Fontaine riss die Augen auf. »Wer Gerard Butler ist? Ich dachte, jede heterosexuelle Frau steht auf Gerard Butler.«

»Ich kenne den Typen nicht. Würdest du jetzt bitte still sein? Ich verstehe sie sonst nicht.«

Aus Fontaines Kehle drang ein sehr mädchenhaftes Geräusch.

»Bring mich nicht dazu, dich mit diesem Schäler zu erstechen«, fauchte ich leise.

Hinter uns tauchte Paige auf. »Mami, darf ich eine Karotte haben? Ich habe solchen Hunger.«

Fontaine reichte ihr eine Karotte und schob sie zurück zum Küchentisch. »Geh lieber wieder an deinen Platz, Paige. Mami hat ein Messer und sie will es benutzen.«

»Schhh, ich versuche zuzuhören.«

Ich musste hören, welche unappetitlichen Anekdoten Dody aus ihrem Fundus von Verrücktheiten fischte, um sie unserem Gast zu servieren. Nicht dass es eine Rolle spielte. Selbst wenn er nicht schwul sein sollte – was sich erst noch herausstellen musste –, war er doch immer noch zu gut aussehend, zu glatt und sich seiner Wirkung auf das weibliche Geschlecht eindeutig zu sicher, um für mich infrage zu kommen. Davon hatte ich genug. Außerdem konnte ich mir beim besten Willen nicht vorstellen, welcher Fehlschluss ihn dazu gebracht haben könnte, mit uns zu Abend zu essen.

Ganz egal. Bald würde er wieder weg sein und seine großen, sexy Hände, seine starken Unterarme und seinen köstlichen Akzent mitnehmen, und sobald er weg war, konnte ich mich mit einer Flasche Wein vor dem Fernseher zusammenrollen und diesen Tag hinter mich bringen.

»Glasgow? Liegt das denn nicht in Schweden?«, fragte Dody.

Er schüttelte den Kopf. »In Schottland.«

»Ach ja, Schottland. Dann kennen Sie doch bestimmt Sean Connery? Der ist auch Schotte. Oder ist er Deutscher?«

Des verkniff sich ein Lächeln. »Er ist Schotte, aber nein, ich hatte nie die Ehre, ihn kennenzulernen.«

»Wirklich nicht? Das überrascht mich aber. Schweden ist

doch ein so kleines Land.«

»Schottland.«

»Was? Ach ja. Schottland. Warum sind Sie denn von dort weggezogen, mein Lieber? War es wegen der faulen Kartoffeln?« Mitfühlend tätschelte sie seine Hand.

»Die große Hungersnot war in Irland, Mum«, sagte Jasper und klappte den Ofen zu.

»In den Vierzigerjahren des achtzehnten Jahrhunderts«, ergänzte ich, um mit einem Bruchteil meines enormen unnützen Wissens zu glänzen. Ich wusste beispielsweise, in welchem Jahr die erste Frau Ärztin geworden war, wie man Yakmilch für Yakkäse gewann (was man aber lieber gar nicht wissen will) und was Wörter wie *Pompadour* und *analektisch* bedeuteten.

»Mein Vater war beim Militär«, erzählte Des, der sich allmählich an Dodys wirre Fragen zu gewöhnen schien.

»Wirklich? Ein Soldat?«

»Ingenieurcorps.«

»Faszinierend!« Dody wandte sich an Fontaine, der sich den beiden inzwischen wieder zugewandt hatte. »Fontaine, wann sind denn die Schotten bei uns eingefallen?«

Des lachte. »Die Armee ist nicht in die USA eingefallen, Mrs Baker. Nur meine Familie. Mein Vater ist aus dem Militärdienst ausgeschieden und hat sich hier Arbeit gesucht.«

»Oh, Gott sei Dank. Ich dachte schon, mir wäre etwas entgangen. Wenn es um Geschichte geht, ist mein Kopf das reinste Sieb.« Tatsächlich war ihr Kopf eher die reinste Salatschleuder.

»Dann hat er also in einem Zug gearbeitet?« Sie spuckte eine weitere Nussschale aus.

»In einem Zug?«

»Ja, Sie haben doch gesagt, er sei Ingenieur gewesen.«

»Was du meinst, ist ein Kondukteur, Mum«, korrigierte Jasper sie umgehend. Er rührte ein paar Gewürze in einen Topf, aus dem es bereits herrlich duftete.

»Ach ja. Dann war er also Zugführer?« Nickend bestätigte Dody ihre eigene Aussage.

»Nein, Mrs Baker«, widersprach Des. »Er hat Brücken entworfen.«

»Zugbrücken?«

Er lächelte. »Nein, meistens Autobrücken.«

»Nennen Sie mich Dody. Wann war das?«

»Wie bitte?«

»Wie lange leben Sie schon in den USA?«

Er schüttelte den Kopf. »Oh, hm, mal sehen ... seit etwa zwanzig, ähm ... neunzehn Jahren.«

Ich versuchte, mir sein Alter auszurechnen. Siebzehn plus neunzehn ist ... zwanzig ... Moment, neun plus sieben ist ... fünfzehn, dann die Eins übertragen, zwanzig, nein ...

Die Anstrengung musste mir anzusehen gewesen sein.

»Sechsunddreißig, du Versagerin«, flüsterte mir Fontaine zu.

»Und haben Sie die ganze Zeit in Michigan gelebt?«, wollte Dody wissen.

Des schüttelte den Kopf. »Nein, wir sind zuerst überall herumgezogen. Vor zwölf Jahren sind wir schließlich in Illinois gelandet. Meine Mutter und meine Schwestern leben immer noch in der Nähe von Chicago. Dort habe ich auch gelebt, bevor ich hierhergekommen bin.«

»Und wie hat es Sie ausgerechnet nach Bell Harbor verschlagen? Ihr Job?«

Dodys Fragen waren so hartnäckig, dass ich schon erwartete, sie würde gleich ein Clipboard hervorziehen und sich Notizen machen. Unser Gast schien jedoch unbeirrt zu sein. Vielleicht hatte ihn seine Zeit in der Notfallaufnahme gelehrt, wie man mit verrückten alten Damen am besten umging.

»Ja, aber ich bin nur für ein paar Monate hier, dann gehe ich zurück nach Chicago oder irgendwo anders hin«, antwortete er.

»Warum denn das?«

»Im Augenblick arbeite ich als Locum Tenens, das ist so was wie ein Zeitarbeiter im Krankenhaus.«

»Wie faszinierend. Und Ihr Vater? Ist der auch in Chicago?«

Des schüttelte den Kopf. »Nein, er ist gestorben, als ich auf der Uni war.«

»Oje. Das tut mir sehr leid.« Sie nickte wissend und tätschelte wieder seine Hand. »Ich nehme an, er war Alkoholiker?«

»Dody!«, schnappte ich.

Entrüstet sah sie mich an. »Was denn? Du weißt doch, was man über die Schotten sagt!«

Des lachte und in meinem Bauch breitete sich ein ganz und gar ungewohntes Gefühl aus. Genau diese Art von Kommentar hätte Richard sicher verärgert. Aber dieser Mann fand es einfach lustig.

»Mein Vater hat tatsächlich eine ganze Menge getrunken, aber umgebracht hat ihn schließlich der Tabak.«

»Tut mir leid, Dr. McKnight«, sagte ich und meinte damit genauso seinen Verlust wie Dodys Mangel an Feingefühl.

»Ist schon in Ordnung. Aber bitte nennen Sie mich doch Des.« Wieder zwinkerte er mir zu.

Verdammt. Wenn er nicht damit aufhörte, würde ich mir noch die komplette Hand abhäuten.

***

Das Abendessen verlief ohne Zwischenfall und der traumhafte Dr. Des McKnight schien sich ganz wohl dabei zu fühlen. Er wurde mit unseren Erzählfragmenten genauso fertig wie mit Dodys Aussprachefehlern. Unsere Unterhaltung wurde zu einer Art Anekdoteneintopf, in dem sich Teile unserer Familiengeschichte mit Trivialitäten der Popkultur mischten. Ein solches Tischgespräch würde man eher in einem Englisch-als-Fremdsprache-Kurs oder bei einer Versammlung der Pfingstkirche erwarten.

Während des Essens lobte Des Jaspers Kochkünste und lachte über Fontaines Witze. Er beantwortete jede von Dodys zunehmend unverschämten Fragen, wie zum Beispiel die nach seiner Hosengröße (vierundvierzig), ob er schon mal an einem FKK-Strand gewesen sei (nein, klinge aber lustig) und ob er schon mal Brustimplantate eingesetzt habe (ja, während der Ausbildung). Er zuckte sogar kaum mit der Wimper, als sie ihn fragte, ob er Kinder habe.

»Nein, habe ich nicht.«

»Nicht einmal uneheliche?«, hakte sie nach.

Er hob nur die Schultern und biss in seinen Spargel. »Nein. Jedenfalls nicht, dass ich wüsste.«

Er redete auch mit mir statt nur in meine Richtung, wie es Richard immer getan hatte. Des stellte mir tatsächlich Fragen und ließ mich dann antworten, ohne mir zu erklären, warum meine Antwort falsch gewesen sei.

»Sadie, haben Sie nicht gesagt, Sie wären auch nur zu Besuch in Bell Harbor?«

Ich nickte und hoffte, dass mir kein Hühnchen zwischen den Vorderzähnen steckte. »Ja, den Sommer über. Aber im Herbst gehen wir zurück nach Glenville, dann geht nämlich die Schule los.«

»Ich will unbedingt in die Schule«, sagte Paige und wedelte mit einer ganzen Hühnchenbrust auf ihrer Gabel herum.

»In welche Klasse kommst du denn?«, fragte sie Des.

Sie setzte sich ein wenig aufrechter hin. »In die erste. Ich will, dass Mrs Lewis meine Lehrerin wird.«

»Ist sie die netteste?«

Paige nickte und nahm einen Bissen, bevor sie hinzufügte: »Und die hübscheste und schlaueste.«

Des lachte. »Das ist ja auch sehr wichtig. Weißt du, meine Mutter war auch Lehrerin und eine meiner Schwestern ist es jetzt auch, was schon irgendwie komisch ist, weil meine

Schwester eigentlich immer eine echte Unruhestifterin war.«

Paiges Augen wurden ganz groß und sogar Jordan kaute langsamer, um zuhören zu können.

»Warum? Was hat sie denn gemacht?«, fragte Paige ernst.

Des beugte sich zu ihr. »Als wir noch klein waren, hat sie sich immer von hinten an mich herangeschlichen, wenn wir gerade zur Schule gehen wollten, und hat mich mit ihrem Parfum besprüht.«

Er lehnte sich zurück und sah uns an. »Sie hat bis zur letzten Sekunde gewartet, damit ich mich auch sicher nicht mehr umziehen konnte. Also habe ich den ganzen Tag lang wie ein kleines Mädchen gerochen.« Röte stieg ihm in die Wangen. »Meine Klassenkameraden haben mich natürlich furchtbar damit aufgezogen.«

Er wandte sich an mich. »In der Grundschule war mein Spitzname Blümchen.«

Ich legte mir die Hand auf den Mund, nicht ganz sicher, ob ich lachen durfte. Es war schwer vorstellbar, dass er einmal nach den Tinker-Bell-Parfums meiner Tochter gerochen hatte. Ich war ihm nämlich bereits nahe genug gekommen, um festzustellen, dass er jetzt ganz anders roch. Nach Zimt und Mondschein. Kein bisschen schwul.

»Haben Sie sich an ihr gerächt?«, fragte Jasper.

Rachegefühle waren in unserer Familie tief verwurzelt.

Des grinste breit. »Darauf könnt ihr wetten. Einmal habe ich mich nachts, als sie geschlafen hat, in ihr Zimmer geschlichen und ihr ein paar dicke Haarsträhnen abgeschnitten, vorne natürlich. Am nächsten Tag hat sie total lächerlich ausgesehen. Das war klasse!«

Jetzt lachten alle. Mit einem Zischen und Ploppen löste sich etwas tief in meiner Brust.

»Die Sache ist dann allerdings nach hinten losgegangen«, erzählte er weiter und wandte sich wieder an die Kinder.

»Meine Mutter war so wütend, dass sie mich kurzerhand zum Frisör geschleift hat, wo ich kahl geschoren wurde. Ich war der einzige Zwölfjährige in der Stadt mit einer Glatze. Hat mir nicht besonders gut gestanden.«

***

Nach dem Essen half Des, den Tisch abzuräumen, und unterhielt sich mit Jasper darüber, wie man einen passenden Wein zum Essen auswählte. Dody, die beschlossen hatte, dass dieser Neuling in der Stadt einen verpassten Pokerabend wert war, lagerte auf ihrer mit Kissen bestückten Chaiselongue wie Königin Kleopatra.

Paige saß neben ihr und spielte mit einer Barbie. »So hast du es gemacht, Tante Dody«, erklärte sie und spielte den Sturz mit ihrer Puppe nach. »Du bist gelaufen, tapp, tapp, tapp, aaahhhh!« Sie schlug den Kopf der Barbie gegen die Lehne der Chaiselongue.

»Oh, wie schön, Liebes.«

»Kann ich die Schnitze noch mal sehen?«

»Stiche, Paige. Und Dody darf den Verband nicht mehr abnehmen. Hör auf, sie zu nerven«, wies ich sie zurecht.

Des sah aus der Küche zu uns herüber. »Morgen komme ich noch mal vorbei und wechsele den Verband, Paige. Dann kannst du die Schnitze noch mal sehen.«

Fontaine sah mich an und reckte heimlich den Daumen. Ich drehte mich weg. Was machte es schon für einen Unterschied, wenn Dr. Wunderbar noch einmal wiederkam? Er tat es nur wegen Dody, mit mir hatte das gar nichts zu tun. Und außerdem war es mir egal. Der Kerl interessierte mich nicht. Trotzdem pikste das Gummiband meiner Unterhose plötzlich unangenehm.

6

Am nächsten Morgen erwachte ich so fröhlich wie schon seit Jahren nicht mehr. Die Sonne schien, die Vögel sangen und ein gut aussehender Mann, der nicht mit mir verwandt war, hatte mit uns zu Abend gegessen. Oh, ich wusste natürlich, dass es nichts zu bedeuten hatte, aber ein bisschen Flirten machte Spaß, und es war aufregend gewesen, ihn hier zu haben. So wie wenn man ein Gewitter über den See heranrollen sieht und sich fragt, wo der Blitz wohl einschlagen wird.

Schnell erledigte ich meine Morgenwäsche, damit ich Penny anrufen konnte. Das hier würde sie bestimmt interessieren.

»Hallo?« Sie klang mürrisch, vermutlich hatte ich sie geweckt.

»Hi. Geh pinkeln und ruf mich dann zurück.«

Als Zeichen des Respekts hatten wir vereinbart, niemals aufs Klo zu gehen, während wir miteinander telefonierten. Na ja, es war teilweise aus Respekt und teilweise, weil Penny einmal ihr brandneues Handy versehentlich in der Toilette ertränkt hatte.

»Ich war schon pinkeln. Und ich bin nicht schwanger.« Sie seufzte.

»Oh, Penn. Das tut mir leid. Manchmal dauert es eben ein bisschen.«

»Ja, ich weiß. Ich dachte nur, es wäre lustig, wenn es gleich klappen würde. Jetzt sind es schon drei Monate. Wir haben es ja auch schon probiert, bevor ich dir davon erzählt habe.«

»Das wird schon. Hat Jeff nicht mal behauptet, er hätte bionisches Sperma?«

Wieder seufzte sie. »Nein, er hat behauptet, er hätte einen bionischen Penis.«

»Oh. Na, das ist was anderes.«

»Ja. Wenn's nur wahr wäre. Egal, was läuft bei dir? Wie ist das Leben so in Dodys Welt?« Penny ertrank nie in Selbstmitleid. Das war eher mein Gebiet.

»Rate mal, wer gestern Abend zum Essen bei uns war.« Ich ließ mich aufs Bett fallen und streckte die Beine an der Wand hoch, wie ich es als Teenager immer getan hatte.

»Keine Ahnung. Richard?«

»Uäh! Gott, nein. Wie kannst du so was auch nur denken?«

Ich hörte sie schnauben. »Ich bin immer noch mies gelaunt. Erzähl's mir einfach.«

Das hier sollte sie aufmuntern. »Der Jogger!«

»Dieser gut aussehende Typ, der jeden Morgen den Strand entlangjoggt?«

»Genau der.« Ich gab ihr eine Kurzfassung der gestrigen Ereignisse, inklusive der Tatsache, dass er einen unwiderstehlichen Wirbel über der Stirn hatte.

»Und er wohnt bei den Pullmans?«, fragte sie nach.

»Ja, während sie im Urlaub sind. Er hat erzählt, dass sie zwei Monate durch Europa reisen und danach ihre Tochter in Arizona besuchen wollen. Des vertritt Dr. Pullman im Krankenhaus.«

»Und was ist, wenn die Pullmans zurückkommen?«

Ich rückte die Kissen unter meinem Kopf zurecht. »Keine Ahnung. Wahrscheinlich geht er dann zurück nach Chicago. Ist das wichtig?«

»Hmm.«

Das war kein normales *Hmm*. Es troff quasi vor Bedeutsamkeit.

Ich setzte mich auf. »Was, hmm?«

»Das klingt doch nach dem perfekten Übergangsmann. Sozusagen mal ein Badetag für Nichtschwimmer, du weißt schon.«

Ich ließ mich wieder in die Kissen plumpsen. »Na toll, du klingst ja schon wie Dody und Fontaine. Nur weil ich ihn süß finde, heißt das doch noch lange nicht, dass aus der Sache gleich etwas werden muss.«

»Hey, ich bin nicht diejenige, die in aller Herrgottsfrühe angerufen hat, um über ihn zu reden«, stichelte sie.

»In aller Herrgottsfrühe wohl kaum, du faule Socke. Es ist neun Uhr. Wenn du dieses Baby erst mal hast, dann stehst du vor der Sonne auf. Apropos, ich sollte dringend mal schauen, ob die Kinder nicht gerade Gabeln in den Toaster stecken oder so. Und ich bin fest entschlossen, sie heute in den See zu bekommen. Sie sind immer noch zu feige zum Schwimmen. Ich rufe dich später wieder an, ja?«

»Ist gut, ich bin hier. Vielleicht mache ich ein bisschen Yoga und denke an fruchtbare Dinge. Ach ja, bevor ich es vergesse: Ich bin neulich zufällig bei dir vorbeigefahren und dein Rasen sieht gar nicht gut aus. Das Gras ist schon ganz braun.«

»Wirklich? Letzte Woche war noch alles okay. Wahrscheinlich ist die Sprinkleranlage mal wieder kaputt. Könntest du vielleicht mal danach sehen?«

»Ich kann es versuchen, aber ihr habt doch dieses Hightechsystem. Wahrscheinlich würde es mir leichterfallen, eine Bombe zu entschärfen. Kannst du denn nicht Richard fragen?«

Mein Magen zog sich unangenehm zusammen. »Dann erklärt er mir nur wieder, dass ganz bestimmt ich die Anlage kaputt gemacht habe. Ich will ihm nicht auch noch Munition für seinen Kleinkrieg liefern.«

Mittlerweile fiel es mir so leicht, sauer auf Richard zu sein, auch wenn er nicht einmal da war. So war es nicht immer gewesen. Ich hatte mich an dem Tag in ihn verliebt, an dem wir uns zum ersten Mal sahen, und seitdem versucht, mich Stück für Stück wieder aus dieser Fallgrube herauszuarbeiten. Aber wer weiß, vielleicht würde er mich ja auch einmal überraschen und einfach nur hilfsbereit und liebenswürdig sein.

Klar, und vielleicht hatte ich ja auch plötzlich einen tollen, richtig großen Busen. Ich sah hinunter auf meine ganz knappen B-Körbchen und seufzte. Nein. Manche Dinge würden sich niemals ändern.

***

»Mami, es ist viel zu kalt!«, quietschte Paige. »Die Wellen sind riesig.«

»So ein Quatsch, die reichen hier gerade mal bis zum Knöchel. Kommt schon! Nur die Füße. Mami ist ja da.«

Seit einer geschlagenen Stunde waren wir nun schon hier unten am See und meine tapferen kleinen Helden weigerten sich strikt, auch nur den großen Zeh ins Wasser zu tauchen.

Fontaine ruhte auf einem Liegestuhl und hatte sich einen von Dodys Sonnenhüten aufgesetzt, der ihm unverschämt gut stand.

»Das Wasser ist viel so groß, Mami!«, rief Jordan von seinem sicheren Posten hinter Fontaines Rücken aus. »Das mag ich nicht.«

»Also wirklich, ihr beiden! Wenn ihr gar nicht ins Wasser wollt, können wir ja genauso gut wieder nach Glenville zurückfahren.«

Paige schnappte nach Luft. »Du kannst uns nicht zurückbringen, Mami! Tante Dody hat versprochen, uns zu zeigen, wie man Schmuck macht!«

»Ich gehe nicht heim!«, rief Jordan schmollend. »Und ich gehe auch nicht schwimmen. Wenn ich mal so groß bin wie Jasper, mach ich's.«

Die Schlacht war verloren und der Tag war einfach zu schön, um mich mit ihnen zu streiten. »Okay, okay. Ihr habt gewonnen. Aber früher oder später müsst ihr in diesen See.«

Ich kam aus dem Wasser und ließ mich neben Fontaine in den Sand fallen. Paige und Jordan klatschten sich triumphierend ab und machten dann, dass sie aus der Gefahrenzone kamen.

Fontaine wuschelte mir durchs Haar. »Als du klein warst, wolltest du auch nicht schwimmen, weißt du noch?«

»Ja, und genau deshalb möchte ich sie ja unbedingt ins Wasser kriegen, damit sie merken, dass da nichts ist, vor dem sie Angst haben müssen.«

Aber eigentlich war das eine Lüge. Ich wusste genau, dass es in diesem See eine ganze Menge gab, vor dem man Angst haben musste. Schleimige, bösartige Wesen, die direkt unter der Oberfläche nur darauf lauerten, einen am Knöchel zu packen und in die Tiefe zu ziehen. Wie gigantische Zitteraale oder Wasserleichen von der *Edmund Fitzgerald.* Okay, dieser Frachter war eigentlich im Eriesee gesunken, aber trotzdem …

Fontaine rückte seine Sonnenbrille von Dolce & Gabbana zurecht. »Verstehe. Wie auch immer, ich habe übrigens mit meinem Boss Kyle gesprochen und er meint auch, dass diese Raumorganisationssache ein echter Volltreffer bei unseren Kunden werden könnte. Er möchte dich treffen.«

Ich fuhr hoch.

»Bist du verrückt? Dafür bin ich noch längst nicht bereit. Ich weiß doch noch nicht mal, ob ich das überhaupt will. Ich mache hier Urlaub, schon vergessen?«

»Komm runter, Flippi. Sprich einfach mal mit ihm und hör dir an, was er zu sagen hat. Mit ihm zu arbeiten ist traumhaft, er wird dir gefallen.« Mit einem Fuß wischte er sich Sand vom anderen.

»Wenn er es mit dir aushält, muss er einfach unglaublich sein, aber darum geht es hier nicht. Ich weiß doch noch gar nicht, was ich da tue. Ich hatte noch kein einziges Training. Ich meine, Dodys Vorratskammer aufzuräumen ist eine Sache, aber völlig fremde Haushalte neu zu organisieren, ist einfach zu gruselig.« Ich schüttelte den Kopf.

»Zu gruselig?« Er sah mich über den Rand seiner Brillengläser hinweg an. »Zu gruselig, wie in einem See zu schwimmen, ohne den Grund zu sehen? Also wirklich, Mädchen, beweis doch mal, dass du Eier hast. Ab und zu muss man eben etwas riskieren.«

Eine heiße Windbö traf mich ebenso scharf wie Fontaines Worte.

»Das ist unfair. Ich riskiere schon etwas. Immerhin habe ich mich von dir zu dieser neuen Frisur überreden lassen. Und zu einer neuen Haarfarbe. Und ich trage blauen Nagellack. Wenn das mal kein Risiko ist, dann weiß ich auch nicht.«

Fontaine schob sich die Brille wieder hoch. »Hör mal, du hast dich endlich von Mr Arschloch scheiden lassen und das war ein großer Schritt in die richtige Richtung. Aber was hast du seitdem getan, um dein Leben wieder ins Rollen zu bringen? Und du weißt, dass ich keinen blauen Nagellack meine.«

Diese Unterhaltung gefiel mir gar nicht. Es war schon schwer genug, sich gegen Fontaine zu wehren, wenn er Blödsinn redete, aber wenn er es ernst meinte, war das Ganze doppelt so schlimm. Wenn er sich erst einmal in etwas verbissen hatte, ließ er so schnell nicht mehr locker. »Es sind doch erst ein paar Wochen.«

»Lügnerin. Es ist jetzt über ein Jahr her, dass du dich von Richard getrennt hast. Worauf wartest du noch?«

Ich kickte ihm eine Ladung Sand über die Füße und tat so, als wäre es ein Versehen gewesen. Ich wollte etwas zu meiner Verteidigung sagen und betonen, dass ich dauernd sehr riskante und wagemutige Dinge tat, aber mir fiel einfach nichts ein. Nachdem ich Richard mit der Rothaarigen erwischt hatte, war ich vollkommen beschäftigt damit gewesen, die Scheidung durchzustehen, mit jedem einzelnen Tag fertigzuwerden und darauf zu achten, dass die Kinder keinen psychischen Knacks davontrugen. Ich hatte einen Flohmarkt veranstaltet, neue Bettwäsche gekauft, die alte verbrannt und alle Glühbirnen im Haus durch Energiesparlampen ersetzt, doch abgesehen davon war so ziemlich alles auf Autopilot gelaufen.

»Es ist nicht so leicht, Fontaine«, flüsterte ich.

Er legte die Arme um mich. »Ich weiß, Süße. Aber es ist Zeit. Und du bist richtig gut im Organisieren, also solltest du das Beste daraus machen. Außerdem ist es etwas, das du auch in Glenville tun kannst. Denk einfach mal darüber nach. Ich habe Kyle gesagt, dass wir uns morgen mit ihm zum Mittagessen treffen.«

Ich sprang auf und verursachte dabei einen kleinen Sandsturm. »Fontaine! Warum hast du das getan? Ich bin noch nicht so weit.«

»Durch Schein zum Sein, meine Kleine. Vertrau mir einfach.« Er stand auf und klopfte mir auf die Schulter. »Du wirst großartig sein. Ich nehme die Kinder mit ins Haus, dann kannst du darüber nachdenken.«

Er winkte die Kinder zu sich und sie wuselten hinter ihm die Stufen hinauf. Ich blieb allein am Strand zurück und sah nachdenklich auf das Wasser hinaus.

Ich biss mir auf die Lippe. Das war doch lächerlich, allein die Vorstellung, ich könne überhaupt etwas professionell. Natürlich, wenn es darum ging herauszufinden, auf welchem Regalbrett sich die Backzutaten und auf welchem die Kaffeetassen befinden sollten, war ich ein Naturtalent. Und Dodys Speisekammer brillierte jetzt mit brandneuen, farbcodierten Kennzeichnungsschildchen, aber das bedeutete doch noch lange nicht, dass ich auf diesem Gebiet eine Expertin war.

Trotzdem, was konnte im schlimmsten Fall schon schiefgehen? Dass jemandem die Schriftart auf den Schildchen nicht gefiel? Oder dass meine Kunden ein alphabetisch sortiertes Gewürzfach übertrieben fanden?

Vielleicht hatte Fontaine ja recht. Ich war gut darin, Dinge in Ordnung zu bringen. Vielleicht, aber nur vielleicht, war es ja an der Zeit, dasselbe mit meinem Leben zu tun. Vielleicht konnte ich das hier doch. Hatte ich denn nicht schon diverse Küchen meiner Freunde umorganisiert? Dann würde ich das auch bei Fremden schaffen, richtig?

Ich lehnte mich zurück und dachte an all die wunderbaren Möglichkeiten, und davon gab es eine ganze Menge. Dann teilte ich diese Möglichkeiten im Kopf nach Kategorien ein, denn so bin ich nun mal. Während ich die Sonne genoss, nahm allmählich ein Plan Gestalt an. Klar, ein bisschen riskant war die Sache schon. Aber hey, ich war ein Mädchen, das blauen Nagellack trug. Ich konnte alles schaffen.

***

Am Spätnachmittag war es meiner Euphorie ergangen wie der Sonnenbräune im September: Sie war unbeständig und verblasste zusehends. Wieder im Haus, hatte sich der kurze Höhenflug, in den mich Fontaines Idee versetzt hatte, rasch in schiere Panik verwandelt. Ich hatte keine Ahnung davon, wie man bei irgendetwas professionell war. Außerdem war das leichte Kribbeln, das Des bei seinem Besuch in mir geweckt hatte, so tot wie ein im Sand verrottender Fisch und genauso muffig.

Der gute Doktor war charmant gewesen, klar. Aber das hatte nichts mit mir zu tun gehabt. Er war einfach ein netter Mensch, der einen nachbarschaftlichen Hausbesuch bei einer verrückten alten Dame gemacht hatte, das war alles. Er musste ein ganzes Heer von Verehrerinnen haben, die ihn umschwirrten. Ich war nicht mehr als ein weiteres Summen in seinem Ohr. Nicht dass es mir wichtig gewesen wäre, denn ich hatte ja wirklich kein Interesse an einer Beziehung. Und was Pennys dumme

Bemerkung zu einem Übergangsmann anging – was sollte das überhaupt?

Wahrscheinlich hatte er sowieso eine Freundin. Zweifellos irgendein argentinisches Supermodel, das gerade zu einem Fotoshooting gereist war. Nachdem er gestern Abend nach Hause gegangen war, hatten sie vermutlich skandalös verruchten Telefonsex miteinander gehabt, während ich in meinen schäbigsten Pyjama geschlüpft war und mir mit Fontaine einen Tierdokumentarfilm angesehen hatte.

Was hatte ich mir nur dabei gedacht, wegen eines süßholzraspelnden, muskelbepackten Iron Mans derart aus dem Häuschen zu geraten? Hatte ich bei Richard denn gar nichts gelernt?

»Was ist denn mit dir los?«, fuhr mich Jasper an, als ich die Spülmaschinenklappe zuknallte.

»Nichts!«

Als unverheirateter Mann nahm er das natürlich glatt wörtlich.

»Dann sei ein bisschen vorsichtiger. So geht noch das Geschirr kaputt.«

»Mami, hat Daddy heute schon angerufen?«, fragte Paige, die gerade in die Küche kam. Jordan saß an der Kücheninsel und löffelte Eiscreme aus einem Hundenapf, weil es Dody für wahnsinnig lustig hielt, Essen in Hundenäpfen zu servieren. Hoffentlich hatte sie ihn wenigstens vorher ausgewaschen.

»Nein, Süße, noch nicht. Aber er ruft bestimmt gleich an.« Ich sah auf die Uhr. Typisch Richard. Er hatte versprochen, am Mittag anzurufen, aber jetzt war es fast schon Abendessenszeit.

Als eine Viertelstunde später Dodys Telefon läutete, ließ ich Paige abnehmen.

Sie fing sofort an zu erzählen, also war es tatsächlich Richard. Besser spät als nie. Dann reichte sie mir den Hörer. »Er möchte mit dir sprechen.«

Uäh! Ein Telefonat mit dem Samenspender, früher auch bekannt als mein Ehemann, war genau das, was mir an diesem beschissenen Tag noch gefehlt hatte.

»Was willst du, Richard?«, knurrte ich ins Telefon.

Es blieb still.

»Richard?«, bellte ich mit unangenehm lauter Stimme.

»Ähm, nein, hier ist Des.«

Meine Kehle wurde so trocken, als hätte ich einen Wollhandschuh verschluckt. *Scheiße, Scheiße, Scheiße.*

»Tut mir leid. Ich dachte, Sie wären jemand anderes«, stotterte ich.

Sein Lachen klang etwas oberflächlich. »Ja, das passiert mir öfter. Frauen, die sich wünschen, ich wäre ein anderer.«

Mein kurzes Lachen klang genauso falsch. Plötzlich pochten meine Schläfen, als wollte sich ein Alien seinen Weg daraus freigraben. Ich biss mir auf die Lippe und drückte mir die Hand gegen die Stirn.

»Ich habe mich nur gefragt, wie es Dody geht«, fügte er nach einer weiteren unangenehmen Pause hinzu. »Wenn Sie möchten, kann ich noch kurz vorbeischauen.«

Dody ging es bestens. Sie hatte mich heute Nachmittag fünfmal beim Backgammonspielen geschlagen und ihren Tai-Chi-Kurs nur deswegen abgesagt, weil Harry sie zu einer Spritztour auf seiner Harley abgeholt hatte.

Ich wollte nicht, dass Des kam. Ihn wiederzusehen würde diese Quälerei nur verlängern. Ich wollte ihn einfach nur beim Joggen beobachten und nichts davon wissen, dass er eine flauschige graue Katze, aber keine Ehefrau hatte.

»Nein, machen Sie sich keine Umstände. Vielen Dank, aber Dody geht es gut.«

»Mir geht es nicht gut!«, rief Dody und kam von der Veranda hereingeeilt. »Ist das Des? Sag ihm, dass es wehtut! Sag ihm, dass mir schwindelig ist. Ich sehe schon Punkte. Gib mir das Telefon, Sadie! Gib es sofort her.« Sie versuchte, mir den Hörer aus der Hand zu reißen.

Ich deckte die Sprechmuschel mit der Hand ab und drehte mich von ihr weg. »Herrgott, Dody! Sei doch nicht albern.«

»Es wären überhaupt keine Umstände«, hörte ich Des sagen. »Ich bin sowieso gerade auf dem Weg nach Hause.«

Dody ergatterte das Telefon. Für jemanden, der dringend einen Arzt brauchte, war sie bemerkenswert fit und stark.

»Bitte kommen Sie unbedingt vorbei, Des, mein Lieber. Ich würde mich so viel besser fühlen, wenn ich wüsste, dass Sie kommen. Mir ist heute Abend ein ganz klein wenig schwindelig.«

Ich verdrehte die Augen. Sie sprach mit ihrer hauchigen Elizabeth-Taylor-Stimme. Schwindelig war ihr bloß, weil ihr Fontaine einen vierfachen Martini eingeschenkt hatte. Was für eine Heuchlerin. Sie wollte nur deshalb, dass er vorbeikam, weil sie hoffte, er würde mich flachlegen.

Na gut. Sollte uns der Schutzpatron aller verzweifelten Hausfrauen doch mit seiner Anwesenheit beehren. Ich war trotzdem nicht zu haben. Ich brauchte keinen Übergangsmann. Ich brauchte überhaupt keinen Mann. Mir ging es bestens.

Ich stürmte die Treppe hinauf und warf mich aufs Bett. Ob sich wohl alle geschiedenen Frauen so fühlten, oder war ich einfach abartig? Ich hätte mich seinetwegen erst gar nicht so aufregen dürfen. Oder wegen dieser ganzen Jobsache. Das alles war einfach nur lächerlich.

Kurz darauf erschien Fontaines wohlfrisierter Kopf im Türrahmen.

»Was zum Teufel machst du denn da? Der Highlander in strahlender Rüstung ist auf dem Weg hierher.«

»Und?«

»Und das heißt, du musst dich schön machen. Motz dich auf. Die Zeit drängt.« Er packte mich am Knöchel und versuchte, mich aus dem Bett zu zerren.

Ich trat mit dem freien Bein nach ihm. »Fontaine, er kommt

wegen Dody, nicht meinetwegen. Ich bin nicht interessiert. Und selbst wenn ich es wäre, was ich nicht bin, würde ich mich deshalb trotzdem noch lange nicht zum Deppen machen.«

Er ließ meinen Fuß los. »Bist du so blöd oder tust du nur so? Hast du denn nicht gemerkt, wie er dich gestern Abend beobachtet hat?«

Ich setzte mich auf. »Er hat mich nicht beobachtet.«

»Hat er doch! Und das, obwohl du zum Fürchten aussahst. Also peppen wir dich mal ein bisschen auf und sehen, was passiert.« Er riss meinen Schrank auf und begann, darin herumzukramen.

Mein Ego meldete sich, Fontaines Kompliment zeigte Wirkung.

»Hat er mich wirklich beobachtet oder sagst du das jetzt nur?«

Fontaine sah mich nicht an. »Süße, würde ich dich anlügen?«

»Ja.«

»Stimmt. Würde ich. Aber jetzt lüge ich nicht, also schwing deinen Hintern ins Badezimmer und leg Mascara auf!«

Als Dr. McJogger schließlich eintraf, hatte ich mich gekämmt, eingecremt und bepinselt, Zahnseide benutzt und ein Sommerkleid übergezogen. Fontaine blickte aus dem Fenster, als wir ein Auto die Auffahrt herauffahren hörten.

»Ein BMW-Cabrio«, sagte er.

Natürlich. Darin kam sein argentinisches Supermodel am besten zur Geltung. Ich warf einen Blick in den Spiegel und hoffte auf ein Wunder, aber ich sah so durchschnittlich aus wie immer.

»Ich liebe deinen neuen Look«, sagte Fontaine und wuschelte mir durchs Haar. »Ich hatte recht mit dem Dunkelbraun, streite nie wieder mit mir.«

»Braune Haare und braune Augen. Ist das nicht irgendwie ganz schön langweilig?«

»Nein, es macht dich exotisch und geheimnisvoll.«

Ich lachte schnaubend auf. Ich war ungefähr so exotisch wie ein Vanillejoghurt.

»Na ja, dieses Schnauben ist allerdings nicht besonders sexy, daran solltest du vielleicht arbeiten.« Fontaine verließ das Bad und lief die Treppe hinunter, um die Tür zu öffnen. Ich zögerte. Schließlich sollten wir wirklich nicht alle gleichzeitig auf Des losgehen, sobald er eintrat. Es war besser, wenn er erst einmal ankam, dann würde ich meinen Auftritt haben. Obwohl er mir natürlich völlig egal war. Das war alles nur zur Übung.

Ich hörte, wie sich die Tür öffnete und wieder ins Schloss fiel, dann wehten Stimmen die Treppe herauf. Mein Gott, dieser Akzent war einfach zu viel für mich.

»Hallo, Fontaine. Mrs Baker. Wie geht es Ihnen heute?«

»Gut, seitdem Sie hier sind. Aber ich hatte Sie doch gebeten, mich Dody zu nennen.«

»Jawohl, Ma'am«, antwortete er.

Ich trat ans Kopfende der Treppe, zählte bis hundert und schlenderte dann die Stufen hinunter, als hätte ich etwas Faszinierendes vor und müsste auf meinem Weg dorthin nur ganz zufällig durchs Wohnzimmer.

Ich erblickte Dody, die sich wieder auf die Chaiselongue gebettet hatte und eine rotgoldene Seidenrobe trug. Sie war ein Geschenk von Onkel Walter zu ihrem sechzehnten Hochzeitstag gewesen und stammte angeblich aus dem Souvenirladen an der Chinesischen Mauer.

Des saß neben Dody und fühlte ihren Puls. Er sah auf und mir stockte der Atem. War das da eine Spur von Bewunderung in seinem Blick?

Vorsorglich zog ich den Bauch ein und lächelte. »Oh, hallo.«

Fontaine schüttelte den Kopf, wandte sich ab und täuschte einen Hustenanfall vor.

»Hi, Sadie. Sie sehen hübsch aus«, sagte Des.

Dody hätte vor Freude fast in die Hände geklatscht.

»Oh, danke.« Ich zupfte an meinem Kleid herum, die universale Geste für: »Ach was, dieser alte Fetzen …«

Jordan kam angerannt und schlang mir fest die Arme um die Taille. »Warum siehst du so schön aus, Mami?«

Ich strich ihm über die Haare und flüsterte: »Das ist doch nur ein Sommerkleid, Schatz. So was trägt Mami doch dauernd.«

»Nein, tust du nicht.« Zweifelnd sah er mich an.

»Hey, J-man, wie wär's mit was Süßem?«, rief Fontaine und erstickte damit jeden weiteren Kommentar im Keim. Danke, Fontaine.

Des wandte sich wieder Dody zu. »Sollen wir mal einen Blick drauf werfen?« Er nahm ihr den Verband ab und Paige beugte sich weit vor, wobei sie sich mit einer Hand auf seiner Schulter abstützte.

»Wow, das sind ja gruselige Schnitze«, kommentierte sie.

Er lächelte. »Findest du?«

Paige nickte. »Total. Wie bei Frankenstein, nur nicht so grün.«

»Paige, geh ein Stück zurück. Lass ihm ein bisschen Platz.« Ich zog sie am T-Shirt.

»Ist schon gut«, sagte er. »Paige, kannst du mir mal dieses viereckige weiße Ding geben?«

Sie griff in seine Tasche und zog den Verbandsmull heraus.

Wir sahen zu, wie Des eine Salbe auf die Wunde auftrug und dann einen frischen Verband anlegte.

»Des?«, flüsterte Paige und beugte sich vor zu seinem Hals.

»Was denn?«

»Ich mag dein Parfum.«

Sein Kopf ruckte hoch und senkte sich dann auf seine Brust. Mir fiel wieder die Geschichte mit seiner Schwester ein, die ihn immer mit ihrem blumigen Duft eingenebelt hatte. »Das heißt Cologne, Paige«, korrigierte ich sie. »Wenn es ein Junge trägt, dann heißt es Cologne.«

Jetzt meldete sich auch Dody zu Wort. »Ich kann nichts riechen. Beugen Sie sich mal ein bisschen vor, mein Lieber. Lassen Sie mich auch mal riechen.«

»Meine Güte, Dody!«, japste ich. »Du kannst ihn doch nicht einfach fragen, ob du mal riechen darfst. Das ist unhöflich!«

Des wurde rot.

»Nein, ist es nicht. Es ist nur unhöflich, wenn man jemandem sagt, dass er riecht, aber nicht, wenn man jemanden fragt, ob man mal riechen darf. Außerdem weiß ich sowieso schon, dass er gut riecht. Das hast du mir ja gestern Abend erzählt.«

Des hob den Kopf und lächelte mich an. Diesmal war ich es, die rot wurde.

***

»Er ist nur zwanzig Minuten geblieben«, erzählte ich Penny kurz darauf am Telefon und nippte an meinem Merlot. Ich musste mich etwas entspannen und den Besuch des Mannes, der mich überhaupt nicht interessierte, nachbesprechen. Von meinem Aussichtspunkt auf der Veranda aus konnte ich ein wachsames Auge auf meine Kinder haben, die am Strand spielten. Nicht dass ich mir Sorgen machte, sie könnten ins Wasser gehen. Keine Chance.

»Es ist Samstag. Meinst du, er ist vielleicht verabredet?«, fragte sie.

»Er meinte, er hätte noch Arbeit zu erledigen. Klingt verdächtig, wenn du mich fragst.«

»Für dich klingt alles verdächtig.«

»Aus gutem Grund. Was könnte er sonst zu tun haben, wenn er nicht im Krankenhaus ist?«

Sie lachte. »Vielleicht ist er ja ein Vampir. Oder ein Callboy.«

»Oder beides«, schlug ich vor. »Paige hat ihm gesagt, sie würde sein Parfum mögen, und Dody hat ihn gefragt, ob er Schulterpolster trägt.«

Dody hatte diese Mode der Achtzigerjahre noch immer nicht aufgegeben und war sich sicher, dass Schulterpolster wieder modern werden würden. Irgendwann, vermutlich in den Achtzigern, hatte sie einmal aufgeschnappt, dass breite Schultern die Taille schlanker wirken ließen, und seitdem stopfte sie sich immer drei oder vier davon gleichzeitig in die Bluse. Allerdings steckte sie die Polster nicht fest und so verrutschten sie und bildeten wandernde Beulen an ihrem Oberkörper, bis sie schließlich durch die Ärmel herausfielen. Dody hinterließ stets eine Spur, wie bei Hänsel und Gretel.

»Ich nehme mal an, er hat keine Schulterpolster getragen«, vermutete Penny.

»Nein«, sagte ich seufzend. »Diese Schultern sind echt.«

»Hast du ihn zum Abendessen eingeladen?«

»Nein, Jasper war nicht da und ich habe vergessen, wie man kocht. Außerdem hätte das schwer nach Verzweiflung ausgesehen und ich wollte sowieso nicht, dass er bleibt.« Mit einem gewaltigen Schluck leerte ich mein Glas.

»Ach so.«

»Aber weißt du, was merkwürdig ist?«

»Richards riesige Nasenlöcher?«

»Außer denen.« (So riesig waren sie nun auch wieder nicht.)

»Jordan taut allmählich auf. Du weißt ja, wie scheu er Fremden gegenüber ist seit Richards Abgang. Aber nachdem Des den Verband gewechselt hat, kam Jordan und hat ihm seine Lastwagen gezeigt.«

»Komisch«, stimmte mir Penny zu. »Vielleicht ist das wie bei Hunden, die erkennen einen Hundemenschen auch sofort.«

»Du meinst, meine Kinder sind wie Hunde?«

»Nein. Na ja, ein bisschen schon. Aber ich meine, dass er Kinder vielleicht einfach mag und dass sie das spüren. Er ist doch Notfallarzt, oder? Da hat er vermutlich Übung darin, Kinder zu beruhigen.«

Enttäuschung flackerte in mir auf. Warum war ich darauf nicht selbst gekommen? Seine Wirkung auf meine Kinder war kein ominöses Zeichen des Universums. Er konnte eben einfach gut mit Patienten umgehen.

7

»Kyle, das ist Sadie. Sadie, das ist Kyle.« Fontaine stellte uns einander vor, als wir uns zum Mittagessen in einem hippen kleinen Bistro in der Marigold Lane trafen. Bell Harbor steckte zwar in einer Zeitschleife fest, aber zwischen all den Touristenfallen und Antiquitätenläden konnte man doch das eine oder andere Schmuckstück finden.

Kyle hatte dichtes blondes Haar und war so gebräunt, dass seine blauen Augen fast übernatürlich strahlten. Man konnte einfach nicht wegsehen. Wir schüttelten uns die Hände und ich erwartete schon, dass bei der Berührung knisternde Funken sprühen würden. Der Typ war heiß.

»Sadie, schön, dich kennenzulernen. Fontaine hat mir schon so viel von dir erzählt.«

»Nur die guten Sachen«, witzelte Fontaine.

»Da gibt es ja auch nur Gutes«, versicherte ich.

»Bitte setz dich doch.« Er rückte mir den Stuhl zurecht.

Ein echter Gentleman! Ich versuchte, mich aufs Geschäftliche zu konzentrieren, während ich mich insgeheim über Fontaine ärgerte. Er hätte mich warnen müssen, wie umwerfend sein Chef war! Dann begriff ich. Vielleicht ging es hier ja genau darum. Vielleicht war dieses ganze Gerede über *professionelle Raumorganisation* nur ein Vorwand gewesen, um uns einander vorzustellen! Das ärgerte mich noch mehr. Wie konnte Fontaine es wagen, mich derartig zu manipulieren? Aber dieser Kerl war wirklich Zucker.

Romantik konnte mir im Augenblick gestohlen bleiben, aber Kyle bot einen so hübschen Anblick, dass ich Fontaine unmöglich weiter böse sein konnte.

Als die Bedienung kam, bestellten die Männer Merlot und ich einen Cosmopolitan, in der Hoffnung, dadurch ein wenig, na ja … kosmopolitischer zu wirken. Außerdem wollte ich keine blauen Zähne riskieren.

»Erzähl mir mal ein bisschen was über dich, Sadie.« Kyle beugte sich vor und berührte mich am Arm. Sein durchdringender Blick fesselte mich und ein sehr ursprüngliches Begehren flammte in mir auf. Noch nie hatte ich mich auf Anhieb so zu jemandem hingezogen gefühlt. Nicht einmal zu Richard. Kyle war atemberaubend. Plötzlich erschien mir Pennys Vorschlag, ich solle mir doch einen Übergangsmann suchen, viel verlockender. Und dieser Typ war auf jeden Fall der heißeste Anwärter.

Während wir auf die Getränke warteten, stellte mir Kyle eine Reihe Fragen, von denen nur die Hälfte das Raumorganisieren betraf. Er flirtete ganz eindeutig mit mir. Er hatte es also auch gespürt, diese Verbindung auf den ersten Blick. Ich fühlte ein Kribbeln bis hinunter in die Zehen.

Als wir einen Blick in die Karte warfen, beugte er sich zu mir. »Die Hummerravioli sind zum Niederknien.«

Er war mir so nahe, dass sein Atem über meinen Hals strich. Sein schickes Hemd gewährte mir einen Blick auf seine Brust, die eine kleine Tätowierung zierte. In diesem Augenblick fügte ich meiner To-do-Liste entgegen aller Vernunft den Punkt »einen heißen Typen mit Tattoo vögeln« hinzu.

Während des Essens gab ich mein Bestes, ihn mit Charme und Witz zu besprühen. Allerdings schaltete ich jedes Mal, wenn mich Fontaine unter dem Tisch gegen das Bein trat, einen Gang herunter. Wir redeten über Lieblingsfilme und über Orte, die man unbedingt einmal gesehen haben musste, aber auch über das Raumorganisieren und darüber, wie ich mein Talent am besten in sein Unternehmen einbringen könnte.

»Natürlich müssten wir erst einmal einen Probelauf starten. Aber da wüsste ich schon etwas«, erklärte Kyle. »Ein paar sehr gute Freunde von mir sind gerade zusammengezogen. Einen Innenarchitekten brauchen sie zwar nicht, Hilfe beim Zusammenlegen ihrer Haushalte dafür umso mehr.« Er wandte sich an Fontaine. »Du kennst Owen und Patrick, oder?«

Fontaine nickte und zuckte mit einer seiner dunklen Brauen. »Hast du nicht auch mal mit Patrick zusammengewohnt?«

Kyle lachte. »Ja, aber das war noch auf dem College. Jetzt hat er zehnmal so viel Zeug. Wir hatten damals gerade mal ein Bett und eine Decke.«

Ich lachte mit ihnen. »Das muss ja komisch gewesen sein. Habt ihr dann immer abwechselnd geschlafen, oder was?«

Fontaine prustete los und verschluckte sich an seinem Wasser.

Kyles Lächeln blendete mich fast. Wieder strich er mir über den Unterarm. »Abwechselnd? Du bist wirklich köstlich, Sadie, da hatte Fontaine recht.«

Was war denn so lustig? Ich verstand nichts.

Und dann verstand ich es doch.

Oh. Mein. Gott. Dieser Kerl war schwul. Ich hatte gerade zwei Stunden meines Lebens damit verschwendet, hemmungslos mit einem Schwulen zu flirten. Kein Wunder, dass mir Fontaine ständig Grimassen geschnitten hatte. Wie blöd konnte man denn sein? Wie hatte ich das übersehen können? All diese Anspielungen hatten nicht mir gegolten. Er war einfach so schillernd.

In drei schnellen Schlucken leerte ich meinen Cosmopolitan und tat so, als wäre mir das die ganze Zeit klar gewesen. Falls Kyle eine Veränderung in meinem Verhalten auffiel, ließ er es sich nicht anmerken. Der Rest des Essens verging wie im

Fluge und schließlich versprach er mir, mich seinem früheren Geliebten und dessen neuem Liebhaber vorzustellen.

Den Mann hatte ich also nicht bekommen, aber dafür meinen ersten bezahlten Auftrag als Raumorganisatorin.

***

»Lass mich das noch mal wiederholen«, sagte Jasper, als wir gemeinsam am Strand saßen. »Du hast während des Vorstellungsgesprächs Fontaines schwulen Boss angebaggert?«

Ich nickte und Jasper ließ sich laut lachend nach hinten in den Sand fallen. »Du Trottel«, japste er.

Ich hätte gerne etwas zu meiner Verteidigung vorgebracht, aber ich konnte Jasper kaum einen Vorwurf machen. Fontaine hatte mich bei seinem Bericht über diese Katastrophe im allerschlechtesten Licht präsentiert. Er hatte zwar mit allem recht gehabt, aber besonders schmeichelhaft war es trotzdem nicht gewesen.

»Mami, schau mal, er fliegt«, rief mir Jordan zu und deutete auf seinen Drachen, der über den Himmel tanzte.

»Super gemacht, Schatz. Halt die Leine gut fest«, rief ich zurück.

Paiges Drache lag unbeachtet im Sand, während sie mit ihren Puppen spielte. Schwimmen wollten sie immer noch nicht.

Da bemerkte ich jemanden, der sehr nach Des aussah, den Strand entlangjoggen. Ging der Typ denn nie irgendwo in normalem Tempo hin? Ich ignorierte das Ziehen in meinem Unterleib. Nach dem, was gestern geschehen war, wollte ich von Männern erst einmal nichts wissen. Und dieses Mal meinte ich es ernst.

Jasper folgte meinem Blick. »Ist das Des?«

»Kann ich nicht erkennen.« Konnte ich sehr wohl.

Jasper winkte. Des winkte zurück und blieb dann bei Jordan

stehen, der ihm prompt die Leine seines Drachens reichte.

»Erzähl doch mal was von deiner Freundin, Jas. Warum habe ich sie eigentlich noch nicht kennengelernt?«, wollte ich wissen.

»Sie ist auf Geschäftsreise. Aber sobald sie zurück ist, bringe ich sie mit. Ich kann's gar nicht erwarten, dass sie wieder nach Hause kommt. So lange waren wir noch nie voneinander getrennt.« Jasper ließ den Kopf hängen.

»Wie lange seid ihr denn schon zusammen?«

»Im August ist es ein Jahr.« Er drehte ein Badetuch zwischen den Händen zusammen und sah zu Des und den Kindern hinüber. Dann wandte er sich wieder an mich. »Kann ich dir ein Geheimnis verraten? Aber du musst versprechen, es nicht weiterzuerzählen.«

Ich beugte mich vor. »Meine Lippen sind versiegelt.«

»Ich will Beth fragen, ob sie mich heiraten möchte.«

Eigentlich hätte ich mich bei einer solchen Ankündigung freuen müssen, doch ich tat es nicht. Sie waren doch noch viel zu jung! Zu naiv! Zu dumm, um zu wissen, dass Liebe nicht von Dauer war. Ich zwang mich zu einem Lächeln.

»Das ist toll, Jas. Wirklich. Aber bist du dir da ganz sicher? Ich meine, was wird denn dann aus deinem Restaurant?«

Er legte den Kopf schräg und sah mich stirnrunzelnd an. »Was hat denn das eine mit dem anderen zu tun?«

»Wahrscheinlich gar nichts. Aber Hochzeiten sind ganz schön teuer. Und Ringe und Häuser auch. Wo wollt ihr denn wohnen?«

Er lehnte sich von mir weg. »O Mann, Sadie. Ich dachte, du würdest dich für mich freuen.«

»Das tue ich auch, wirklich. Versteh mich nicht falsch. Sie ist bestimmt großartig und so, aber eine Ehe ist harte Arbeit.«

»Nicht wenn man den richtigen Menschen gefunden hat, kein falsches Arschloch. Glaubst du, nur weil es bei dir schiefgegangen ist, muss es auch bei mir schiefgehen?« Er wrang das Badetuch noch fester.

Ich hatte noch nie einen Welpen getreten, aber so musste sich das ungefähr anfühlen. Sosehr ich mich auch anstrengte, mir fiel einfach keine Situation ein, in der Richard und ich frisch verheiratet und bis über beide Ohren verliebt gewesen waren. Es musste doch einmal so gewesen sein, bevor das unschöne Nachspiel begonnen hatte.

»Es tut mir leid, Jasper. So habe ich das nicht gemeint. Natürlich freue ich mich für dich.«

»Klar, danke. Na ja, ich muss zur Arbeit, bin spät dran.« Er sprang auf, bürstete sich den allgegenwärtigen Sand ab und eilte ohne ein weiteres Wort die Verandastufen hinauf.

Dody sagte immer: »Zerrissenes Papier kann man nicht mehr flicken.« Wenn es möglich gewesen wäre, hätte ich die letzten fünf Minuten ungeschehen gemacht. Ich wollte nicht, dass sich Jasper schlecht fühlte, aber eine Ehe hatte nichts mit Einhörnern und Regenbögen zu tun. Das musste er wissen.

Die Sonne stand hoch am blauen Himmel und mein Bedauern brannte umso heißer. Auch der Wind konnte die Sache nicht abkühlen.

Ich sah zu, wie Des meinem Sohn Tricks mit dem Drachen zeigte. Das Flugtier zerrte an der Leine, drehte und wand sich. Ich fühlte mich wie dieser Drache: am seidenen Faden hängend, ohne Kontrolle darüber, wie mein Leben weiter verlaufen und was als Nächstes geschehen würde.

Jordan jauchzte vor Bewunderung. Inzwischen hatte sich auch Paige zu den beiden gesellt. Sie hopste und tanzte im Sand umher und ahmte die Bewegungen des Drachens nach.

In diesem Moment drehte sich Des um und lächelte mich so strahlend an wie in einer Zahnpastawerbung. Mir blieb nichts anderes übrig, als hinüberzugehen und ihn zu begrüßen.

»Hi.«

»Hi. Sie können ja ziemlich gut mit dem Ding da umgehen«, sagte ich.

»Ich kann mit vielen Sachen ziemlich gut umgehen«, antwortete er. Flirtete er etwa mit mir? Es klang ganz danach, aber bei Kyle hatte es auch ganz danach geklungen. Mein Radar musste dringend neu eingestellt werden.

Seine Brust war wieder verschwitzt vom Joggen, was mich ganz schön ablenkte. Allein die Anwesenheit meines Nachwuchses bewahrte mich davor, etwas total Dodymäßiges zu sagen, zum Beispiel: »Wussten Sie, dass die Römer aus Gladiatorenschweiß ein Aphrodisiakum hergestellt haben?« (Stimmt wirklich. Habe ich in einer Geschichtsdoku gelernt.)

»Mami, Des sagt, wir dürfen ins Wasser, wenn du es erlaubst«, piepste Jordan.

Mein Blick flog von der verschwitzten Brust zum Gesicht meines Sohnes.

»Du willst ins Wasser?«

Jordans weißblonder Schopf senkte sich zu einem Nicken.

Wer war dieser Wechselbalg und was hatte Des mit meinem Kind angestellt?

»Ich dachte, du hast Angst vor den Wellen.«

Jordan, ganz der Minimacho, straffte die Schultern. »Hab ich nicht!«

»Ich will auch ins Wasser!«, fiel Paige ein.

»Du auch?«

»Tut mir leid«, sagte Des. »Ich habe ihnen erzählt, dass ich schwimmen gehe, und sie haben mich gefragt, ob sie mitdürfen.«

Wer war der Kerl? Der Rattenfänger von Hameln? Seit fast einem Monat versuchte ich, meine Kinder in den See zu bekommen.

»Sie können nicht schwimmen.«

»Hier ist es ganz seicht.« Er deutete auf das Wasser vor uns. »Wenn Sie auch mitkommen, wird es schon gehen.«

»Komm schon, Mami.« Paige nahm meine Hand und zog.

War es dieser Akzent, der es einem so unmöglich machte, ihm zu widersprechen? Er hätte mich auch bitten können, ein Fluchtauto zu fahren, und ich hätte Ja gesagt.

Noch bevor meine schwächliche Zusage vom Winde verweht wurde, rannten Jordan und Paige schon mit Des zum See. Ich blieb zurück und wunderte mich über diesen plötzlichen Sinneswandel meiner Kinder.

Am Wasser blieben sie stehen und warteten auf mich.

»Bereit?«, fragte Des und streckte Jordan die Hand hin.

Jordan zögerte jetzt bei genauerem Nachdenken doch und bohrte seine Zehen in den Sand, als eine zehn Zentimeter hohe Welle seinen Mut zum Einsturz zu bringen drohte. Ohne den Blick von der Wasserfläche vor sich zu lösen, streckte er die Ärmchen aus.

Des reagierte sofort. Er nahm meinen Sohn auf den Arm und ging mit ihm in den See hinein. Wunderte mich ja, dass er nicht einfach übers Wasser lief. Was war das bloß für ein Typ?

Ich nahm die kichernde, zappelnde und quietschende Paige auf den Arm und wir folgten den Männern, wobei ich Jordan beobachtete. Seine Augen wurden groß und auf seinem Gesicht breitete sich ein strahlendes Lächeln aus.

Eine Welle platschte gegen Paiges Fuß und sie versuchte, an mir hochzuklettern, aber weiter hinauf ging es nicht mehr. Immerhin schaffte es die Sorge um meine Kinder, dass ich für einen Augenblick all die Wasserleichen und Aale und weiß Gott, was da sonst noch so im Wasser umhertrieb, vergaß. Na ja, jedenfalls fast …

Zehn Minuten später dümpelten meine Kinder um uns herum wie Entenküken und alle Angst vorm Untergehen war vergessen. Seit Wochen hatte ich geschmeichelt, verhandelt, gedroht und bestochen, um sie so weit zu kriegen, und jetzt, dank dieses Fremden aus Atlantis, planschten sie herum wie kleine Nemos.

Das Wasser war ruhig und ich musste mir keine Sorgen machen, dass sie von einer plötzlichen reißenden Flut in die Tiefe gezogen werden würden, aber ich ermahnte sie trotzdem, nahe bei uns zu bleiben. Nicht dass sie mir auch nur die leiseste Beachtung geschenkt hätten, wo doch Des, der Superheld, da war. Er war der Mann aus Stahl und sie waren seine kleinen Magneten.

»Kommt schon, Kinder, lasst Des ein bisschen Platz. Ihr benehmt euch ja wie die Pocken«, bat ich.

»Was sind die Pocken?«, fragte Paige.

»Diese Viecher, die immer unter Schiffen kleben«, erklärte ich.

Des verkniff sich ein Lachen. »Ich glaube, Sie meinen Seepocken.«

»Wirklich? Was sind dann normale Pocken?«

»Eine gefährliche Infektionskrankheit.«

»Ganz sicher?«

Er nickte entschieden. »Ziemlich sicher.«

Mist. Dody färbte offensichtlich auf mich ab. Ich dachte immer, das wären Pocken. Wie oft ich dieses falsche Wort wohl schon in der Öffentlichkeit benutzt hatte?

»Ist die Uhr da eigentlich wasserdicht?«, fragte er.

Ich sah hinab auf mein Handgelenk. In meiner Uhr schwappte trübes Seewasser und der Minutenzeiger tickte auf der Stelle. Verdammt.

»Ist Ihre denn wasserfest?«, fragte ich zurück, um meine Verlegenheit zu überspielen.

Er nickte und überprüfte nun ebenfalls seine Uhr. »Oh, Mist!«, rief er dann. »Ich komme noch zu spät zur Arbeit. Ich muss los. Bis später dann!«

Er winkte und marschierte los in Richtung Ufer. Dann blieb er jedoch noch einmal stehen, drehte sich zu uns um und deutete auf Jordan. »Kommen Sie denn zurecht, mit den beiden im Wasser?«

Ob ich damit zurechtkam, auf meine eigenen Kinder aufzupassen? Natürlich, aber seine Frage klang so aufrichtig besorgt, dass ich fast gelacht hätte. Wie oft hatte mich Richard gefragt, ob ich Hilfe mit den Kindern brauchte? Hm, wenn man's genau nahm, nie.

8

»Sadie, ich habe eine wunderbare Überraschung für dich!« Dody rauschte ins Wohnzimmer und wedelte mit beringten Fingern durch die Luft. Da Dodys Überraschungen meistens aus selbst zusammengebrauten Kräutergetränken bestanden, die nach verrottenden Gartenabfällen rochen und sogar noch schlimmer schmeckten, hielt sich meine Begeisterung in Grenzen.

»Ich lese den Kindern gerade vor, Dody. Kann das nicht warten?« Jordan saß neben mir, lauschte mit halbem Ohr meiner Vorlesestimme und spielte dabei mit seinen Lastwagen, während Paige völlig gebannt der Geschichte lauschte. Lesen war ihre absolute Lieblingsbeschäftigung. Damit musste man vermutlich rechnen, wenn man seine Tochter Paige Turner nannte.

»Es kann nicht warten. Ich habe bei meiner spirituellen Meisterin Madame Margaret eine Deutung für dich gebucht.« Sie strahlte, als hätte ich soeben den Hauptgewinn gezogen. »Sie ist einfach wundervoll, du wirst sie mögen.« Sie fegte einen Stapel Bilderbücher zu Boden und setzte sich unter lautem Stoffrascheln aufs Sofa.

»Dody, ich brauche keine Hellseherin, sondern eher einen Buchführer.«

»Ach, papperlapapp! Die führen doch nur Bücher. Aber Margaret kann dir den Weg zu deinem höheren Selbst weisen.«

Ich war mir nicht sicher, ob ich überhaupt ein höheres Selbst hatte. Ich schaffte ja nicht einmal den Selbstverwirklichungstest in den Illustrierten.

»Glaubst du denn wirklich an dieses Zeug?«, fragte ich.

»Ich glaube an alles, was einem Menschen hilft, seine negativen Energien loszuwerden und sich auf das Positive zu konzentrieren. Und du, junge Dame, bist randvoll mit negativer Energie. Margaret könnte dir genau den kleinen Schubs in die richtige Richtung versetzen, den du brauchst. Sie erwartet uns in einer Stunde.«

»Und was ist mit den Kindern?«

»Die können wir auf dem Weg bei Anita Parker absetzen. Ich habe sie schon gefragt.«

Das gefiel mir nicht. Ich brauchte keine verrückte Zigeunerin, die mir irgendwelchen Blödsinn über eine lange Reise und einen großen, dunklen Fremden erzählte. Oder noch schlimmer: Was, wenn sie eine echte Hellseherin war und mir erklärte, meine Zukunft halte nichts als Herzschmerz und Einsamkeit für mich bereit? So viel wusste ich auch jetzt schon. Da war mir der Rat eines Barkeepers lieber, der wurde wenigstens mit einem Gin Tonic serviert. Aber Dody hatte es sich nun mal in den Kopf gesetzt und das bedeutete, wir würden gehen.

Eine Stunde später nahm ich in *Madame Margaret's Boutique* auf einem Klappstuhl Platz. Mystische Kristallkugeln und merkwürdige Utensilien der Wicca-Religion reihten sich auf staubigen Glasregalen. Es roch nach Lavendel und Katzenstreu und ätherische Klänge einer morgenländischen Musik waberten durch die Luft. Was zum Teufel tat ich eigentlich hier?

Eine kleine, rundliche Frau mit kurz geschnittenen Silberhaaren und einer rot gerahmten Zweistärkenbrille betrat den Raum. Sie trug einen rosafarbenen Jogginganzug. Ich war überrascht und ehrlich gesagt auch ein bisschen enttäuscht, als sie sich mir gegenübersetzte. War das etwa die Hellseherin? Wo waren die Schleier? Und der dicke, schwarze Lidstrich? Wo waren die goldenen Reifohrringe? Das war doch Betrug.

Sie lächelte mich warm an und schüttelte mir die Hand. »Hallo, ich bin Maggie.«

»Hi«, sagte ich steif. Ich wollte möglichst nichts preisgeben. Wenn sie wirklich eine Hellseherin war, dann sollte sie meinen Namen doch erraten.

»Und Sie sind Sadie«, sagte sie.

»Genau!« Ich starrte sie an. Wow, sie war wirklich gut!

Sie schmunzelte über meine Reaktion und tippte auf das Blatt Papier, das vor uns auf dem Tisch lag. »Ihr Name steht hier in meinem Terminkalender.«

»Oh, ja.« Ich rutschte auf dem Stuhl hin und her.

Sie reichte mir ein Päckchen reich verzierter Karten. »Mischen Sie die hier bitte durch. Ich weiß nicht, ob wir sie überhaupt brauchen werden, aber es wird Ihre Nervosität lindern.«

»Ich bin nicht nervös«, sagte ich viel zu schnell. Warum sollte ich denn nervös sein? Nur weil sie mir gleich sagen würde, dass meine Zukunft trostlos und düster aussah?

Sie schloss die Augen und atmete tief und langsam.

Das war doch lächerlich.

Dann öffnete sie die Augen wieder und nahm mir die Karten ab. Scheinbar willkürlich deckte sie ein paar davon auf. Die Bilder darauf waren mehr als merkwürdig: ein Turm, in den ein Blitz einschlug, zwei in Togen gehüllte Frauen, die goldene Kelche in die Höhe hielten, ein Eremit mit einer Laterne. Und ein Typ im schwarzen Umhang auf einem Pferd. Auf dieser Karte stand das Wort *Tod!* Das konnte ja nichts Gutes werden.

Sie betrachtete die Karten einige stille Augenblicke lang und meine Haut begann zu kribbeln. Waren die Aussichten denn so düster, dass sie nicht wusste, wie sie es mir beibringen sollte? Als sie schließlich sprach, klang ihre Stimme ruhig.

»Sie sind unausgeglichen.«

Unausgeglichen als Euphemismus für verrückt?

Sie deutete auf die erste Karte. »Das hier ist die Turm-Karte. Sie bedeutet, dass alte Überzeugungen und Vorstellungen ins Wanken geraten. Sämtliche Aspekte Ihres Lebens sind in Bewegung und Sie müssen offen für Veränderungen sein. Gewisse Probleme kann man nur lösen, indem man sich von etwas oder von jemandem löst, entweder physisch oder emotional. Haben Sie kürzlich eine Beziehung beendet oder denken Sie darüber nach, einen Schlussstrich zu ziehen?«

Dody musste ihr von meiner Scheidung erzählt haben. Ich nickte einmal, ich wollte immer noch nicht zu viel verraten.

Madame Margaret erwiderte das Nicken. »Es war die richtige Entscheidung. Er war ein Blender, der im Grunde jedoch nicht viel zu geben hatte. Aber Sie haben noch einiges mit ihm zu erledigen, bevor sich Ihre Situation verbessert. Der Eremit bedeutet innere Weisheit. Sie besitzen diese Weisheit, doch Sie vertrauen ihr nicht. Lösen Sie Ihre Aufmerksamkeit von dem Alltäglichen und sehen Sie nach innen. Dort liegt die Ursache Ihrer Probleme und nur dort können Sie diese auch lösen.«

Na, das glaube ich kaum. Meine Probleme beginnen und enden mit Richard.

»Ach, und hier ist die Sechs der Kelche«, fuhr sie fort und deutete auf eine weitere Karte. »In dieser Position ist sie sehr bedeutsam. Sie verbindet die Vergangenheit mit der Zukunft. In Ihrer Situation ist es sinnvoll, beides zusammenzuhalten. Vielleicht werden Sie bald feststellen, dass Sie oft an Vergangenes denken, vielleicht sehnen Sie sich auch nach den guten Zeiten einer alten Beziehung.«

Wow, dafür stehen die Chancen ja so was von auf null.

»Außerdem bedeutet sie eine Zeit emotionaler Erneuerung. Sie können sich endlich von alten Lasten befreien, zu sich kommen und die Richtung Ihres Weges anerkennen.«

Bis jetzt klang das sehr nach Standardvorhersage. Alles

ziemlich mehrdeutig, besonders weil Dody sie offensichtlich eingeweiht hatte.

Sie deutete auf eine weitere Karte. »Das hier ist das Ass der Münzen. Es steht für gute Gesundheit. Der Stern daneben ist die Karte der Inspiration, Einsicht und Hoffnung. Kontakt zu jemandem, der Ihr Leben einschneidend verändern wird. Vielleicht eine neue Beziehung.«

Na klar, das klingt absolut nach Dody. Die Sache hier ist geplant.

»Ich erwarte keine neue Beziehung«, sagte ich, um die Angelegenheit im Keim zu ersticken.

Sie lächelte freundlich. »So etwas erwartet man selten. Genau das ist ja das Schöne beim Tarot. Jetzt wissen Sie, dass Sie danach Ausschau halten können.«

Ich wollte widersprechen, doch mir war klar, dass es keinen Sinn hatte. Diese exzentrische Komplizin meiner Tante schien eine nette Dame zu sein. Sollte sie doch ihre kleine Geschichte erzählen.

»Die Drei der Kelche sagen mir, dass Sie eine lustige Zeit vor sich haben.«

Aha, Kelche, klar. Wahrscheinlich voller Wodka.

»Hier drüben liegen der Ritter der Schwerter und der König der Schwerter. Diese Karten könnten für gewisse Männer in Ihrem Leben stehen, sowohl aus der Vergangenheit als auch aus der Gegenwart. Beide sind charmant, humorvoll und redegewandt, doch einer von ihnen rauscht an Ihnen vorüber wie der Wind und ist genauso schnell wieder verschwunden. Er langweilt sich schnell.«

Hmm, das könnte allerdings tatsächlich Richard sein.

»Der andere jedoch repräsentiert einen vertrauenswürdigen und verantwortungsbewussten Mann, einen erfahrenen Ratgeber. Ein Anwalt vielleicht oder ein Arzt.«

O mein Gott. Im Ernst? Hat Dody für diese Frau ein Drehbuch geschrieben, oder was?

Stirnrunzelnd betrachtete Margaret die nächste Karte. »Das hier ist das Rad des Schicksals. Es besagt, dass sich Ihr Glück wendet. Eine neue Phase beginnt, und Vorsehung und Fügung werden Ihnen nicht viel Kontrolle über die kommenden Ereignisse lassen. Und Kontrolle ist etwas, das Sie um jeden Preis wollen. Aber das Beste, was Sie jetzt tun können, meine Liebe, ist, mit der Strömung zu schwimmen und jenen zu vertrauen, denen Sie wichtig sind. Sie müssen viele Entscheidungen treffen und nur eine ist die richtige. Sie können nicht alles alleine schaffen.«

Doch, das konnte ich, schließlich tat ich es schon seit Jahren. Richard war ungefähr so unterstützend gewesen wie ein lebensgroßer Pappehemann.

Dann lächelte sie. »Letztendlich wird sich alles zum Guten wenden. Sehen Sie diese Zwei der Kelche hier? Diese Karte bedeutet eine neue Liebe. Dieser nächste Mann wird viel besser zu Ihnen passen. Aber Liebe hat ihren Preis: Diese neue Beziehung wird auch Opfer von Ihnen fordern.«

Forderten Beziehungen denn nicht immer Opfer?

Augenblick mal.

Was?

Hatte sie gerade Liebe gesagt? Nein, danke. Für Richard hatte ich wirklich schon genug geopfert. Ich war ausgebrannt.

Sie lehnte sich zurück und sah mich eine Weile lang an. »Wir können unser Leben nicht kontrollieren, Sadie. Manchmal können wir ja nicht einmal unsere Reaktionen kontrollieren. Aber je mehr wir uns gegen die Strömung wehren, desto mehr erschöpft sie uns. Kontrolle ist eine Illusion.«

Falsch, Liebe ist die Illusion.

Sie deckte ein paar weitere Karten auf und lächelte wieder. »Wunderbar, die Vier der Kelche. Sie lassen sich nicht von materiellen Dingen beherrschen. Ja, daran sollten Sie festhalten. Haben Sie keine Angst davor, Ihre Stärken zu nutzen.

Sie haben mehr davon, als Ihnen bewusst ist. Sie werden die Balance, nach der Sie sich sehnen, finden, sobald Sie Ihre feste Vorstellung davon, wie die Dinge zu sein haben, loslassen, und Sie so akzeptieren, wie sie sind. Machen Sie sich bereit für die große Welle, sie wird Sie in die richtige Richtung tragen und Ihnen Freude bringen. Sie werden glücklich sein, Sadie. Die Karten sagen es ganz deutlich.«

Natürlich musste sie so etwas erzählen. Für die Vorhersage einer Katastrophe würde wohl kaum jemand zwanzig Prozent Trinkgeld geben. So ging es noch etwa eine Viertelstunde weiter. Sie riet mir, meinen Instinkten zu vertrauen und die Vergangenheit loszulassen. Ganz sicher ein guter Rat, doch das meiste von dem, was sie sagte, hätte auch aus Dodys Mund stammen können.

Na also, ich hätte dieses Geld besser in Gin Tonic investieren sollen, dann wäre ich jetzt wenigstens angenehm beschwipst.

***

»Du hast mir absichtlich verschwiegen, dass Fontaine auch gerade bei Dody wohnt, Sadie! Dachtest du, ich würde das nicht herausfinden?« Richards Stimme war rau vor Zorn.

Wir standen auf dem Parkplatz der Waffelburg, wo ich gerade Paige und Jordan von einem Besuch bei ihm abgeholt hatte. Die Kinder saßen im Auto und sahen zu, wie wir uns anschrien, wie in guten alten Zeiten.

»Brüll mich nicht an! Ich habe es nicht erwähnt, weil ich fand, dass es keine Rolle spielte, Richard. Was ist denn schon dabei, wenn Fontaine auch da ist?«

»Was denn schon dabei ist? Ich will nicht, dass mein Sohn in Fontaines Mist verwickelt wird. Bringt er Männer mit nach Hause?«

Sein Finger schwebte direkt vor meinem Gesicht. Am

liebsten hätte ich ihn abgebissen und ausgespuckt.

»Nein, tut er nicht. Aber du benimmst dich wirklich wie ein homophobes Arschloch. Ob Jasper vielleicht wilde Sexpartys mit ein paar Betthäschen feiert, ist dir egal, du willst nur nicht, dass mein Cousin deinen Sohn umkrempelt.«

Er packte meinen Arm und zog mich ein Stück vom Auto weg. »Nicht so laut. Und Scheiße, Sadie, das ist verdammt noch mal nicht fair. Du drehst mir die Worte im Mund herum.«

Ein Pärchen ging an uns vorüber. Die Frau ging langsamer, als sie uns erblickte, doch der Mann zog sie vorbei.

»Jetzt pass mal auf«, zischte Richard, sobald sie außer Sicht waren. »Ich habe keine Zeit, mit dir darüber zu streiten. Ich muss zur Arbeit. Aber lass dir gefälligst etwas einfallen, Sadie. Ich werde nicht zulassen, dass meine Kinder so einem Einfluss ausgesetzt sind. Also schaff deinen Schwuchtelcousin dort weg oder verfrachte deinen Hintern zurück nach Glenville. Du hast ein riesiges Haus, das hier leer steht, während du dein albernes kleines Sommercamp bei Dody aufgeschlagen hast. Es reicht. Ich will meine Kinder wieder hier haben, wo ich sie öfter sehen kann.«

Meine Schläfen pochten. Ich konnte kaum atmen und ich wollte nichts mehr, als ihm mit aller Kraft in die Eier zu treten. Oder wenigstens etwas zu sagen, das ihm genauso wehtun würde, aber ich war zu langsam.

Ohne sich noch einmal zu Paige und Jordan umzudrehen, stieg Richard in sein Auto und raste davon.

Zitternd, als hätte ich soeben in eine Steckdose gefasst, kletterte ich in meinen SUV.

»Mami, warum hat Daddy so geschrien?«, fragte Paige.

Ich atmete tief durch. »Er hat nur ein bisschen Ärger bei der Arbeit, Schatz. Das wird schon wieder.«

Wie schon so oft log ich sie über ihren Vater an. Ich würde jedenfalls nicht diejenige sein, die sie gegen ihn aufbrachte.

Wenn sie älter waren, würden sie selbst entscheiden können, was sie von ihm halten wollten. Bis es so weit war, würde ich sie beschützen.

***

Als ich am Nachmittag wieder in Bell Harbor ankam, war ich noch immer ganz durcheinander von dem Streit. Ich wollte nicht fort von hier. Noch nicht. Und ganz sicher würde ich auch nicht Fontaine zum Gehen auffordern, ich würde ihm nicht einmal erzählen, was Richard gesagt hatte. Aber irgendetwas musste ich doch tun.

Ich ging mit den Kindern und den Hunden an den Strand. Vielleicht würde ein wenig Sonnenschein die Gewitterwolken in meinem Kopf vertreiben. Ich hatte auch Dody gefragt, ob sie nicht mitkommen wollte, doch sie hatte sich schon mit Anita Parker zum Bauchtanzunterricht verabredet.

Ich stellte einen Korb mit Plastikspielzeug in den Sand, um Jordan zu beschäftigen. Paige hatte ihre Puppen und für mich gab es einen Liegestuhl, einen Weinkühler und einen Kitschroman. Sonne, Alkohol und Schundliteratur, so stellte ich mir Urlaub vor.

Faulpelz bellte und tobte herum, als hätte sich ein Mungo in seinen Schwanz verbissen, dann legte er sich neben mich und schloss die Augen. Dickmops schnüffelte im Sand herum und suchte nach halb vergrabenem Junkfood, das andere Strandbesucher hier vielleicht liegen gelassen hatten.

Kurz darauf hörte ich einen knappen, lauten Pfiff. Sofort rannten die Hunde los in Richtung des Geräusches.

Es war Des, der den Strand entlangjoggte. Es folgte der obligatorische Stromstoß, der mich jedes Mal durchfuhr, wenn ich ihn sah, und ich ermahnte mich mal wieder, die Sache endlich abzuhaken. Ja, ich fühlte mich zu ihm hingezogen, mehr als ich mir selbst eingestehen wollte, aber es war nur eine Schwärmerei. Die Gefühle, die er in mir auslöste, hatten etwas von einem Comic. All diese *Bings* und *Boings* und *Zabadongs*. Es machte Spaß sich vorzustellen, er wäre der Bionic Man mit verbessertem Feingefühlschip. Aber das war er nicht. Nicht in der Realität. Er war einfach nur ein Mann, und wenn ich ihn näher kennenlernte, würde ich all seine unschönen Schwächen entdecken. Es war schön, mit ihm zu flirten und sich vorzustellen, es hätte etwas zu bedeuten, doch das hatte es nicht.

Des hob ein Stück Treibholz auf und warf es für die Hunde, die losjagten, um die Beute zu holen. Dann setzte er sich neben mich.

»Hey.«

»Hey«, erwiderte ich und schob diskret meinen Schundroman und das Billiggesöff hinter den Stuhl.

Die Kinder saßen ein Stück entfernt am Strand und buddelten ein Loch nach Australien. (Entgegen der landläufigen Meinung kam man, wenn man in Michigan ein Loch grub, auf der anderen Seite nicht in China heraus, sondern in Australien. Eine weitere unnütze Information, die mein Gehirn füllte. Wie auch das Wissen, dass das Wasser einer Toilettenspülung zu beiden Seiten des Äquators in entgegengesetzter Richtung ablief.)

»Wie geht es Ihnen?«, fragte er.

»Gut. Und Ihnen?«

»Auch gut. Was macht Dody?«

»Bauchtanzen.«

Lachend schüttelte er den Kopf, vielleicht, um das Bild vor seinem inneren Auge wieder loszuwerden.

Paige kam angerannt. »Hi, Des! Schau mal, meine Meerjungfrau. Sie heißt Rosemerelda Abernathy Heidelbeere Turner. Gefällt sie dir?«

»Ja, sehr.«

»Gefällt dir auch mein neuer Badeanzug? Da sind gelbe

Blumen drauf. Schau!« Sie knickste, legte den Kopf zur Seite und stemmte eine Hand in die Hüfte.

»Ja, der ist wirklich hübsch.«

»Ich weiß.« Damit drehte sie sich um und rannte zurück zu ihrem transglobalen Australientunnel.

Jordan sah auf und winkte.

Des winkte zurück.

Schweigend saßen wir eine Weile da und sahen den Kindern beim Spielen zu.

»Sie sind heute so still.« Des lehnte sich zur Seite und stieß mit dem Ellbogen gegen die Lehne meines Stuhls.

»Bin ich das? Tut mir leid. Schlechter Tag. Streit mit meinem Exmann.« Ach, verdammt. Warum hatte ich das gesagt? Etwas über den verflossenen Ehegatten eines anderen zu hören, war wie eine Diashow von einem echt beschissenen Urlaub, bei dem man nicht einmal dabei gewesen war. Und trotzdem redete ich weiter. »Richard will nicht, dass ich hierbleibe. Er hat Angst, Fontaine könnte Jordan mit einem unheilbaren Schwulenfieber infizieren.«

Er sah zu meinem Sohn hinüber, der jeder Zoll ein typischer Junge war. Er hatte das Buddeln aufgegeben und trat und boxte jetzt in die Luft, im Kampf auf Leben und Tod mit einem unsichtbaren Feind.

»Das ist ziemlich dumm. Was haben Sie jetzt vor?«, fragte Des, lehnte sich zurück und wandte das Gesicht mit geschlossenen Augen der Sonne zu.

Ich nutzte die Gelegenheit, ihn zu betrachten, doch als ich nichts sagte, schlug er die Augen wieder auf und sah mich an.

»Ich weiß nicht«, sagte ich. »Kommt darauf an, wie viel Ärger Richard machen wird. Das alles macht mich nur so wütend, weil Fontaine einfach toll zu den Kindern ist. In diesem einen Monat hat er öfter mit ihnen gespielt als Richard in den letzten fünf Jahren.«

Des nickte langsam. »Das ist wirklich schade.«

Ich nickte ebenfalls und zog den Weinkühler hinter dem Liegestuhl hervor. »Sind Sie denn schon einmal verheiratet gewesen?« Dodys knallharte Unverblümtheit färbte allmählich auf mich ab.

Er nickte und trat nach dem Sand. »Ja. Ist nicht besonders gut gelaufen.«

»Das tut mir leid.« Ich reichte ihm die Weinflasche, er nahm sie und trank.

»Das kommt mir schon sehr lange her vor.«

»Was ist passiert?«

Er nahm noch einen Schluck aus der Flasche. Seine nächsten Worte kamen nur langsam. »Unterschiedliche Prioritäten, schätze ich. Wir waren noch sehr jung. Sehr egoistisch.« Wieder schüttelte er den Kopf und reichte mir die Flasche zurück. Seine Hand berührte meine. Einen Augenblick lang trafen sich unsere Blicke. Mein Herz flammte auf wie die letzten Funken einer Wunderkerze kurz vor dem Erlöschen.

Fast hätte Des gelächelt, doch dann veränderte sich seine Miene, so als wäre ihm gerade wieder eingefallen, dass er einen Topf auf dem Herd stehen gelassen hatte, oder dass er vergessen hatte, sich eine Hose anzuziehen. Er sah wieder aufs Wasser hinaus. »Sie wissen schon. So ist das Leben. Ehen gehen eben auseinander.«

Ein Teil von mir wollte nachhaken, aber ich ahnte, dass mir nicht gefallen könnte, was ich zu hören bekommen würde. Außerdem wollte er offensichtlich nicht darüber reden.

»Heute keinen Krankenhausdienst?«, fragte ich stattdessen.

Er seufzte und irgendwie fühlte es sich an, als wäre die Sonne plötzlich verblasst. »Nein, heute nicht. Aber ich habe jede Menge anderes zu tun und sollte wohl besser mal damit anfangen.«

Langsam erhob er sich, so als wollte er noch etwas sagen. Doch dann rief er mir nur noch ein »Bis später!« zu.

Er wandte sich ab und joggte den Strand entlang zurück.

Memo an mich: Frag Des nicht nach seiner Ehe, denn das macht ihn traurig und dann geht er weg.

***

Ich rückte den Riemen meiner brandneuen ledernen Arbeitsmappe auf der Schulter zurecht und setzte mein bestes professionelles Raumorganisatorinnen-Lächeln auf. Kyle hatte recht gehabt: Sein früherer Geliebter Patrick und dessen Freund Owen hatten wirklich eine ganze Menge Zeug!

Ihr neues Heim war ein historisches Ungetüm von einem Haus, das älteste in ganz Bell Harbor. Das bedeutete kunstvoll geschnitzte Holzverzierungen, eine weitläufige Veranda, die einmal um das ganze Haus herumführte, und altmodische Toiletten mit Spülketten. Es bedeutete außerdem Dutzende von winzigen Räumen und die unlogischste Küche, die mir je untergekommen war. Und keine Schränke! Keinen einzigen! Mein schlimmster Albtraum. Diese Aufgabe würde schwieriger werden als erwartet, und da es mein erster Job in diesem Geschäft war, musste alles perfekt werden.

Meine Kunden waren bis über beide Ohren verliebt und so aufgeregt, weil sie endlich zusammenzogen, dass ihnen die Details ihrer neuen Einrichtung vollkommen egal waren. Sie wollten einfach nur ihre Kisten einigermaßen ordentlich auspacken.

Doch wenn ich versagte und das Chaos in diesem Haus Einzug hielt, würden sie sich über umgefallene Golfschläger und im Papierwust untergegangene wichtige Post streiten. Mein Versagen würde ihre Beziehung verderben. Das würden sie vermutlich zwar nicht begreifen, aber ich würde es wissen. Also musste ich das hier richtig machen.

»Das hier ist die Mastersuite«, sagte Patrick und öffnete noch eine Tür. »Sind die Fenster nicht einfach göttlich? Wir hätten gerne hauchzarte, himmlische Stoffe überall.«

»Und gleich hier ist ein separates Mädchenzimmer«, fügte Owen hinzu. »Wir dachten, wir könnten vielleicht einen begehbaren Kleiderschrank daraus machen.«

Einen Schrank? Gott sei Dank.

»Weil es jedes Mal spannend wird, da wieder herauszufinden«, lachte Patrick.

Owen seufzte. »Über diesen Witz kannst du immer wieder lachen, was, Schatz?«

Den restlichen Tag verbrachten wir damit, über ihre Vorstellungen zu reden, wie man den Platz am besten nutzen konnte. Ich fotografierte die Räume und machte mir Notizen. Dann versprach ich, in einer Woche wiederzukommen.

Auf Patricks Bitte hin sagte ich außerdem zu, beim nächsten Mal mein Etikettiergerät mitzubringen und die Handtuchhalter mit *Seines* und *Seines* zu markieren.

***

Ein paar Tage später begleitete ich Dody durch die Krankenhauslobby zu einem Arzttermin, als ich einen vertrauten Akzent hörte. Wie üblich rieselte mir sofort ein Schauer über den Rücken bis hinab in mein Höschen.

»Hey Sadie!«, rief er.

Dody und ich wandten uns um und Des geriet leicht ins Stocken, zweifellos aus dem Takt gebracht von Dodys türkisfarbener Boa. Sie war mit Federn und Pailletten besetzt und hing über ihren Schultern wie ein Mitglied der *Muppet Show*. Angeblich hatte Walter sie einmal von einem rumänischen Hausmädchen gekauft, die das Prachtstück zuvor aus dem Ankleidezimmer von Diana Ross stibitzt hatte. Ich hatte da so meine Zweifel.

Des sah in seinem Arztoutfit natürlich absolut umwerfend aus. Was macht einen weißen Kittel nur so sexy, fragte ich mich, kurz bevor mir einfiel, dass ich heute ruhig auch mal ein wenig Sorgfalt auf mein eigenes Äußeres hätte verwenden können. Klar, ich war im Urlaub, aber hätte es mich denn umgebracht, mir die Haare zu waschen? Hätte ich auf diese zehn Minuten länger im Bett denn nicht verzichten können? Genau genommen war ich mir jetzt nicht einmal mehr sicher, ob ich mir auch nur die Zähne geputzt hatte. Mist!

Ich lächelte mit geschlossenem Mund und versuchte, Zahnpasta zu schmecken.

»Wow, Dody, Sie sehen sagenhaft aus.« Er lächelte breit.

Sie wedelte mit der Boa und klimperte mit den Wimpern. »Danke. Das hat Fontaine auch gesagt.«

Des nickte und zuckte mit den Brauen. »Und Fontaine muss es ja wissen.«

Über ihren Kopf hinweg zwinkerte er mir zu und mein BH wollte sich schon bereitwillig ergeben und von selbst öffnen.

»Was führt euch denn her, meine Damen?«, fragte er.

»Oh, nichts Ernstes. Nur ein kurzer Besuch bei meinem Vaginakologen«, entgegnete sie.

»Dody!«, keuchte ich.

»Was denn? Sei nicht so zimperlich, Sadie. Er kennt sich mit solchen Dingen aus. Immerhin ist er Arzt. Stimmt's, Des? Sie kennen sich mit diesen Frauensachen aus, nicht wahr?« Kokett wedelte sie mit der Boa.

Seine Miene blieb vollkommen ausdruckslos. »Ich bin mit der Vaginakologie vertraut, ja.«

Na, darauf wette ich.

»Wir wollten gerade in die Cafeteria zum Mittagessen«, sagte Dody. »Kommen Sie mit?«

»Das stimmt doch gar nicht«, platzte ich heraus, weil mich seine Anwesenheit wie immer verwirrte.

»Doch, das tut es. Ich bin am Verhungern.« Mit aufgerissenen Augen sah sie mich an.

Des warf einen Blick auf die Uhr. »Ich habe nur noch ein paar Minuten Zeit, aber ich begleite euch.«

Er deutete in die entgegengesetzte Richtung auf das riesige Cafeteriaschild, an dem wir direkt vorbeigelaufen waren. Wir drehten um und durchquerten einen kurzen Gang, bis wir kurz darauf das Krankenhausrestaurant erreichten.

Es war fast leer. Vielleicht weil es gerade einmal halb elf Uhr morgens war.

»Vielleicht trinken wir einfach nur einen Kaffee, eigentlich habe ich doch keinen so großen Hunger.«

Hab ich's doch gewusst! Diese intrigante alte Lügnerin versuchte immer noch, Des in meine Welt zu lotsen.

»So viel Zeit habe ich noch«, entschied Des und deutete auf einen Ecktisch. »Warum setzt ihr euch nicht schon mal in die Nische da hinten? Dann hole ich den Kaffee«, bot er an.

»Nein, lassen Sie uns den Kaffee holen. Wir schulden Ihnen etwas«, widersprach ich.

Er beugte sich vor und seine Hand berührte meine Taille. »Schon gut. Ich bekomme ihn umsonst.« Er wackelte mit den Brauen und nickte, als wäre Gratiskaffee der absolute Hammer.

Anscheinend blieb mir keine Wahl. »Okay. Dann danke.«

Kurz darauf gesellte er sich zu uns an den Tisch, stellte drei Becher ab und setzte sich neben mich. Er zog ein paar Zuckerpäckchen aus der Tasche seines Kittels und reichte sie Dody. Sie strahlte, als hätte er gerade um ihre Hand angehalten.

»Sie mögen ihn schwarz, richtig?«, fragte er mich.

Ich nickte. »Gut geraten.«

Er tippte sich gegen die Schläfe. »Unglaubliche Beobachtungsgabe. Als ich bei euch zum Abendessen eingeladen war, haben Sie ihn auch schwarz getrunken.«

Sofort senkte ich den Blick auf meinen Becher, damit er

nicht merkte, wie hingerissen ich war. Richard hätte nicht einmal dann sagen können, wie ich meinen Kaffee trank, wenn man ihn mit Honig bestrichen und Feuerameisen auf ihn losgelassen hätte.

»Wie lange wollen Sie noch mal hier in unserem schönen Bell Harbor bleiben, Des?«, fragte Dody, die meine stumme Verehrung bemerkt hatte.

»Ein paar Monate, vielleicht auch länger. Das kommt darauf an.«

»Auf was denn?«

Er lächelte. »Auf mehrere Dinge.«

Seine Antwort gefiel mir nicht. Sie war zu vage. Was hatte er zu verbergen?

»Und was tun Sie so, wenn Sie nicht arbeiten?« Dody hatte offensichtlich gemerkt, dass sie mit ihrer letzten Frage in einer Sackgasse gelandet war, doch das entmutigte sie keineswegs. Ich spürte, dass sie sich über meine völlige Unfähigkeit, mich angemessen zu präsentieren, ärgerte.

Ich nippte an meinem herrlich schwarzen Kaffee und versuchte, die Hitze zu ignorieren, die von seinem Bein so dicht neben meinem ausging. In dieser engen Nische war das aber gar nicht so leicht, und es war auch nicht leicht, den kleinen Fleck neben seinen Koteletten zu ignorieren, wo er sich zu rasieren vergessen hatte, oder die blasse, kurze Narbe am Augenwinkel, auf die ich plötzlich meine Lippen legen wollte.

»Ich jogge, fahre Fahrrad, reise, spiele Basketball, lese und schaue Filme. Das Übliche, schätze ich.«

»Was für Filme?«

»Alles Mögliche. Ich bin nicht anspruchsvoll.«

»Mögen Sie auch romantische Filme?«, hakte sie wimpernklimpernd nach. Ihr Atem ließ die Federn der Boa flattern.

Ich seufzte. Subtilität war nicht so ihr Ding.

Des schmunzelte. »Genau genommen ja. Ich bin immerhin

mit drei Schwestern aufgewachsen, wissen Sie noch? Ich habe also eine ganze Menge solcher Filme gesehen.«

»Ach, das ist ja wunderbar. Und wie ist es so in New York?«

Des lehnte sich zurück, wobei sein Arm meinen streifte. Ich drückte meinen Styroporbecher versehentlich etwas zu fest und hätte beinahe den letzten Schluck meines Kaffees verschüttet.

»New York? Da war ich noch nie.«

»Tatsächlich nicht? Ich dachte, alle illegalen Einwanderer müssten über Elvis Island.«

Des lachte so laut, dass die Bank vibrierte.

»Dody«, seufzte ich. »An diesem Satz war so viel falsch, dass ich gar nicht weiß, wo ich anfangen soll.«

»Warum, was habe ich denn gesagt?«

»Ach, egal.«

Ein Handy klingelte und Des zog es noch immer lachend aus der Tasche. »Dr. McKnight.«

Er räusperte sich und hörte zu. »Ja«, sagte er dann. »Nein. Zehn Minuten. Sag ihr, sie kann warten.« Wieder eine Pause. »Nein, ich habe den ganzen Morgen auf sie gewartet und sie ist nicht aufgetaucht. Ich bin gleich da.«

Er beendete das Gespräch und legte das Handy vor sich auf den Tisch. Dann trank er noch einen Schluck Kaffee.

»War das Ihre Freundin?«, wollte Dody wissen.

Er verschluckte sich. Von all ihren bizarren Fragen schien das die erste zu sein, die ihn aus dem Konzept brachte. Röte schoss ihm in die Wangen, als er den Kopf in den Nacken legte und seinen Kaffee austrank. Dann zerknüllte er den Styroporbecher und schenkte ihr ein rätselhaftes Lächeln. »Dody, ich habe keine Freundin.«

»Nicht?«, rief sie aus und strahlte zu uns herüber. »Tja, das ist wirklich eine Schande! Stimmt's, Sadie?«

9

Verbissen versuchte ich, Paige die Haare zu kämmen. Sie waren verfilzt und verkrustet und rochen verdächtig nach Erdbeeren. Die Kinder und ich saßen bei Dody in der Küche, während sie ihren klumpigen Morgenbrei anrührte.

»Autsch«, beschwerte sich Paige.

Als das Telefon klingelte, sprang sie auf. »Ich bin dran! Ich gehe ran.« Sie hob den Hörer ab. »Hallo? Tante Dodys Haus.« Dann kicherte sie. »Nein, Blödi. Prinzessinnen gehen doch nicht ans Telefon. Ich bin Paige.« Dann hörte sie schweigend zu, eine Hand in die Hüfte gestemmt, die andere hielt den Hörer am Ohr. Plötzlich sah ich meine Tochter als Teenager vor mir.

Paige nickte. »Ja, sie kämmt mir gerade die Haare, aber sie ist gar nicht nett dabei. Nur weil ich sie in Joghurt gehängt habe.«

»Das ist dieses Zeug also?«, rief ich. Jetzt wunderte mich gar nichts mehr.

Wieder kicherte Paige. »Nein, er hat danach genauso geschmeckt. Okay, mache ich.« Dann reichte sie mir den Hörer. »Des will mit dir sprechen.«

Wieder dieses lästige vorausahnende Prickeln. So musste sich der Highlander fühlen, wenn sich ein anderer Unsterblicher näherte.

»Hallo?« Ich versuchte, möglichst schlank zu klingen.

»Sadie? Hi, hier ist Des.«

»Hi.«

Dody hörte auf zu rühren, um ganz unverhohlen zu lauschen.

»Hi, es tut mir leid, Sie zu stören, aber ich stecke ein bisschen in der Zwickmühle und dachte, Sie könnten mir vielleicht helfen.«

Lieber Gott, bitte, bitte, lass ihn Hilfe beim Ausziehen seiner Hose benötigen.

»Was brauchen Sie denn?«

»Ich warte auf ein Paket, das um zehn geliefert werden soll. Aber jetzt wurde ich früher zur Arbeit gerufen. Könnten Sie vielleicht herkommen und es entgegennehmen?«

Das klang leicht. Und platonisch. »Klar. Kann ich machen.«

Ich konnte seine Erleichterung hören. »Wirklich? Fantastisch! Danke.«

»Kein Problem. Soll ich gleich rüberkommen?«

»Wenn es geht. Es tut mir leid, dass ich Ihnen den Morgen verderbe.«

»Oh, ich glaube, meine gesellschaftlichen Verpflichtungen können warten. Ich bin in fünf Minuten da.«

Wenn man es realistisch betrachtete, brauchte ich zwar eher zwanzig Minuten, um mich angemessen herzurichten, doch wozu? Wir waren nur aneinander vorüberziehende Schiffe in der Nacht.

Als ich auflegte, klatschte Dody in die Hände. »Gute Güte!«

Ich hob die Hand, um sie zum Schweigen zu bringen. »Dody, er braucht nur jemanden, der sein Paket annimmt. Mach keine große Sache daraus. Es ist nur ein Gefallen unter Nachbarn.«

Sie verschränkte die Arme. »Alberta Schmidt wohnt direkt neben den Pullmans. Warum hat er dann nicht sie gebeten? Sie ist näher.«

»Wahrscheinlich, weil wir ihm so ungefähr zehn Gefallen schulden und weil Alberta Schmidt wie alter Käse riecht.«

»Sie riecht ein wenig«, gab Dody zu. »Ukrainerin, weißt du.«

Ich wusste nicht, was das eine mit dem anderen zu tun hatte, doch ich hatte keine Zeit zum Nachfragen. Ich hatte fünf Minuten, um mir Wasser ins Gesicht zu spritzen und ein Outfit zu finden, das gleichzeitig lässig, elegant und sinnlich war. Sogar ein Schiff in der Nacht wollte hübsch sein.

Fünfzehn Minuten später empfing mich Des an seiner Haustür.

»Vielen Dank, dass Sie das hier für mich tun«, sagte er. »Ich muss wirklich dringend los. Ziehen Sie einfach die Tür hinter sich zu, wenn Sie gehen. In der Kanne ist noch Kaffee, wenn Sie welchen möchten.« Er deutete in Richtung Küche, während er mit der anderen Hand die Schlüssel von der Messingkatze pflückte. »Wenn das Paket um zehn noch nicht da ist und Sie gehen müssen, dann machen Sie sich keine Gedanken.«

»Nein, schon gut. Dody passt auf die Kinder auf.«

Wir standen im Flur wie ein altes Ehepaar. Er würde gleich zur Arbeit gehen, während ich daheimblieb, das Haus putzte und dazu Wodka aus einer Kaffeetasse trank. Fast erwartete ich, er würde mich gleich auf die Wange küssen, doch er lächelte mich nur an und ging. Aus seinem sportlichen Cabrio winkte er mir noch einmal zu und dann war er auch schon unterwegs zu seinem glamourösen Job und rettete Menschenleben.

Ich schloss die Tür und lehnte mich dagegen.

Moment mal.

Ich war allein in Dr. Desmond McKnights Haus. Oha. Das hieß, ich konnte nach Belieben überall herumschnüffeln. Er würde es nie herausfinden.

Ach, wo sollte ich nur anfangen? Im Schlafzimmer? Im Bad? Im Wohnzimmer?

Ich betrat Letzteres und fühlte ein unangenehmes Ziehen in der Magengegend. Ich hielt inne und wandte mich dem Schlafzimmer zu, doch da war wieder diese Welle der Unbehaglichkeit. Ich zögerte. Ganz objektiv gesehen war seine Sachen zu durchwühlen a) unethisch, b) unklug, c) unvermeidbar oder d) alles auf einmal. Ich musste eine zweite Meinung einholen.

Ich zog das Handy aus der Tasche und rief Penny an.

»Hey«, hörte ich ihre Stimme sagen.

»Hey, rate mal, wo ich gerade bin.« Durch das Adrenalin klang meine Stimme ein bisschen schriller als normal.

»Ähm, im Büro des Außenministers?«

Ich stampfte mit dem Fuß auf. »Nein! Warum sollte ich dich aus dem Büro des Außenministers anrufen?«

»Keine Ahnung. Warum rufst du mich immer aus Dodys Speisekammer an?«

»Weil das der einzige Ort ist, an dem mich niemand sucht.« Außerdem liebte ich es, in der makellosen Pracht der frisch etikettierten Regalbretter und der alphabetisch geordneten Konservenreihen zu schwelgen. »Egal, ich bin bei Des zu Hause. Er hat mich gebeten, hier auf die Post zu warten, weil er ein Paket erwartet und zur Arbeit musste.«

»Interessant.« Ich wartete, weil ich wusste, dass Pennys Gedanken derselben gelben Steinstraße folgen würden wie meine. »Und was hast du bisher so alles herausgefunden, Dorothy?«

»Genau deshalb rufe ich ja an. Mein Gewissen hat mich heimgesucht. Schnüffle ich jetzt ein bisschen herum oder soll ich mich lieber um meinen eigenen Kram kümmern?«

»Oh, bitte! Du musst dich umsehen!«

»Aber was ist, wenn ich irgendwas ganz Furchtbares entdecke? Kinderpornos zum Beispiel oder ein Poster von dieser Schnulzbacke Josh Groban oder so.«

»Halt die Klappe. Ich stehe auf Josh Groban.«

Ich rollte mit den Augen, obwohl sie mich nicht sehen konnte. »Konzentrier dich, Penny. Was soll ich jetzt tun?«

»Wirf wenigstens mal einen Blick ins Schlafzimmer, nur um zu sehen, wie unordentlich er ist.«

Das schien mir ein akzeptabler Vorschlag zu sein. Das Schlafzimmer befand sich im Erdgeschoss, also schnüffelte ich streng genommen nicht herum, solange ich nicht extra die Treppe hinaufging. Ich warf einen Blick hinein, nervös, als wäre es Des, der mir ins Ohr wisperte, nicht Penny.

Das Schlafzimmer war vollkommen nichtssagend und vollgestellt mit den altmodischen Möbeln der Pullmans. Das Bett war nachlässig gemacht. Die champagnerfarbene Tagesdecke war darübergezogen, aber nicht festgesteckt worden. Ich konnte an der Kuhle im Kopfkissen erkennen, wo kurz zuvor noch sein Kopf gelegen hatte, und fühlte den unstillbaren Drang, darüberzustreichen oder mit der Hand zwischen die Decken zu fahren und seine Wärme zu fühlen. Ich schluckte schwer.

»Penny, ich glaube, da sollte ich lieber nicht reingehen.«

»Was ist denn los, Colonel Sanders? Angst?«

»Nein, es kommt mir nur irgendwie nicht richtig vor.«

»Warum? Weil es berechnend und unverschämt ist?«

»Schön, dass du das erkennst und mich trotzdem dazu ermutigst. Du bist eine furchtbare Schwester.«

Sie lachte. »Warum rufst du mich denn an und belästigst mich mit deinen schlimmen Ideen, wenn ich dich nicht dazu ermutigen soll?«

»Tut mir leid. Ich glaube, die Sache gefällt mir nicht, weil ich genau das auch immer mit Richard gemacht habe, verstehst du? Ich habe seine Taschen nach Rechnungen und Kondompäckchen durchsucht.«

»Ja, aber was macht es schon für einen Unterschied, was du in diesem Haus findest? Außer es ist etwas echt Abartiges in der Süßigkeitenschublade.«

»Igitt! Ich werde auf keinen Fall in Joanna Pullmans Süßigkeitenschublade schauen. Ihre Lutscher interessieren mich nicht. Seine schon. Warte, das könnte man jetzt irgendwie falsch verstehen.«

»Hm, der reinste freudsche Versprecher.« Penny lachte. »Aber ich verstehe wirklich nicht, warum es dich überhaupt so sehr interessiert. Außer … gefällt er dir etwa doch?« Die Stimme meiner Schwester klang heiter.

»Nein«, sagte ich so entschieden, wie Jordan es immer tat, wenn ich ihn ins Bett schicken wollte.

Wieder lachte sie. »Ist schon gut, du darfst ihn mögen, du Feigling. Vielleicht ist er ja einer von den Guten. Wie Jeff. Von denen gibt es immer noch ein paar da draußen, und du verdienst einen wirklich tollen Mann. Besonders nach dem, was dir Mr Arschloch angetan hat.«

»Aber was, wenn dieser Typ genauso ein Dreckskerl ist wie Richard?«

»Wenn er es ist, dann sag ihm, er soll sich verpissen, weil du einen Besseren finden kannst. Das kannst du wirklich, Sadie. Das sage ich nicht einfach nur, um dich zu trösten. Dick war ein mieser Wichser, aber du benimmst dich immer noch so, als wäre diese Scheidung deine Schuld. Das ist sie nicht. Und wenn du diesen Typen magst, verdammt, sogar wenn du ihn nicht magst, du solltest es einfach probieren.«

»Aber das hat doch keinen Sinn. Er wird irgendwann irgendwo anders hin versetzt und ich kehre im September nach Glenville zurück. Die Sache wäre vorbei, bevor sie überhaupt richtig angefangen hat.«

»Dann willst du es also nicht einmal versuchen? Also wirklich! Gibt es in dem Haus irgendwo einen Spiegel?«

»Was?«

»Einen Spiegel. Geh einen Spiegel suchen und stell dich davor.«

Meine Güte, meine Schwester war reichlich penetrant. Ich betrat das Schlafzimmer und postierte mich vor dem Spiegel über der Kommode.

»Okay, Miss Herrschsüchtig. Und was jetzt?«

»Und jetzt sag: Ich bin großartig.«

Trotz allem musste ich lachen. »Du klingst wie Fontaine. Der ist allerdings wirklich großartig.«

»Lenk nicht ab, Sadie, ich versuche hier ernsthaft einzugreifen.«

Ein tiefer Seufzer. Ich blickte in den Spiegel. Ein hübscher Hauch von Rosa lag auf meinen Wangen und ich war braun geworden, und jetzt wo ich so darüber nachdachte, sahen meine Haare richtig gut aus.

»Ich bin großartig«, murmelte ich ins Telefon.

»Lauter, und weniger sarkastisch.«

»Ich bin großartig.«

»Gut«, sagte Penny. »Jetzt kommt: Ich verdiene einen wirklich tollen Mann, weil ich gut genug bin, weil ich klug genug bin und weil mich die Menschen mögen, verdammt noch mal.«

Ich prustete los. »Hat das Al Franken gesagt, als er noch Komiker und kein Politiker war?«

»Ist das denn nicht dasselbe? Egal, sag es.«

Immer noch lachend schüttelte ich den Kopf. »Hör mal, ich verstehe, worauf du hinauswillst, Penn, und ich weiß es wirklich zu schätzen. Wirklich. Ich hab's verstanden und ich werde daran denken, ja?«

»Versprochen?«

»Ja! Herrje, eigentlich habe ich dich nur angerufen, weil du mir für das Durchwühlen seiner Sachen Absolution erteilen solltest. Du bist eine echte Nervensäge.«

»Ich bin deine Schwester, das ist mein Job. Apropos Job, es tut mir echt leid, aber ich muss wieder an die Arbeit. Ruf mich später an und erzähl mir, was du gefunden hast, abgemacht?«

»Abgemacht.«

Ich steckte das Handy wieder in die Tasche und musterte mich noch eine Weile im Spiegel. Gar nicht so übel. Okay, wenn ich ehrlich war, sogar ganz hübsch. Ich hatte mich gut gehalten. Ein nettes Nebenprodukt von Richards Seitensprüngen. Ich war geradezu besessen davon gewesen, in Form zu bleiben, in der irrigen Annahme, ich könnte auf dem Stepper meine Ehe retten. Was natürlich nicht geklappt hatte. Zumindest hätte ich dieser rothaarigen Hexe bei einem Straßenkampf ganz schön in den Hintern getreten. Nein, nicht bei einem Straßenkampf, dafür war ich viel zu ladylike. Aber ich wette, ich würde jedes Wettrennen gegen sie gewinnen.

Das Spiegelbild des halb gemachten Bettes weckte wieder meine Aufmerksamkeit. Diese verlockende Kuhle rief nach mir. Am liebsten hätte ich meine Nase hineingedrückt, aber das wäre irgendwie abartig, oder?

Zicke, die Katze, schlenderte aus unbekannten Gefilden kommend herein und sprang aufs Bett. Sie legte sich genau in die Mitte und starrte mich herausfordernd an. Um noch zu betonen, wie grenzenlos sie mich verachtete, streckte sie ein Bein in die Luft und begann, sich zu putzen.

Ich betrachtete sie unverblümt, in der Hoffnung, sie zu beschämen, aber dieses unverfrorene Luder gab nicht klein bei. Ich gab es auf und verließ das Zimmer. In diesem Augenblick läutete es an der Tür und ich zuckte zusammen. Das Paket! Ich hatte ganz vergessen, warum ich hier war.

Ich rannte zur Tür und riss sie so schwungvoll auf, dass sie gegen das Tischchen im Flur knallte. Ein pummeliger, unrasierter Bote in einem senffarbenen Hemd, das ihm mindestens drei Nummern zu klein war, begrüßte mich. In der Hand hielt er die Lieferung und ein Clipboard.

»Hallo«, sagte er, musterte blinzelnd das Clipboard und fuhr mit einem Finger die Liste der Namen entlang. »Ich habe eine Lieferung für … einen Mr Delmondo McNaught?«

»Desmond McKnight?«, fragte ich.

Er schob sich die Brille hoch. »Auch gut.« Er reichte mir das Clipboard und einen klebrigen Kugelschreiber.

Wie sollte ich unterschreiben? Mit seinem Namen oder mit meinem? Ich entschied mich für seinen, teilweise weil ich noch immer diesen Schulmädchenkitzel verspürte, wenn ich den Namen eines süßen Jungen schrieb, und teilweise weil ich nicht in Schwierigkeiten geraten wollte, falls ich gerade versehentlich eine illegale Lieferung für einen ruchlosen Gangster namens Delmondo McNaught annahm.

»Danke, Mrs McKnight«, sagte der Bote, wandte sich ab und watschelte zurück zu seinem Truck.

Mrs McKnight? Na, klang das nicht lieblich?

Ich trat zurück und wieder knallte die Tür gegen das Tischchen. Ich zögerte kurz, entschied mich dann aber dafür, geradeheraus unverschämt zu sein und es an die andere Wand zu rücken. Vielleicht würde es Des ja nicht einmal auffallen. Die meisten Männer schenkten solchen Dingen keinerlei Beachtung. Dann legte ich die Lieferung auf das umgesiedelte Tischchen. Damit war meine Arbeit getan, doch ich war noch nicht bereit zu gehen. Es gefiel mir, mich hier in seiner Umgebung aufzuhalten, auch wenn alles voller Pullmanmöbel war.

Ich schlenderte durch das Wohnzimmer, setzte mich auf das L-förmige Wildledersofa und genoss die Ruhe. Einen kurzen, geheimen Augenblick lang stellte ich mir vor, Des würde neben mir sitzen.

Zicke kam aus dem Schlafzimmer, frisch und fein gemacht. Ich wusste genau, was in ihrem kleinen Katzenkopf vorging. Sie wollte, dass ich verschwand. Sobald ich weg war, würde sie mit Trockenfutter eine Nachricht für Des auf den Küchenboden schreiben: »Komische Lady von nebenan ist den ganzen Morgen hiergeblieben. Ich hasse sie.«

Katzen waren so nachtragend.

***

»Komm schon, Schatz, lass Mami dir den Schlafanzug anziehen, ja?« Ich war müde und wollte meine Kinder aus dem Bad und ins Bett bekommen. Paige trug bereits ihr Nachthemd, aber Jordan zappelte vor mir herum, während ich versuchte, ihn abzutrocknen. Irgendwie war es am Ende immer ich, die von uns dreien am nassesten war.

Gemurmel drang von unten herauf. Kyle wollte vorbeikommen, um Fontaine zu irgendeinem Innenarchitektenevent abzuholen. Dody hatte eine Verabredung mit einem Mann aus ihrem Sporttauchkurs, weil Harry bei seinem Enkel zu Besuch war, und Jasper würde sich mit Beth treffen, die endlich von ihrer langen Geschäftsreise zurück war. Eine Weile lang würde das Haus ganz schön voll sein, doch schließlich würden sie alle ihrer Wege ziehen und dann konnte ich die Kinder ins Bett stecken und ein bisschen Frieden und Ruhe haben.

Das Schlimmste bei Dody – abgesehen von der schrecklichen Einrichtung, den miesen Matratzen und den unerträglichen Hunden – waren der totale Mangel an Privatsphäre und der ständige Lärm. Entweder übten Dody und ihre Freunde Tai-Chi auf der Veranda oder Fontaine ging mir mit irgendetwas auf die Nerven oder Jasper klapperte mit den Töpfen in der Küche herum. Irgendetwas war immer.

Jedes Mal, wenn ich die Kinder zu Richard nach Glenville gebracht hatte, war ich in mein eigenes Haus gegangen und hatte die Stille dort genossen. Es machte mir nicht einmal etwas aus, dass nie eine meiner Nachbarinnen an diesen Wochenenden Zeit für einen Besuch bei mir hatte, denn mir gefiel die Einsamkeit. Heute Abend wollte ich mich entspannen und das süße Alleinsein genießen.

»Mami, können wir runtergehen und Tante Dody Gute Nacht sagen?«, fragte Paige.

Ich zögerte. Das Ritual des Ins-Bett-Bringens war manchmal eine langwierige Angelegenheit mit vielen Gutenachtküsschen und Vorlesebüchern und Schöne-Träume-Wünschen, aber Paige sah mich mit ihren großen, unschuldigen Augen an und ich gab nach.

»Natürlich, aber beeilt euch.«

Die beiden rannten die Treppe hinunter und ich folgte ihnen.

»Hi, Des!«, hörte ich Paige rufen. »Was machst du denn hier?«

»Ich wollte mich nur bei eurer Mutter bedanken. Hast du den Joghurt aus den Haaren bekommen?«

Wäre ich nur eine halbe Stufe weiter oben gewesen, hätte ich noch umkehren, mich zurück in mein Zimmer schleichen, mich umziehen oder mir wenigstens die Haare kämmen können, aber das Schicksal hatte wie gewöhnlich andere Pläne. Als ich die Stimme von Des hörte, rutschte ich mit meinen nassen Füßen auf einer der Stufen aus und polterte Hals über Kopf die Treppe hinunter, bis ich mit einem vernehmlichen Plumpsen am Fußende landete.

Kleine, tirilierende Vögelchen umschwebten meinen Kopf, dann zogen mich starke Arme hoch. Das musste eine Halluzination sein.

Der Nebel lichtete sich und mehrere Gesichter erschienen vor mir, allen voran das von Des.

»Alles in Ordnung?«, fragte er.

»Ja, ich bin ausgerutscht.«

»Hoffentlich hast du den Contest gewonnen?«

»Welchen Contest?« Ich war immer noch nicht ganz zurechnungsfähig.

»Den Wet-T-Shirt-Contest.«

Ich sah an mir hinab. Mein weißes Trägertop war klitschnass vom Badewasser und es war praktisch durchsichtig. Um dem

Ganzen noch die Krone aufzusetzen, trug ich ausgerechnet den BH mit den kleinen Marienkäfern drauf, den mir Penny einmal aus Spaß geschenkt hatte, damit ich meine irrationale Angst vor diesen Krabbelviechern überwand.

Unterdrücktes Lachen breitete sich im Raum aus.

Mit einem zweifelhaften Schmatzgeräusch zog ich den Stoff von meiner Haut.

Na ja, es war ja nicht so, als würde ich mich hier zum ersten Mal zum Affen machen. Und es würde auch sicher nicht das letzte Mal sein.

»Ist dir sicher nichts passiert? Kannst du aufstehen?« Du? Jetzt waren wir also alle schon beim Du? Oder halluzinierte ich noch? Seine Hand lag noch immer auf meinem Arm und ich ließ mir von ihm hochhelfen.

Mit so viel Würde, wie es die Situation zuließ, sagte ich: »Ich gehe mich umziehen.«

***

Als ich zurückkam, trug ich das blickdichteste T-Shirt, das ich hatte finden können. Inzwischen waren alle nach draußen gegangen, um auf der Veranda etwas zu trinken. Des lehnte an der Brüstung, ein Bier in der Hand. Neben ihm standen Fontaine und Kyle. Die umwerfende Blondine neben Jasper musste Beth sein, und der stämmige, rotgesichtige Mann neben Dody war wohl ihre Abendbegleitung.

»Ich bin wieder da«, rief ich, hauptsächlich, um sie zu warnen, damit sie aufhörten, über mich zu reden.

»Da ist sie ja«, sagte Dody und klatschte in die Hände. »Bud, das ist meine Nichte Sadie. Sadie, das hier ist mein Freund Bud Light.«

Er schob einen Zahnstocher von einem Mundwinkel in den anderen. »Bud Wright«, korrigierte er.

Ich schüttelte Mr Wrights fleischige Hand. »Schön, Sie kennenzulernen, Bud.«

Er musterte mich. »Sie sind also die Geschiedene?«

Ich hatte keine andere Wahl, als Ja zu sagen.

Er nickte. »Klingt, als hätten Sie genau das Richtige getan.«

Mit diesem Fremden über meine gescheiterte Ehe zu plaudern, stand ganz unten auf meiner Wunschliste, und ich würde dieses Thema ganz sicher nicht vor Kyle und Beth anschneiden, geschweige denn vor Des! Ich warf Fontaine einen flehenden Blick zu. *Bitte hilf mir!*

Er verstand meinen Notruf. »Ähm, hey, Sade«, rief er und drehte sich um, »habe ich in dieser Jeans nicht einen Hintern wie Barbies Ken?«

Nicht gerade die Rettung, auf die ich gehofft hatte, aber es reichte.

Jasper trat vor ihn und zog seine Freundin hinter sich her. »Sadie, das ist Beth.«

Gott sei Dank! Eine nützliche Ablenkung. »Beth! Wie schön, dich endlich kennenzulernen. Jasper hat mir schon so viele wunderbare Dinge über dich erzählt.« Ich umarmte sie etwas zu enthusiastisch und meine Stimme glich dem Pfeifen eines Delfins. Hauptsächlich lag das wohl an der mangelnden Begeisterung, mit der ich auf Jaspers Ankündigung, er wolle ihr einen Heiratsantrag machen, reagiert hatte, doch mein Sturz die Treppe hinunter kam gleich danach.

»Es ist auch toll, dich kennenzulernen. Deine Kinder sind echte Schätze.«

»Danke, lieb von dir. Das erinnert mich an etwas: Kinder, ab ins Bett!« Ich blickte mich um und sah sie aus dem Wohnzimmer in die Küche wuseln, wo sie sich hinter Dodys Schürzen versteckten, die an der Wand hingen.

»Sadie, Liebes, ich bringe sie für dich hoch. Es macht dir doch nichts aus, noch einen Augenblick zu warten, Bud?«, fragte Dody.

Er hob sein fast leeres Glas. »Nicht, wenn mir jemand diesen Drink noch einmal nachfüllt. Aber mach nicht zu lange, Do. Ich habe solchen Hunger, dass ich einen Babyhintern verschlingen könnte.«

Dodys Mr Wright war schon ein schräger Vogel.

»Kommt schon, Kinder«, rief Dody und scheuchte sie aus der Küche und die Treppe hinauf. Sie fing meinen Blick auf und neigte den Kopf in Des' Richtung. Subtil wie ein Schlag mit einem Ziegelstein auf den Kopf, die Dame.

»Das übernehme ich«, sagte Fontaine und nahm Bud das Glas aus der Hand. »Wie steht es mit dir, Des? Noch ein Bier?«

»Klar.«

Paige riss sich von Dody los und rannte zu Des zurück. Sie schlang ihm die Arme um die Taille und kam gefährlich nahe an gewisse männliche Körperregionen heran, in deren Nähe ich sie eigentlich nicht sehen wollte, bis sie mindestens fünfunddreißig war.

»Gute Nacht, Des.«

Er wuschelte ihr durchs Haar. »Nacht, Paige. Bis bald.«

Jetzt näherte sich auch Jordan und reichte Des zwei Actionfiguren. »Hier, mit denen kannst du spielen, wenn du willst.«

Des betrachtete die Figürchen und stieß mit der geballten Hand feierlich gegen Jordans ausgestreckte Faust. »Danke, Kumpel. Ich passe gut drauf auf.«

Jordan nickte.

In meinem Herzen machte es erst ping, dann pong. Jordan fasste nur schwer Vertrauen, und seine Actionfiguren teilte er mit niemandem, nicht einmal mit mir. Sosehr es mich auch freute, war mir doch gleichzeitig nicht ganz wohl bei der Sache. Was, wenn Jordan sein Herz an Des hängte? Mich selbst konnte ich beschützen, aber mit den Gefühlen meines Sohnes war es etwas ganz anderes.

Ich musste allen hier Anwesenden klarmachen, dass ich

an diesem Mann nicht interessiert war. Ich musste ihnen zeigen, wie unempfänglich ich für seinen Charme war, denn so war es ja auch. Tatsächlich hatte ich kaum bemerkt, dass sein blaues Hemd seine Augen in einem geheimnisvollen Graugrün erstrahlen ließ und dass er einen leichten Sonnenbrand auf der Nase hatte. Auch sein neuer Haarschnitt war mir überhaupt nicht aufgefallen, denn andernfalls hätte ich auch gesehen, dass diese Frisur seine Ohren ein bisschen zu groß wirken ließ. Ja, genau, er war nämlich auch nicht perfekt. Das da waren echt verdammt große Ohren. In diesem Moment bemerkte er, dass ich ihn anstarrte, und lächelte von einem verdammt großen Ohr zum anderen. Ich fühlte mich so verletzlich und ausgeliefert, als würde ich wieder mein nasses Top tragen.

Warum war er überhaupt hier? Nur um sich dafür zu bedanken, dass ich sein blödes Paket angenommen hatte? Da hätte auch ein Anruf gereicht. Wenn ich es nicht besser wüsste, würde ich denken, dass er mit mir flirtete, und ich wollte nicht, dass er das tat.

Was bedeutete es schon, wenn Dody, Fontaine und Penny der Meinung waren, ich sollte in sein Bett steigen? Sie riskierten ja nichts dabei, wenn sie mich in die trügerische See der Liebe warfen, mit dem Albatros der Einsamkeit um den Hals. Es würde ja nicht ihr Herz sein, das brach, wenn er sich nur als ein weiterer Mistkerl herausstellte. Oder wenn er heimlich mit einer Nuklearphysikerin verlobt war, die sich ihr Studium mit Modeljobs in Paris finanziert hatte.

Fontaine kam zurück auf die Veranda und verteilte die Drinks. Mir reichte er ein unschuldig aussehendes rosafarbenes Getränk, doch ich ließ mich nicht täuschen. Er wollte mich abfüllen, um zu sehen, was dann geschah. Ich war bekannt dafür, dass ich Hochprozentiges nicht vertrug. Literweise Wein war kein Problem, aber zwei Wodka und ich war hinüber.

Alle setzten sich. Kyle und Fontaine ließen sich mit Bud auf der einen Seite der Veranda nieder, Jasper und Beth auf der anderen. Des setzte sich auf das Korbsofa und lächelte mich an, dann klopfte er mit der Hand auf den freien Platz neben sich. Neben Des zu sitzen, würde mir sicher genauso den Kopf verdrehen wie Fontaines Gesöff.

Doch ich konnte nicht widerstehen. Offensichtlich hatte er die Gedankenkontrolle der Jedis erlernt. *Hilfe, Obi-Wan Kenobi!* Ich nahm einen Schluck von Fontaines Liebestrank und setzte mich.

»Danke, dass du dich heute Morgen um mein Paket gekümmert hast«, sagte Des arglos.

»Was!«, platzte Fontaine heraus. »Sadie hat sich um dein Paket gekümmert? Warum zum Teufel erfahre ich das erst jetzt?«

»Halt die Klappe, Fontaine«, murmelte ich durch das anschwellende Gelächter.

Des wurde rot, als ihm bewusst wurde, was er da gesagt hatte. »Entschuldigung. Das habe ich nicht gemeint.«

Wir tranken beide einen Schluck.

»Hey, nur so aus Neugierde«, fragte Des kurz darauf, »warum hast du das Tischchen im Flur verschoben?«

»Das hast du also bemerkt?«

»Hast du denn gedacht, ich würde es nicht bemerken?«

Richard wäre es nicht einmal aufgefallen, wenn ich ein Sofa verschoben hätte. »Es stand am falschen Platz. Jetzt sieht der Flur viel einladender aus. Du kannst es ja zurückschieben, wenn du möchtest.«

»Mir ist es eigentlich egal«, er zuckte mit den Schultern. »Ich hatte mich nur gefragt, warum du es verrückt hast.«

Die Sonne sank tiefer und tauchte alles in ein goldenes Licht, während eine frische Brise vom Wasser her über die Veranda strich. Das Plätschern der Wellen war hypnotisierend. Fontaines Cocktails zeigten Wirkung und eine entspannte, freundschaftliche Stimmung hüllte uns ein. Dody kam zurück, sie und Bud machten sich auf den Weg und ließen mich mit Des, Fontaine, Kyle, Jasper und Beth zurück.

»Wir könnten uns auch einfach eine Pizza bestellen und hierbleiben«, schlug Jasper seiner Freundin vor. »Außer du willst diesen Film unbedingt sehen.«

Sie schüttelte den Kopf. »Es ist ein zu schöner Abend, um ihn drinnen zu verbringen. Lass uns lieber hierbleiben.«

Das war's mit meinem friedlichen einsamen Abend. Mein Arm streifte den von Des und plötzlich klang ein Abend allein gar nicht mehr so verlockend.

»Was meinst du, Kyle? Wollen wir auch einfach hierbleiben?«, fragte Fontaine.

Kyle sah hinab auf seinen Drink. »Machst du uns dann noch ein paar von diesen kleinen Teufeln?«

»Klar.«

»Dann bleibe ich.«

Und genau so geschah es. Wir bestellten Pizza, und die Getränke flossen reichlich. Wie sich herausstellte, war Beth herzlich und lustig und bildete so den perfekten Gegenpart zu Jaspers bissigen Kommentaren. Außerdem erwachte in mir allmählich der Verdacht, dass es Kyle auf Fontaine abgesehen hatte; allerdings hatte ich auch einmal geglaubt, er wäre scharf auf mich, also konnte ich ihn vielleicht einfach nicht besonders gut einschätzen. Wie auch immer, Kyles Sinn für Humor brachte mich so sehr zum Lachen, dass mir schließlich jenes Schnauben entfuhr, das ich eigentlich niemals mit Des hatte teilen wollen.

Irgendwann kam jemand auf die Idee, wir sollten uns gegenseitig die schlechtesten Witze erzählen, die wir kannten, und wer lachte, musste einen Schluck trinken. Wenn man versuchte, *nicht* zu lachen, wurden selbst die idiotischsten Witze plötzlich urkomisch. Als Des also fragte: »Was meint ihr, hat jeder

Schotte einen Dudelsack?«, und dann antwortete: »Ach was, bei den meisten ist er ganz normal«, mussten wir alle trinken.

»Wie wär's mit einer Runde *Ich hab noch nie?*«, schlug Jasper vor, als das Witzespiel langsam langweilig wurde.

»Was ist das denn?«, wollte Des wissen.

»Du hast noch nie von *Ich hab noch nie* gehört? Wo bist du denn aufs College gegangen?«, fragte Jasper fassungslos angesichts dieses Versagens unseres Bildungssystems.

Des zuckte mit den Schultern. »In ... Massachusetts eben.«

»Massachusetts? Du meinst Harvard?«, hakte Fontaine nach.

Des kratzte sich am Kopf. »Ja.«

Natürlich war er nach Harvard gegangen. Wo sollte ein kluger, sexy, akzentbehafteter Arzt denn auch sonst hingegangen sein? Die Frage hallte durch meinen Kopf und ich fragte mich, ob Fontaines Drinks allmählich Wirkung zeigten. Was machte es schon für einen Unterschied, ob Des nach Harvard gegangen war? Er hätte auch auf dem Mond studieren können und es wäre mir egal gewesen. Ich hatte kein Interesse an ihm.

»Und wo hast du Medizin studiert?« Fontaine ließ noch immer nicht locker.

»Immer noch in Harvard. Ich habe es irgendwie geschafft, nicht rausgeworfen zu werden. Also, was ist das jetzt für ein Spiel?« Er rieb sich die Hände.

Plötzlich merkte ich, dass ich ihn anlächelte. Er sah aus wie ein Kind, das ganz aufgeregt war wegen irgendeines blöden Spiels. Und dieser Mann war nach Harvard gegangen, hm? Des überraschte mich immer mehr. Trotz seiner Ivy-League-Ausbildung, seines atemberaubend guten Aussehens und seines coolen Jobs war er einer von uns. Er musste nicht ständig herumprahlen, wie es Richard immer getan hatte. Tatsächlich hatte ich Des noch nie herumprotzen sehen, obwohl er das wirklich hätte tun können. Die nötigen Attribute hatte er. Er hatte einfach alles.

Allmählich nahm ein Gedanke in meinem Hinterkopf Gestalt an. Vielleicht war Des ja wirklich einer von den Guten, über die Penny gesprochen hatte?

»Ist ganz einfach«, erklärte Jasper und riss mich aus meinen Überlegungen. »Man sagt ›Ich hab noch nie …‹ und fügt dann irgendetwas hinzu. Wer das, was gesagt wird, schon einmal getan hat, muss einen Schluck trinken.«

»Ein Trinkspiel also?« Des klang optimistisch.

»Hattet ihr in Harvard denn keine Trinkspiele?«

»Oh, eine ganze Menge.«

»Schon«, sagte Fontaine, »aber die standen mit schicken Halstüchern herum und haben an ihren Cognacschwenkern genippt.«

Des schüttelte den Kopf. »Wohl kaum. Los, fangen wir an.«

»Lasst mich erst noch schnell nach meinen Kindern schauen. Das hier sollten sie wirklich nicht mithören!«

Paige und Jordan lagen fest schlafend und laut schnarchend in ihren Betten. Allerdings musste ich Paige ein Krönchen vom Kopf pflücken und Jordan um hundertachtzig Grad drehen. Er schlief gerne mit den Füßen auf dem Kopfkissen.

Als ich wieder auf die Veranda trat, hörte ich gerade noch den Schluss eines Witzes, den Jasper zum Besten gab. »Rektum? Ich hab ihn verdammt noch mal beinahe umgebracht!«

Über den Anfang kann ich nur spekulieren.

***

Unser Spiel begann ganz harmlos. Kyle sagte: »Ich habe noch nie meinen Namen gegoogelt.«

Jasper, Fontaine und er selbst tranken.

»Gibt es irgendwo noch einen anderen Fontaine Baker?«, wollte Beth wissen.

»Nein. Ich bin einmalig.«

»Ja, das bist du«, warf Kyle ein.

»Warum sollte man seinen eigenen Namen googeln?« Sie war noch immer verwirrt. Vielleicht lag es auch am Alkohol.

»Aus Spaß«, erklärte Kyle. »Ich habe vier andere Kyle Tanners in Michigan gefunden.«

»Aber keiner ist wie du.« Fontaine tätschelte ihm das Bein und ich fragte mich allmählich, ob sie wirklich nur gemeinsam Räume designten.

»Ich habe noch nie jemanden genäht«, sagte Jasper.

»Das ist unfair«, beschwerte sich Des, trank aber trotzdem.

Beth war die Nächste. »Ich habe noch nie etwas gestohlen.«

Alle außer Beth nahmen einen Schluck.

»Du hast noch nie etwas gestohlen? Nicht einmal ein Bonbon?«, hakte Kyle nach.

Beth schüttelte den Kopf. »Ich glaube nicht. Das schlechte Gewissen würde mich umbringen.«

Jasper beugte sich vor. »Aber du hast mir mein Herz gestohlen.«

Alle machten Würgegeräusche, doch Beth errötete und küsste Jasper auf die Wange.

Dann sagte Fontaine: »Ich bin noch nie Einrad gefahren.«

Das war noch niemand.

So ging es ein paar Mal reihum. Wir sagten Dinge wie: »Ich habe mich noch nie blau angemalt … ich habe noch nie in die Dusche gepinkelt … ich war noch nie allein im Kino … ich habe noch nie zwei verschiedene Schuhe getragen.«

Dann war ich wieder dran. »Ich bin noch nie auf der falschen Straßenseite gefahren.«

Nicht besonders einfallsreich, aber der Anblick von Des lenkte mich ab. Aus seinen Shorts schauten große Knie hervor, und sogar die waren sexy. Niemand hatte sexy Knie. Wie machte er das nur?

Er war der Nächste. »Ich habe noch nie … ein Mädchen geküsst.«

Alle außer Fontaine tranken.

»Oh, das hast du sehr wohl, du Schummler«, rief ich. »Delores DeForrest, weißt du noch?«

Des lachte am lautesten und beugte sich zu Fontaine. »Du hast ein Mädchen gekannt, das Delores DeForrest heißt?«

»Ja«, giggelte Fontaine. »Und sie war Floristin. Floristin Delores DeForrest. Kannst du dir das vorstellen?«

Allmählich machte der Alkohol uns alle entschieden albern. Bei jeder Runde wurde unser Gelächter lauter und lächerlicher.

Fontaine sagte: »Ich war noch nie in Schottland.«

Des schlug sich aufs Bein. »Verdammt, warum habt ihr es denn alle auf mich abgesehen?«

»Weil das bei Sadie einfach zu leicht wäre«, entgegnete Fontaine.

»Herzlichen Dank«, kommentierte ich trocken. »Übrigens habe ich mir noch nie die Brust rasiert.«

»Touché«, lenkte Fontaine ein und griff nach seinem Glas. Dann fügte er hinzu: »Ich hatte noch nie Sex mit einem Highland-Schaf.«

»Ha! Ich auch nicht!«, rief Des, kam aber irgendwie durcheinander und trank trotzdem. Dann stellte er sich selbst ein Bein, als er sagte: »Ich habe noch nie in einem anderen Land gelebt. Oh, Scheiße, das bin ja ich.«

Er hätte mir leidgetan, aber er steckte es vorbildlich weg, dass ihn alle zum Trinken brachten. Außerdem hatte er allmählich ordentlich einen sitzen.

Beth lächelte süß und sagte: »Ich habe noch nie einen Kilt getragen.«

Des seufzte übertrieben und griff wieder nach seinem Glas. »Wie heißt dieses Spiel noch mal? Füllt den Neuen ab?«

»Du hast schon mal einen Kilt getragen?«, fragte ich, weil ich mir das einfach nicht so recht vorstellen konnte. Er war zwar ein wirklich schnuckliger Schotte, aber das komplette

Braveheart-Outfit schien einfach nicht so recht zu passen, nicht mal mit seinen sexy Knien.

»Nicht oft. Aber bei der Hochzeit meines Cousins hatte ich mal einen an. Allerdings …« Er zögerte kurz, deutete mit dem Finger auf niemanden im Speziellen und gluckste unbeherrscht. »Allerdings muss man im Kilt … anscheinend ein bisschen aufpassen … wie man sich hinsetzt.«

»Hast dein kleines Monster von Loch Ness vorgezeigt, aye, Des?«, fragte Jasper.

Des nickte heftig. »Fast.«

Wir heulten los vor Lachen.

Dann sagte Fontaine, ganz der diabolische Mistkerl, der er nun einmal war: »Ich hatte noch nie Sexfantasien über irgendjemanden hier auf der Veranda!«

Nervöses Kichern wanderte um den Tisch. Jasper und Beth lächelten sich zu und stießen miteinander an.

Dann richteten sich plötzlich alle Blicke auf mich!

Was zum Teufel?

Sei verflucht, Fontaine! Er wusste sehr genau, dass ich ein paar kitschige, geschmacklose Bilder von Des in meinem Hinterkopf versteckt hatte, aber das würde ich niemals zugeben. Würde er mich verraten, wenn ich nicht trank? Fontaine war durchaus gemein genug für so was.

Ich schnitt ihm eine Grimasse, aber er wackelte nur mit den Augenbrauen und schob mir das Glas etwas näher hin. Reglos wie eine Statue saß ich da und konnte nur mit Mühe dem Drang widerstehen, die Arme zu verschränken. Ich würde es nicht zugeben.

Dann schnaubte neben mir plötzlich Des los. Er hob sein Glas, leerte es in einem Zug und knallte es mit Nachdruck wieder auf den Tisch.

Die anderen brüllten vor Lachen, während meine Gedanken rasten.

Hieß das, er hatte Fantasien über mich? Das konnte nicht wahr sein. Mein Gott, war das hier demütigend! Ich biss mir auf die Lippe. Mehrere Sekunden verstrichen, bis ich es endlich wagte, zu Des hinüberzuschielen. Er grinste mich an wie ein kleiner Junge, der im Besitz der letzten Kugel Eis der Welt war. Er forderte mich heraus, dieser arrogante Bastard. Wie alt waren wir denn? Zwölf?

Ach, zum Teufel.

Mit abgespreiztem kleinen Finger hob ich mein Glas, nippte geziert daran und betupfte mir die Mundwinkel. Dann warf ich das Glas über meine Schulter von der Veranda.

Dieses Mal musste unser Gelächter bis nach Wisconsin zu hören sein.

10

Während ich mein Badetuch am Strand ausbreitete, wünschte ich mir von ganzem Herzen, meine Sonnenbrille wäre größer und dunkler. Das grelle Tageslicht tat meinem Kater überhaupt nicht gut. Glücklicherweise sahen sich Paige und Jordan mit Dody oben im Haus einen Film an und so hatte ich ein paar Minuten für mich allein. Ich machte es mir mit meinem neuen Buch *Selbstständig werden für Dummies* bequem. Fontaine hatte es mir geschenkt.

Der Duft nach heißem Sand und kühlem Wasser war wohltuend und einlullend und versetzte mich schließlich in einen Zustand lethargischer Benommenheit. Ich schloss die Augen und meine Gedanken wanderten zurück zum vergangenen Abend. Der Ausklang war allerdings etwas verschwommen. Das Letzte, woran ich mich erinnerte, war der Anblick von Des, wie er unsicher am Strand entlang in Richtung des Pullmanhauses torkelte.

Schläfrig schlug ich die Augen wieder auf. Und da war er, noch immer torkelnd. Ich blinzelte in der Annahme, ein Trugbild vor mir zu haben. Er war es jedoch tatsächlich und er kam auf mich zu, allerdings sehr viel langsamer als gewöhnlich.

»Hey, wie geht es dir?«, fragte ich, als er endlich bei mir angekommen war und sich mit einem vernehmlichen Plumpsen in den Sand fallen ließ.

»Was glaubst du denn?«, fragte er zurück und nahm die

Sonnenbrille ab. Ich keuchte auf vor Schreck.

Sein linkes Auge war rot und geschwollen und ein dunkler Bluterguss hatte sich darum ausgebreitet. Er sah aus wie in der letzten Szene eines Boxfilms.

»Oh. Mein. Gott! Was ist denn mit dir passiert?«

Finster sah er mich an. »Ihr habt mich abgefüllt.«

Oh-oh. Das könnte Ärger geben. Ich zögerte. »Und?«, fragte ich dann doch.

»Und als ich nach Hause gekommen bin, war es sehr spät und sehr dunkel.«

Ich biss mir auf die Lippe. »Und?«

»Und weißt du noch, dass du dieses Tischchen verrückt hast, damit der Flur *einladender* aussieht?«

Er sprach das Wort *einladender* aus, wie andere Leute *Schwachsinn* sagen würden.

»Tja, als ich endlich die Haustür offen hatte, bin ich über die blöde Katze gestolpert und auf dem Weg nach unten gegen das Tischchen geknallt.«

Er war sauer. Ich hätte mich schrecklich fühlen müssen! Das war alles meine Schuld, genauso wie Dodys Sturz meine Schuld gewesen war, aber die Vorstellung, wie er durch das dunkle Haus stolperte und taumelte und schließlich flach auf dem Gesicht landete, war einfach zu viel.

Ich versuchte, dagegen anzukämpfen. Ich versuchte es wirklich, doch dann brach ich trotz allem in schallendes Gelächter aus. Es platzte einfach aus mir heraus! Ich schlug die Hand über meinen großen, lauten Mund, aber da war das Lachen schon draußen.

»Du findest das also lustig?«

Ich presste die Lippen aufeinander und schüttelte den Kopf, aber das Lachen perlte in meiner Kehle und stieg mir in die Nase.

»Sadie«, grollte er, »das ist nicht lustig!« Doch dabei zuckte sein Mundwinkel.

»Ich weiß!« Ich nickte heftig und wieherte dann wieder los.

Er funkelte mich an, doch dann musste auch er lachen.

»Es tut mir leid, Des!«, japste ich.

»Sieht gar nicht so aus.«

»Es tut mir aber wirklich leid.« Ich versuchte, wieder ernst zu werden, und gab mein Bestes, um Paiges traurigsten Blick zu imitieren.

Langsam schüttelte er den Kopf.

»Tut es sehr weh?«

»Darauf kannst du wetten. Als ich heute Morgen aufgewacht bin, dachte ich schon, mir würde der Kopf platzen. Zuerst habe ich geglaubt, es wäre nur ein Kater, aber dann habe ich mich im Spiegel gesehen.«

Wieder lachte ich, als ich mir die Szene ausmalte.

»Wenigstens hat es gestern Abend nicht besonders wehgetan. Die Katze hat meinen Sturz abgefangen. Aber ich gebe dir eine Chance, es wiedergutzumachen.« Um sein heiles Auge erschienen Lachfältchen.

»Und wie?«, fragte ich.

Er setzte die Sonnenbrille wieder auf. »Geh morgen Abend mit mir essen.«

Plötzlich schien mir all der Restalkohol in meinem Körper wieder zu Kopf zu steigen. Mir wurde schwindlig und ich fühlte mich leicht seekrank. Er bat mich um ein Date! Ich wollte nicht, dass er mich um ein Date bat. Ich war allergisch gegen Dates. Und ich hatte keine Ahnung, was ich jetzt sagen sollte. »Ich bin nur den Sommer über hier, weißt du.«

Des lächelte. »Das Abendessen dauert nur ein paar Stunden, danach hast du bestimmt noch genug Zeit, deine Koffer vor dem Herbst wieder zu packen.«

Jetzt war mir entschieden übel. Hoffnung und Panik breitete sich in meinem Bauch aus. Ein Date. Er bat mich um ein Date. Eine Millionen Gründe, warum ich ablehnen sollte, schossen mir durch den Kopf, kollidierten miteinander und brachten die Alarmsirenen zum Schrillen. So richtig laut.

»Also, wie sieht's aus?«

»Ähm, klar«, hörte ich jemanden mit meiner Stimme antworten. »Das wäre schön.«

»Wunderbar.« Er ließ sich in den Sand fallen, legte die Arme über die Augen und schlief sofort ein. Typisch Mann, oder?

***

Als ich nach meinem Nachmittag in der Sonne wieder ins Haus zurückkehrte, fand ich überall verstreute Salzbrezelpackungen, Bonbonpapiere und Limonadendosen. Dody, Fontaine, Jordan und Paige lümmelten auf dem riesigen braunen Sofa im Wohnzimmer und sahen sich *Das Phantom der Oper* an.

»Ähm, ich glaube nicht, dass dieser Film das Richtige für die Kinder ist, Dody.« Ich beugte mich über sie und begann, die leeren Packungen einzusammeln.

»Sei nicht albern. Es ist doch nur ein Musical. Hat euch eure Mutter denn nie Musicals ansehen lassen, als ihr noch klein wart?«

»Doch. *Tschitti Tschitti Bäng Bäng* zum Beispiel.«

»Siehst du?« Sie trank einen Schluck Limonade und bot die Dose dann Jordan an.

»Das ist aber nicht ganz dasselbe.«

»Schhh, schhh!«, zischte Fontaine, der den Blick nicht vom Bildschirm löste. »Das Phantom lockt das Mädchen gerade in sein Kellerversteck.«

»Ich weiß! Ein bisschen zu düster und verdreht für eine Sechsjährige und einen Vierjährigen, meinst du nicht?«

Paige saß auf Fontaines Schoß, vollkommen gebannt von dem Film. »Warum trägt er denn eine Maske?«, flüsterte sie.

»Weil er zwar ein musikalisches Genie, aber auch ein Mutant ist«, erklärte Fontaine. »Wie Lady Gaga.«

Ich blickte im Zimmer umher und in mir kämpften widerstreitende Gefühle. Wenn ich morgen mit Des ausging, würde ich diese beiden darum bitten müssen, auf die Kinder aufzupassen. Konnte ich das wirklich verantworten?

Jordans Kopf ruhte auf Dodys Schoß und sie streichelte ihn wie einen Hund. Richard hätte bei diesem Anblick einen Wutanfall bekommen. Wo war meine elterliche Kontrolle? Meine erwachsene Führungsqualität? Ich biss mir auf die Lippe und dachte an Des, an sein Haar, das immer leicht zerzaust war, so als forderte es mich geradezu heraus, mit den Fingern hindurchzustreichen. Meine Hand zuckte. Fast konnte ich sein Haar an meiner Handfläche fühlen.

Ach, zum Teufel. Meine Kinder würden bestens aufgehoben sein.

Ich wagte es. »Dody, könntest du morgen Abend auf die Kinder aufpassen, damit ich ausgehen kann?«

Fontaines Kopf fuhr hoch wie der eines Präriehundes. Sofort stoppte er den Film und er und Dody starrten mich an, als hätte ich soeben verkündet, ich wäre für den Friedensnobelpreis nominiert.

»Mit wem gehst du aus?«

Ich verschränkte die Arme vor der Brust. Es war nun wirklich nicht nötig, dass sie so überrascht aussahen. »Nur zum Abendessen mit Des.«

Meine Tante und mein Cousin klatschten sich ab. Sehr erwachsen.

»Natürlich passe ich auf die Kinder auf«, versicherte Dody.

Fontaine sprang auf, ohne darauf zu achten, dass Paige von seinem Schoß kullerte und auf dem Boden landete. »Und ich suche dir dein Outfit aus.«

»Gut«, sagte ich. »Dann rufe ich jetzt Penny an.«

Penny ging nicht ans Telefon, was wirklich schlimm für mich war. Ich brauchte sie, damit sie mich von dem Abgrund wegzerrte, an den ich mich manövriert hatte. Was zum Teufel hatte ich mir nur dabei gedacht? Ich hätte sagen können, ich hätte bereits andere Pläne. Dass ich dringend Dodys Porzellaneinhornsammlung sortieren oder ihr beim Batiken der Tischdecken helfen müsste. Vielleicht war es ja noch nicht zu spät. Ich könnte bis morgen warten und ihm dann erzählen, Jordan hätte plötzlich Fieber bekommen. Allerdings war er Arzt und würde darauf bestehen, rüberzukommen und zu helfen. Bescheuerter hippokratischer Eid.

Fontaine kam in mein Zimmer und begann, meine Kleider überall zu verstreuen.

»Was machst du denn da?«, schrie ich ihn an. »Die sind alle sortiert.«

»Nach welchen Kategorien? Hässliche Kleider und noch hässlichere Kleider? Das hier wollte ich schon lange tun, Süße. Wir müssen shoppen gehen. Was zum Teufel soll denn das sein?«

Er hielt meinen wertvollsten Besitz hoch: ein Sweatshirt vom Spring Break meines letzten Collegejahrs. Es war verwaschen, abgetragen und einfach perfekt, um darin Erdnussbutter mit den Fingern zu essen und um das Desaster einer gescheiterten Ehe zu weinen. Ich versuchte, es ihm aus der Hand zu reißen.

»Gib das her.«

»Keine Chance. Das hier landet auf dem Kompost mit dem Rest dieses Müllhaufens, den du eine Garderobe nennst. Als ob dieses Zeug jemals zu kompostieren wäre. Kein Wunder, dass meine Nase dauernd verstopft ist, bei all den Kunstfasern, die du hier hortest.«

Fontaines Frontalangriff auf meine mickrige Kleidersammlung gab meinem Nervenkostüm den Rest. Was sollte ich bloß anziehen?

»Mit dem hier kann ich nicht arbeiten«, seufzte er. »Zieh dir Schuhe an. Es ist Zeit für eine Rundumerneuerung.«

»Du erwartest von mir, dass ich shoppen gehe, nur weil mich irgendein Typ gefragt hat, ob ich mit ihm ausgehe?«

»Natürlich nicht. Aber du solltest shoppen gehen, um dir Kleider zu kaufen, in denen du dich schön fühlst. Das hast du verdient. Das hier ist nicht für ihn, sondern für dich.«

Zwei Stunden später in der Umkleidekabine der Bell-Harbor-Boutique klang das allerdings ganz anders.

»Das wird Des gefallen!«, sagte er.

Ich steckte in einem winzigen, tief ausgeschnittenen roten Kleid, das einfach nicht genug Stoff zu haben schien, und in den hochhackigen Riemchensandalen mit Strassschnallen fühlten sich sogar meine Füße nackt.

»Das ist so billig. Er wird denken, ich hätte es nötig.«

Fontaine schüttelte den Kopf. »Das Einzige, an das er bei diesem Kleid denken wird, ist die Frage, wie er es dir so schnell wie möglich ausziehen kann.«

Mein Magen verkrampfte sich, als hätte ich einen Schlag in den Bauch bekommen. Mir ausziehen? Daran hatte ich noch nicht einmal gedacht! Ich meine, natürlich hatte ich schon daran gedacht, aber ich hatte es mir vorgestellt wie in einem Kitschfilm. So wie man sich vorstellte, dass die eigenen Haare auch einmal so luftig und glänzend umherwehen würden wie in der Werbung, wenn man nur die richtige Spülung benutzte. Oder wie man sich ausmalte, dass man der Menschheit einen großen Dienst erwiesen hatte und Bono einem zum Dank die Hand schüttelte.

Fantasien waren das eine, aber echter körperlicher Kontakt zu einem anderen menschlichen Wesen? Fontaine redete da von Haut an Haut. Dafür war ich einfach nicht bereit, auf keinen Fall. Plötzlich fiel mir mein letztes, grässliches Blind Date wieder ein. Dieses Mal wusste ich es besser.

»Diese Schuhe sind einfach zu viel. Ich habe Schuhe, die ich anziehen kann.«

»Diese weißen Sandalen, die ich in deinem Schrank gesehen habe? Vergiss es, Baby. Diese Plüschpantoffeln habe ich schon dem Lokaltheater gespendet, für ihre Aufführung der *Golden Girls*. Nächster Halt: Victoria's Secret.«

***

Am nächsten Tag fühlte ich mich in dem Kleid, den Schuhen und dem Hauch von Seide, den ich daruntertrug, auch nicht besser. Ich stand vor dem Spiegel. Gleich würde Des da sein und mich abholen. Ich zupfte das Dekolleté etwas nach oben, aber dadurch wurde das Kleid nur kürzer. Nicht gut. Und diese fiesen Sandalen folterten meine Zehen, als wäre ich Aschenputtels hässliche Stiefschwester, der es durch ein Missverständnis gelungen war, ein Date mit dem Prinzen an Land zu ziehen. Was, wenn er auftauchte und sagte: »Augenblick, dich meinte ich nicht. Wo ist die Hübsche?« Ich hyperventilierte.

»Fontaine, ich muss mich umziehen. Lass mich die schwarze Hose tragen.«

»Reiß dich zusammen, Frau!«, rügte er. »Du gehst nicht mit Dody zur Handwerksmesse. Das hier ist ein Date. Bring mich nicht dazu, dich zu ohrfeigen, du weißt, dass ich es tun würde.«

Ich wusste es. Er hatte es schon einmal getan, als ich den Rest seiner Peeling-Creme mit Erdbeer-Kiwi-Duft aufgebraucht hatte.

»Warum bist du überhaupt so furchtbar nervös? Es ist Des.«

Ich versuchte, tief durchzuatmen, doch das ging in diesem Kleid nicht. »Ich weiß, genau das ist ja das Problem.« Ich biss mir auf die Lippe und meine Stimme wurde zu einem Flüstern. »Fontaine, was wenn ich anfange, ihn zu mögen? So richtig zu mögen, meine ich.«

Fontaine tätschelte mir den Arm. »Dann lass zu, dass du ihn

so richtig magst. Die Alternative ist grenzenlose Langeweile und dafür bist du einfach zu schade. Und jetzt gehe ich runter und mache dir einen Cocktail, deine Nervosität macht mich ganz hibbelig. Entspann dich.«

Fontaine ging hinunter und ich setzte mich, um mich zu sammeln. Ich konnte das hier schaffen. Natürlich konnte ich das. Diesmal war es kein mieses Blind Date wie beim letzten Mal. Es war Des. Er war ein netter Kerl. Es würde schon werden.

Dody und die Kinder waren in der Küche, und gerade als ich ebenfalls hinunterging, klingelte es an der Tür. Fontaine öffnete und bat Des herein. Ich war dankbar, dass er erst einmal kurz abgelenkt war. Mein Gott. Des sah so umwerfend aus, dass mir der Atem stockte. Bisher kannte ich ihn nur im Arztkittel oder in abgetragenen Strandklamotten und selbst darin hatte er zum Anbeißen ausgesehen. Aber sauber und herausgeputzt? Mjam mjam. Sein Haar war gekämmt und er trug eine schicke Hose und ein gebügeltes Hemd. Die Vorstellung, wie er vor dem Bügelbrett stand und die Kleider für unseren gemeinsamen Abend bügelte, ließ es in meinem Körper an all den Stellen prickeln, an denen es eben üblicherweise prickelte.

Die Kinder tollten um ihn herum wie eifrige Welpen und er kraulte ihnen die Köpfe, als wären sie tatsächlich Hunde. Glücklicherweise waren Faulpelz und Dickmops auf der Veranda ausgesperrt, sonst wäre Des sicher schon von oben bis unten vollgesabbert. Möglicherweise würde er das aber sowieso bald sein. Meine Zunge fühlte sich plötzlich zu dick an für meinen Mund.

Endlich sah er mich. Sein Blick wanderte von meinen Schuhen langsam an mir empor und meine Nerven waren so gespannt, dass man sie knistern hören musste. Für den Bruchteil einer Sekunde blieb sein Blick an meinem Ausschnitt hängen. Mist. Fontaine hatte recht gehabt.

Ich richtete mich etwas gerader auf und straffte die Schultern wie eine verkrüppelte Athletin, die sich für ihren letzten Kampf auf das Feld hinauswagte. Führ mich in die Schlacht, Coach, ich bin bereit.

Ich sah seinen Adamsapfel hüpfen, als er schluckte. »Du siehst hübsch aus.«

Es waren schlichte Worte, doch die Art, wie er sie aussprach, ließ Schmetterlinge in meinem Bauch aufflattern.

»Danke, du auch.«

»Oh!«, hauchte Fontaine und drückte sich die Faust an den Mund. Er schlang die Arme um die strahlende Dody. »Geht schon, Kinder. Wir kommen hier zurecht.«

11

Während der kurzen Fahrt zum Restaurant versuchte ich, nicht daran zu denken, was der Wind mit meinen sorgsam frisierten Haaren anstellen würde. Stattdessen wollte ich mich lieber darüber freuen, dass mir Des vor Dodys Haus die Autotür aufgehalten hatte. Richard hatte mir nie irgendwelche Türen aufgehalten, nicht einmal, als bei mir die Wehen eingesetzt hatten. Er war zu sehr mit seiner Sorge beschäftigt gewesen, meine Fruchtblase könnte in seinem neuen Lexus platzen. Ich schüttelte den Kopf. *Kein Richard heute Abend.* Ich hatte ein Date. Ein handfestes, waschechtes Date mit einem Mann, der mich kannte und trotzdem mit mir ausgehen wollte.

Des parkte das Auto an einer malerischen Ecke in einem Teil Bell Harbors, der so urig war, dass man hier eigentlich alles schwarz-weiß sehen müsste. Historische Gebäude säumten eine von Bäumen beschattete Allee.

Des stieg aus. Ich zupfte am Saum meines Kleides herum und fragte mich, ob er mir wohl wieder die Tür aufhalten würde. Um Zeit zu schinden, tat ich so, als würde ich mich an der Schnalle meiner Sandale zu schaffen machen. Dann sah ich, dass er tatsächlich um das Auto herumkam. Oh, was für ein Kavalier! Wenn auf unserem Weg eine Pfütze auftauchte, würde er dann für mich seinen Mantel darüberwerfen? Ach nein, er trug ja gar keinen Mantel. Egal.

Der Gedanke brachte mich trotzdem zum Lächeln.

»Was ist denn so lustig?«, fragte er.

»Ach, nichts. Ich freue mich nur, dass wir einen so tollen Parkplatz gefunden haben.«

Er blickte die fast leere Straße auf und ab. »Ach so.«

Sein sportlicher BMW war tiefer gelegt, und mit meinen neuen, scharfen Pumps kam ich mir vor, als müsste ich auf Stelzen laufen. Ich versuchte, aus dem Auto zu klettern, ohne mir den Knöchel zu verstauchen. Was hatte ich mir nur dabei gedacht, einen Quastenslipper tragenden Schwulen meine Schuhe aussuchen zu lassen?

Da streckte mir Des seine Hand entgegen und half mir aus dem Wagen.

Gottverdammt! Fontaine war ein Genie! Deshalb musste ich also diese Schuhe tragen.

Die unschuldige Berührung jagte mir einen verruchten Schauer durch den Körper. Sein Griff war sanft, aber entschieden und er hielt meine Hand nicht zu schlapp und nicht zu fest. Auch auf dem Weg ins Restaurant ließ er sie nicht los. Ich verbiss mir ein kindisches Kichern und unterdrückte den Drang, unsere Arme vor- und zurückschwingen zu lassen. Richard hatte Händchenhalten nie gemocht. Er empfand es als einengend. *Verdammt, keine Gedanken mehr an Richard.*

Wir kamen an einer Boutique mit künstlerischem Touch vorbei, in deren Schaufenster sich vor Blütenpracht überquellende Blumentöpfe reihten, und an dem Bistro, in dem ich mit Kyle und Fontaine zu Mittag gegessen hatte. Auf der anderen Straßenseite gab es einen Drachenladen, ein Süßigkeitengeschäft und eine altmodische Eisdiele mit rot-weiß gestreiften Markisen. Das Kopfsteinpflaster unter unseren Füßen war blitzsauber und alle paar Blocks standen Bänke, die wie alte Kutschenräder aussahen. In den Bäumen sangen die Vögel Beethovens Ode an die Freude. Na ja, Letzteres geschah vielleicht auch nur in meiner Vorstellung.

»Wie wäre es mit Sushi?«, fragte Des und deutete auf ein Restaurant ein paar Häuser weiter mit einem Steindrachen vor der Tür. »Ein Freund hat es mir empfohlen.«

»Großartig«, antwortete ich, weil ich nicht zugeben wollte, dass ich noch nie Sushi gegessen hatte. Richards diverse Vorurteile erstreckten sich auch auf Restaurants, auf deren Speisekarten fremde Begriffe zu lesen waren, was alles Asiatische, Indische und sogar ein paar Italiener ausschloss.

Noch immer Hand in Hand, überquerten wir die Allee. Das Restaurant war elegant eingerichtet mit einem verschnörkelten Steinbrunnen in der Mitte und einer Fensterfront mit Seeblick. Es war schön und geschmackvoll und so nobel, dass es hier noch nicht mal ein Drive-in-Fenster gab.

Eine gertenschlanke Gazelle mit dichtem, herrlichem Haar und Rehaugen kam auf uns zu und sah wimpernklimpernd zu Des auf.

»Guten Abend. Willkommen im *Matsusaka's*. Ich bin Ihre Gastgeberin Eliza.« Sie neigte den Kopf.

Ich fühlte mich gleichzeitig unsichtbar und amazonenhaft. Ich zupfte am Ausschnitt meines Kleides herum.

»Danke«, antwortete Des. »Wir hätten gerne einen Tisch am Fenster.«

»Natürlich. Sehr gerne. Haben Sie reserviert?« Lüstern musterte sie ihn und ich hörte, was sie dachte. Sie sagte *reserviert*, aber was sie eigentlich meinte, war: *Schüttle diesen Gargoyle ab und triff dich in der Garderobe mit mir.*

Er nickte. »Habe ich. McKnight, für zwei.«

»Richtig, hier entlang, bitte.«

Des legte die Hand an meine Taille und schob mich vor. Vor ihm zu gehen würde bedeuten, dass ich neben ihr laufen müsste, und ehrlich gesagt wollte ich nicht, dass er einen so direkten Vergleich zwischen meinem und ihrem Hintern hatte, denn dabei konnte ich nur verlieren.

Die elegante Eliza führte uns zu einem gemütlichen kleinen Tisch in einer Ecke.

Er rückte mir den Stuhl zurecht, was ihm einen weiteren Punkt einbrachte und mich die oblatendürre Gastgeberin fast vergessen ließ.

»Genießen Sie Ihren Abend bei uns.« Ihre Stimme war ruhig und hypnotisierend und fast hätte ich ihr vergeben, dass sie meinen Begleiter so unverhohlen anhimmelte. Dann erschien die Kellnerin und reichte uns in Leder gebundene Speisekarten. Noch so eine schlanke, schwarzhaarige Schönheit mit der Schwerkraft trotzenden Brüsten und einer Streichholztaille. Woher bekam dieses Restaurant nur seine Mädchen? Aus dem Dessous-Katalog?

Ich biss mir auf die Lippe und schalt mich im Stillen selbst. Richard hatte geradezu unverschämt mit jeder Kellnerin geflirtet und dabei darauf bestanden, er tue es nur, um besser bedient zu werden. Ich hatte nie gewagt, ihn zu fragen, welche Art von Bedienung er dabei im Sinne hatte. Des dagegen schenkte den Kellnerinnen keine besondere Beachtung. Ich verpasste mir eine mentale Kopfnuss. Wenn ich zuließ, dass meine Unsicherheit die Oberhand gewann, würde ich diesen Abend ruinieren, noch bevor er überhaupt angefangen hatte. *Reiß dich zusammen, Sadie.*

Des nahm seine Sonnenbrille ab und ich zuckte beim Anblick seines Veilchens zusammen. Die Schwellung war abgeklungen, aber der dunkle Bluterguss war geblieben. Eigentlich stand es ihm ganz gut, aber ich fühlte mich trotzdem furchtbar.

»Tut mir leid, dass ich dieses Tischchen verrückt habe«, beteuerte ich.

Er lächelte. »Du kannst es wiedergutmachen.«

»Ich dachte, ich würde es wiedergutmachen, indem ich mit dir essen gehe.«

»Das ist immerhin ein Anfang. Möchtest du etwas trinken?«

Diese nicht besonders subtile Anspielung hallte in meinem

Kopf nach und ich sagte mit etwas mehr Nachdruck als nötig: »Ja!«

Des lachte leise und warf einen Blick auf die Weinkarte. »Roten oder Weißen?«

Das fragte er mich? Richard hatte nie … *Oh, verflucht!* Ich würde Richard heute Abend aus meinem Kopf vertreiben, und wenn ich dafür einen Exorzisten anheuern musste. »Entscheide du.«

Ich rutschte auf meinem Stuhl herum und versuchte, mit dem roten Stoff des Kleides irgendwie mehr Bein zu bedecken. Doch es hatte keinen Sinn, also breitete ich die Serviette über meinen Schenkeln aus wie eine Minitischdecke.

Des musterte die Weinempfehlungen, machte Bemerkungen über die unterschiedlichen Traubensorten und wählte schließlich einen sehr teuren Tropfen. Ich wollte ihm nicht sagen, dass teurer Wein bei mir absolut verschwendet war, weil ich billigen Fusel genauso schnell austrank. Wenn er mich mit seinem Wissen über Weingüter in Südfrankreich beeindrucken wollte, sollte er das nur tun.

Nachdem wir die Getränke bestellt hatten, öffnete ich die Speisekarte. Was ich dort las, war rätselhaft, und außer der California-Roll konnte ich absolut nichts entziffern. Sashimi klang wie diese Bewegung, mit der sich Dody immer ihren Badeanzug anzog. Tempura war doch eine Art Matratze, oder? Und Miso? Wie in *Misogyn*?

»Was lacht dich an?«, fragte Des.

»O Mann«, log ich. »Einfach alles.«

Der Wein kam und ich trank gierig, gerade als Des sein Glas zum Anstoßen hob.

Ich schluckte schwer. »Ups, ‚tschuldigung.« Leicht stieß ich mit meinem Glas an seines. »Auf …?«

Er zögerte, als wöge er seine Worte sorgfältig ab.

»Auf neue Freunde.«

Das Ziehen in meiner Brust fühlte sich verdächtig nach Enttäuschung an. Tja, was hatte ich denn erwartet? *Auf Sadie und ihren heißen Mamakörper?* Ich zwang mich zu einem Lächeln und stieß noch einmal mit ihm an.

»Klar, auf neue Freunde.«

Der restliche Wein war schnell geleert und langsam entspannte ich mich. Harfenmusik mischte sich mit dem Gurgeln des Brunnens. Er plauderte über Banalitäten. Wie hübsch dieses Restaurant doch war und was für ein tolles Wetter wir hatten. Es war gar nicht schwer. Ich konnte es schaffen.

Ich nahm wieder die Speisekarte zur Hand und mein vorübergehender Seelenfrieden schwand dahin. So ging das einfach nicht. Ich musste endlich mit der Sprache herausrücken und gestehen, dass ich keine Ahnung von japanischem Essen hatte, oder ich riskierte, versehentlich einen Oktopus zu bestellen, den ich dann würde essen müssen. »Ich muss dir etwas beichten.«

Argwöhnisch senkte Des die Speisekarte. »Ja?«

»Ich habe noch nie Sushi gegessen.«

»Du hast noch nie Sushi gegessen?«, wiederholte er mit großen Augen.

»Nein, ich habe noch nie Sushi gegessen.«

»Wie kann das denn sein? Magst du es nicht?«

»Wahrscheinlich schon.« Ich legte die Karte weg. »Richard mochte keinen Fisch. Und keinen Reis. Und keine Asiaten. Und keine Mexikaner, die aussahen, als könnten sie Asiaten sein.«

Des trank einen Schluck Wein. »Klingt ja toll.«

»Er ist absolut einzigartig. Hoffe ich.«

Des fuhr sich durchs Haar. »Möchtest du lieber woanders hingehen?«

»Nein, ich mag Fisch und Reis. Ich hab nur keine Ahnung, was ich bestellen soll.« Ich senkte die Stimme. »Und nur fürs

Protokoll: Ich habe nichts gegen Asiaten oder Mexikaner.«

Er lächelte. »Freut mich zu hören.«

Dann führte er mich in die Geheimnisse der asiatischen Küche ein. Dieser Mann war ja so klug.

»Vielleicht sollten wir auch etwas Sake bestellen. Aber pass auf, dieses Zeug hat es in sich.«

»Ist das nicht so was wie Reiswasser?«

Er schüttelte den Kopf. »Lass dich nicht täuschen. Es ist zwar etwas fade, aber echtes Teufelszeug.«

»Klingt nach meinem Ex.«

Des schmunzelte. »Nach meiner auch.«

Die Kellnerin kehrte zurück und wir bestellten. Des war höflich zu ihr, mehr aber nicht. Ich entspannte mich zunehmend und nippte an meinem zweiten Glas Wein. Dann, nur so zum Spaß, stützte ich die Arme auf den Tisch und beugte mich ein wenig vor. Penny nannte dieses Manöver »seine Waren vorzeigen«, und sie war eine Meisterin dieser Technik. Jedes Mal, wenn sie es tat, spendierte ihr irgendein Typ einen Drink. Natürlich waren ihre Waren größer als meine und sie hatten auch noch keine zwei Schwangerschaften hinter sich. Bei diesem Gedanken setzte ich mich wieder gerade hin.

Der Sake wurde in einer kleinen Porzellanflasche mit dazu passenden winzigen Tässchen gebracht, die mich an Paiges Puppen-Teeservice erinnerten. Des füllte eine der Minitassen randvoll mit Sake und reichte sie mir. Dann schenkte er auch sich ein. Dieses Mal wartete ich ab, ob es noch einen Toast geben würde, was gut war, denn kurz darauf hob Des sein Tässchen.

»Auf neue Abenteuer«, sagte er.

Das klang schon vielversprechender. »Auf neue Abenteuer.« Ich nickte. Dann legte ich todesmutig den Kopf in den Nacken und leerte die Tasse mit einem einzigen Schluck. Der Sake war warm, was mich überraschte, und auf seinem Weg meine Kehle hinab wurde er immer wärmer. Verblüfft sah ich Des an und stellte fest, dass er mich genauso perplex anstarrte.

»Wow!«, japste ich.

Er lachte los. »Sadie, Sake muss man nippen. Das sind doch keine Schnapsgläschen.«

Ich blickte auf das Tässchen in meiner Hand. »Nicht? Bist du sicher?«

Darauf lachte er nur noch mehr. »Ganz sicher.«

»Oh.« Die Hitze des Sakes mischte sich mit brennender Beschämung und ich errötete von Kopf bis Fuß.

Kopfschüttelnd füllte er mein Tässchen erneut. »Nur kleine Schlückchen«, ordnete er an.

Also nahm ich nur kleine Schlückchen. Allerdings schmeckte es wirklich gut und irgendwie war meine Tasse schon wieder viel schneller leer als seine.

Allmählich füllten sich die Tische um uns herum mit anderen Gästen, während wir redeten und die Getränke genossen. Als schließlich das Essen kam, stellte ich fest, dass ich Sushi genauso sehr mochte wie Sake. Bisher lief es wirklich gut und ich klopfte mir im Geiste selbst auf die Schulter. Entweder war ich heute von Natur aus so charmant und munter oder der Alkohol verlieh mir Superverführungskräfte.

Des lächelte breit, als ich ihm erzählte, wie Paige geweint hatte, als sie ihren ersten Zahn verlor, weil sie Angst hatte, es wäre ihr »Süßzahn«. Dann erinnerte ich mich daran, dass mich Fontaine ermahnt hatte, bloß nicht den ganzen Abend nur über meine Kinder zu reden, und wechselte das Thema.

»Du hast drei Schwestern, richtig?« Eigentlich wusste ich es ganz genau, weil er schon ab und zu von ihnen erzählt hatte, aber es schien mir ein angenehmer, sicherer Gesprächsstoff zu sein. Und je mehr er redete, desto länger konnte ich diesem göttlichen Akzent lauschen.

Er nickte. »Jep. Bonnie, meine ältere Schwester, ist

Kinderärztin. Shannon ist die Lehrerin und Robin ist Kuratorin im Museum. Keine Brüder.«

»Gleich zwei Ärzte in der Familie, was? Das ist doch bestimmt spannend.«

Geschickt pickte er eines der Sushi-Häppchen mit den Stäbchen auf. »Bonnie und ich haben immer stark miteinander konkurriert, und als sie schließlich nach Harvard kam, konnte ich der Herausforderung einfach nicht widerstehen. Wie sich herausstellte, war das für uns aber eine wirklich gute Sache. Wir waren aufeinander angewiesen, weil der Rest der Familie ja in Illinois wohnte.«

»Steht ihr euch nahe?«

Er kaute und schluckte, bevor er antwortete. Wenn ich mir einen weiteren Vergleich mit Richard gestattet hätte, wäre mir aufgefallen, dass mein Exmann häufig mit vollem Mund redete, was Des nicht tat.

»Ja, wir stehen uns alle sehr nahe«, antwortete er schließlich. »Aber ich bin in den letzten Jahren viel herumgezogen und konnte meine Familie nicht oft sehen. Es tut immer gut, zu Besuch nach Hause zu fahren.«

»Und was hat dich dazu gebracht, als Local Tenens zu arbeiten … oder wie heißt das noch mal?«

»Locum Tenens.« Er zuckte mit den Schultern. »Ehrlich gesagt wusste ich nach meiner Scheidung einfach nicht, wohin ich wollte. Chicago war zwar meine Heimat, aber ich brauchte einfach eine Pause, verstehst du?«

Ich nickte und er schenkte mir Sake nach.

»Damals wurden mir eine ganze Menge Jobs angeboten, aber keiner davon hat sich richtig angefühlt. Ich wollte nicht irgendwo hinziehen, nur um wegzukommen. Dann gab mir ein Freund den Rat, ich solle doch mal eine Weile lang das hier versuchen, bis ich den richtigen Ort gefunden hätte.«

»Und hast du das? Den richtigen Ort gefunden, meine ich.«

Ich biss mir auf die Lippe, weil ich einerseits hoffte, er würde Ja sagen, mir andererseits aber durchaus bewusst war, dass dies eine echte Dody-Frage war.

Sein Lächeln war rätselhaft und er trank einen Schluck Wein, bevor er antwortete. »Einige Orte haben ein paar Pluspunkte mehr als andere.«

Das war zwar nicht gerade die flammende Zusage, auf die ich es angelegt hatte, doch dann zwinkerte er mir zu und mir entfuhr ein leises Keuchen. Herrgott, war dieser Mann anbetungswürdig.

Das Gespräch wandte sich anderen Themen zu. Ich erzählte ihm von meinem Vorhaben, mich selbstständig zu machen, und er war tapfer und galant genug, so zu tun, als wäre das faszinierend. Während wir redeten, versuchte ich, seine Geschicklichkeit mit den Stäbchen nachzuahmen, doch ich hatte nicht viel Glück damit. Die meiste Zeit schob ich das Sushi nur ein bisschen auf meinem Teller herum, und wann immer Des wegsah, steckte ich mir schnell mit den Fingern eines in den Mund. Mit dem Weinglas hatte ich allerdings keine Probleme, also trank ich.

Während Des lächelte und erzählte, wuchs meine Verwunderung immer weiter. Ich war bei einem Date. Mit ihm. Mit dem großen, dunklen, gut aussehenden *Ihm.*

Und er sah nicht nur gut aus, er war außerdem freundlich und süß und lustig und unverblümt. Er lachte über meine plumpen Witze und erzählte von den Dummheiten, die er selbst während des Studiums begangen hatte, und von den verrückten Dingen, die ihm bei seiner Arbeit untergekommen waren. Er fragte mich nach meinem Leben in Glenville und wollte etwas über meine Kindheit und meine Familie erfahren. Ich trank noch etwas mehr Wein und bemerkte, dass seine Nase leicht krumm war und dass sich die Nasenspitze bewegte, wenn er kaute. Mein Blick wanderte zu der kleinen Narbe an seinem

Auge und ich fragte mich, wie er sie wohl bekommen hatte. Hell zeichnete sie sich von dem Bluterguss ab. All das waren kleine Schönheitsfehler, doch sie machten ihn nur echter, realer für mich. Er war nicht länger eine schöne, schillernde, anonyme Gestalt, die jeden Morgen am Strand entlangjoggte. Er war Des.

Und ich verliebte mich gerade in ihn.

Dieser Gedanke traf mich genauso unvorbereitet wie der heiße Sake vorhin. Ich wollte mich nicht verlieben. Damit hatte ich nichts am Hut. Es wäre weder zweckdienlich noch logisch oder vernünftig. So hatte ich das nicht geplant. Als er gerade auf seinen Teller hinabsah, kippte ich ein weiteres Tässchen Sake. Die Vorzeichen einer Panikattacke machten sich bemerkbar. Seit ich Richard mit der Rothaarigen erwischt hatte, war so etwas hin und wieder mal vorgekommen, doch eigentlich hatte ich gedacht, das läge hinter mir. Offensichtlich nicht.

Der Raum drehte sich. Mit all diesen Menschen war es hier drin ganz schön warm geworden. Ich betrachtete wieder mein Date mit seinen gekämmten Haaren und seinem gebügelten Hemd und meine Angst verdoppelte sich. Es war einfach zu viel. Er war zu viel. Des mit seinem intensiven Blick, der wie heiße Lava über meine Haut floss und mich bis ins Mark erschütterte. Ich war noch nicht bereit dafür.

Aber vielleicht lag das ja schon längst nicht mehr in meiner Hand.

Das Gemurmel der Menschenmenge um uns wurde immer lauter und es fiel mir zunehmend schwer zu verstehen, was er sagte. Eigentlich hörte ich sowieso kaum noch zu, stattdessen beobachtete ich gebannt, wie sich seine Lippen bewegten. Was für ein betörender Mund. Mit vollen, aber nicht zu vollen Lippen. Wenn er lächelte, zeigten sich seine Grübchen noch deutlicher.

Im Kerzenlicht schimmerte er wie eine in Bronze gegossene Fruchtbarkeitsstatue. Er trank einen Schluck aus seinem

Wasserglas und plötzlich wollte ich nichts lieber, als dieses Glas sein und in seinen großen, starken Händen liegen. Oder noch besser, ich wollte das Wasser sein und in ihn fließen.

Stopp.

Was?

Oh … nein …

Oh, Scheiße!

Ich war betrunken.

Verdammt! Ich war total hinüber! In ihn fließen? Was zum Teufel sollte das überhaupt heißen? Scheiße, Scheiße, Scheiße! Wenn ich betrunken war, wie um alles in der Welt sollte ich dann mein kleines rotes Kleid anbehalten? Panik überrollte mich.

Ich musste mehr essen, und zwar schnell. Irgendetwas, um den Alkohol aufzusaugen. Doch die Stäbchen blieben störrisch und weigerten sich, etwas in meinen Mund zu befördern.

Hilflos sah ich Des an. Freundlich lächelte er zurück, er bemerkte nichts von den Alarmsirenen, die in meinem Kopf schrillten. Er musste aufhören, mich anzusehen, als wäre ich interessant und begehrenswert, denn ich war berauscht genug, um es ihm auch noch zu glauben. Ich fühlte mich benebelt. Kopf und Magen drehten sich in verschiedene Richtungen Und außerdem war ich ernstlich betrunken.

Er beugte sich zu mir, um etwas zu sagen, ganz bestimmt etwas Verbotenes und absolut Überzeugendes. Seine Hand glitt über den Tisch auf meine zu. Er würde mich fragen, ob ich noch mit zu ihm kommen wolle. Und ich würde Ja sagen.

Doch bevor er es aussprechen konnte, weckte etwas seine Aufmerksamkeit. Abrupt setzte er sich auf und ließ die Hand in den Schoß fallen.

Ein kalter Luftzug traf mich und dann sah ich sie. Sie war groß, hatte weißblondes Haar und einen Schmollmund, der jetzt allerdings ein verführerisches Lächeln zeigte. Während sie auf unseren Tisch zugeschlendert kam, tat ihr enges, schwarzes

Kleid das, was enge, schwarze Kleider am besten können.

Des rutschte auf seinem Stuhl herum. Seine Wangen wurden rot, während er an seinem Hemdkragen herumnestelte.

»Oh, hallo, Des. Was für eine Überraschung. Versteckst du dich vor mir? Was ist denn mit deinem Auge passiert?«

Er erhob sich und sie drückte sich gegen ihn, während sie ein Küsschen in die Luft neben seinem Ohr hauchte.

Er rückte ein Stück ab. »Lange Geschichte. Und nein, ich verstecke mich nicht. Ich bin nur noch nicht dazu gekommen anzurufen.«

»Wie schade. Du weißt doch, dass ein solches Angebot nicht ewig gilt.«

Die kalten und schrecklich unangenehmen Hände der Realität, sie packten mich. Es war, als wäre ich wieder bei Richard. Die Körpersprache dieser Frau schrie förmlich heraus, dass die beiden miteinander im Bett gewesen waren. Und falls nicht, dann wollte sie das zumindest sehr bald ändern. Sie war atemberaubend. Ich dagegen schleppte zwei Kinder, die Narben eines Kaiserschnitts und knapp hundert Kilo Exmann mit mir herum. Warum sollte sich Des für eine Frau wie mich interessieren, wenn er eine Frau wie die da haben konnte? Die schlichte Wahrheit war: Das tat er nicht. Ich musste mich geirrt haben.

Ich kippte einen weiteren Sake und spürte ihn bis hinunter in meine Eingeweide brennen.

Des lächelte. »Ich habe es nicht vergessen. Aber jetzt ist nicht der richtige Zeitpunkt, darüber zu sprechen.« Er sah mich an. Ich verschränkte die Arme, erwiderte seinen Blick und versuchte, gelangweilt statt verzweifelt zu wirken.

»Oh, ich verstehe. Und wer ist das?« Sie reichte mir eine perfekt manikürte Hand. »Hallo, ich bin Reilly Sommers.«

Widerstrebend schüttelte ich ihre Klaue, doch bevor ich etwas erwidern konnte, sagte Des: »Dies hier ist meine Nachbarin, Reilly. Wie du siehst, wollten wir gerade aufbrechen.

Würdest du uns entschuldigen? Wir können später reden.«

Eine Nachbarin? Hatte er mich gerade eine Nachbarin genannt? Nicht sein Date oder wenigstens eine Freundin? Herrgott, ich war also nicht einmal eine Bekannte, nur jemand, von dem man sich etwas Zucker leihen konnte. Damit hatte er all meine Befürchtungen bestätigt. Er hatte kein Interesse an mir. In meinem Magen rumorte der Sake und tat sein Bestes, um von dort wieder herauszukommen.

»Natürlich. Entschuldigt die Störung. Aber vergiss nicht, mich anzurufen, Des. Wir sollten uns wirklich unterhalten.«

Er nickte. »Das werde ich. Versprochen.«

Sie stolzierte davon und ich fragte mich, ob man unter diesem Kleid überhaupt Unterwäsche tragen konnte.

Des ließ sich wieder auf seinen Stuhl fallen.

»Tut mir leid. Wo waren wir stehen geblieben?« Sein breites Lächeln erreichte die Augen nicht. Ich erwog, ihm ein zweites Veilchen zu verpassen.

Wo wir waren? Wir haben gerade festgestellt, dass ich nichts weiter als deine Nachbarin bin.

Gezwungen erwiderte ich das Lächeln. »Ich glaube, wir wollten gerade gehen, nicht wahr?«

Er wirkte betrübt. »Bitte sei nicht sauer wegen ihr. Ich hätte dich ja vorgestellt, aber …«

»Ist schon okay«, unterbrach ich. »Wir sind ja nur Nachbarn, keine große Sache.« Wie oft hatte Richard das gesagt? »Sei doch nicht gleich sauer.« Als ob über sein Benehmen verärgert zu sein das Problem wäre.

Aber auf Des würde ich nicht wütend sein, oder ich würde es ihn zumindest nicht merken lassen. Es war nett von ihm gewesen, mich zum Essen einzuladen. Wahrscheinlich hatte ich ihm einfach leidgetan. Diese arme, einsame Geschiedene mit der verrückten alten Tante. Vermutlich hatte sie ihn darauf angesetzt. Mein Gott. So musste es gewesen sein! Das würde ihr ähnlich sehen. Ich nahm noch einen Schluck Wein und ergab mich seiner schwindelerregenden Wirkung. Ich war zwar schon mehr als nur ein bisschen blau, aber ich wollte die volle Dröhnung.

Er seufzte. »Wie wäre es mit einem Kaffee?«

Unsere Gastgeberin stolzierte in bester Catwalkmanier an uns vorbei und ich wünschte mir, ich würde aussehen wie sie statt wie ich.

»Sadie?«, fragte Des.

»Was?« Meine Stimme war lauter, als ich erwartet hatte.

»Möchtest du Kaffee?«

Kaffee? Nein, verdammt. Ich wollte den Kopf in ein Sake-Aquarium tauchen und mich blind saufen. Aber das wäre unhöflich gewesen, also sagte ich: »Klar, Kaffee ist super.« Ich wedelte mit der Hand durch die Luft, als würde ich einen Zauberstab schwingen, der *(ping!)* den Kaffee erscheinen lassen würde.

Des winkte der Kellnerin. Das würde vermutlich auch funktionieren. Dann erzählte er irgendetwas darüber, nach Bell Harbor zu gehen, was für mich aber überhaupt keinen Sinn ergab. Wir waren doch schon in Bell Harbor. Vielleicht war er ja auch betrunken. Vielleicht war er deshalb so verschwommen.

Was sagte er da? Neue Arbeitsstelle? Endlich schwieg er. Und dann brach alles über mich herein und begrub die letzten Hoffnungen, er würde sich vielleicht doch für mich interessieren. *Nur eine Nachbarin?* Arschloch.

Wie naiv konnte man denn sein? Natürlich war ich ihm egal. Hatte er nicht schon angedeutet, dass er aus der Stadt verschwinden würde, sobald ein besseres Angebot winkte? Ich hatte mir vorgemacht, dieser Abend wäre der Beginn von etwas. Aber ich hatte mich geirrt. Mal wieder.

»Hey, Des. Hey, Sadie.« Das war Jaspers Stimme. Sie schien von weit her zu kommen, aber plötzlich stand er direkt neben mir. Mist. War denn heute Abend jeder in diesem verfluchten Restaurant?

Des antwortete knapp. »Jasper, hi. Was machst du denn hier?«

»Die Konkurrenz prüfen«, entgegnete er. »Beth ist gerade auf der Toilette.« Er sah mich an. »Sadie? Was ist denn los?«

Das brachte das Fass zum Überlaufen. Ich verlor die Fassung und heulte los.

»Hey! Was zum Teufel ...? Meine Güte, Des! Was hast du mit ihr gemacht?«

Ich verstand die Antwort nicht, weil ich jetzt nur noch lauter weinte. Bevor Des es verhindern konnte, kippte ich ein weiteres Tässchen Sake. Er wollte es mir wegnehmen, und weil es jetzt ja leer war, wehrte ich mich nicht, sondern griff stattdessen nach meinem Weinglas. Ich lehnte mich auf dem Stuhl zurück und war verwirrt, weil ich Bettkarussell fuhr, obwohl ich doch noch gar nicht im Bett lag.

Jasper sagte etwas, aber es war nur wirrer Blödsinn, also achtete ich gar nicht darauf. Was wusste er schon? Dummer, naiver Jasper, der heiraten wollte. Was für ein Dummkopf. Wahrscheinlich würde auch er eines Tages mit seinen Kindern bei Dody landen. So wie ich. Wieder sprach er mit Des, sah mich stirnrunzelnd an und ging dann weg.

Des stand auf, kam um den Tisch herum und zog meinen Stuhl zurück, was schlichtweg eine Unverschämtheit war, weil ich ja noch nicht einmal ausgetrunken hatte.

»Lass uns heimgehen, Sadie.« Er zog mich an den Schultern hoch.

Während wir durch die Restaurantlobby gingen, fühlte es sich an, als ob Skorpione meine Füße attackierten, und ich versuchte, sie wegzutreten, bis ich begriff, dass es nur diese Folterinstrumente aus Satin waren, die mir Fontaine aufgezwungen hatte. Diese Scheißschuhe. Ich zog sie aus und ging barfuß zum Auto. Als ich mich auf die teuren Ledersitze fallen ließ, hörte ich, wie die Luft aus den Polstern entwich. Ich hatte aufgehört zu weinen, doch die Tränenspuren kühlten mein Gesicht. Des fuhr los. Ich wollte nur noch aus diesem bescheuerten Kleid heraus und in mein lumpiges Bett kriechen.

Kurz darauf fuhren wir in Dodys Einfahrt und Des stellte den Motor ab. Er drehte sich zu mir, als wollte er etwas sagen, doch ich öffnete schnell die Tür und kletterte aus dem Auto, wobei ich meinen Rocksaum festhielt. Gott, ich hasste dieses Kleid.

Ich hörte, wie sich auch seine Tür öffnete und wieder schloss.

»Sadie«, rief er mir nach.

Widerwillig drehte ich mich um.

Er streckte den Arm aus, von seinen Fingern baumelten meine Schuhe.

Mist, die musste ich im Auto vergessen haben. Egal, ich konnte auch ohne sie gehen. Es war ja nicht so, als würde ich sie je wieder anziehen. Aber vielleicht wollte sie Dody für ihre Salsastunden haben.

Unsicheren Schrittes ging ich zu ihm zurück. Jetzt bemerkte ich auch, wie hart der Kies unter meinen nackten Füßen war.

Er lächelte, dieser miese Arsch.

Als ich nach den Schuhen griff, zog er die Hand zurück, sodass ich noch einen Schritt näher kommen musste. Zögerlich trat ich vor und angelte noch einmal nach den Sandalen. Jedes Mal, wenn ich die Hand ausstreckte, zog er die Schuhe wieder weg. Wusste er denn nicht, wie gemein es war, ein betrunkenes Mädchen mit hübschen Schuhen zu quälen? Frustriert stampfte ich mit dem Fuß auf und zuckte zusammen, als sich die spitzen Steine in meine Sohle gruben. Und in meine Seele.

»Autsch.« Es klang bockig.

Er lachte leise und reichte mir endlich die Schuhe. Dann nahm er mich bei den Schultern, drehte mich herum und führte mich zur Eingangstür.

»Kommst du zurecht?«, fragt er.

»Alles in Butter auf'm Kutter.«

»Okay. Ab ins Bett mit dir.« Dann kehrte er zu seinem Auto zurück und fuhr davon.

12

Erbarmungslose Kamikazepiloten zündeten ein Trommelfeuer in meinem Kopf. Ich erwachte mit entsetzlichen Kopfschmerzen, als würde jemand meinen Schädel mit ein paar rostigen Stricknadeln aufbohren. Als ich mich auf die Seite rollte, dauerte es volle elf Sekunden, bis mein Magen nachgezogen hatte. Dann überfluteten mich die Erinnerungen an mein würdeloses Benehmen. Ich hatte geweint. Ich hatte in diesem bezaubernden Restaurant gesessen und zugelassen, dass mich irgend so ein dummer Junge zum Weinen brachte. Nein, schlimmer noch. Ich hatte zugelassen, dass mich irgend so ein billiges Flittchen zum Weinen brachte. Ich hatte mich komplett zum Idioten gemacht. Ein YouTube-Video, in dem ich nackt mit einem Wiesel auf dem Kopf Hula tanzte, wäre weniger peinlich.

Des musste mich für eine Psychopatin halten. Anderseits, was machte das schon? Wir waren schließlich nur Nachbarn. Es war ja nicht so, als ob es mich einen feuchten Dreck interessierte, was er von mir hielt. Jetzt musste ich mir wenigstens keine Gedanken mehr darum machen, ob er mich mochte. Dem hatte ich gründlich vorgebeugt und mir damit eine Menge Zeit und Ärger erspart.

Aber warum fühlte ich mich dann, als würde mein Körper ein Spenderorgan abstoßen?

Der Himmel vor dem Fenster war strahlend blau und die

Sonne schien so intensiv, als wollte sie mich verhöhnen. Es war ein wunderschöner neuer Tag. Gegen meinen Willen begann ich wieder zu weinen. Ich wollte nicht noch einen Tag, der doch nur wieder denselben Mist brachte. Ich wollte nicht alleine sein, aber mir fehlte der Mut, etwas daran zu ändern.

»Mami?« Paige öffnete die Tür und lugte herein.

Ich wischte mir die heißen Tränen weg. Oh, richtig! Ich war ja gar nicht allein! Ich hatte meine Kinder. Sie würden mich während meines Lebensabends trösten, wenn ich orthopädische Schuhe und den BH über der Bluse trug. Jordan würde mich jeden Sonntag im Seniorenheim *Goldene Jahre* abholen und mit mir in die Kirche und in den Park zum Entenfüttern gehen. Mittwochs würde Paige kommen und mich in meinem zerschlissenen grauen Mantel zum Einkaufen fahren. Das war zwar keine besonders aufregende Zukunft, aber für mich würde es reichen.

»Komm rein, Süße«, sagte ich schlapp.

Sie hüpfte zum Bett, und ihre Überschwänglichkeit machte den Kontrast zwischen ihrer Vitalität und meinem unaufhaltsamen Abgleiten in die Alterssenilität nur noch deutlicher. Als sie über mich kletterte, rammte sie mir das Knie in den Magen, was ihm nicht besonders guttat.

»War es lustig mit Des?«, wollte sie wissen.

»Ja, Schatz.« Warum sollte ich ihr die Wahrheit sagen, solange es sich vermeiden ließ? Sollte sie ruhig noch ein bisschen länger die Märchenprinzessin sein.

»Was habt ihr gemacht?«

»Wir sind in ein Restaurant gegangen.«

»Hast du Käsemakkaroni gegessen?« Sie zupfte an einem losen Faden an einem der Kissen.

»Nein, ich habe Fisch gegessen.«

Sie krauste die Nase. »Igitt. Ich mag keinen Fisch. Hast du Eis zum Nachtisch gegessen?«

»Nein.«

»Hm.« Sie sah hinab auf mein Gesicht. »Warum hast du so dicke Augen?«

Ich rieb sie mir mit beiden Händen. »Ich bin nur müde.«

»Warum bist du müde? Es ist doch Morgen.«

Sollte ich ihr sagen, dass ich müde war, weil ihr Vater nur die klägliche Kopie eines echten Mannes war und mir meine gesamte Zukunft versaut hatte? Oder dass ich im Zug der Verlassenen ohne Rückfahrschein in die Stadt der ewigen Einsamkeit fuhr? Und was noch wichtiger war: Sollte ich sie warnen, dass jeder Mann, egal wie sehr er auch betonte, nur sie zu lieben, ständig nach anderen Frauen schielte?

»Ach, nur so«, entgegnete ich. »Wo ist Jordan?«

»Er ist unten und schaut Fontaine beim Yodamachen zu.«

»Was?« Bitte lass sie etwas anderes gemeint haben.

Paige schwang die Arme in die Luft, klatschte die Hände vor der Brust zusammen und ließ sie langsam bis auf Bauchhöhe sinken. »Diese Dehnübungen. Yoda.«

»Oh, Yoga. Okay. Na ja, Mami muss sich jetzt anziehen. Warum gehst du nicht schon mal runter und ich komme gleich nach?« Ich schlug die Decke zurück und atmete tief durch.

»Können wir schwimmen gehen?«

»Mal sehen, Schätzchen. Mami geht es im Augenblick nicht so gut.«

»Des sagt, heute wird ein guter Tag zum Schwimmen.«

Das wäre für meinen rebellierenden Magen fast zu viel gewesen.

»Wann hat er das gesagt?«

»Heute Morgen.«

»Du hast heute Morgen schon mit ihm gesprochen?« Neuronen feuerten wild in meinem Gehirn herum, brachten aber keine logische Verbindung zustande.

Paige nickte und ihre Löckchen wirbelten ihr um den Kopf.

»Wann war das?«

Sie wand sich aus dem Bett. »Als wir auf der Veranda gefrühstückt haben und er vorbeigejoggt ist.«

Nur mein Mutterinstinkt verhinderte, dass ich mein kostbares Kind packte und schüttelte. »Was hat er noch gesagt?«

Sie nahm diese Frage wörtlich. »Er hat gesagt: ›Hi, Paige. Hey, Jordan.‹ Und ich glaube, er hat ›Wie geht's dir, Fontaine?‹ gerufen. Dann hat er einen Witz für Erwachsene erzählt, den ich aber nicht verstanden habe.«

»Woher wusstest du dann, dass es ein Witz für Erwachsene war?«

»Weil ich gefragt habe, was denn so lustig ist, und da haben sie gesagt, das ist ein Witz für Erwachsene.«

Das war's also. Die Katze war aus dem Sack. Das ersparte mir wenigstens die Peinlichkeit, alles selbst erzählen zu müssen. »Ist er noch da?«

Paige schüttelte den Kopf und lief zur Tür. »Nö. Ciao, Kakao.«

Mit einem letzten Schwung ihrer Locken war sie fort. Mit Mühe setzte ich mich auf und versuchte, die letzten vierundzwanzig Stunden irgendwie in den Griff zu bekommen, wohl wissend, dass die nächsten vielleicht noch schlimmer werden würden.

Ich schlüpfte in Schlabberhose und T-Shirt und versuchte, mir die Zähne zu putzen. Mit der Zahnpasta einen ordentlichen Schaum zu erzeugen, war schwerer als gewöhnlich. Vielleicht deshalb, weil mein Mund so trocken war, als hätte ich mit dem Schlauch eines Wasserstaubsaugers darin geschlafen.

Dann schlich ich die Treppe hinunter. Von der Veranda drangen gedämpfte Stimmen herein. Wenn ich es ungesehen zur Kaffeemaschine und den Kopfschmerztabletten schaffte, könnte ich mich vielleicht einfach wieder in mein Zimmer verziehen. Doch sobald mein großer Zeh die Dielen berührt hatte, stürzte sich Fontaine auf mich wie ein Paparazzo auf den aktuellen Teeniestar.

»Guten Morgen, Zuckerschnäuzchen! Da bist du ja!«

Ich duckte mich. Meine Reaktionsgeschwindigkeit war so verzögert, dass mein Körper noch immer dachte, er könnte sich verstecken. Mir war noch nie aufgefallen, wie schrill Fontaines Stimme war. Klang er immer so? Mit einem solchen Kreischen könnte er ja sogar Fledermäuse taub machen.

In Fahrradhosen und einem knallorangenen Nylonshirt kam er in die Küche. »Wie war dein Date?«

»Sehr lustig«, murmelte ich und griff mit zitternder Hand nach den Kaffeetassen.

Seine dunklen Brauen senkten sich. »Was soll das denn heißen?«

»Du weißt doch genau, dass ich mich zum Idioten gemacht habe.«

Jetzt schossen die Brauen wieder in die Höhe. »Wovon redest du? Was ist denn passiert?«

Ich stellte die Kaffeekanne zurück und nahm einen tiefen Schluck. Der Kaffee rann brennend durch meine Kehle bis hinab in meinen Magen, wobei er aber irgendwie keine Feuchtigkeit in meinem Mund zurückließ. Mit blutunterlaufenen Augen sah ich Fontaine an. »Des hat es dir also nicht erzählt?«

Er schüttelte den Kopf, sodass seine Ponyfransen hin- und herwippten. Dann zog er sich einen Stuhl heran und setzte sich. »Nein, hat er nicht. Aber du solltest das jetzt lieber mal tun!«

War es denn möglich, dass Des tatsächlich kein Wort über meine Blamage verloren hatte? Richard hätte eine richtig große Sache daraus gemacht. Er liebte es, die Geschichten meiner Missgeschicke zu wiederholen. Wie damals, als mir bei einer Beerdigung in der Kirche ein unglaublich lauter Pups entfleucht war, gerade als der Priester gefragt hatte, ob noch jemand etwas mit der Trauergemeinde teilen wollte. Oder als wir einmal mit seinem Boss beim Abendessen waren und ich erst im Restaurant merkte, dass mein Ärmel voll mit Jordans Windelinhalt war.

»Des hat wirklich nichts gesagt?«

Ungehalten schlug Fontaine mit der Hand auf den Tisch. »Er hat nur erzählt, ihr hättet Spaß gehabt. Also, rück schon raus mit deiner Geschichte.«

»Ich habe geweint.«

»Du hast was?«

»Jep. Geheult wie ein Schlosshund.« Ich konnte es genauso gut gleich sagen.

Angemessen entsetzt hob Fontaine beide Hände an die Wangen. »Warum? Warum hast du das getan?«

Der nächste Schluck Kaffee brannte nicht einmal mehr halb so schlimm, da meine Speiseröhre noch immer taub vom ersten war.

»Ach … ich würde sagen, es war zu dreißig Prozent der Sake und zu siebzig Prozent die Tatsache, dass er mich bei irgend so einer todschicken Schlampe als seine Nachbarin vorgestellt hat.«

Durch zusammengebissene Zähne sog er scharf die Luft ein. »Dieser Mistkerl.«

Ich nickte. »Ja, nicht wahr?«

Dody kam in einem gelben Seidenkaftan in die Küche gerauscht. »Guten Morgen, Sonnenschein. Wie war dein Abend?«

»Dazu wollten wir gerade kommen«, erklärte Fontaine. »Anscheinend hatte unsere Sadie einen kleinen Nervenzusammenbruch.«

»So klein war er gar nicht«, widersprach ich.

»Da hat sie recht. Ich war dabei«, rief Jasper, der immer zwei Stufen auf einmal nehmend die Treppe heruntergespurtet kam.

Toll. Jetzt konnten wir alle zusammen die postmortalen Details meines Abends diskutieren.

Jasper küsste Dody auf die Wange, verpasste Fontaine einen Klaps hinter das Ohr und sah mich mitleidig an. Dann schenkte er sich eine Tasse Kaffee ein.

Fontaine stützte die Ellbogen auf den Tisch und verschränkte die Finger ineinander.

»In Ordnung, schieß los. Wir wollen Details hören.«

Ich zuckte mit den Schultern und schüttelte gleichzeitig den Kopf. »Ich habe zu viel getrunken. Er hat mich seine Nachbarin genannt. Ich habe losgeweint. Er wird nie wieder mit mir ausgehen. Was gibt es da noch zu sagen?«

Fontaine runzelte die Stirn. »Wenn du ›weinen‹ sagst, meinst du dann damit eine delikate kleine Träne auf der Wange oder die ganze Nach-Luft-schnappen-Schluckauf-gruseliges-Gesicht-Nummer?«

»Ich würde mal sagen, irgendwo in der Mitte«, antwortete Jasper.

»Das stimmt nicht! So schlimm war es nun auch wieder nicht.«

»Sadie, du hast dir die Nase an der Tischdecke abgewischt.«

»Habe ich nicht! Das war meine Serviette!«

»Nein, glaub mir. Du hast an der Tischdecke gezogen. Des musste die Gläser festhalten, damit sie nicht umfallen.«

O Gott. Ich konnte mich also tatsächlich noch schlechter fühlen. Daran erinnerte ich mich überhaupt nicht mehr!

Dody umarmte mich fest und tätschelte mir den Rücken. »Keine Sorge, Schatz. So etwas passiert eben. Des wird das schon verstehen. Hast du wenigstens daran gedacht, seinen Egel zu streicheln?«

»Was?«, keuchte ich.

»Seinen Egel. Du weißt doch, wie gerne Männer über sich selbst reden.«

»Du meinst seinen Ego«, riet ihr Fontaine.

»Oh, äh, ja. Glaube ich.«

»So schlimm kann es nun auch wieder nicht gewesen sein. Immerhin war Des heute Morgen hier«, bemerkte Fontaine.

»Vielleicht wollte er nachsehen, ob er einen Totenschein ausstellen muss«, schlug Jasper vor.

Ich boxte ihn auf den Arm. »Du bist nicht gerade eine große Hilfe!«

»Versuche ich ja auch gar nicht zu sein.«

»Merkt man!«

Jasper lachte und begab sich schnell aus meiner Reichweite. »Okay, okay. Ich bin nett. *So* schlimm warst du gestern Abend wirklich nicht.«

»Im Ernst? Dann habe ich mir also doch nicht die Nase an der Tischdecke abgewischt?«

»Oh doch, das hast du. Aber ich glaube, Des fand es lustig.«

»Wirklich?« Fontaine klang ungläubig, »Aber das ist doch einfach nur widerlich.«

»Ach, als ob du nicht schon Schlimmeres getan hättest«, forderte ich ihn heraus.

»Hey, was zwei erwachsene Menschen in gegenseitigem Einverständnis in der privaten Atmosphäre ihres Zimmers – oder eines Fahrstuhls – tun, steht hier nicht zur Debatte. Und ich habe mich immerhin noch nie in die Tischdecke eines Restaurants geschnäuzt.«

»Ich habe mich nicht geschnäuzt. Ich habe mir nur die Nase abgetupft.« Allmählich kehrte meine Erinnerung zurück.

Jasper neigte nachdenklich den Kopf. »Ja, es war eher ein Abtupfen als ein Schnäuzen.«

»Siehst du!«

»Das verstehe ich nicht«, warf Dody ein. »Warum hast du überhaupt geweint?«

»Weil er mich als seine Nachbarin vorgestellt hat.«

Jasper schnaubte. »Aber du bist doch auch seine Nachbarin, du Dumpfbacke. Was war denn daran so beleidigend?«

»Das verstehst du nicht.«

»Stimmt.«

»Ich verstehe das leider auch nicht, Liebes. Warum hat dich das so aufgeregt?«, fragte nun auch Dody.

Meine Güte, waren die denn alle schwer von Begriff?

»Egal. Jetzt spielt es sowieso keine Rolle mehr. Des ist einfach so …« Ich wedelte mit den Händen durch die Luft, als würden die Worte irgendwo unsichtbar um meinen Kopf flattern und ich bekäme sie einfach nicht zu fassen. »Und ich bin so … na ja, so ist es auf jeden Fall besser«, sagte ich abschließend und blickte in die Runde, um zu sehen, ob sie verstanden hatten, was ich nicht gesagt hatte.

Dody machte ein finsteres Gesicht. »Hm! Junge Dame, glaubst du denn, ich bin an jenem verregneten Tag, an dem mich Walter in sein Auto einsteigen ließ, nicht nervös gewesen? Er war so erwachsen und charmant und ich war nur ein dürres Mädchen, klitschnass und in einem aufgetragenen Kleid, mit Sommersprossen von hier bis sonst wo. Ich war nicht immer so wie aus dem Ei gepellt wie jetzt, weißt du!« Sie legte eine Hand an ihr Haar und zog kurz darauf einen vergessenen rosaroten Lockenwinkler heraus. »Aber ich wollte ihn haben und nichts hätte mich aufhalten können.«

Fontaine und Jasper grinsten sich an. Sie kannten diese Geschichte.

»An diesem Tag hat er mich nach Hause gefahren, und weißt du was? Am nächsten Tag ist er wiedergekommen, und am übernächsten Tag auch und auch am Tag darauf. Und weißt du auch, warum?«

Ich war versucht zu sagen: Weil er auf große Möpse stand?

Dody fuhr fort: »Weil er fand, ich sei das fröhlichste Mädchen, das er jemals getroffen hatte. Wenn er mit mir zusammen war, machte es ihn fröhlich, dass ich so fröhlich war. Er sagte, ich könne sogar in einer Atompilzwolke noch einen Silberstreifen erkennen, was immer das auch heißen soll. Ich war damals vielleicht nicht gerade die Hübscheste oder die Klügste oder die Reichste, aber ich habe ihn glücklich gemacht. Und deshalb hat er mich geheiratet.«

»Das ist wunderbar für dich, Dody. Aber so bin ich nun mal nicht. Und außerdem spielt es keine Rolle. In ein paar Wochen fahre ich wieder. Selbst wenn ich ihn mögen würde und selbst wenn er diese Gefühle erwidern würde, hätte es also trotzdem keinen Sinn.«

Sie deutete mit dem Finger auf meine Nase. »So weit ist Glenville nun auch wieder nicht entfernt, junge Dame. Das ist nur eine Ausrede. Du hast für alles eine Ausrede, aber nicht einen einzigen guten Grund.«

»Dann findest du also, ich sollte hier die Glückliche spielen, nur damit Des mich mag? Das ist ein bisschen sehr unterwürfig, findest du nicht?«

»Nein, Dummerchen, du sollst nicht die Glückliche spielen. Du sollst dich dafür entscheiden, glücklich zu *sein.*«

Das ergab doch überhaupt keinen Sinn. Man konnte sich nicht einfach dafür entscheiden, glücklich zu sein. Glück war nur purer Zufall. Entweder man hatte es oder eben nicht.

»Dody, so einfach ist das nicht.«

»Doch, ist es. Du bist diejenige, die es kompliziert macht.«

Unterstützung heischend sah ich meine Cousins an. Jasper verließ kopfschüttelnd die Küche, doch Fontaine schürzte die Lippen und nickte zustimmend.

Dody tätschelte mich noch einmal. »Du weißt doch, was man sagt, Schatz: Wenn dir das Leben Orangen gibt, mach Saft draus.«

***

Vielleicht würde mich ja wenigstens meine Schwester verstehen. Penny war ziemlich gut in solchen Sachen.

»O meine Güte«, stöhnte sie genervt ins Telefon, »geh und vögel endlich jemanden.«

»Das ist dein Rat?« Ich ließ mich aufs Bett fallen und streckte die Beine an der Wand hoch, meine übliche Position, wenn ich mit Penny telefonierte.

»Ja. Wirklich, Sade! Diese ganze Wehe-mir-mein-Ehemann-hat-mich-betrogen-Geschichte ist so was von abgenutzt. Richard war ein Arschloch. *Komm endlich drüber weg!* Im Ernst, selbst wenn Des mal mit dieser Blondine aus dem Restaurant ausgegangen ist, was ist schon dabei? Gestern Abend war er jedenfalls nicht mit ihr zusammen. Stattdessen ist er mit dir essen gegangen, also wollte er doch eindeutig lieber mit dir zusammen sein.«

»Aber sie hat sich total an ihn rangeschmissen und er hat es zugelassen. Genau vor meiner Nase.«

»Was hätte er denn tun sollen? Ihr eine Ohrfeige verpassen?«

»Er hätte mich wenigstens mit meinem Namen vorstellen können. Aber egal. Ich habe es versucht. Es hätte sowieso keinen Sinn, noch einmal mit ihm auszugehen.«

»Warum nicht? Weil du nicht wieder heiraten willst? Wenn du das nicht mehr möchtest, ist das in Ordnung. Aber heißt das für dich auch, dass du in deinem ganzen Leben nie wieder mit jemandem ausgehen willst? Das ist doch bescheuert.«

Ich trat mit dem Fuß gegen die Wand. »Du bist bescheuert.«

Endlich lachte Penny. »Nein, du bist bescheuert, weil du dich benimmst, als wäre jedes Date ein Vorstellungsgespräch für den nächsten Vater deiner Kinder. Warum musst du immer alles so ernst nehmen? Hab mal ein bisschen Spaß und hör auf, dir ständig Sorgen um alles zu machen. Du bist echt anstrengend.«

Damit waren sich also alle einig. Meine gesamte Familie, inklusive mir selbst, hielt mich für eine komplette Idiotin.

13

Seit ich Dodys Küche professionell durchorganisiert hatte, war das Geschirreinräumen ein Klacks. Wenn ich die anderen nur dazu kriegen könnte, sich auch an mein Ordnungssystem im frisch etikettierten Kühlschrank zu halten, wäre das Leben noch viel leichter. Aber man konnte fast glauben, dass ihnen das völlig egal war. Finster funkelte ich Fontaine an, als er ein Glas Senf neben einen Karton mit Eiern von frei laufenden, mit Biogetreide gefütterten, sich selbst verwirklichenden Hühnern stellte.

»Hey! Mach die Augen auf!« Ich tippte auf das korrekt beschriftete Fach. »Hier steht *Würzmittel.* Senf ist ein Würzmittel.«

Er kratzte sich mit dem ausgestreckten Mittelfinger über die Nase. »Sagt dir die Diagnose Zwangsneurose irgendwas?«

»Das ist keine Diagnose, sondern nur ein Begriff, den du irgendwo aufgeschnappt hast. Du warst es doch, der mir gesagt hat, ich soll die Küche umorganisieren.«

»Ich hatte ja auch keine Ahnung, was für ein Minenfeld du daraus machen würdest.«

»Stell den Senf einfach an die richtige Stelle, dann wird niemand verletzt, okay?«

»Unter einer Bedingung. Geh und ruf Des an.«

»Das ist Erpressung.«

»Erpressung. Gutes Zureden. Nenn es, wie du willst. Er glaubt wahrscheinlich, dass du sauer auf ihn bist.« Mit diesen

Worten stellte er ein Glas Essiggurken neben die Sojamilch, einfach nur, um mich zu ärgern.

Ich stellte die Gurken in das Fach für Eingemachtes. »Ich bin ja auch sauer. Das war so demütigend. Herrgott, Fontaine, es war, als könnte er sich nicht einmal an meinen Namen erinnern.«

»Vielleicht wollte er dich ja auch nur beschützen. Vielleicht war sie eine verrückte Stalkerin, die sonst auf dich losgegangen wäre. Mit einer Machete.«

»Rote Bete? Wer will hier Rote Bete? Wir haben doch gerade erst gegessen«, rief Dody und kam mit Jordan und Paige aus dem Wohnzimmer.

»Ich will Kuchen zum Nachtisch. Keine Dete«, schmollte Jordan.

»Da siehst du, was du angerichtet hast«, fauchte ich Fontaine an.

»Ruf ihn an.«

Ich hielt mir die Ohren zu. »La, la, la. Ich kann dich nicht hören.«

»Rufst du Daddy an, Mami? Sehen wir ihn morgen?«, fragte Paige.

So war es eigentlich abgemacht gewesen, doch er hatte sich bisher nicht gemeldet, also konnte ich mir da auch nicht sicher sein. Richard ließ sich nicht gerne auf irgendwas festnageln, auch nicht darauf, zu den Versprechungen zu stehen, die er seinen Kindern gab. Außerdem war er immer noch wütend auf mich, weil wir weiterhin mit Fontaine unter einem Dach lebten.

»Ich frage ihn, Paige. Ich rufe ihn gleich an.«

***

»Hallo?«, schnarrte Richard ins Telefon.

»Richard, hi. Hier ist Sadie. Ich wollte nur noch mal mit dir besprechen, wann ich morgen die Kinder bringen soll.« Wenn es mir gelang, diese Unterhaltung möglichst schnell auf den Punkt zu bringen, würde sie vielleicht ausnahmsweise mal nicht im Streit enden.

»Ach ja, ich wollte dich auch gerade anrufen.«

Ich wappnete mich. Gleich würde er absagen und mit irgendeiner lahmen Ausrede aufwarten. Vielleicht musste er ja dringend eine Niere spenden oder sein Boss schickte ihn nach Barbados.

»Hör mal, ich wollte mich dafür entschuldigen, dass ich letztes Mal so aufbrausend war. Ich schätze mal, Fontaine hat das Recht zu wohnen, wo immer er möchte. Und wenn die Kinder keine Angst vor ihm haben oder so, dann sollte ich dich wohl auch nicht dazu zwingen, deine Ferien abzubrechen.«

Ich hielt mir den Hörer vors Gesicht und musterte ihn. Das musste irgendein Spielzeugtelefon sein, das mit Richards Stimme genau die Dinge sagte, die ich so gerne hören wollte. Richard fand, Entschuldigungen seien etwas für Schlappschwänze. (Sein Begriff, nicht meiner.) Aber das Telefon war echt. Ich hielt mir den Hörer wieder ans Ohr.

»Richard, wirst du von Terroristen bedroht? Zwingen sie dich mit einer Waffe am Kopf dazu, diese Dinge zu sagen?«

Er lachte. »Nein, aber ich habe in letzter Zeit viel nachgedacht. Ich bin es leid, dauernd mit dir zu streiten, und ich war vielleicht auch nicht ganz fair – was deinen Besuch bei Dody angeht, meine ich. Es sind ja nur ein paar Monate, stimmt's? Und du hast mir versprochen, dass sich Fontaine benimmt, also ist das in Ordnung für mich.«

Ich sank zu einem Haufen auf dem Boden zusammen. Konnte er das wirklich ernst meinen? Das alles war das genaue Gegenteil von dem, wie ich ihn kannte.

»Richard, das ist so … aufgeschlossen von dir.«

»Ja, vielleicht kann ein alter Fuchs ja doch ab und zu mal

einen neuen Trick lernen, was? Weißt du, ich treffe mich doch mit dieser Therapeutin und sie hat mir eine Menge beigebracht. Du wärst stolz auf mich.«

Ich biss mir auf die Zunge. Er schlief also mit einer Therapeutin, und wenn schon? Wenn sie einen besseren Menschen aus ihm machte, dann von mir aus gerne. Das ging mich nichts mehr an.

Richard fuhr fort. »Und weißt du was? Um dir zu beweisen, dass ich es ernst meine, hole ich die Kinder dieses Mal ab, was meinst du? Ich könnte gegen Mittag in Bell Harbor sein und sie für ein paar Tage mit zu meinem Bruder Chet nehmen. Vielleicht könnten sie dieses Mal etwas länger bei mir bleiben, wenn du damit einverstanden bist. Ich habe noch ein paar Tage Urlaub gut und ich vermisse meine Racker ganz furchtbar.«

Ich ließ den Kopf in die Hand sinken. Das war einfach unglaublich. Aliens mussten meinen Exmann entführt und versehentlich einen Menschen aus ihm gemacht haben. Meine Eingeweide schienen sich in Wasser zu verwandeln und ich fühlte mich völlig weich und durcheinander. Riet mir Dody nicht ständig, ich solle vergeben und vergessen? Wenn er tatsächlich einmal einlenkte, war das dann nicht die beste Gelegenheit, um der Sache eine Chance zu geben?

»Die Kinder freuen sich wie verrückt auf dich, Richard. Sie wären bestimmt ganz aus dem Häuschen, wenn sie etwas länger bleiben könnten. Und es macht dir auch wirklich nichts aus, sie abzuholen?«

»Nein, kein Problem. Liegt ja sozusagen auf dem Weg. Aber pack ihnen Schwimmwesten ein, falls wir mal mit Chets Boot fahren.«

»Klar, mache ich.« Wurde er jetzt am Ende auch noch sicherheitsbewusst? Rasch sah ich aus dem Fenster und hielt nach fliegenden Schweinen Ausschau.

»Wunderbar. Danke, Sadie. Ich weiß es wirklich zu schätzen,

dass du mir so entgegenkommst. Chet und seine Kinder werden auch da sein. Wir gehen fischen und zelten, wie wir es damals als Familie gemacht haben. Ich freue mich sehr darauf.«

Nachdem wir uns verabschiedet hatten, legte ich auf und blieb mit gekreuzten Beinen auf dem Boden sitzen, bis mich Jordan so fand. »Mami, was machst du da? Kommt Daddy morgen?«

»Ja, Schatz, er kommt. Und ich glaube, ihr werdet eine tolle Zeit miteinander haben.«

14

Die Übergabe am nächsten Morgen verlief so unkompliziert wie beim Pizzaservice. Richard kam pünktlich, war freundlich und liebenswürdig und verfrachtete die Kinder ins Auto, ohne auch nur die kleinste Show abzuziehen.

»Ich weiß nicht, Dody. Glaubst du, er führt irgendwas im Schilde?«, fragte ich, nachdem Richard davongefahren war.

Langsam schüttelte Dody den Kopf. »Man soll ja jedem eine zweite Chance geben, Liebes. Aber ich muss zugeben, ich hätte nie gedacht, dass dieser Mann mal über seine Latten springen würde.«

Ich biss mir auf die Lippe und malte mir allerlei finstere Beweggründe aus, während wir ins Wohnzimmer zurückkehrten. Vielleicht wollte er die beiden entführen und mit ihnen über die Grenze fliehen? Nein, mit Kindern auf dem Rücksitz ließen sich keine Miezen aufreißen. Außerdem konnte er Kanadier nicht leiden. Vielleicht würde er sie einfach im nächsten Jesus-Camp absetzen und als kleine Evangelisten zu mir zurückbringen? Nein, Richard und die Kirche passten nicht zusammen. Zu viele Gebote über Monogamie. Sosehr ich es auch versuchte, mir wollte einfach nichts Plausibles einfallen. Außer, dass er es vielleicht, nur vielleicht, einfach ernst meinte.

»Ist die Teufelsbrut wieder weg?«, fragte Fontaine, als er von der Veranda hereintrat.

»Ich hoffe, du meinst damit meinen Exmann und nicht meine anbetungswürdigen Kinder.«

»Äh, klar. Wie auch immer. Dann bist du jetzt also kinderlos, was? In der Stimmung für gute Nachrichten?«

Ich nickte, schnappte mir einen Staubwedel und begann, die Regale abzustauben.

»Ich habe gerade mit Kyle telefoniert. Der war bei der Hauseinweihungsparty von Owen und Patrick, und anscheinend sind sie absolut begeistert von der Arbeit, die du letzte Woche bei ihnen geleistet hast. Eine ganze Menge ihrer Freunde wollen dich ebenfalls engagieren! Und jetzt rate mal?«

»Was?« Ich fror in der Bewegung ein, der Staubwedel verharrte über Dodys Porzellanstatue von Abraham Lincoln.

»Ein paar von ihnen wollen mich außerdem als Innenarchitekten beauftragen. Gleichzeitig. Ist das nicht fantastisch? Wir beide können zusammenarbeiten. Stell dir das mal vor, Zuckerschnäuzchen. Das könnte der Beginn einer wun-der-bar-en Partnerschaft sein, meinst du nicht? Wir designen, wir organisieren. Wir sind Designoratoren! Wir könnten ein eigenes Unternehmen gründen, zusammen mit Kyle natürlich.« Fontaine begann, auf und ab zu schreiten, und breitete die Arme aus, als wollte er all die tollen Ideen unter Kontrolle halten, die einfach hervorzublubbern drohten. »Wir brauchen einen Namen. Etwas Cleveres, das man sich sofort merken kann.« Er schnippte mit den Fingern und wirbelte zu mir herum. »Beim Jupiter, ich hab's: T. Raumdesign.«

Ich wedelte über Präsident Lincolns Gesicht. »Mach mal langsam, Fontaine. Das ist ja wirklich super und so, aber fahr noch nicht zu sehr hoch. Ich meine, da gibt es noch eine Menge zu überdenken. Ich bin noch nicht bereit für irgendwelche endgültigen Zusagen.«

Dodys Augen leuchteten und sie klatschte in die Hände. »Ach, ihr werdet ja so glücklich miteinander werden. Ich habe von ganzem Herzen gehofft, dass so etwas geschehen würde. Jetzt hast du einen Grund, hierzubleiben.«

Der Staubwedel fiel mir aus der Hand und warf den alten Abraham fast von seinem Podest. »Was? Komm schon, Dody. Darum geht es hier doch gar nicht.«

»Nicht so direkt, aber denk doch nur mal darüber nach. Wenn du hierherziehst, könnten die Kinder zur Schule laufen. An meinem Garten führt ein kleiner Weg vorbei, der direkt zur Grundschule führt. Mit der Schulleiterin habe ich schon gesprochen, wir besuchen denselben Kurs für Glasmalerei. Und du könntest hier bei mir wohnen. Fontaine kehrt bald wieder in sein Haus zurück und Jasper ist sowieso die ganze Zeit bei Beth, hier ist also jede Menge Platz. Ach, Sadie, es wäre so schön, wenn du zu mir ziehen würdest.«

Wenn die Sache nicht so lächerlich gewesen wäre, hätte ich gelacht. »Soll das ein Scherz sein, Dody? Ich kann nicht hierherziehen.«

»Warum nicht?«, riefen Dody und Fontaine im Chor.

Eine volle Minute lang starrte ich sie an und wartete darauf, dass sie »Reingelegt!« rufen würden. Ich wartete vergebens.

Dody setzte sich aufs Sofa. »Ich dachte, du bist gerne hier, Schatz.«

Ich setzte mich neben sie, während Fontaine im Zimmer auf und ab ging und an seinem manikürten Daumennagel herumkaute.

»Ich habe einfach noch nie darüber nachgedacht, Dody. Ich meine, ich finde es wirklich toll hier, aber ich habe mein Leben in Glenville.«

»Aber bist du hier denn nicht glücklicher als dort?«

»Du kannst Äpfel nicht mit Birnen vergleichen, Dody. Natürlich bin ich hier glücklicher. Ich mache hier Urlaub. Aber Glenville ist mein Zuhause.« Ich stapelte die Zeitschriften auf dem Kaffeetischchen aufeinander.

»Warum? Was hast du dort denn noch außer diesem viel zu großen Haus?«

»Penny ist dort, und Mum und meine Freunde.« Auf einmal wurde mir bewusst, dass sich seit Wochen keiner meiner Freunde bei mir gemeldet hatte. Niemand hatte gefragt, wie es mir ging, oder mir den neuesten Klatsch erzählt. Und jedes Mal, wenn ich die Kinder in die Stadt gebracht hatte, waren sie alle zu beschäftigt gewesen, um sich mit mir zum Mittagessen oder auch nur zum Kaffee zu treffen. Hatte mich das Team etwa gefeuert, ohne es mir zu sagen?

Dody schüttelte ihren Sturkopf. »Penny ist dauernd auf Reisen und deine Mutter hat alle Hände voll zu tun mit ihren Komitees, das hast du mir selbst erzählt.«

Penny war tatsächlich oft unterwegs, aber jetzt würde sie bald schwanger werden und da wollte ich in ihrer Nähe sein.

»Okay, und was ist mit Richard? Wir müssten die Kinder ständig hin- und herkutschieren.«

»T. Raumdesign, Sadie. Klingt das nicht einfach toll?«, fiel Fontaine laut ein. »Wir könnten es trotzdem machen, auch wenn du wieder nach Hause fährst.«

»Sei doch still, Fontaine. Sie muss einfach hierherziehen.« Dody tätschelte mir die Hand. »Glenville war deine Vergangenheit, aber ich glaube, dass Bell Harbor deine Zukunft ist. Wir sollten zu Madame Margaret gehen. Sie wird dir schon sagen, was du tun sollst.«

Ich sprang auf. »Nein, Dody. Ich werde nicht deine spirituelle Ratgeberin darüber entscheiden lassen, wo ich in Zukunft lebe. Und Fontaine, was unsere Partnerschaft betrifft, dieses eine gemeinsame Projekt wird bestimmt toll, aber über alles darüber hinaus muss ich erst einmal nachdenken.«

15

Nach Bell Harbor ziehen? Was für eine lächerliche Idee. Ich musste sie umgehend aus meinem Kopf vertreiben. Ein bisschen Einsamkeit am Strand würde mich wieder zur Ruhe kommen lassen. Leider schien mir dies aber nicht vergönnt zu sein. Als ich mein blau-weiß gestreiftes Badetuch im Sand ausgebreitet hatte, waren Dody und Fontaine schon wieder da. Beladen mit Sonnenschirmen, Strandstühlen und Kühltaschen kletterten sie die Verandastufen herunter. Dody trug einen schlappen roten Sonnenhut und einen mit Gänseblümchen bedruckten Badeanzug. Zwanzig Minuten später tauchte auch Jasper mit drei seiner schlaksigen Freunde auf, sie schleppten ein Volleyballnetz. Irgendwie musste mir die Einladung zur Beachparty entgangen sein, doch da war ich anscheinend die Einzige.

Gegen Nachmittag hatte sich ein rundes Dutzend Leute an unserem Strand versammelt. Kyle tauchte auf und sah aus wie ein gut eingeöltes Model für Calvin-Klein-Unterwäsche. Dodys Busenfreundin Anita Parker erschien ebenfalls, mit violetter Sonnenbrille und federnbesetztem Bierkühler. Sie war dürr und sommersprossig und schien einfach niemals still zu sein.

»Hallo, Anita«, sagte ich. »Schön, dich mal wiederzusehen.«

»Das finde ich auch, Sadie. Dody hat mich über alles auf dem Laufenden gehalten. Tut mir leid, dass dein Exmann so ein Widerling ist.« Geräuschvoll saugte sie an ihrem Strohhalm.

Ich tauschte einen Blick mit Fontaine. »Danke. Und mir tut es leid, dass die Katze deinen Vogel gefressen hat.«

»Oh, das war furchtbar, das kann ich dir sagen. Ein schreckliches Gemetzel! Überall Fell und Federn und ich konnte einfach nichts tun, um es zu verhindern. Aber ich gebe der Katze keine Schuld, weißt du. Es war reine Notwehr. Birdie war schon immer ein ziemlich gemeiner Vogel, aber ich hätte nie erwartet, dass es einmal so enden würde. Erst sitze ich noch gemütlich auf dem Sofa und sehe fern und dann hackt plötzlich ein durchgedrehter Kakadu auf meine arme, alte Muschi ein.«

Fontaines Augen weiteten sich, doch bevor er etwas zweifellos sehr Unangemessenes erwidern konnte, packte ich ihn am Hemd und zog ihn zur Verandatreppe, wo wir prustend und lachend zusammenbrachen.

»Was ist denn so lustig?«, hörte ich Des hinter mir fragen.

Das Lachen blieb mir im Hals stecken. Wann zum Teufel war der denn hier aufgetaucht? Ich hatte ihn nicht mal kommen sehen! Plötzlich war mir sehr bewusst, dass ich dringend einige Körperteile einziehen und andere dafür herausstrecken sollte. Ich war zwar sauer auf ihn, aber ich wollte in meinem Badeanzug trotzdem nicht pummelig aussehen.

Fontaine imitierte einen Vogelschrei und brach wieder in Gelächter aus, doch für mich hatte der Spaß ein Ende.

Ich beschattete mir die Augen und sah zu Des hoch. »Oh, hi. Eigentlich gar nichts. Mrs Parkers Katze hat ihren Vogel gefressen, aber als sie es erzählt hat, war das irgendwie lustiger.«

»Mmm.« Geistesabwesend kratzte er sich am Kopf und sah sich um. Er schien Blickkontakt zu vermeiden. »Fontaine, könntest du uns vielleicht für einen Moment allein lassen?«

»Klar, Cowboy.« Fontaine sprang auf und war weg, bevor ich sein Hemd ein zweites Mal zu fassen bekam. Verräter.

Des setzte sich neben mich auf die Treppe und räusperte sich. Er verschränkte die Hände und tippte in schnellem Rhythmus die Daumen aneinander.

Ich lehnte mich von ihm weg. »Also, was gibt's, Nachbar?«

Ich gab mir alle Mühe, gleichgültig zu klingen, doch die Gereiztheit war meiner Stimme deutlich anzuhören. Genauso gut hätte ich »Was gibt's, Arschloch?« sagen können.

Ein leises Lachen drang aus seiner Brust und er senkte kurz den Kopf. »Ich muss mich wohl bei dir entschuldigen.«

Er wollte sich entschuldigen? Ich rieb mir über die Stelle, an der früher einmal mein Ehering gewesen war.

»Ich habe dich zwar vor dem Sake gewarnt«, sagte er, »aber da hätte ich wohl etwas nachdrücklicher sein sollen. Ich habe gar nicht bemerkt, in welchem Zustand du warst, bis diese Personalvermittlerin aufgetaucht ist. Na ja, und dann hast du angefangen zu weinen. Das war natürlich ein unverkennbares Zeichen.«

In meinem Kopf begann es zu summen. »Wer?«

»Reilly, die Personalvermittlerin für das Gesundheitspersonal im Krankenhaus. Sie ist schon seit Wochen hinter mir her, weil sie mir eine Zusage abringen will, meinen Vertrag hier in Bell Harbor zu verlängern. Ich habe ihr gesagt, ich hätte mich noch nicht entschieden, aber sie lässt einfach nicht locker. Deshalb habe ich dich auch nicht vorgestellt, sonst hätte sie dir ein Ohr abgekaut.«

Sand wirbelte sanft um meine Füße. Über uns flog ein weißer Vogel vorbei. Die Wellen küssten den Strand und überall um uns herum lachten und redeten die anderen. Nichts hatte sich verändert und doch war plötzlich alles anders als noch vor zehn Sekunden. Als ich begriff, was er gesagt hatte, fühlte ich mich plötzlich leicht und schwebend, so als hätte jemand die Schwerkraft heruntergeregelt. Das Summen wurde noch lauter, dann verstummte es.

»Eine Personalvermittlerin?«

Des nickte. »Genau. Stan Pullman hat sich entschlossen, in den Ruhestand zu gehen und nach Arizona zu ziehen, also möchte das Krankenhaus, dass ich für ihn einspringe, bis sie einen dauerhaften Ersatz gefunden haben.« Lächelnd wandte er sich mir zu. »Ich habe versucht, dir das zu erklären, aber da hast du schon nicht mehr zugehört, und dann ist Jasper aufgetaucht und du hast angefangen zu weinen und ich habe mich geschämt.«

Die Schwerkraft schaltete noch einen Gang herunter und ich hätte beinahe von der Stufe abgehoben.

»Du hast dich geschämt?«

Er nickte. »Normalerweise bringe ich Frauen erst beim dritten oder vierten Date zum Weinen. Das war ein neuer Rekord für mich.«

Das wurde ja immer besser. Zuerst war Richard ungewohnt höflich, dann sagte mir Fontaine, ich hätte einen Job, wenn ich ihn denn wollte, und jetzt entschuldigte sich auch noch Des und erklärte mir, diese Frau sei eine Personalvermittlerin gewesen. War das denn möglich? Natürlich hätte es eine Lüge sein können, aber warum sollte er sich dann überhaupt die Mühe machen?

»Sie war sehr … nett.«

Des sah hinaus aufs Wasser. »Ich werde dir nichts vormachen, Sadie. Wir sind ein paar Mal miteinander ausgegangen. Aber sie ist nicht so ganz mein Typ.«

»Wunderschön ist nicht dein Typ?«

»Eingebildet ist nicht mein Typ.«

Ich verschränkte die Arme vor der Brust. Als eingebildet hatte mich nun wirklich noch niemand bezeichnet. Und vielleicht hatte Penny ja recht. Er hätte die Blonde haben können, doch stattdessen hatte er mich um ein Date gebeten. Dieses eine Mal war also ich die andere Frau.

»Ich habe mich gestern Abend lächerlich gemacht«, sagte ich endlich. »Eigentlich sollte ich mich bei dir entschuldigen.«

Des schüttelte den Kopf und lachte. »Nein, tu das nicht. Ich weiß, was für eine Wirkung Sake auf mich hat, und ich hätte wissen müssen, dass er für dich zu stark ist. Jedenfalls bei der Menge, die du gekippt hast.«

In diesem Moment fiel mir auf, dass ich noch immer verkatert war. »Was für eine Wirkung hat er denn auf dich?«

»Tja, schauen wir mal. Einmal war ich nach seinem Genuss der Meinung, Urinieren in der Öffentlichkeit sollte ein Grundrecht jedes Menschen sein. Bin damals fast des Landes verwiesen worden. Und ein anderes Mal habe ich ein Verkehrsschild gestohlen – direkt vor einer Polizeistation. Ich glaube, in irgendeinem kleinen Bezirksgefängnis im nördlichen Illinois hängt immer noch mein Foto an der Wand.«

»Wirklich?« Wenn das stimmte, war mein kleiner Tränenausbruch ja vielleicht doch nicht ganz so schockierend gewesen. War es denn möglich, dass ich etwas überreagiert hatte? Ich?

Ich lächelte aus tiefster Seele. Es fühlte sich gut an, hier neben Des zu sitzen, gewärmt von der Sonne und seinem Verständnis. Einfach wundervoll, hätte Dody jetzt gesagt. Zum ersten Mal seit zwei Tagen atmete ich tief ein, ohne dass es in der Brust schmerzte.

Des schob sich die Sonnenbrille hoch. Seine Augen – sogar das mit dem Veilchen – waren strahlend schön und hypnotisierend. Mir verschlug es plötzlich sowohl den Atem als auch die Stimme. Ich lächelte dümmlich, weil mir einfach nichts einfiel, das ich hätte sagen können. Ich presste die Knie aneinander.

Des machte ein komisches Geräusch in der Kehle und drehte den Kopf weg.

Nach einer Weile sagte ich: »Tja, wie auch immer, ich war nicht gerade in Bestform. Tut mir leid, dass ich dir den Abend verdorben habe.«

»Gleichfalls. Und ich dachte, wir könnten ja vielleicht …«

Sand spritzte mir ins Gesicht, als mir ein Volleyball auf die Füße knallte, abprallte und meine Wange traf.

»Oh, hey, Sadie! Entschuldige!«, rief Jasper lachend. Er

sammelte den Ball ein und nickte Des zu. »Sei vorsichtig, Mann, sie hat nahe am Wasser gebaut.«

Ich versuchte, mir den Sand abzuwischen, doch er klebte an der Haut wie Hundehaare auf schwarzen Hosen. Des zog mich hoch.

»Na, komm. Das waschen wir im Wasser ab. Hoffentlich haben wir jetzt nicht zueinanderpassende Veilchen.«

Kurz darauf tollten wir im Wasser herum wie Teenies. Ariel, die Meerjungfrau war gar nichts dagegen. Die Wellen schubsten mich gegen ihn, ich ließ es zu und genoss es in vollen Zügen. Als mich eine besonders starke, schaumgekrönte Welle gegen seinen Oberkörper warf, umfing Des meine Taille und hielt mich fest. Einen kurzen, aufreizenden Augenblick lang dachte ich schon, er würde mich küssen. Doch dann neigte er den Kopf zu meinem Ohr und flüsterte: »Gott, du machst mich ganz wahnsinnig.«

Das Wasser begann zu kochen.

***

Als wir schließlich an den Strand zurückkehrten, gesellte sich Des für eine Partie Football zu Jasper und seinen Freunden. Mein Badetuch lag neben denen von Dody und Anita Parker, die gerade das ganze Drama ihrer Gesundheitsprobleme ausbreitete.

»Der Arzt sagt, ich brauche mehr Ballaststoffe. Drei Schalen Kleiemüsli diese Woche und ich kann trotzdem ums Verrecken nicht aufs Klo.«

»Was habe ich dir gesagt, Anita? Versuch es doch mal mit Leinsamen«, ermutigte sie Dody. Sie hob die Krempe ihres schlaffen Huts und lächelte mich an. »Hattest du Spaß im Wasser, Schatz?«

»Aber klar, Dody. Hatte ich.«

»Ist das nicht einfach wundervoll?«

Bevor mir Anita weitere Details über ihre Verstopfung erzählen konnte, schnappte ich mir mein Badetuch und ging zu Kyle hinüber.

»Hält diese Frau denn nie den Mund?« Kyle neigte den Kopf in Anita Parkers Richtung.

»Ich glaube nicht. Kann ich mich zu dir setzen?«

»Natürlich. Möchtest du was zu trinken?« Er stellte seine Lehne neu ein und zog eine Flasche aus seiner Kühltasche. »Also, was läuft da zwischen dir und dem Mann aus Atlantis? Sieht noch frisch aus.«

Ich nahm die Flasche entgegen. »Danke. Ähm, eigentlich sogar noch grün. Es hat noch gar nicht angefangen.«

»O doch, das hat es. Von hier sah es so aus, als wäre er obenrum bis auf verbotenes Terrain vorgerückt.«

Mir entwischte ein albernes Kichern. »Was wäre denn bei einem schwulen Pärchen obenrum verbotenes Terrain?«

Kyle lächelte, schüttelte aber den Kopf. »Nein, nein. Schön beim Thema bleiben. Du bist mit Erzählen dran.«

»Aber da gibt es wirklich nichts zu erzählen. Er ist ja so wie ich nur für ein paar Monate hier, ich weiß also nicht so recht. Er ist süß, findest du nicht?«

Kyle rückte seine Sonnenbrille zurecht, um einen besseren Blick zu haben. Genau vor uns warfen sich Des, Jasper und die anderen den Ball zu. »Wirklich nicht übel. Dann hast du dich also verliebt?«

Ich verschluckte mich an meinem Getränk. »Meine Güte! Nein. Das wäre ja furchtbar! Ein echter Albtraum.«

»Die Dame, wie mich dünkt, gelobt zu viel.«

»Was?«

»Shakespeare.«

»Hm.« Ich kenne meinen Shakespeare so gut wie jede Collegeabsolventin, doch ich war abgelenkt von Des und dem Spiel der Sonne auf seinen Muskeln. Er schimmerte quasi.

»Egal, es ist jedenfalls nichts Ernstes. Nur ein bisschen Übung, du weißt schon. Für den Fall, dass ich mich jemals dafür entscheide, wieder mal mit jemandem auszugehen.«

»Ist ein Übungsdate denn nicht so ziemlich das Gleiche wie ein echtes Date?«

»Na ja, es ist … ich weiß auch nicht. Es wäre einfach furchtbar unvernünftig, diesen Kerl noch mehr zu mögen, als ich es sowieso schon tue.«

Kyle sah aufs Wasser hinaus. »Liebe ist eine schwere Geisteskrankheit.«

»Shakespeare?«

Kyle schüttelte den Kopf. »Platon.«

Ich verschränkte die Arme und musterte ihn eine Weile. »Okay, jetzt bist du dran. Was läuft da zwischen dir und Fontaine?«

Über den Rand seiner Sonnenbrille hinweg sah er mich an. »Ihn zu lieben, wäre doch einfach furchtbar unvernünftig, oder? Immerhin arbeitet er für mich.«

Obwohl mir Fontaine normalerweise jedes schmutzige Detail seiner Affären brühwarm erzählte, hatte er sich nie in romantischer Hinsicht über Kyle geäußert. Ich hatte zwar so meine Vermutungen, aber da ich mir nicht sicher sein konnte, beschloss ich, meine Gedanken besser für mich zu behalten.

Der Rest des Nachmittags verflog in einer Art Glücksrausch. Alles fühlte sich so richtig an und ich dachte nicht an morgen. Ich genoss einfach jeden Moment, so wie er war. Genau wie es mir Madame Margaret geraten hatte – nicht dass ich irgendetwas auf ihre Worte gab.

Wenn die Sonne zu heiß wurde, schwammen wir, und wenn uns das Wasser abgekühlt hatte, rekelten wir uns im Sand wie die Seelöwen. Wann hatte ich zum letzten Mal einen so selbstsüchtig faulen Tag verbracht? Ich legte nicht einmal mein Badetuch zusammen, wenn ich es verließ.

Stunden später, als die Sonne schon den Horizont berührte, ließ sich Des auf das Badetuch neben mir fallen und reichte mir ein Bier.

»Das sind die letzten beiden«, sagte er und öffnete meine Flasche für mich.

»Danke.«

Kyle ging auf dem Weg zum Haus an uns vorbei. »Hey, Sadie!«, rief er.

»Was?«

»Platon war ein Idiot.«

Ich lachte, erklärte es Des aber nicht. Sollte er sich ruhig ein bisschen wundern.

Der Lärm des Tages ebbte ab. Allmählich packten alle ihre Sachen zusammen und gingen, bis nur noch Des und ich am Strand saßen.

»Bevor dich vorhin dieser Ball erwischt hat, wollte ich dir eigentlich etwas sagen.«

Hitze breitete sich in mir aus und stieg mir rasch als Röte in die Wangen. Er wollte sich noch einmal mit mir verabreden.

Er trank noch einen Schluck Bier. »Ich weiß, dass du nicht mehr lange hier sein wirst, und ich habe keine Ahnung, wohin es mich als Nächstes verschlägt. Also, wäre es alles in allem vielleicht das Beste, wenn wir, du und ich, die Sache hier platonisch halten würden. Wir sollten einfach Freunde sein. Meinst du nicht?«

Freunde.

Freunde?

Freunde!

Soll das ein Witz sein?

Den ganzen Tag über hatte er sich zur Schau gestellt wie ein Pfau, war im Wasser auf Tuchfühlung mit mir gegangen, hatte mich eingeholt wie ein Profiangler, nur um mich jetzt wieder zurückzuwerfen? *Was zum Teufel sollte das?*

Seit Stunden schmolz ich nun schon dahin, und jetzt sollte keine süße Verführung, sondern heiße Verzweiflung für mich folgen?

O Mann, was für ein Arschloch. Ich war stinksauer und konnte das auch nicht verbergen.

Er sah mich an und brach in schallendes Gelächter aus. Was war dieser Kerl für ein Sadist? Er lachte mich aus! Das war einfach nicht zu fassen.

Dann schlang er mir die Arme um die Taille, neigte den Kopf zu meinem Ohr und flüsterte: »War nur ein Scherz. Ich kann es gar nicht erwarten, dir die Kleider vom Leib zu reißen.«

Das verschlug mir die Sprache. Komplett. *Mir die Kleider vom Leib zu reißen? Hat er das wirklich gesagt?*

Tja dann!

Ich hätte empört sein sollen.

Ich hätte entsetzt sein sollen.

Ein gutes Mädchen hätte ihm eine schallende Ohrfeige verpasst. Ein braves Mädchen wäre aufgestanden und davongegangen. Aber offenbar war ich weder gut noch brav, denn ich begann zu lachen. Und warum auch nicht? Unser Liebeswerben war von Anfang an holprig und planlos gewesen, warum sollte ich also etwas anderes erwarten?

»Das war gemein«, sagte ich schließlich und meine Stimme klang noch immer ein wenig atemlos.

Er zog mich noch enger an sich. »Tut mir leid. Aber, wow, du hättest dein Gesicht sehen sollen.«

»Ja, ja, schon gut.« Ich rieb den Kopf an seiner Schulter. »Du bist dir deiner Sache ziemlich sicher, was?«

Das Lachen verstummte und er antwortete schlicht: »Nein.«

Das verstand ich nicht, doch ich widersprach auch nicht, denn in seinen Augen sah ich, dass er mich nun endlich küssen würde.

Meinen ersten Kuss hatte ich von einem Jungen bekommen,

der nach Kaugummi geschmeckt und nach frisch gemähtem Gras geduftet hatte, eine herbsüße Mischung, die ich nie ganz vergessen hatte. Seitdem hatte kein Kuss je wieder so gut geduftet oder geschmeckt, und es hatte sich auch keiner je wieder so gut angefühlt. Bis zu diesem. Er war perfekt. Erst zaghaft und vorsichtig, dann erblühte er zu voller Intensität. Dieser Kuss war besser, als ich ihn mir jemals vorgestellt hatte, und ich hatte ihn mir ziemlich oft und ausführlich vorgestellt. Des umschlang mich noch fester und ich lehnte mich gegen ihn. Der Kuss endete viel zu früh und ich seufzte auf wie Julia auf dem Balkon, voller Sehnsucht nach ihrem Romeo.

***

Beschwingt sprang ich die Stufen hinauf und stolperte fast über Fontaine und Kyle, die auf der Veranda kauerten.

»Und? Wie war's?« Fontaine grinste von einer seiner wohlfrisierten Koteletten zur anderen.

»Spioniert ihr mir etwa nach, ihr Mistkerle?«

»Natürlich.«

»Wie bei *National Geographic*«, fügte Kyle hinzu. »Als ob man Affen bei der Paarung beobachtet.«

Ich machte einen Bogen um sie. »Reizend, ihr beiden. Und nur fürs Protokoll, wir haben uns nicht gepaart. Er hat mich nur geküsst.«

»Und? War es nass und schlabberig?« Fontaine rieb sich die Hände.

Gegen meinen Willen musste ich lachen. »Nein.«

»Trocken und spröde?«, fragte Kyle.

»Nein, Papa Bär. Es war genau richtig.« Ich trat ins Haus und steuerte die Treppe nach oben an. »Und jetzt gehe ich zu ihm zum Abendessen.«

Ich hörte, wie sie sich abklatschten.

Rasch duschte ich und machte mich fertig. Wenn ich mir Zeit zum Nachdenken ließ, würde ich zu nervös werden. Doch alle Eile nutzte nichts. Irgendjemand sollte für solche Notfälle mal ein Ganzkörperdeodorant erfinden. Ich schwitzte sogar in den Kniekehlen.

Ich entschied mich für ein Sommerkleid und starrte dann in meine Unterwäscheschublade. Für das große Finale mit Des war ich einfach noch nicht bereit und ich überlegte, ob ich zu meiner eigenen Sicherheit vielleicht jene riesige Mutterschaftsunterhose tragen sollte, die ich für besonders fette Tage aufgehoben hatte. Nichts stieß einen Singlemann mehr ab als abgetragene beige Unterwäsche, die groß genug war, um einer sechsköpfigen Familie Unterschlupf zu gewähren. Schließlich entschied ich mich dagegen. Selbst wenn er diesen Liebestöter nicht zu Gesicht bekam, könnte es doch sein, dass er ihn fühlte.

Ich würde aber auch nicht den entgegengesetzten Pfad einschlagen und einen Tanga tragen. Ich besaß überhaupt nur deshalb einen, weil Richard ihn mir gekauft hatte. Ich stopfte ihn zurück in die Schublade und entschied mich endlich für die hübsche pastellfarbene Spitzenunterwäsche, die ich für mein Date-Outfit gekauft hatte. Sie war weder zu aufreizend noch zu züchtig.

Als ich schließlich mal wieder vor der Tür der Pullmans stand, war ich beinahe ebenso aufgeregt und ängstlich wie beim ersten Mal, als ich hier geläutet hatte.

Des öffnete mir, sein Haar war noch nass von der Dusche. Ein marineblaues Handtuch lag über seinen Schultern und er trug eine Jeans, aber kein T-Shirt. Es brachte mich völlig durcheinander, was ich selbst nicht ganz verstand. Ich hatte ihn schon oft oben ohne gesehen, heute den ganzen Tag lang, aber irgendetwas an der Kombination aus Jeans und sonst nichts kam mir ungeheuer verrucht und sinnlich vor. Ich biss mir auf die Lippe.

»Hey, komm rein. Ich bin gleich so weit.«

Mir fiel auf, dass der kleine Tisch noch immer dort stand, wohin ich ihn gerückt hatte. Zicke, die Katze, lief gähnend vorbei. Wenn Katzen mit den Augen rollen könnten, hätte sie es jetzt sicherlich getan.

»Ich war noch schnell einkaufen, deshalb bin ich spät dran. Mach es dir einfach gemütlich.« Mit diesen Worten ging er zurück in sein Schlafzimmer. Ich war nervös, so nervös, dass ich nicht sprechen wollte, weil ich fürchtete, es könnte sich anhören, als hätte ich Helium eingeatmet. Ich schluckte und rief mir in Erinnerung, was Dody über tiefe, reinigende Atemzüge gesagt hatte.

»Alles in Ordnung mit dir?«, fragte er, als er schließlich wieder aus dem Zimmer trat, nur um festzustellen, dass ich mich nicht von der Stelle gerührt hatte. »Möchtest du etwas trinken?«

Ich nickte.

»Keinen Sake heute Abend, ja?« Er machte eine Handbewegung, die das gesamte Haus einschloss. »Das hier ist eine tränenfreie Zone.«

Er machte Scherze. Endlich konnte ich wieder atmen. Es würde schon gut gehen.

Er öffnete eine Flasche Wein und reichte mir ein Glas.

Ich hob es ihm entgegen. »Auf *National Geographic!*« Verdammt.

Des lächelte verwirrt, stieß aber trotzdem mit mir an. »Wenn du es sagst.«

Dann übertrug er mir die Aufgabe, Gemüse zu schneiden. Ich erwog, mir in den Finger zu schneiden, damit er sich den Schnitt ansehen und dabei meine Hand halten müsste, aber das kam mir dann doch ein bisschen übertrieben vor. Vielleicht konnte ich ihn auch bezirzen, ohne mich dafür selbst zu verstümmeln. Er machte Musik an und wir summten mit, während wir in der Küche hantierten. Eigentlich hätte mir klar sein sollen, dass er kochen konnte. Ich war in dieser Hinsicht auch nicht völlig talentfrei, doch Jordan und Paige hatten derart experimentierunfreudige Geschmacksnerven, dass mein Repertoire fast auf Nudeln und Butter zusammengeschrumpft war.

»Ich glaube, in der Vorratskammer steht ein Dampfkochtopf, Sadie. Könntest du mal nachsehen?«, fragte er.

»Klar.« Ich betrat den winzigen Raum neben der Küche, der auch als Wäschekammer zu fungieren schien. Zwei von seinen Arztkitteln hingen zum Trocknen über einer Leine. Ich konnte nicht widerstehen und strich über einen der Ärmel. Dann entdeckte ich den Dampftopf auf dem obersten Regalbrett. Vorsichtig prüfte ich mit dem Fuß das unterste Fach und überlegte, ob es wohl weise war, es als Trittleiter zu verwenden.

»Siehst du ihn?«, rief Des aus der Küche.

Ich reckte mich nach dem Topf, kam aber gerade mal mit den Fingerspitzen an ihn heran und meine Stimme klang angestrengt, als ich antwortete: »Ja, aber er steht ein bisschen zu hoch oben.«

Des trat hinter mir in die Kammer und streckte sich ebenfalls nach dem Topf. Er beugte sich ein wenig vor und seine sagenhaften männlichen Erkennungsmerkmale berührten einen köstlichen Augenblick lang meinen Mädchenhintern. Zugleich überrascht und hocherfreut schnappte ich nach Luft wie eine altjüngferliche Bibliothekarin, die im Katalog auf pornografische Fotos gestoßen war.

Ich drückte mich gegen ihn, übermannt von frevelhafter Lüsternheit. Des fror mitten in der Bewegung ein, sein Atem strich langsam und warm über meine Schläfe. Einen Augenblick lang standen wir wie erstarrt und rührten uns nicht, obwohl wir innerlich zu explodieren schienen. Dann legte er die Arme um mich. Er strich mit der Nase sanft über meinen Hals und küsste die kleine Mulde unter meinem Ohr.

***

Wie von Furien gehetzt rannte ich in Dodys Haus die Treppe hinauf. Im sicheren Hafen meines Schlafzimmers angekommen warf ich die Tür hinter mir zu und ließ mich dagegenfallen. Mit zitternden Fingern griff ich nach dem Telefon auf der Kommode und wählte Pennys Nummer.

Schon beim dritten Läuten nahm sie ab. »Hey.«

»Ich bin verloren.« Mit diesen Worten sackte ich aufs Bett und rollte mich zu einem Ball zusammen.

»Was ist denn jetzt wieder los?« Sie klang gleichgültig, weil sie das ganze Ausmaß der Katastrophe noch nicht überblicken konnte.

»Sich im Restaurant volllaufen zu lassen und loszuheulen war gar nichts! Jetzt habe ich mich offiziell zur Witzfigur gestempelt und ich kann es nie wiedergutmachen.«

»Wie das?«

Der Kummer schnürte mir die Luft ab, als hockte ein Nilpferd auf meiner Brust. »Ich war bei Des zum Abendessen, weil sich herausgestellt hat, dass die blonde Schnepfe nur eine Personalvermittlerin war, klar so weit? Wir sind also bei ihm und kochen und flirten und all das. Und dann führt eins zum anderen und plötzlich liegt mein Höschen auf dem Boden und er drückt mich in der Wäschekammer gegen die Wand.«

»In der Wäschekammer? Ist das ein Euphemismus?«

»Nein, du Dumpfbacke. Ich meine eine echte Wäschekammer.«

»Warum wart ihr denn in der Wäschekammer?«

O Mann, wie konnte man nur so schwer von Begriff sein! »Weil sie direkt neben der Küche ist, Penny. Darum geht es doch gar nicht. Wir sind in die Wäschekammer gegangen, um den Dampfkochtopf zu holen. Aber als ich mich danach gestreckt habe, hat er sich gleichzeitig auch danach gestreckt und dann ist sein bestes Stück gegen mich gestoßen und ich habe mich irgendwie in eine durchgedrehte, nymphomanische Pornodarstellerin verwandelt!«

Penny prustete los. »Nein, hast du nicht!«

»O doch, habe ich. Ich bin über ihn hergefallen. Und es wird sogar noch schlimmer.« Ich brachte es kaum über mich, ihr auch den Rest zu erzählen, doch ich musste es tun. Ich konnte diese schwere Bürde nicht alleine tragen. »Penny, ich … ich bin zum Ende gekommen.«

»Zum Ende gekommen?« Sie kicherte und gluckste so sehr, dass sie kaum sprechen konnte. »Was soll das denn heißen?«

»Dass ich … na ja, du weißt schon!« Ich senkte die Stimme zu einem Flüstern. »Ich hatte einen Orgasmus. Aber er hat mich nur ein bisschen berührt, höchstens zwei Minuten lang!« Ich umklammerte das Telefon fester und ließ Pennys hysterisches Gelächter über mich ergehen.

»Moment mal«, kiekste sie. »Habt ihr gevögelt?«

»Nein! Wir haben nicht gevögelt! Wir haben uns nur geküsst und aneinandergerieben und so. Und ein bisschen gefummelt. Eigentlich ganz schön viel gefummelt.« In meiner Erinnerung war alles zu einem verschwommenen Strudel zusammengeschmolzen, befeuert von Testosteron und Verzweiflung. Ersteres seinerseits, Letzteres meinerseits.

»Aber es ist alles so schnell passiert. Ich habe es nicht kommen sehen.«

Meine etwas unglückliche Wortwahl ließ Penny wieder in schrille Lachsalven ausbrechen. »Willst du mich veralbern?«

»Komm schon, Penny! Ich schäme mich schon genug. Du sollst mir helfen.«

»Wobei denn helfen? Dabei, kein solcher Dussel mehr zu sein? Wo ist denn überhaupt das Problem?«

»Wir waren in einer Wäschekammer, Herrgott noch mal! Das bin ich einfach nicht. Das ist etwas, das Richard tun würde.«

Penny verstummte. »Oh, jetzt verstehe ich die Sache. Hör mir mal zu, Sadie Turner, es ist nichts Falsches daran, wenn zwei Erwachsene in gegenseitigem Einverständnis beschließen, sich in einer Wäschekammer zu vergnügen, solange keiner der beiden mit jemand anderem verheiratet ist. Was Richard getan hat, war Ehebruch. Du hattest nur ein bisschen Spaß.«

»Warum fühle ich mich dann wie ein Volltrottel?«

»Weil du ein Volltrottel bist. Nicht weil du mit Des herumgemacht hast, sondern weil du dich dafür schämst. Kannst du dich nicht einfach entspannen? Du wirst Mum immer ähnlicher.«

»Ich bin Mum überhaupt nicht ähnlich!«

»Natürlich bist du das. Du machst dir solche Gedanken darum, was die anderen von dir halten könnten, dass du überhaupt nicht mehr weißt, was du selbst willst. Hör damit auf. Und jetzt sag schon, was ist danach passiert?«

Mir fehlte die Kraft, mich über ihre Beleidigung aufzuregen. Wir konnten uns ein anderes Mal darüber streiten, dass ich kein bisschen wie unsere Mutter war. »Danach?«

»Ja, was ist passiert, nachdem du so abgegangen bist?«

Ich zuckte zusammen. »Gott, Penny. Ich hätte es dir gar nicht erzählen sollen.«

Wieder lachte sie. »Du bist so prüde. Okay, also, was ist passiert, nachdem du in derart undamenhafter Weise auf seine stimulierenden Berührungen reagiert hast?«

Ich hielt mir das Telefon ganz nahe an den Mund. »Ich bin losgerannt.«

»Du … du bist was? Was soll das heißen, du bist losgerannt?«

»Ich meine, mir war es so schrecklich peinlich, dass ich … na, du weißt schon. Da habe ich ihn weggestoßen und bin davongerannt. Ich bin in mein Schlafzimmer gelaufen und habe dich angerufen.«

»Oh. Mein. Gott. Sadie! Du Vollpflaume! Und was hat er getan?«

»Ich weiß es nicht!«, rief ich. »Ich meine, er war ja nicht in der Verfassung, mir hinterherzulaufen. Er hatte eine … du weißt schon! Und damit können Männer doch nicht rennen, oder?«

Lautes Klappern drang aus dem Hörer, Penny musste das Telefon fallen gelassen haben. Ihr hysterisches Kreischen und Prusten würde für immer in mein Gedächtnis eingebrannt bleiben.

Als sie endlich wieder sprechen konnte, hatte sie einen einfachen Rat für mich.

»Geh zu ihm zurück. Erzähl ihm, du hättest irgendeine medizinische Störung oder so, Orgasmophobie zum Beispiel. Und versprich ihm, dass es nie wieder vorkommt.«

»Er ist Arzt, Penny. Darauf wird er nicht reinfallen.«

»Okay, dann sag ihm doch einfach die Wahrheit. Sag ihm, dass du ihn unglaublich attraktiv findest, dass du von Männern aber leider keine Ahnung und für eine neue Beziehung noch nicht den Mut hast.«

»Und damit soll ich seine Zuneigung gewinnen?« Ich setzte mich auf.

»Du hast seine Zuneigung schon. Jedenfalls hattest du sie, bis du ihn in der Wäschekammer hängen gelassen hast. Und ja, das Wortspiel war Absicht«, fügte sie noch hinzu.

»Bitte fang nicht wieder an zu lachen.« Ich ließ den Kopf in die Hand sinken.

»Tut mir leid, aber du musst jetzt sofort zurückgehen. Je länger du wartest, desto härter wird es. Ha! tschuldigung, das war jetzt keine Absicht, aber ich bin irgendwie in Fahrt!« Sie schnippte mit den Fingern.

Ich hatte so viel Hilfe bekommen, wie ich ertragen konnte. »Okay, gut. Ich gehe zurück. Ich rufe dich morgen wieder an.«

***

Des öffnete die Tür. Sein Willkommen fiel weit weniger enthusiastisch aus als früher an diesem Abend. Überrascht wirkte er nicht. Froh allerdings auch nicht.

»Hey«, sagte er.

Ich rieb an dem Stoff meines Sommerkleides herum. »Hi. Kann ich kurz reinkommen?«

»Klar«, entgegnete er trocken. Er trat zur Seite und schwang die Tür weit auf. »Die hier lasse ich lieber auf, für den Fall, dass du gleich wieder hinausrennen möchtest.«

Aha, so wird das hier also laufen, hm?

Ich schämte mich wie Faulpelz, wenn man ihn dafür schalt, dass er ein Sandwich vom Küchentresen gestohlen hatte. Verzagt schloss ich die Tür hinter mir. Dann stand ich da, mit blitzblank leer gefegtem Kopf, während mich Des finster und erwartungsvoll ansah.

»Es tut mir leid«, flüsterte ich.

Seine Miene wurde noch etwas verärgerter. »Es tut dir leid? Sadie, was zum Teufel …«

»Ich hatte nicht vor, hier so einfach abzuhauen.«

»Gut.« Er schien mit meiner Entschuldigung nicht ganz zufrieden zu sein. »Aber ich verstehe einfach nicht, was überhaupt passiert ist. Ich meine, zuerst lief noch alles super, richtig super, und dann schubst du mich plötzlich zur Seite und rennst weg?« Er verschränkte die Arme.

Ich fühlte, wie sich rote Flecken in meinem Gesicht und auf meinem Hals ausbreiteten. »Hast du schon mal von Orgasmophobie gehört?«

Er gab ein abfälliges Knurren von sich und funkelte mich an.

Ich seufzte. »Ich habe mich erschreckt, okay?«

»Erschreckt?«

»Ja.« Um ihn nicht ansehen zu müssen, blickte ich hinab auf meine Fingernägel.

Er fasste sich an den Kopf. »Erschreckt? Was soll das heißen?«

»Es bedeutet erschüttert oder bestürzt sein.«

Er ließ die Arme sinken, als wüsste er plötzlich nicht mehr, was er mit ihnen anfangen sollte. Dann seufzte er laut. »Ich weiß, was das Wort bedeutet, Sadie. Aber ich verstehe nicht, was du damit meinst. Warum hast du dich erschreckt?«

Ich biss mir auf die Lippe.

Er ballte die Hände zu Fäusten. Alles in seiner Miene strahlte Frustration aus. »Hör zu, ich versuche ja, mich zusammenzureißen, aber ich kapiere einfach nicht, womit ich dich diesmal so beleidigt habe.«

Überraschung durchzuckte mich. War es das, was er glaubte? Dass es seine Schuld gewesen war? »Du hast gar nichts getan.«

»Warum bist du dann weggerannt?« Seine Stimme war rau vor Zorn.

»Weil ich Angst bekommen habe!«, platzte ich heraus.

Da war sie also. Jene lästige Wahrheit, die ich so unbedingt hatte verheimlichen wollen. Die Anziehungskraft, die er auf mich hatte, drohte mich zu überwältigen, und ich durfte keinem Mann jemals wieder so viel Macht über mich geben. Nicht nach dem, was ich mit Richard erlebt hatte.

Des rieb sich das Kinn und atmete langsam aus. »Sadie, ich bin doch nicht der große, böse Wolf.«

»Ich weiß.« Irgendwo tief in meinem zum größten Teil brachliegenden Intellekt wusste ich das. »Ich bin nur normalerweise nicht so … spontan. Und auch nicht so … reaktionsfreudig.«

Um seinen Mund zuckte es.

»Das hat mich wohl einfach etwas unvorbereitet getroffen«, murmelte ich.

Er ging zum Sofa, setzte sich und fuhr sich mit beiden

Händen durch die Haare. Nach einer langen Pause sagte er. »Wie lange ist die Trennung bei dir denn her?«

»Ungefähr ein Jahr.« Dreizehn Monate und dreiundzwanzig Tage.

Wieder musterte er mich eine Weile, dann klopfte er neben sich auf das Sofa. »Es wird leichter.«

Ich setzte mich neben ihn, überrascht von seiner Geduld. Während ich *Dating für Dummies* las, hatte er anscheinend *Dating mit einem Dummie* schon gründlich durchgearbeitet. »Ich hoffe, du hast recht. Ich mag dich, weißt du. Aber du bringst mich auch völlig durcheinander.«

Er schien sich ein wenig zu entspannen. »Gleichfalls. Also, was fangen wir jetzt mit dieser Situation an?«

Dies war meine Chance für einen eleganten Abgang. Ich konnte einfach »Vielen Dank, aber ich bin noch nicht bereit für dich« sagen und gehen. Oder ich konnte bleiben und abwarten, was geschehen würde.

»Vielleicht könnten wir es einfach ein bisschen langsamer angehen? Nicht so körperlich zum Beispiel? Könnten wir das versuchen?«, fragte ich.

»In Ordnung.« Er nickte und lehnte sich zurück in die Polster.

»Wirklich?« Ich war angenehm überrascht. Richard hätte … ach, wen scherte es, was Richard getan hätte?

Zum ersten Mal, seit ich zur Tür hereingekommen war, lächelte mich Des an. »Natürlich können wir es langsam angehen, Sadie. Ich kenne in Bell Harbor kaum jemanden, weißt du? Ich freue mich einfach über Gesellschaft, ob nun mit oder ohne gewisse Vorzüge.«

Gesellschaft? Ja, das konnte ich schaffen. Und was die Vorzüge betraf, konnte ich mich ja auch später noch entscheiden. Oder auch nicht. Er schien tatsächlich dazu bereit zu sein, das mir zu überlassen.

»Okay«, sagte ich.

»Okay.« Er nickte.

Wir saßen da, vereint in der merkwürdig ironischen Übereinkunft, dass wir keinen Sex haben würden. Als die Situation in Verlegenheit abzugleiten drohte, rieb Des die Hände gegeneinander. »Tja, wollen wir uns dann vielleicht einen Film anschauen?«

War es das, was Pärchen taten, die keinen Sex hatten? Vermutlich schon. »Klar.«

Wir machten es uns mit Getränken und Snacks auf dem Sofa bequem und schauten uns einen echten Männerfilm an, mit viel Geballer und willkürlicher Gewalt. Die Story interessierte mich zwar nicht, aber ich kuschelte mich nur allzu gerne an Des. Er streckte sich auf der kürzeren Seite des L-förmigen Sofas aus und ich rollte mich auf der anderen Seite zusammen und lehnte mich an ihn. Endlich hatte ich auch genügend Mut zusammengekratzt, um meinen Kopf an seine Schulter zu legen, und er schlang den Arm um mich. Es war ein langer Tag gewesen und ich war erschöpft.

Plötzlich schrak ich hoch, geweckt von meinem eigenen Schnarchen. Ich war verwirrt und desorientiert und es dauerte einen Moment, bevor ich begriff, dass wir beide eingeschlafen waren. Der Film war vorbei. Des hatte den Arm über seinen Kopf ausgestreckt und das Gesicht in die Armbeuge gelegt. Ich lag mit dem Kopf auf seinem Bauch – fast schon auf seinem Schoß – und hatte den Arm um seine Taille geschlungen. Ich richtete mich auf und sah einen dunklen, runden Fleck auf seinem T-Shirt, der von (o Gott!) meinem Speichel stammen musste! Ich war eingeschlafen und hatte seinen Bauch vollgesabbert. So ein Mist! Ich wischte mir über den Mund und fragte mich, was wohl der Knigge in so einem Fall raten würde.

Ich sah hoch in das entspannte Gesicht von Des, seine Lippen formten fast einen Schmollmund. Er schniefte leicht und seufzte, gefangen in einem Traum, in dem ich hoffentlich die Hauptrolle spielte. Ich nutzte die Gelegenheit, ihn schamlos anzustarren. Er war wunderschön. Ich wusste, wenn er den Speichelfleck auf seinem T-Shirt bemerkte, würde er lachen und einen Witz darüber machen, denn so war er nun einmal. Ganz egal, wie dumm ich mich anstellte, er nahm mich einfach so, wie ich war.

Bei diesem schönen Gedanken schien mein Herz überzufließen. Vielleicht waren sein Charme und seine Anziehungskraft ja nicht nur Ausdruck meiner von Einsamkeit genährten Fantasie? Vielleicht war er ja kein Mistkerl, der sich nur als netter Junge verkleidet hatte. Vielleicht war er tatsächlich ein netter Junge. Es gab sie wirklich! Und das Schicksal hatte einen von ihnen zu mir geführt. (Und was kam als Nächstes? Einhörner?)

Dann kam mir ein weiterer schöner Gedanke, noch betörender als der erste. Auch wenn das hier nur eine kurze Affäre war, sogar wenn ich in ein paar Wochen nach Glenville zurückkehrte und er seinen nächsten Job in der Äußeren Mongolei antrat – ich wollte es. Ich wollte ihn. Wir hatten jetzt und hier und das war genug. Dody sagte mir immer wieder, das Leben sei einfach zu kurz, sich seine Freuden zu versagen. Schon bald würden meine Kinder zurückkommen, wenn ich also das meiste und Beste aus diesen paar Tagen herausholen wollte, sollte ich besser gleich damit anfangen.

Ich beugte mich vor und küsste ihn leicht auf den Mund, um ihn zu wecken.

Blinzelnd versuchte er, den Blick scharf zu stellen. »Sadie?«

»Ich habe meine Meinung geändert«, flüsterte ich und hoffte, dass es verführerisch klang.

»Was?« Er war noch immer nicht ganz wach.

Wieder küsste ich ihn. »Ich habe keine Angst. Lass uns zu den Vorzügen kommen.«

Ich schob sein T-Shirt ein Stück hoch, um meine Absichten

zu verdeutlichen (und verdeckte so geschickt den Sabberfleck).

Er begriff und hielt mein Handgelenk fest.

»Wir müssen das nicht tun, Sadie. Es ist kein Zwangskriterium.«

»Willst du denn nicht?«

»O Mann, und ob.« Er klang etwas heiser.

Langsam ließ ich den Blick an seinem Körper hinab- und wieder hinaufwandern. »Ich auch. Ich bin mir sicher.«

Er betrachtete mich und seine Augen wurden dunkel. Dann seufzte er, als hätte er sehr lange die Luft angehalten. Seine Hand strich meinen Arm hinauf, bis sie hinter meinem Nacken lag. Er zog mich an sich, und obwohl ich diese Ermutigung nicht gebraucht hatte, freute sie mich. Ich küsste ihn fest und fühlte ein leises Lachen in seiner Brust vibrieren. Ich lächelte, meine Lippen noch immer auf seinem Mund, und strich über seinen Bauch, fühlte, wie sich seine Muskeln spannten. Die Wärme seiner Haut schien meine Finger zu schmelzen, so seidig, so warm. Ich wagte mich immer weiter vor, streichelte und küsste ihn, bis ein genussvolles, aber ungehaltenes Grollen aus seiner Kehle drang. Er setzte sich auf und zog mich noch enger an sich.

Ein ungeduldiges Verlangen wischte alle Vernunft beiseite, ich zog ihm das T-Shirt über den Kopf und er schob mir die Träger des Sommerkleides von den Schultern. Mir blieb nur ein kurzer Augenblick der Erleichterung, dass ich mich für die hübsche Wäsche entschieden hatte, dann strich Des auch schon mit dem Daumen über den Verschluss des BHs und ließ selbigen durchs Zimmer segeln. Ich lachte, auf einmal wieder nervös und scheu, bis er mein Kinn hob und mich ansah.

»Du bist wunderschön, Sadie«, flüsterte er.

Und in diesem einen Augenblick glaubte ich ihm.

16

Als ich am nächsten Morgen in Dodys Haus geschlendert kam, trug ich ein erhabenes Lächeln und jede Menge rote Flecken an Hals und Gesicht von seinem Bart zur Schau.

Dody und Fontaine saßen an der Kücheninsel und genossen ihren Kaffee.

»Guten Morgen, du kleines Luder«, begrüßte mich Fontaine. »Hat dich dieser schmutzige Halunke also tatsächlich die ganze Nacht über bei sich behalten? Damit hat er deinen Ruf unwiederbringlich ruiniert.«

Ich küsste ihn auf die Wange. »Und wie er mich ruiniert hat.«

Dody umarmte mich. »Schatz, das ist ja einfach wundervoll. Nichts beschert einem Mädchen so rosige Wangen wie eine Nacht im Stroh.«

»Im Heu«, korrigierte ich.

»Welches Heu?« Fragend sah sie mich an.

»Schon gut. Habe ich hier gestern Abend irgendwas verpasst?«

Fontaine schüttelte den Kopf. »Wohl kaum. Aber ich will jedes schmutzige Hetero-Detail deines Abends hören.«

Ich schenkte mir einen Kaffee ein und schaute zur Decke hoch, ohne sie wirklich zu sehen. Die vergangene Nacht war ein Stück vom Himmel gewesen, doch ich wollte jetzt keine Details erzählen. Ich wollte meine Erinnerungen ohne Fontaines unfeine Kommentare und Anmerkungen genießen. Ich wollte noch ein wenig im glückseligen Rausch meines frevelhaften Verhaltens schwelgen, bevor mein Gehirn wieder zu arbeiten begann und die unvermeidlichen Selbsttadel einsetzten.

»Es war wunderschön.«

Fontaine hob die Hände. »Und?«

»Und das ist alles. Ich bin zu müde zum Erzählen. Geh später mit mir shoppen, dann hörst du mehr.«

»Abgemacht«, sagte Fontaine schnell. »Und Penny will, dass du sie anrufst. Sie hat irgendwas von Wäschewaschen gesagt?«

Mit federleichten Schritten lief ich die Treppe hinauf in mein Schlafzimmer. Ich schüttelte die Kissen auf und ließ mich aufs Bett fallen, das mich heute mal nicht mit seiner Leere zu verhöhnen schien. Die letzte Nacht war sensationell gewesen. Und damit meinte ich nur das erste Mal, das vielleicht ein wenig eilig war. (Was man aber wohl kaum ihm zum Vorwurf machen konnte, in Anbetracht des Zustandes, in dem ich ihn früher am Abend zurückgelassen hatte.) Das zweite Mal war einfach perfekt. Als triebe man auf einem seidigen Floß aus Nerz in einem See aus prickelndem, rosafarbenem Champagner dahin und naschte Schweizer Schokolade, während Bradley Cooper einem die Füße massierte. So gut war es. Beim dritten Mal waren wir ein wenig müde gewesen, wie an einem Sonntagmorgen, an dem man nichts anderes zu tun hat, als im Bett zu liegen und sich die Zeit zu vertreiben. Ich hatte schon ganz vergessen, dass Sex Spaß machen konnte. Einfach nur Spaß. Ich streckte mich und fühlte ein süßes Ziehen in Muskeln, die schon viel zu lange nicht mehr strapaziert worden waren.

Dann rief ich Penny an. Sie hob beinahe sofort ab. Aufgeregt redeten wir durcheinander.

»Rat mal!«

»Rat mal!«

»Ich habe mit Des geschlafen.«

»Ich bin schwanger!«

»Im Ernst?«

»Im Ernst?«

»Heilige Scheiße!«

»Heilige Scheiße!«

Seit der sechsten Klasse hatten wir nicht mehr so ausgelassen gekichert. Damals war Scott Nickelson ungebremst mit seinem Skateboard in einen Briefkasten gekracht, nachdem Penny kurz ihr T-Shirt hochgezogen und ihm ihren BH gezeigt hatte.

»Warum hast du mir das denn nicht schon gestern Abend erzählt?«, fragte ich.

»Da wusste ich es noch nicht. Ich hab erst heute Morgen auf das Stäbchen gepinkelt. Wie bist du denn doch noch mit Des im Bett gelandet?«

Wir warfen uns die Fragen zu wie Bälle und tauschten die Neuigkeiten in unserem ganz eigenen Schwesternjargon aus. Ich freute mich für sie – und war sehr dankbar, dass ich es konnte. Ich fragte nach Stichtagen und Babynamen und danach, was denn die zukünftigen Großeltern dazu sagten.

»Ich habe es noch niemandem erzählt. Nur dir.«

»Wirklich?«

»Ja. Ich habe ein bisschen Angst. Es ist noch sehr früh, da kann noch so viel schiefgehen.«

»Dody sagt immer, es nützt nichts, sich um irgendetwas Sorgen zu machen. Es macht einen nur besorgt.«

»Jetzt zitierst du schon Dody? Wir müssen dich schleunigst da rausholen.«

»O nein, nicht jetzt. Frag mich in einer Woche noch mal.«

»Was passiert denn in einer Woche?«

»Bis dahin habe ich irgendein belastendes Beweismittel gegen Des entdeckt und muss Bell Harbor verlassen.«

»Du meinst, er hat vielleicht die Pullmans umgebracht und unter der Veranda verscharrt?«

»Genau. Wirst du es Mum erzählen?«

»Noch nicht. Ich möchte bis zum Ende des ersten Trimenons warten. Also verrate ihr nichts, ja? Verrate es niemandem.«

»Ach, hör dich nur an, kleine Mami, jetzt redest du schon von Trimenons. Ich bin ja so stolz auf dich. Und ich verspreche, es niemandem zu sagen, solange du Mum nicht von mir und Des erzählst. Ich kann ihr Urteil jetzt wirklich nicht gebrauchen. Abgemacht?«

»Abgemacht.«

***

»Habe ich das richtig verstanden? Ihr beide geht shoppen?«, fragte Jasper. Ich saß in der Küche und zog mir die Sandalen an, während Fontaine im Flur stand, ungeduldig mit dem Fuß wippte und mit den Schlüsseln klimperte. Er trug ein weißes Polohemd und eine mintgrüne Chino.

Fontaine nickte. »Ja, nachdem wir die Arbeiten an meinem Haus begutachtet haben. Heute werden die Zierleisten angebracht und ich will sichergehen, dass sie auch das richtige Holz nehmen. Warum?«

»Kommt Mum auch mit?«

»Nein, sie und Anita Parker malen Protestschilder für ihre Demo gegen eine weitere Ampel in der Stadt.«

Jasper setzte sich neben mich. »Weißt du noch, dass du mir gesagt hast, Hochzeiten und Eheringe seien teuer?«

Ich legte die Hand auf seinen Arm. »Das hätte ich nicht sagen sollen, Jas. Ich hatte furchtbar schlechte Laune an diesem Tag. Ich finde Beth großartig und es ist sehr klug von dir, sie einzufangen.«

Jasper nickte. »Ich weiß. Aber ich wollte dich fragen, ob du mir mit dem Ring vielleicht helfen kannst. Ich meine, vielleicht könntest du mit mir etwas aussuchen, das hübsch ist, aber nicht mein Konto sprengt.«

Mitgerissen von einer Welle der Sentimentalität schlang ich ihm die Arme um seinen Hals. »Oh, Jasper! Es wäre mir eine Ehre.«

Er versteifte sich. »Herrje, Sadie. Das ist doch keine große Sache. Was ist denn mit dir los?«

Rat suchend sah er Fontaine an, der die Sache prompt aufklärte. »Sadie wurde endlich flachgelegt.«

Jasper nickte, als erklärte das natürlich alles.

***

Tilly Mason, die das Juweliergeschäft *Mason's* in der vierten Generation führte, begrüßte uns an der Tür.

»Hallo, Fontaine. Bist du auf der Suche nach neuen Manschettenknöpfen?« Sie hauchten sich links und rechts Luftküsschen neben die Wangen.

»Nein, heute sind wir wegen etwas ganz Besonderem hier. Mein Bruder hier möchte den heiligen Bund der Ehe schließen und wir brauchen etwas großartig Funkelndes, das nichts kostet.«

Tilly nickte. »Da finden wir bestimmt genau das Richtige.« Sie setzte Jasper auf einen samtbezogenen Stuhl und zog ein laminiertes Schaubild hervor, anhand dessen sie ihm alles über Farbe, Schliff, Reinheit und Karat erklärte, bis seine Augen glasig wurden.

»Was war noch mal der Unterschied zwischen Farbe und Reinheit?«, fragte Jasper nun schon zum dritten Mal.

»Warum schauen wir uns nicht einfach mal ein bisschen um?«, schlug ich vor.

Tilly nickte. »Ja, warum nicht?«

Jasper sah in eine Vitrine. »Was ist mit denen dort hinten?«

»Das sind Jahrestagsringe«, erklärte Tilly.

»Was ist denn anders an ihnen?«

»Sie sind für Jahrestage bestimmt.«

Flehentlich sah Jasper mich an.

»Was für einen Ring möchte Beth denn gerne haben?«, fragte Fontaine.

»Ich weiß nicht. Ich habe sie noch nie danach gefragt.«

»Du meinst, ihr habt überhaupt noch nicht über diese Sache geredet?«

»Nein, es soll ja eine Überraschung werden.«

»Eine Überraschung? Und woher weißt du dann, dass sie nicht Nein sagt?«

Ich knuffte Fontaine gegen den Arm. »Fontaine! Natürlich sagt sie Ja. Bring ihn doch nicht so durcheinander.«

Jasper rief knallrot an.

»Ach, Fontaine, jetzt schau nur, was du angerichtet hast«, schimpfte ich und legte einen Arm um Jasper. »Sie wird Ja sagen, da bin ich ganz sicher. Ich habe doch genau gesehen, dass sie bis über beide Ohren in dich verliebt ist.«

Fontaine schlang von der anderen Seite den Arm um ihn. »Klar sagt sie Ja. So habe ich das nicht gemeint. Wie willst du sie denn fragen?«

»Sie fragen?« Jaspers Miene wechselte von Besorgnis zu Verwirrung.

»Ja. Wie willst du ihr einen Antrag machen?«

»Oh. Ich weiß auch nicht. Ich dachte, ich könnte sie einfach zum Essen einladen oder so.«

»Nein, nein, nein!« Fontaine stampfte mit seiner teuren italienischen Sandale auf. »Das ist ja so gewöhnlich. Es muss schon etwas Romantischeres sein.«

Jasper schüttelte den Kopf. »Beth macht sich nichts aus solchem Zeug. So ist sie nicht.«

»Jedes Mädchen ist so«, mahnte Fontaine. »Die Geschichte über deinen Antrag wird sie immer wieder erzählen, also musst du die Sache auch gut machen. Streng dich mal ein bisschen an.«

»Ach, verdammt, Fontaine. Genau deshalb erzähle ich dir nie etwas. Du musst immer gleich alles so aufblasen.«

»Stimmt«, warf ich ein. »Aber in diesem Fall hat er recht, Jas. Es sollte etwas Unvergessliches sein.«

»Ist es denn nicht unvergesslich genug, dass ich sie bitte, ihr ganzes restliches Leben mit mir zu verbringen?«

»Nicht, wenn du es in irgendeinem schäbigen Restaurant tust«, spottete Fontaine. »Und denk nicht mal dran, den Ring in einem Dessert zu verstecken oder in einem Champagnerglas zu versenken. Ich weiß wirklich nicht, was für ein fehlgeleiteter Neandertaler auf so eine Idee kommen konnte.«

»Gott, ihr seid mir ja ne Hilfe! Kommt schon. Könnten wir hier vielleicht bei der Sache bleiben? Zuerst mal brauche ich den Ring.«

Tilly kam um den Tresen herum und stellte ein Präsentierbrett mit Diamantringen vor uns ab. »Warum werft ihr nicht mal einen Blick hierauf? Da findet ihr sicher etwas, das euch gefällt. Damit hätten wir zumindest mal einen Anhaltspunkt.«

Synchron beugten wir uns über das Präsentierbrett. Darauf lagen eine ganze Menge Ringe in unterschiedlichen Stilrichtungen. Einige schön und schlicht, andere protzig groß und ein paar davon mit Diamantsplittern, die so winzig waren, dass sie eher wie Kratzer im Metall aussahen. Jasper wählte einen Ring genau in der Mitte des Brettes aus. Er war bezaubernd. Nicht zu groß und nicht zu klein; nicht zu schlicht und nicht zu aufwendig. Er nahm ihn in die Hand. Der Ring funkelte im Licht und warf Reflexe an alle Wände des Raumes. Wir sahen uns noch ein wenig weiter um, aber Jasper kam immer wieder zu diesem einen Ring zurück.

»Der hier ist perfekt, Sadie. Aber leider zu teuer«, flüsterte Jasper. »Ich habe zwar schon etwas für mein Restaurant zusammengespart, aber wenn ich diesen Ring kaufe, wirft mich das um Monate zurück.«

Ich fand den Preis ganz legitim, aber ich hatte ja auch einen etwas extravaganten Geschmack. Mein eigener Ehering war pompös und prahlerisch gewesen, genau wie Richard. Jetzt ruhte er in einer Schublade in Glenville. Ich konnte ihn unmöglich tragen, doch ihn einfach verkaufen, das ging auch nicht. Eines Tages, wenn das schlechte Karma meiner Ehe neutralisiert war, würde ich die Diamanten in ein Collier fassen lassen.

»Vielleicht könntest du ein bisschen darauf sparen?«

Er runzelte die Stirn. »Ja. Das werde ich wohl müssen. Die hübschen sind alle teuer und die billigen sind hässlich.«

Ich klopfte ihm auf die Schulter. »Wir können ja noch weitersuchen.« Aber *Mason's* war das einzige Juweliergeschäft in Bell Harbor und so kehrte Jasper traurig und entmutigt nach Hause zurück.

***

Trotz Jaspers trüber Laune schwebte ich den ganzen Tag über auf Wolke sieben. Richard rief an und berichtete, dass es den Kindern gut gehe und dass sie viel Spaß miteinander hätten. Er fing keinen Streit an, was wirklich bemerkenswert war, wenn man bedachte, dass unser Gespräch mindestens fünf Minuten dauerte. Außerdem hatte ich ein Date, auf das ich mich freuen konnte! Heute Morgen hatte mich Des für den Abend wieder zum Essen eingeladen, bevor er zur Arbeit gegangen war und ich meinen *Walk of Shame* zu Dodys Haus angetreten hatte. Ich hatte ein brandneues Outfit, natürlich von Fontaine zusammengestellt, und neue Rüschenunterwäsche, die ich allerdings alleine ausgesucht hatte. Irgendwo war schließlich Schluss.

Um Punkt vier Uhr am Nachmittag rief Des unerwartet an. Ich saß gerade mit Dody auf der Veranda, wo sie sich ein Holster für ihre Waffe strickte und mir von einer faszinierenden E-Mail erzählte, die ihr ein nigerianischer Prinz geschrieben hatte.

»Sadie, hi. Ich muss es kurz machen, ich ersticke in Arbeit«, sagte Des. »Ich muss unser Abendessen heute leider absagen. Charlie, jemand aus der Familie, ist am Flughafen gestrandet und wird bei mir übernachten. Der nächste Flug geht erst morgen um sieben, da muss ich natürlich einspringen. Es tut mir wirklich leid.«

Ich schrumpfte in mich zusammen wie ein alter Luftballon. Die wahnsinnig originelle Ausrede von dem am Flughafen gestrandeten Verwandten? Ich wollte ihm so gerne glauben, doch ich traute mich nicht, nach Details zu fragen. Es könnte stimmen. Oder auch nicht. Mir fehlte der Mut, es herauszufinden.

»Oh, ist schon okay. Wir können es ja verschieben.« Wütend stellte ich fest, dass meine Stimme zitterte.

»An den nächsten beiden Abenden muss ich arbeiten, aber danach gehen wir zusammen Abend essen, ja?«

»Klar. Ist gut.« Meine Zunge fühlte sich dick und pelzig an. Ich schluckte.

»Hey, es tut mir wirklich leid. Übrigens hatte ich viel Spaß letzte Nacht.«

Ach, tatsächlich? Wie schön für dich, du blöder Riesenarsch. »Toll«, murmelte ich.

»Mist! Ich muss los, der Krankenwagen ist gerade angekommen.«

Ich legte auf und ließ mein Handy achtlos auf den Tisch fallen, wo es abprallte und dann klappernd zur Ruhe kam.

»Was ist los, Liebes?«

Ich schüttelte den Kopf. »Nichts. Des hat unsere Verabredung für heute Abend abgesagt.«

»Warum?« Sie strickte eine Masche rechts, dann zwei links.

»Irgendein Verwandter von ihm ist in der Stadt und er muss ihn vom Flughafen abholen.«

»Ach, wie schade. Aber Harry und ich gehen zu einer

Ausstellung über Eisstockschießen. Komm doch mit.«

»Das klingt zwar sehr verlockend, Dody, aber ich glaube, lieber nicht. Ich habe eine Menge zu tun. Ich habe mir ein paar Bücher über Raumorganisation gekauft, die werde ich dann wohl heute Abend lesen.«

»Bist du sicher? Oje. Du siehst so traurig aus.«

»Nein, mir geht es gut. Ich vermisse nur die Kinder.« Am liebsten hätte ich geweint wie ein kleines Mädchen, das sich den Kopf angeschlagen oder das Knie aufgeschürft hatte. Aber ich war erwachsen und große Mädchen weinten nicht, nur weil jemand ein Abendessen abgesagt hatte. Nicht einmal dann, wenn sie gerade mit diesem Jemand geschlafen hatten.

***

Fontaine weigerte sich, mich Trübsal blasen oder in Sangria ersäufen zu lassen. Er ließ es nicht einmal zu, dass ich mich im Bademantel auf dem Sofa zusammenrollte und das Glas Nussnugatcreme leer löffelte, das ich in Dodys Vorratskammer entdeckt hatte.

»Was du brauchst, sind Bewegung und frische Luft, Zuckertörtchen. Und hör gefälligst auf, dich im Unglück zu suhlen. Wenn er sagt, sein Verwandter ist am Flughafen gestrandet, dann glaub es ihm. Unschuldig bis zum Beweis der Schuld, weißt du noch?«

»Bei Richard hat das aber nicht funktioniert.« Ich schlug Fontaines Hand beiseite, als er versuchte, mir den Bademantel wegzuschnappen.

»Des ist nicht Richard. Da gibt es überhaupt keinen Vergleich.«

»Woher willst du das wissen? Ich meine, was wissen wir denn überhaupt von diesem Kerl?«

»Ha!« Jetzt hatte er den Bademantel doch noch erwischt.

»Wir wissen genug. Und nun zieh dir Schuhe an und komm mit zu einem Hundespaziergang. Ich werde mit den beiden nicht alleine fertig.«

Widerwillig tat ich, wie mir befohlen, und kurz darauf zerrte mich Dickmops den Strand entlang. Es war bereits dunkel und nur der strahlende Vollmond erhellte unseren Weg. Als wir zum Pier liefen, konnten wir in die erleuchteten Fenster der Häuser sehen, und Fontaine genoss es, mich auf einige besonders scheußliche Dekorationsversuche unserer Nachbarn aufmerksam zu machen.

»Warum müssen wir die Hunde denn überhaupt an der Leine führen?«, fragte ich schließlich.

Fontaine zuckte mit den Schultern. »Müssen wir nicht. Ich wusste nur nicht, wie ich dich sonst aus dem Haus kriegen soll.«

Wie angewurzelt blieb ich stehen und der Hund riss mir beinahe den Arm ab. »Ist das dein Ernst?«

»Fühlst du dich hier an der frischen Luft denn nicht gleich besser?«

Ich löste die Leine und Dickmops schoss davon. »Eigentlich nicht.«

Fontaine ließ auch Faulpelz los, dann gingen wir weiter. Die Lichter des Pullmanhauses kamen in Sicht.

»Würdest du dich vielleicht besser fühlen, wenn wir einen Blick auf diesen Cousin Charlie werfen würden, damit du weißt, dass Des nicht gelogen hat?«

Wieder blieb ich stehen. »Sag mir jetzt nicht, dass du mich nur hier rausgelockt hast, um durch sein Fenster zu spionieren!«

Ich sah das Schimmern von Fontaines zähneblitzendem Lächeln. »Natürlich. Die Hunde sind mir egal.«

Ich drehte mich auf dem Absatz um und wollte davongehen, doch Fontaine packte mich am Handgelenk.

»Komm schon, Süße. Ich weiß doch, dass du nachsehen willst. Und jetzt, wo wir schon mal hier sind … Sobald du diesen

Charlie gesehen hast, wirst du dich viel besser fühlen. Vertrau mir. Habe ich dich denn jemals in die Irre geführt?«

»Ja.«

»Pah! Aber nicht dieses Mal, ich verspreche es. Und wir können uns in den Schleier der Nacht hüllen, um unsere Tat zu verbergen. Wenn wir allerdings noch lange hier stehen und streiten, entdeckt uns Des bestimmt. Komm schon.«

Er zerrte doppelt so stark an meinem Arm wie Dickmops und wir rannten zur Ecke von Alberta Schmidts Haus, das an das der Pullmans grenzte. Dort duckten wir uns in den Schatten.

Die schiere Idiotie dieser Situation schien mir die Eingeweide zu verknoten. »Fontaine! Was, wenn er uns erwischt?«

»Dann sagen wir ihm, dass wir nur einen Spaziergang gemacht haben.«

»*Auf seiner Veranda?* Das ist doch lächerlich!«, zischte ich.

Das Lachen einer Frau drang durch die Dunkelheit und ich erstarrte. Es schien aus dem Haus der Pullmans gekommen zu sein. Die Schiebetür zum Wohnzimmer stand weit offen und Licht und Musik drangen heraus.

Von unserem Standpunkt aus konnten wir gerade so in die Küche sehen. Fontaine zog mich rasch hinter einen der Verandapfosten, als Des im Fenster erschien. Er musste an der Spüle stehen. Er sprach, aber wir konnten ihn nicht verstehen. Dann lachte er über etwas und drehte sich um. Ich fühlte mich schmutzig und lächerlich, weil ich tatsächlich einen Mann ausspionierte, mit dem ich vor nicht einmal vierundzwanzig Stunden geschlafen hatte. War es so weit mit mir gekommen?

Fontaine deutete auf die Veranda, er wollte näher ran.

Nachdrücklich schüttelte ich den Kopf.

Fontaine nickte ebenso nachdrücklich und schubste mich vorwärts, mitten in den Lichtkegel, der aus dem Haus fiel. Vor Schreck hätte ich beinahe aufgeschrien, und mit drei großen Sprüngen rettete ich mich zur Veranda und duckte mich unter den Rand.

Ich hielt den Atem an, aus Angst, Des könnte mich hören. Was machte ich hier, verdammt noch mal? Das war doch verrückt! Ich war verrückt. *Zum Teufel mit dir, Fontaine.*

Fontaine sah zum Fenster, dann sprang er, landete neben mir und rammte die Einfassung der Veranda, was ein schauderhaftes Knirschen produzierte. In meinem Kopf explodierte die Angst. Ich boxte ihn gegen den Arm.

Wir duckten uns in den Schatten und versuchten, zu Atem zu kommen. Ich konnte die Frau sprechen hören, allerdings nicht laut genug, um die Worte zu verstehen. Doch was genau sie sagte, spielte eigentlich auch keine Rolle.

»Vielleicht ist das Cousin Charlies Ehefrau«, flüsterte Fontaine.

Vielleicht.

Fontaine deutete nach oben. »Lass uns einen Blick riskieren.«

Wieder schüttelte ich den Kopf. Ich würde nicht wie ein Präriehund in sein Haus spähen! Lauschen war schon schlimm genug.

Fontaine sah mich finster an und richtete sich auf, bis er über den Rand der Veranda linsen konnte. Ich hörte ein Keuchen und wusste, dass ich selbst würde nachsehen müssen. Mit zitternden Beinen erhob ich mich.

Sie war jung und blond und stand mit einem Glas Wein in der Hand an der Tür. Brennende Eifersucht schoss durch meine Adern. Das da war keine Ehefrau. Sie war ein Spielzeug, ein menschliches Schmuckstück, das man streicheln und bewundern konnte. Ihr hübscher kurzer Rock und ihr Trägertop mussten Größe XS haben. Klobige Armbänder zierten ihr Handgelenk, und ihr Haar war zu einem lockeren Pferdeschwanz gebunden, der ihr über ihre Schulter fiel. Wenn ich ein Mann wäre, würde ich sie auch mit nach Hause nehmen, dieses streichholzdürre Luder.

Des kam in Sicht und unter mir schien der Boden wegzusacken, wie in dem Augenblick, kurz bevor eine Achterbahn ihren Sturz ins Bodenlose begann. Er lächelte breit und schenkte ihr Wein nach.

Sie kicherte. »Willst du mich betrunken machen?«

»Ach, tu bloß nicht so, als wäre es das erste Mal«, sagte er und tippte ihr auf die kesse kleine Nase.

Ich hätte an Ort und Stelle kotzen können, wenn nicht plötzlich lautes Hundegebell erschollen wäre. Fontaine duckte sich und zog mich mit. Faulpelz und Dickmops stürmten auf uns zu und bewiesen damit endgültig, dass Hunde kein Zeitgefühl hatten. Seit wir sie laufen gelassen hatten, waren keine zehn Minuten vergangen, aber sie sprangen wie verrückt bellend um uns herum, als wären wir gerade von einer intergalaktischen Raumfahrtmission zurückgekehrt! Wenn wir sie zum Schweigen brachten, würde Des es hören. Aber wenn wir einfach wegrannten, würden sie uns nachjagen, und dann würden sie uns ganz sicher entdecken!

Fontaine umklammerte meinen Arm und grub mir die Nägel in die Haut. Ich hörte, wie die Schiebetür geöffnet wurde. Noch nie in meinem Leben hatte ich mir so sehr gewünscht, spontan in Flammen aufzugehen. Dies würde der schlimmste Augenblick in meinem Leben werden, und es hatte schon eine ganze Menge grauenvolle Momente gegeben. Schritte erklangen auf den Holzdielen und das Geländer knarrte. Dodys verräterische Hunde sprangen auf die Veranda. Ich drückte mich gegen die Einfassung.

Bitte, Gott.

Bitte, Gott.

»Sind das deine Hunde?« Die Stimme der Sexmieze klang verrucht heiser. Sie sprach sinnlich, selbstsicher und belesen.

»Nein, es sind die Hunde meiner Nachbarin«, antwortete er.

Ach, da war es also wieder! Nur die Nachbarin. Das war ich.

Aber sie war keine Personalvermittlerin. Diese Ausrede konnte er nicht noch einmal bringen. Dieses Mädchen war nur für eine Sache geschaffen.

Ich hörte Fontaines Atem.

»Sind die süß. Schau mal, so haarig, und sie sabbern. Wie du.« Wieder kicherte sie über ihren eigenen, unglaublich lahmen Witz, während ich hyperventilierte und gegen das rebellierende halbe Glas Nussnugatcreme in meinem Magen ankämpfte.

Des befahl ihnen, Sitz zu machen. »Das da ist Faulpelz und das dort Dickmops.«

Wunderbar, nur weiter so. Nutz ruhig meine Hunde aus, um deine unstillbare Geilheit zu befriedigen, du sexbesessenes Arschloch!

Fontaine nutzte die Ablenkung, packte mein Handgelenk und zog mich um die Hausecke. Wir schlichen uns zur Straße und trampelten dabei durch Joanna Pullmans sorgsam gehegte Blumenbeete. Sobald wir die Straße erreicht hatten, rannten wir los, als wären Werwölfe hinter uns her. Dann polterten wir in Dodys Haus und brachen hinter der Tür zusammen.

Ich kam gar nicht wieder zu Atem, was gut war, denn dann hätte ich nur losgeheult. Und ich wollte nicht weinen. Nicht deswegen.

»Sadie, es tut mir leid«, begann Fontaine, doch ich schnitt ihm mit einer Handbewegung das Wort ab.

»Spar's dir, Fontaine. Es spielt keine Rolle.«

»Natürlich spielt es eine Rolle. Und vielleicht ist es ja auch gar nicht das, wonach es aussieht.«

»Es ist genau das, wonach es aussieht. Er hat mich wegen eines besseren Angebots abserviert. Aber das ist keine große Sache. Er ist ein freier Mann. Ich wünschte nur, er hätte mich nicht angelogen.«

»Es muss einfach eine andere Erklärung geben«, argumentierte Fontaine. »Vielleicht war das ja Charlie.«

Ich schüttelte den Kopf. »Ich habe so was schon einmal durchgemacht, klar? Ich kenne die Zeichen. Wir haben eine Nacht zusammen verbracht, er schuldet mir nichts. Er hat Dody gesagt, er hätte keine Freundin. Vielleicht, weil er gar keine will.« Ich stand auf und fühlte mich, als wäre ich eine Million Jahre alt. »Ich gehe ins Bett.«

Ich lag auf meiner klumpigen Matratze und wunderte mich über meine Selbstbeherrschung. So schlecht ging es mir gar nicht. Ihn zu mögen hatte sich so intensiv angefühlt, und ich war beinahe erleichtert, weil ich nun herausgefunden hatte, dass er auch nicht besser war als jeder andere Mann. Er war nur ein weiterer mieser Lügner. Letzte Nacht war trotzdem sinnvoll gewesen – genauso wie es sinnvoll war, zum Chiropraktiker zu gehen. Oder seine Autoreifen wechseln zu lassen. Ich war gewartet worden. Jetzt würde ich locker die nächsten hunderttausend Kilometer schaffen.

Doch als sich die Minuten zu Stunden dehnten, zermürbten die Gefühle allmählich meine emotionale Starre. Das Gefühlschaos wuchs an wie ein flammendes Inferno, entzündet von einem einzigen Funken. Es war ja gar nicht so, dass ich gedacht hatte, es wäre schon etwas Festes zwischen uns beiden, aber er hätte mich nicht anlügen dürfen! Flüsterte er ihr gerade jetzt ins Ohr, wie schön sie war? Würde er diesmal ihr morgen einen Bagel zum Frühstück toasten und versuchen, diesmal ihre Bluse wieder aufzuknöpfen, während sie sich anzog? Wahrscheinlich, dieser widerliche schottische Mistkerl. Man sollte ihn des Landes verweisen! Wie war noch mal die Nummer der Einwanderungsbehörde? Ich meine, im Ernst, gab es denn nicht schon genug miese amerikanische Scheißkerle, ohne dass wir noch ausländische Arschlöcher importieren mussten? Unser Heimatschutz war ein Versagerklub.

Verdammt! Sie war ja noch ein Kind! Er war ein Pädophiler. Wahrscheinlich hatte er sie mit Lutschern in sein Auto gelockt. Wahrscheinlich patrouillierte er im Arztkittel auf dem Schulparkplatz herum und sagte: »Aber ja, meine Kleine, ich bin zufällig Arzt.« Mistkerl. Dieser verfickte Mistkerl. Und ich hatte mich tatsächlich auf ihn eingelassen!

Dody war an allem schuld, und Penny und Fontaine. Sie alle hatten sich gegen mich verschworen und mir all diesen Mist aufgetischt, dass es gute, ehrliche und treue Männer gab. Was für ein Haufen Scheiße. Er war nicht besser als Richard. Von wegen, Cousin Charlie. Für wie blöd hielt er mich eigentlich? War ihm denn nicht klar, dass ich von unserer Veranda aus sein Haus sehen konnte? Gott, er behandelte mich nicht nur wie den letzten Dreck, er war noch nicht einmal subtil dabei!

Auf Ärger folgte Verleumdung. Ein wunderbarer Urlaubsort, aber zu lange dort zu verweilen war gefährlich. Es konnte nicht wahr sein. Er war aufrichtig, vertrauenswürdig und verlässlich. Es musste irgendeine Erklärung geben. Aber die einzige Erklärung, mit der ich aufwarten konnte, war, dass er sich heute Abend für sie statt für mich entschieden hatte.

Am Morgen hatte ich die Sache akzeptiert. So war es doch für alle Beteiligten das Beste. Früher oder später musste es ja passieren, und es wäre doch eine schreckliche Last gewesen, immer darauf warten zu müssen, dass er mich betrog. Wenigstens hatte ich den Mann hinter der Maske früh erkannt, bevor er mir allzu viel bedeuten konnte. Und etwas Gutes hatte diese Erfahrung ja, sie machte mir nachdrücklich und unmissverständlich klar, dass Beziehungen nichts für hasenherzige Feiglinge waren. Ohne Mann, der mein Leben durcheinanderbrachte, war ich besser dran.

17

Als ich am nächsten Morgen aufstand, war ich eisern entschlossen zu beweisen, dass ich meine Gefühle fest im Griff hatte. Ich ging nach unten und begann zu putzen. Einige Leute aßen, wenn ihr Leben kompliziert wurde. Ich schrubbte zum Stressabbau. Als Dody und Fontaine aufstanden, hatte ich bereits die Badezimmer gereinigt, den Küchenboden gewischt und war gerade damit beschäftigt, die Gardinen abzuhängen, um sie zu waschen.

»Guten Morgen, Sonnenschein«, rief Dody.

Staub wölkte aus den Vorhängen und brachte mich zum Niesen. »Wie lange ist es her, dass du die gewaschen hast?«

»Ich wusste gar nicht, dass man das kann. Verhaken sich die Häkchen denn nicht in der Maschine?«

»Die Häkchen entfernt man vorher. Heißt das etwa, die Vorhänge sind noch nie sauber gemacht worden?«

»Wenn du das nicht erkennen kannst, dann ist es doch egal, oder? Du bist heute Morgen aber grantig.«

Ich biss mir auf die Lippe. »Tut mir leid. Ich vermisse wohl nur die Kinder.« Ich hatte nicht vor, sie in die Entdeckung des vergangenen Abends einzuweihen. Sie würde dazu nur sagen: »Ach, papperlapapp! Wie wäre es mit ein paar Leinsamen?«

Fontaine hielt vernünftigerweise den Mund und beschäftigte sich mit Designentwürfen, bis er zu einem Kunden aufbrechen musste. Wir tranken nicht einmal Kaffee auf der

Veranda. Nicht dass ich mir Sorgen machte, Des könnte vorbeijoggen. Sicher lag er noch immer in den Armen der Blondine und war zu erschöpft von seinem Horizontaltraining, um joggen zu gehen.

Ich verbrachte den Tag damit, alles zu polieren, was ich in die Finger bekam. Und ständig ermahnte ich mich, dass es mich nicht kümmerte. Es war mir auch egal, dass er nicht anrief, um mir noch weitere Lügen zu erzählen. Ich würde das durchstehen. Gebrochene Herzen konnten heilen. Das wenigstens hatte mir Richard beigebracht.

Als meine Kinder spät am Abend zurückkamen, war ich überglücklich. Ich umarmte und küsste sie, bis Jordan sagte: »Keine Schmatzer mehr, Mami. Mir tut schon das Gesicht weh.« Als ich Paige ins Bett brachte, las ich ihr alle ihre Lieblingsgeschichten vor.

»Darf ich dir auch eine Geschichte erzählen, Mami?«

Ich kuschelte mich unter ihre Decke. »Natürlich.«

Sie zeigte mir das Bilderbuch von Schneewittchen und erzählte dazu ihr eigenes Märchen. Im Grunde ging es darum, dass Schneewittchen und die sieben Zwerge eine sehr erfolgreiche Keksfabrik führten, bis der Märchenprinz auftauchte. Da musste sich Schneewittchen entscheiden, ob sie lieber weiterarbeiten oder ihren Job hinwerfen und ihn heiraten wollte.

»Aber kann sie denn nicht weiterarbeiten und ihn trotzdem heiraten?«, fragte ich.

»Nein, Blödi, wenn man heiratet, muss man sich doch um den Prinzen kümmern.«

»Wer hat dir denn das erzählt?«

»Daddy.«

Mir wurde heiß. »Das ist Daddys Meinung, Schatz. Aber Mami findet das nicht. Wenn du groß bist, kannst du ja selbst aussuchen, ob du nicht beides machen möchtest. Das ist ganz allein deine Entscheidung.«

»Ich heirate mal Des«, seufzte sie. Meine Haut schien zu brennen. »Oder vielleicht Fontaine. Und dich. Kann ich dich heiraten, Mami?«

Ich atmete tief durch. Sie war so süß und unschuldig. Für alles Geld der Welt würde ich ihr das nicht nehmen. »Natürlich kannst du, Süße. Ich würde dich sehr gerne heiraten. Und jetzt schlaf schön.«

Ich schaltete das Licht aus und ging in mein eigenes Zimmer, ohne noch einen Abstecher nach unten zu unternehmen. Ich wollte Dody und ihren unvermeidlichen Fragen über Des aus dem Weg gehen. Ich hatte auch Penny noch nicht angerufen, um sie einzuweihen. Solange ich es niemandem erzählte, fühlte es sich fast so an, als wäre alles nicht wahr.

***

Am nächsten Morgen sah es nach einem wunderschönen Tag aus, was mir die Laune verdarb. Die Kinder wollten unbedingt an den Strand, aber ich trödelte herum, um nur ja den Jogger zu verpassen. Allmählich wurde das hier allerdings lächerlich. Wenn ich ihn weiterhin meiden wollte, konnte ich genauso gut auch heute wieder nach Glenville zurückkehren.

»Könntest du die Kinder mit zum Strand nehmen, Dody? Ich habe gestern ein bisschen viel Sonne abbekommen und bleibe heute besser drinnen.«

»Natürlich, Liebes. Mit der Sonne kann man gar nicht vorsichtig genug sein. Anita Parker hat einen sehr verdächtigen kleinen Leberfleck in der Kniekehle. Ich wollte Des schon lange bitten, einen Blick darauf zu werfen. Könntest du ihn vielleicht einmal darauf ansprechen?«

Ja, klar. Das wäre das Allererste.

»Ich werde versuchen, daran zu denken, Dody. Aber sie sollte das wirklich mit ihrem eigenen Arzt besprechen. Wir können ihn doch nicht dauernd mit so etwas belästigen.«

»Oh, stimmt wohl. In Ordnung, Kinder! Sollen wir an den Strand gehen und nach Seepferdchenschuhen suchen?«

»Seepferdchen tragen keine Schuhe, Tante Dody«, antwortete Paige.

»Im Sommer natürlich nicht, da tragen sie Sandalen. Kommt schon. Lasst uns gehen.«

Sie schlenderten die Verandastufen hinunter und ich seufzte erleichtert auf. Ein weiteres ungewolltes Zusammentreffen mit meinem One-Night-Stand vermieden. Mit einer Zeitschrift und meiner Lieblingskaffeetasse machte ich es mir auf der Terrasse bequem, um mich mit Koffein zu versorgen und zu brüten. Auf etwas abartige Weise genoss ich mein Selbstmitleid, vielleicht weil mir dieser Gefühlszustand so vertraut war. Schritte auf der Veranda störten mich in meinem Genuss, gefolgt von jenem hypnotisierenden Akzent, den ich noch aus meiner Erinnerung tilgen musste.

»Sadie?«

Der Schatten, der auf den Boden fiel, verriet mir, dass er in der Fliegengittertür stand. Ich sah nicht hoch. Warum sollte ich auch? Ich hatte meine Zeitschrift und konnte in die babyblauen Augen von Alex O'Loughlin schauen. Ich brauchte Des nicht. Blöder Des mit seinem blöden flachen Bauch und seinem blöden wunderschönen Haar. Der Akzent war auch blöd. Wahrscheinlich war er nicht mal echt. Hatte ich sein Foto nicht schon einmal auf einem Steckbrief gesehen?

»Hey, Sadie?« Er klopfte sacht und öffnete dann die Tür.

Verdammt. Jetzt musste ich ihn wohl bemerken.

Ich ließ den Blick über ihn huschen. »Ach, hallo.«

Er trat ein.

»Hi. Dody hat gesagt, dass du hier bist. Zu viel Sonne, hm?«

Ich zuckte unverbindlich mit den Schultern. »Jep, sieht so aus.« Ich blätterte eine Seite um.

»Hm. Steht unsere Verabredung für heute Abend noch?«

Ich schnalzte mit der Zunge. »Ach, war das heute? Mist. Das werde ich wohl nicht schaffen.«

Stirnrunzelnd verschränkte er die Arme. Fast konnte ich die Sprechblase über seinem Kopf sehen, in der stand: »Diese Frau ist sauer. Ich weiß nicht, warum. Meine nächsten Worte werden von entscheidender Bedeutung sein. Gefahr! Gefahr!«

Ich kann eine Menge aus einem kleinen Stirnrunzeln lesen.

Ich wartete auf einen abfälligen Kommentar oder eine Entschuldigung. Vielleicht würde er ja behaupten, Cousin Charlie sei eine wunderschöne, junge Dragqueen oder so. Aber er blieb stumm, sah mich nur weiterhin an und verbrauchte allen Sauerstoff in meinem Universum. Es kostete mich große Anstrengung, mich nicht zu winden. Beiläufig blätterte ich eine weitere Seite um. Tschüss, Foto von Robert Downey jr. Hallo, millionste Bildergeschichte des Jolie-Pitt-Clans.

»Sadie«, sagte er fest.

Oh, war er denn immer noch hier? Ich hatte ihn schon total vergessen. Ich sah auf.

»Es tut mir leid, dass ich das Abendessen verschieben musste. Ist es das, worum es hier geht?«

Nur um eins klarzustellen, natürlich war mir bewusst, dass ich mich absolut kindisch benahm, aber ich konnte einfach nicht anders. Ich wollte einen Wutanfall provozieren. Ich wollte ihm gegen die Schienbeine treten und auf die Oberarme boxen. (Diese dicken ... muskulösen ... Oberarme ... Verdammt!) Aber diese Genugtuung würde ich ihm nicht geben.

»Nein, ich habe nur gerade sehr viel zu tun.«

Sein Blick senkte sich auf die Zeitschrift. »Das sehe ich.«

Ich warf das Magazin beiseite und sprang mit der Eleganz eines schwangeren Nashorns auf. »Pass auf, ich mag es nicht, wenn man mich anlügt. Es war nicht nötig, so eine Geschichte zu erfinden. Du hättest mir auch einfach die Wahrheit sagen können. Also lass uns diese ganze Freundschaftssache vergessen, okay? Danke für deine Hilfe mit Dody, aber jetzt brauchen wir dich nicht mehr.«

Bamm! Das war's! Ich hatte es gesagt. Er war ein Spieler, aber er hatte mich nicht hereingelegt, bei Gott, weil ich nämlich zu schlau für ihn war! Gleich würde mich gerechtfertigte Genugtuung durchströmen! Gleich … gleich würde es so weit sein …

»Wovon redest du?«

Oh, er war gut. Das musste ich ihm lassen. Er sah aus, als wäre er wirklich verwirrt.

»Dein Verwandter Charlie? Ich habe das kleine Blondchen bei dir gesehen, und das war nicht Cousin Charlie!«

Seine Augen weiteten sich. »Ist es das, worum es hier geht? Charlie?«

»O ja, klar, *Cousin* Charlie!« Mit den Fingern malte ich Anführungszeichen in die Luft.

Er atmete scharf aus und starrte mich einen Augenblick lang an. Sicher suchte er jetzt in seinem großen, dicken Kopf nach einer plausiblen Entschuldigung. »Wow, Sadie«, sagte er endlich. »Ich weiß nicht einmal, was ich darauf sagen soll.«

»Wie wäre es mit ›Hasta la vista, Baby?‹«

»Wie wäre es mit: ›Das kleine Blondchen ist meine Cousine. Charlie.‹«

»Charlie? Charlie ist ein Mädchen?« Hmmmmmm.

»Ja! Sie war auf dem Weg nach Hause aus Marquette und ist am Flughafen gestrandet.«

Er war ziemlich penetrant. Leichte Zweifel beschlichen mich, aber ich brachte sie rasch zum Schweigen. Das waren doch alles typische Männertaktiken, verdammt! Zuerst reden sie einem ein, man würde sich irrational verhalten, sodass man an sich selbst zweifelte. Und dann stritt man sich plötzlich darüber, dass man *versehentlich* das Glas Eistee über die

Computertastatur gekippt hatte, weil er angeblich auf der Suche nach Internetpornografie war.

»Und das soll ich dir glauben? Ich habe sie gesehen, Des.«

»Wann?«

»Auf deiner Veranda. Fontaine und ich waren mit den Hunden spazieren.«

»Warum bist du nicht reingekommen und hast Hallo gesagt?«

»Weil ich nicht geglaubt habe, dass sie deine Cousine ist. Wer zum Teufel nennt denn so ein Mädchen Charlie?«

»Du hast immerhin einen Cousin, der Fontaine heißt!«, schoss er zurück.

Halt, halt, langsam! Darauf falle ich nicht herein!

»Ja, aber Fontaine ist nicht sein echter Name. Also, es ist schon ein echter Name, aber nicht sein erster Vorname. Es ist sein Zweitname.«

Ha! Da hast du's!

Des zögerte. Sein Gesicht bekam denselben Ausdruck, den Faulpelz immer zeigte, wenn er etwas Kleines, Quietschendes vor sich hatte. »Wie ist denn sein erster Vorname?«

»Tim!«

Ha! Nimm das!

Er rieb sich die Schläfen. »Er heißt Tim, nennt sich aber Fontaine?«

»Schwul! Hallo!« *Hör auf, das Thema wechseln zu wollen, Idiot.*

»Charlie für Charlotte. Hallo!«

Das war ein schmutziger Trick, er setzte meinen eigenen Sarkasmus gegen mich ein. Aber ich hatte zu viel Erfahrung bei meinen Streits mit Richard gesammelt, um ihn damit davonkommen zu lassen.

»Warum hast du mir nicht erzählt, dass Charlie ein Mädchen ist?«

»Mir ist gar nicht aufgefallen, dass ich das nicht getan habe. Außerdem ist mir auch nicht in den Sinn gekommen, dass du sie sehen und gleich komplett ausflippen würdest. Gott, Sadie. Was ist los mit dir?« Er fuhr sich mit beiden Händen durchs Haar und ballte sie am Scheitel zu Fäusten. »Du glaubst also, ich hätte dir abgesagt, um mich mit einer anderen zu treffen?«

Unnachgiebig stand ich da, die Hände in die Hüften gestemmt. »Du hast jedes Recht, dich mit einer anderen zu treffen. Wir sind nicht zusammen. Aber ich mag es nicht, wenn man mich anlügt.«

Er drückte sich die Hände gegen den Kopf. »Aber ich habe dich nicht angelogen! Und ich habe mich nicht mit einer anderen getroffen!«

»Aber das wusste ich nicht!«, fauchte ich.

»Aber jetzt weißt du es!«, brüllte er.

»Dann sollte ich wohl nicht sauer sein! Aber das bin ich!«

Des fuhr sich mit beiden Händen über das Gesicht und schüttelte den Kopf.

Jeder hatte doch schon mal einen dieser coolen Träume, in denen sich ein Superstar bis über beide Ohren in einen verliebt, oder? Und dann wacht man auf und weiß natürlich sofort, dass alles nicht wahr ist, aber es fühlt sich eben noch wahr an. Diese Empfindungen sind so intensiv, dass man immer noch irgendwie glaubt, alles wäre wirklich passiert, stimmt's? Einmal hatte ich diesen richtig unanständigen Traum von Adam Sandler – was komisch war, weil Adam Sandler eigentlich gar nicht mein Typ ist. Trotzdem habe ich den ganzen nächsten Tag halb damit gerechnet, dass er mich jeden Augenblick anrufen würde.

Genauso war es jetzt. *Ich fühlte* mich so, als wäre etwas Schlimmes passiert, und reagierte entsprechend darauf. Die Tatsache, dass alles ein grandioser Irrtum war, spielte keine Rolle. Ich hatte schon geweint, es war zu spät.

Des öffnete den Mund, doch es dauerte volle zehn Sekunden, bis er etwas herausbrachte.

»Du bist unglaublich, Sadie. Ich muss gehen.« Dann trat er ins Freie und lief die Treppen hinunter.

Ich hätte ihm nachrufen sollen, aber ich war immer noch wütend. Wütend wegen nichts, wie es aussah. Ich hatte es wohl versaut.

Kurz darauf kam Dody die Stufen herauf und fand mich auf der Stuhlkante kauernd und ins Leere starrend vor. Tadelnd wedelte sie mit dem Zeigefinger.

»Sadie Turner, ich habe mich noch nie nur um meinen eigenen Kram gekümmert und werde auch jetzt nicht damit anfangen. Was hast du zu diesem jungen Mann gesagt? Er schien furchtbar aufgebracht zu sein.«

»Wer passt auf die Kinder auf, Dody?«

Sie rollte mit den Augen. »Es geht ihnen gut. Ich habe ihnen gesagt, sie sollen nicht ins Wasser. Was ist los mit dir und Des?«

Ich sprang auf, rannte hinaus und hinunter zum See. »Du kannst sie doch nicht einfach alleine am Strand lassen!«

Sie eilte mir nach. »Lenk jetzt nicht ab, junge Dame!«

Wir erreichten das Wasser. Den Kindern ging es gut. Dody ließ jedoch nicht locker, also musste ich mich hinsetzen und ihr erzählen, was geschehen war. Ich verschwieg nichts, gestand sogar meinen Fehler ein. Jetzt saßen wir unter einem Sonnenschirm, während die Kinder eine Sandburg bauten und sie mit Federn und Steinen dekorierten.

»Liebes, du weißt doch, was man sagt: Das Denken soll man den Kühen überlassen, die haben Hörner.«

»Pferde, Dody. Das Denken soll man den Pferden überlassen, die haben größere Köpfe. Das ist ein Sprichwort.«

»Wie auch immer, Madame Schlaubergerin, du hast dich danebenbenommen. Warum versuchst du immer, alles schwieriger zu machen?«

»Das tue ich doch gar nicht.« Allmählich war ich es leid, das dauernd zu hören zu bekommen.

»O doch, das tust du! Du hättest ihn einfach nach diesem Mädchen fragen sollen, statt gleich Vorschlüsse zu ziehen.«

»Rückschlüsse!« Herrgott!

»Manchmal solltest du anderen einfach auch mal die Chance geben, etwas zu erklären. Du bist genau wie deine Mutter. Nachtragend wie ein Elefant.«

Ich wünschte, ich würde rauchen, denn jetzt hätte mir eine Zigarette sicher gutgetan. »Ich trage niemandem etwas nach.«

»Ach, wirklich nicht? Dann glaubst du also nicht, dass du Des dafür bestrafst, dass dich Richard betrogen hat?«

»Dody, das ist nicht fair!« Ich wünschte, Anita Parker wäre hier. Irgendwo in ihrer riesigen Strandtasche hatte sie bestimmt ein Päckchen Zigaretten versteckt.

»Fair? Wer hat dir denn erzählt, das Leben wäre fair?« Dody zupfte ein Taschentuch aus ihrem Ausschnitt und tupfte sich damit die Nase ab.

»Du! Ständig redest du von Karma und davon, dass man erntet, was man sät.«

»Ja, das tut man ja auch, aber das bedeutet noch lange nicht, dass immer alles fair ist. Es bedeutet, dass die Energie, die du ins Universum schickst, immer auch zu dir zurückkommt.«

»Willst du damit sagen, dass ich jeden Mist, der mir passiert, verdient habe?«

Sie nahm ihre Sonnenbrille ab und sah mich an. »Nein. Was ich meine, ist, wenn du immer nur das Schlimmste von den Menschen erwartest, dann wirst du auch immer nur genau das sehen. Du fühlst dich angegriffen, obwohl kein Grund dazu besteht, genau wie deine Mutter. Sie war nicht immer so, weißt du.«

»Nicht?«

»Nein, früher war sie fröhlich und lieb und lustig. Aber irgendwann hat sie einmal jemand enttäuscht und danach hat sie jeden dafür bestraft, der ihr zu nahe kam. Und dann war da natürlich auch noch dein Vater. Auch er war eine große Enttäuschung für sie und sie ist nie darüber hinweggekommen. Ich will nicht, dass du endest wie sie, Schatz. Man muss das Leben umarmen. Man muss es leben und genießen. Mach deine Fehler, aber mach sie mit Genuss und lerne aus ihnen. Einige Menschen werden dich trotzdem enttäuschen, wie es Richard getan hat. Denen ist einfach nicht zu helfen. Aber ich verspreche dir, wenn du anfängst, nach dem Besten in anderen Menschen zu suchen, wirst du überrascht sein, was du findest.«

Meine Augen brannten und prickelten, wie sie es immer taten, kurz bevor ich zu weinen begann. Ein vertrautes Gefühl.

Dody legte ihren weichen Arm um mich. »Ich glaube, du schuldest diesem Jungen eine Entschuldigung. Vielleicht sollten wir ihm Kekse backen.«

18

»Und ihr glaubt wirklich, das funktioniert?«, fragte ich bis zu den Handgelenken im klebrigen Keksteig steckend.

Jasper sah mir von seinem Platz an der Kücheninsel aus zu. »Du kannst ihm nicht einfach schnöde Schokoladenkekse backen. Damit sagst du nicht: ›Ich bin der Wahnsinn. Lass mich bloß nicht entwischen.‹«

»Nicht?« Dody band sich ihre Rüschenschürze um.

»Nein. Damit sagst du: ›Einsame Hausfrau tauscht Kekse gegen Sex.‹«

»Und warum ist das schlecht?«, rief Fontaine vom Tisch herüber, wo er Stoffproben durchsah.

Es war hoffnungslos. Des würde mir niemals vergeben. Für alle, die mitzählten, war das hier immerhin schon mein dritter Patzer.

»Und wenn wir mit einem einfachen Keksteig anfangen und dann ein paar geheime Spezialzutaten dazugeben?«, schlug Dody vor.

»Was denn zum Beispiel?« Jasper, der Profikoch, war skeptisch.

»Leinsamen zum Beispiel«, antwortete Dody prompt.

»Leinsamen?« Jasper lachte. »Willst du ihn scharf auf Sadie machen oder seinen Darm auf Trab bringen?«

»Neilewein zulewu Leileweinsalewamelewen«, murmelte Fontaine.

»Die Kekse werden sowieso nichts bringen«, schmollte ich und fühlte das bisschen neu gewonnenen Optimismus verpuffen.

»Um die Kekse geht es eigentlich überhaupt nicht. Sie sind nur ein Vorwand, damit du bei ihm klingeln kannst. Wenn du dann erst einmal vor ihm stehst und er sieht, wie leid es dir tut, dann wird es schon werden. Er wird dir verzeihen.« Dody schnippte mit den Fingern. »Bienenpollen. Und Agavennektar. Das müsste ihn rumkriegen.«

»Wenn er nicht allergisch auf Bienen ist, in dem Fall würden ihn die Kekse umbringen«, warf Fontaine ein.

Allergisch? Unmöglich.

»Fontaine, Schatz, deine Kommentare sind im Augenblick nicht besonders hilfreich. Schau nur, was du mit Sadie anstellst.«

Meine Gedanken rasten. Was war die Strafe dafür, das Objekt seiner Zuneigung fahrlässig mit Keksen zu vergiften? Ein Leben hinter Gittern? Gemeinnützige Arbeit in einer Plätzchenfabrik?

Es gab einfach zu viel zu beachten, all die Gedanken an Verdauung und Allergien. Vielleicht sollte ich ihm stattdessen einfach ein Sixpack Bier und eine Tüte Chips vorbeibringen. Und gesalzene Erdnüsse. Männer mochten doch gesalzene Erdnüsse, oder?

Jasper hatte recht. Ich versuchte, mir Zuneigung mit Keksen zu erkaufen, und das würde nicht funktionieren.

***

Schnell prüfte ich mein Spiegelbild und hoffte, hübsch und reuevoll auszusehen, musste mich aber leider mit rotgesichtig und ängstlich zufriedengeben.

Dody hatte die Kinder mit in den Park genommen, nachdem sie mich hatte schwören lassen, dass ich meine Mea-culpa-Kekse auch wirklich abliefern würde.

Ich klingelte an der Tür mit einem Korb voller Leckereien am Arm wie Rotkäppchen. Fontaine hatte sowohl den Korb als auch die Kekse in eine Stoffserviette mit Schottenmuster eingeschlagen und alles mit einer Schleife verziert. Ich hatte ernsthafte Zweifel am Erfolg dieser Mission, doch ich würde es trotzdem versuchen.

Des öffnete die Tür mit resigniertem Gesichtsausdruck. Er trug ein weißes T-Shirt und eine OP-Hose und aß einen Apfel.

Ich klimperte mit den Wimpern und hielt den Korb hoch.

Er biss von seinem Apfel ab.

»Was ist das?« Sein Ton war genauso mürrisch wie sein Gesichtsausdruck.

»Ein unglaublich lahmes Friedensangebot.« Wieder klimperte ich mit den Wimpern.

Er ignorierte mich und betrachtete stattdessen den Korb mit seiner hübschen Stoffservierte und der Schleife.

»Kann man es essen?« Noch immer kein Lächeln.

»Ja.« Ich schwenkte den Korb verlockend hin und her.

»Dann komm rein. Ich bin am Verhungern.« Er drehte sich um und ging zurück in die Küche.

Das war nicht gerade das warme Willkommen, auf das ich gehofft hatte. Allerdings auch nicht die kalte Schulter, die ich vermutlich verdiente. Ich folgte ihm und stellte den Korb vorsichtig auf dem Küchentresen ab.

Er warf das Apfelkerngehäuse in die Spüle und schlug dann wenig feierlich die Serviette zur Seite.

»Kekse«, konstatierte er nüchtern. »Hast du die gebacken?«

Ich wollte ehrlich sein. »Hauptsächlich. Aber Dody und Jasper haben ein bisschen geholfen.«

»Dody?« Stirnrunzelnd hielt er einen der Kekse hoch und betrachtete ihn im Licht. »Hat sie irgendwas Komisches reingemischt?«

Mein Entschluss, ehrlich zu sein, geriet ins Wanken. »Ich glaube nicht.«

Jetzt wäre es ganz allein meine Schuld, wenn er die Nacht auf der Toilette verbrachte. Vielleicht hätten wir die Leinsamen doch lieber weglassen sollen.

Er seufzte, ließ den Keks zurück in den Korb fallen und sah mich an. Er war immer noch sauer. Das war offensichtlich.

Ich zupfte an meinem Rocksaum herum. »Das war also wirklich deine Cousine, hm?«

Er verschränkte die Arme und lehnte sich gegen den Tresen. »Jep.«

»Dann schulde ich dir wohl eine Entschuldigung.«

»Kommt drauf an.«

»Auf was?«

»Darauf, ob es dir denn wirklich leidtut, Sadie. Entschuldige dich nicht, wenn du es nicht auch so meinst. Und glaub bloß nicht, du könntest mich mit den Keksen und dem niedlichen Getue einfach einwickeln. Du lagst total falsch. Ich mag es nicht, wenn man mich einen Lügner nennt. Das verdiene ich nicht.«

So hatte ich die Sache noch überhaupt nicht gesehen. Ich war so sehr mit meinen eigenen verletzten Gefühlen beschäftigt gewesen, dass mir gar nicht in den Sinn gekommen war, ich könnte seine Gefühle verletzen.

»Ich habe nicht gedacht, dass es dir etwas ausmacht.«

Seine Arme fielen herab, als hätte ihn alle Kraft verlassen. Vermutlich hatte ich noch nie ganz begriffen, was der Ausdruck *fassungslos* bedeutete, doch genauso wirkte er jetzt. Fassungslos. Er rieb sich über das Gesicht.

»Sadie, als ich dir gesagt habe, dass ich mich über Gesellschaft freuen würde, meinte ich damit nicht einfach irgendeinen warmen Körper in meinem Bett. Hältst du mich für so einen Typen? Ist das deine Meinung über mich?«

Langsam formte sich ein völlig unvertrauter Gedanke in meinem Kopf. Ich war so daran gewöhnt, dass Richard immer auf meinen Gefühlen herumtrampelte und mich einfach an die Wand drängte, dass ich nicht einmal bemerkt hatte, dass ich nun dasselbe mit Des tat. Mir war einfach nie in den Sinn gekommen, dass ich eine solche Macht haben könnte, denn über Richard hatte ich sie definitiv nicht gehabt. Des jedoch schien ehrlich aufgebracht zu sein.

»Es tut mir leid, Des. Ich habe überreagiert und ich hatte unrecht.«

»Ja, hattest du! Was soll ich tun, damit du mir vertraust? Denn wenn du es nicht kannst, dann wird das, was auch immer da zwischen uns ist, zu nichts führen. Und ich hätte gerne, dass es zu etwas führt.«

Seine Intensität brachte meine Haut zum Glühen. Und seine Worte taten dasselbe mit allem anderen.

»Ich auch«, entgegnete ich und wusste, dass es die Wahrheit war. Natürlich wollte ich, dass mehr daraus wurde. Ich war noch nie ein Mädchen für eine Nacht gewesen.

Ich schabte mit der Sohle meiner Sandale über den Boden. »Ich weiß nicht, wie viele Chancen du mir noch geben willst, aber wie wäre es mit noch einer mehr? Dody sagt, ich sehe nie das Gute in den Menschen, aber in dir sehe ich es. Ich bin es nur einfach nicht gewohnt.«

Seine Kiefernmuskeln entspannten sich ganz leicht. »Ich bin nicht besonders gut darin, gut zu sein. Da musst du schon genau hinschauen. Aber ich lüge nicht. Und bisher war ich auch immer nur mit einer Frau zusammen. Bei mehreren würde ich einfach durcheinanderkommen.«

Ich lächelte und Tränen schossen mir in die Augen. Wenn er Witze machte, dann hatte ich es fast geschafft. »Tja, du hast es vielleicht noch nicht bemerkt, aber ich bin recht pflegeintensiv. Allerdings hast du mich von meiner allerschlimmsten Seite ja schon kennengelernt, da dürfte es also keine weiteren Überraschungen geben.«

Des schniefte knapp. Und seufzte. Und verschränkte wieder die Arme. Er war also noch nicht ganz fertig mit Sauersein. »Hör zu, ich mag dich, Sadie. Aber mir kommt es so vor, als wartest du nur darauf, dass ich Mist baue und beweise, dass ich genauso schlimm bin wie dein Exmann. Und das bin ich nicht. Also hör auf damit, ja?«

Er hatte recht. Genau so war es. Und ich musste damit aufhören.

»Ja, werde ich. Ich verspreche es.«

Wir standen uns in der Küche gegenüber und sahen uns an. Ließen die Worte wirken.

»Okay«, sagte er, trat vor und schloss damit endlich die Distanz zwischen uns. »Also, du rennst nicht mehr halb nackt davon. Du wirst nicht mehr wütend auf mich, ohne mir zu sagen, warum. Und du heulst nicht mehr los, wenn wir zusammen im Restaurant sind.« Endlich lächelte er. »Abgemacht?«

Ich nickte. »Abgemacht.«

»Gut.« Er umschlang meine Taille und zog mich an sich. »Ich habe dich die letzten Tage nämlich vermisst.«

»Wirklich?« Ich biss mir auf die Lippe.

Er nickte. »Ganz besonders das.«

»Was?«, flüsterte ich.

Sein Blick ruhte auf meinem Mund. »Wie du dir immer auf die Lippe beißt, wenn dich etwas nervös macht. Gott, damit kriegst du mich jedes Mal.«

Dann küsste er mich mit einem Verlangen, das sich seit Tagen aufgestaut zu haben schien.

Erleichterung und Freude verschlangen sich ineinander wie unsere Körper. Er hob mich hoch und setzte mich auf den Tresen. In einem Anflug ungewohnter Kühnheit schlang ich die Beine um seine Taille. Seine Berührungen machten süchtig, und mit jedem Streicheln verfiel ich ihm mehr.

Es stimmte. Ich hatte Des vom ersten Augenblick an gewollt, schon seit ich ihn das erste Mal am Strand entlangjoggen sah. Damals hatten hauptsächlich Neugierde und Entbehrung mein Verlangen genährt, doch all das verblasste im Vergleich zu der Intensität, die ich jetzt spürte.

Wir küssten uns und drückten uns so fest aneinander, dass nicht einmal ein Molekül mehr zwischen uns gepasst hätte. Und es war richtig so. Leidenschaftlich, furchtlos, voller Freude. Wieder hob er mich hoch, als wöge ich nichts, und trug mich ins Schlafzimmer. Atemlos kichernd fielen wir auf die Matratze.

Zicke, die Katze, fuhr fauchend hoch und verließ das Zimmer. Es dauerte noch eine ganze Weile, bis wir uns endlich wieder den Keksen widmen konnten.

19

Sommertage flogen vorbei, wurden zu einer Woche, dann zu einer weiteren. Das Leben wurde idyllisch. Kitschige Liebeslieber schienen plötzlich sehr bedeutsam zu sein. Unlogische romantische Komödien steckten voller Wahrheit. Alles um mich herum wirkte so vollkommen und niedlich wie flauschige Katzenbabys und funkelnde Regenbögen. War es schon immer so gewesen und ich hatte es nur nicht bemerkt? War die Liebe wirklich alle Herrlichkeit auf Erden? Um ehrlich zu sein, hatte ich noch nie ganz begriffen, was das eigentlich heißen sollte, aber wenn es richtig, richtig gut bedeutete, dann ja, dann stimmte ich vollkommen zu.

Ja, natürlich wusste ich, dass dieser Höhenflug nicht von Dauer sein konnte. Eigentlich war ich ja auch gar nicht verliebt. Mein charismatischer neuer Freund (mit Vorzügen) hatte mir nur einen Zaubertrank in meine Limonade gekippt und ich hatte davon getrunken, bevor ich mir Gedanken über die Konsequenzen machen konnte. Und jetzt spürte ich die mysteriöse Wirkung und ritt auf einer Welle des Glücks. Ein sanftes Flüstern der Vernunft warnte mich, dass diese völlig unlogische Euphorie nur allzu bald wieder abklingen würde, aber bis dahin wollte ich sie einfach nur genießen. Genau wie diesen Moment, in dem man sich nach einer schlimmen Magen-Darm-Grippe auf die Waage begibt und feststellt, dass man drei Kilo abgenommen hat. Man kann einfach nicht anders, als sich zu freuen, obwohl man genau weiß, dass alles sofort wieder drauf ist, sobald man auch nur einen einzigen Bissen zu sich nimmt. Genauso war es, nur viel besser.

Ich spielte mit den Kindern am Strand, ging mit Dody und Fontaine shoppen, aß viel zu viel Eiscreme und genoss die Stunden im Bett mit Des. Außerdem besuchte ich eines dieser Seminare für Raumorganisatoren und kehrte enthusiastisch und voller neuer Ideen nach Bell Harbor zurück. Ich war fest entschlossen, die Sache ins Rollen zu bringen, und Kyle hatte auch schon zwei neue Kunden für mich gefunden.

Eines Abends ging ich auf der Veranda auf und ab, wartete darauf, dass Des mich abholte, und grübelte, wie ich zweihundert Paar Schuhe in einem einzigen Schrank unterbringen sollte.

»Meine Güte, Mädchen, komm runter. Ich kann dein Östrogen ja sogar von hier aus überkochen spüren«, blaffte Fontaine.

»Was ist Östrogen?«, fragte Jordan, der mit Paige auf dem Boden saß und mit Perlen und Pfeifenreinigern spielte.

»Nichts, Schatz.« Ich schnitt Fontaine eine Grimasse.

Dody gesellte sich zu uns auf die Veranda. Sie trug eine Brille mit blauem Drahtgestell, eine Hüfthose mit Schlag und eine gesmokte Bluse aus den Sechzigern. Dazu hatte sie sich ein oranges Haarband wie ein Ninja um die Stirn gebunden.

»Nettes Outfit, Mum.«

Sie wackelte mit dem Hintern. »Danke, Liebes. Harry und ich gehen zum Festival des Wassermannzeitalters auf dem Rummelplatz. Wann kommt Des, Sadie? Ich brauche seine fachkundige Meinung.«

»Bitte geh ihm nicht wieder mit irgendeinem vom Anita Parkers medizinischen Dilemmas auf die Nerven, Dody. Da muss sie schon mit ihrem eigenen Arzt sprechen.«

»Es geht nicht um Anita. Es geht um … um jemand anderes.«

»Dann soll sich jemand anderes eben auch einen eigenen Arzt suchen.«

Ich verrenkte mir den Hals, um zu sehen, ob Des schon vorgefahren war.

Dodys Telefon klingelte und Paige sprang auf. Perlen flogen in alle Richtungen.

»Hallo?«, sagte Paige. »Oh, hallo, Oma.«

Mir rieselte ein Schauer über den Rücken. War das ein Donnergrollen aus der Unterwelt gewesen?

Paige plapperte weiter. »Wir machen gerade Perlenarmbänder. M-hm. Ja, sie ist da, aber sie geht gleich mit Des ins Kino.«

Nein! Nein! Paige, erzähl es ihr nicht! Fast hätte ich meiner Tochter den Hörer aus den zarten Fingerchen gerissen. Je weniger meine Mutter wusste, desto besser.

Aber Paige fügte Nagel um Nagel zu meinem Sarg hinzu. »Ja, er ist ein Junge vom Strand. Er redet komisch, aber er hat mir und Jordan Lutscher gegeben, als Tante Dodys Kopf geblutet hat.«

Okay, das war jetzt genug. Ich entwand ihr das Telefon.

»Hi, Mum. Wie geht's?«

»Von wem spricht sie da?«

»Ach, von niemand Besonderem. Nur ein Freund.«

»Hat er eine Sprachbehinderung?« Meine Mutter wäre in jenen düsteren Zeiten, in denen man beeinträchtigte Kinder für die Wölfe liegen gelassen hatte, gut zurechtgekommen.

»Er ist Schotte, Mum. Es ist nur ein Akzent.«

»Hm. Gehst du öfter mit ihm aus?«

Die spanische Inquisition war nichts gegen sie. Zum Glück hielt sie nichts von Wasserfolter.

»Er ist Arzt und wohnt in unserer Straße. Dody ist gestürzt und hat sich den Kopf aufgeschlagen und er hat ihre Wunde genäht. Heute gehe ich mit ihm ins Kino, aber bitte mach keine große Sache daraus.«

Missbilligend räusperte sie sich. »Also wirklich, Sadie, ich möchte nur ein wenig Interesse zeigen und das habe ich jetzt davon.«

Ich biss mir auf die Lippe. »Tut mir leid, Mum. Was kann ich für dich tun?«

»Ich habe nur angerufen, um ein Treffen mit meinen Enkeln zu verabreden, wenn das nicht zu viel verlangt ist.«

»Da werden sie sich freuen«, log ich.

»Richard trifft sich auch mit einer anderen, weißt du?«

Ich wartete darauf, dass sich eine Wolke aus Traurigkeit auf mich senkte, meine Lungen verstopfte und mir die Brust eng machte. Doch das geschah nicht. Genau genommen hatte sich Richard schließlich immer mit irgendeiner anderen getroffen, auch als wir noch verheiratet gewesen waren. Aber dies war das erste Mal, dass mir bei der Vorstellung nicht das Herz wehtat.

»Schön für ihn. Hör mal, ich muss los. Aber ich rufe dich morgen an, dann können wir alles näher besprechen, ja? Ah, Dody möchte dich sprechen.«

Dody versuchte, mir auszuweichen, doch ich stupste sie hartnäckig mit dem Hörer an, bis sie ihn schließlich nahm. »Hallo, Helene.« Sie streckte mir die Zunge heraus und ging ins Nebenzimmer.

Wieder hielt ich nach Des Ausschau. »Wo bleibt er denn? Er kommt zu spät.«

»Tut er nicht, Zuckertörtchen. Du hast deine Uhr vorgestellt, weißt du noch?«, rief mir Fontaine in Erinnerung.

»Ja, weil ich es hasse, zu spät zu kommen. Er sollte das auch tun.«

»Dann sag es ihm, er wird sich sicher freuen.«

Als Des kam, küsste er mich auf die Wange und ich vergaß das Warten.

Paige streckte ihm die Hand entgegen. »Hier, Des, ich habe dir ein Armband gemacht. Ich habe Jungenfarben benutzt, weil du ja ein Junge bist. Aber da ist auch eine rosa Perle drin, damit du weißt, dass es von mir ist. Und eine rote, damit du immer an Mami denkst.«

Er versuchte, sich das winzige Armband um sein Männerhandgelenk zu schlingen. »Ist rot denn Mamis Lieblingsfarbe?«

Paige nickte und ihre Locken hüpften. »Ja, weil es die Liebesfarbe ist.«

Scheinbar völlig fasziniert betrachtete ich meine Nägel.

»Danke. Ich stecke es jetzt erst einmal in die Tasche, damit ich es nicht verliere«, sagte er. »Aber bei der Arbeit bekomme ich bestimmt eine Menge Komplimente dafür.«

Paige kicherte. »Fontaine liest mir und Jordan eine Geschichte vor, wenn ihr weg seid.«

»Wirklich? Was für eine denn?«

»Die mit der schönen Prinzessin und den sieben Zwergen, bei denen die Prinzessin einzieht, weil die böse Hexe sie nicht mag.«

Des lächelte. »Ach ja, die kenne ich. Wie heißt die schöne Prinzessin noch mal?«

»Schneeflittchen«, gab Paige prompt zurück.

Fontaine und Des prusteten los.

Ich versetzte Fontaine einen Klaps gegen den Kopf. »Verdammt noch mal, Fontaine! Hast du ihr das beigebracht? Wenn sie das vor Richard sagt, bin ich diejenige, die es ausbaden darf.« Ich wandte mich an Paige. »Sie heißt SchneeWITTchen, Süße.«

Fontaine grinste. »Von mir hat sie das nicht, ehrlich!«

***

»Bleibst du denn nicht zum Essen?«, fragte meine Mutter ein paar Tage später, als ich die Kinder zu einem Besuch bei ihr in Glenville vorbeibrachte.

»Tut mir leid, ich wünschte, ich könnte, aber Kyle möchte mich einem neuen Kunden vorstellen. Das wäre dann schon mein dritter«, erklärte ich stolz und stellte mich etwas aufrechter hin.

»Ich verstehe immer noch nicht, warum du in anderer Leute Krimskrams herumwühlen willst. Für mich klingt das nicht gerade verlockend. Du weißt doch, dass du zu mir kommen kannst, wenn du Geld brauchst. Du musst wirklich nicht als Haushälterin arbeiten.«

Ich sackte wieder in mich zusammen. »Danke, aber ich brauche kein Geld. Ich organisiere, weil es mir Spaß macht.«

Ich erzählte ihr nicht, dass ich mich für ein weiteres Seminar angemeldet und meinen Namen in einer Onlinedatenbank für professionelle Raumorganisatoren eingetragen hatte. Oder dass Fontaine Visitenkarten für unsere geplante Zusammenarbeit hatte drucken lassen. Ich verschwieg ihr auch, dass er und Dody mir weiterhin damit in den Ohren lagen, ich solle doch endgültig nach Bell Harbor ziehen. Warum sollte ich es ihr auch erzählen, wenn es sowieso nie so weit kommen würde?

»Also, die Kinder bleiben zwei Tage bei dir und dann holt sie Richard ab. Ist das so immer noch in Ordnung für dich?«, fragte ich stattdessen. Ich wollte hier raus, bevor sie anfing, mich mit Fragen über Des zu malträtieren. Oder über sonst irgendetwas.

»Ja, so ist es wohl am besten. Es ist bestimmt nett, ihn wiederzusehen.«

Da konnte ich ihr nicht zustimmen. Richard war während unserer letzten Gespräche zwar durchaus freundlich gewesen, doch ich wurde das Gefühl einfach nicht los, dass er etwas im Schilde führte. Vermutlich war dieses Misstrauen aber nur reine Gewohnheit.

»Okay, tja, dann gehe ich lieber mal schnell. Ich habe seit Wochen nicht mehr nach meinem Haus gesehen.«

Ich fuhr durch die Stadt in meine alte Nachbarschaft. Die Straßen sahen irgendwie anders aus, so als hätten sich die Farben oder die Dimensionen leicht verschoben. Kinder, die ich nicht kannte, spielten in dem Garten neben meinem Haus und beobachteten mich, während ich mit dem Türschloss kämpfte.

Wenigstens sah der Rasen gut aus. Richard musste die Sprinkleranlage repariert haben.

Die Tür klemmte leicht, gab dann aber nach. Ich trat ins Haus.

Mein extravagantes Heim in Glenville verströmte einen muffigen Geruch, als wäre hier schon lange nicht mehr gelüftet worden. Staub schimmerte im Sonnenlicht, das durch die Fenster hereinfiel. Eigentlich hatte ich mich darauf gefreut hierherzukommen, Ruhe zu finden und dem nicht enden wollenden Chaos bei Dody für eine Weile zu entfliehen. Doch jetzt empfand ich die Stille eher als unheimlich, wie in einer Höhle tief unter dem Erdboden.

Ich stellte meine Handtasche auf der staubigen schwarzen Granitarbeitsplatte in meiner geliebten Küche ab. Stundenlang hatte ich während der letzten Neudekoration über der Farbauswahl gebrütet. Damals war Richard praktisch gar nicht mehr nach Hause gekommen. Die Grauschattierungen waren mir damals sehr elegant und klassisch vorgekommen. Jetzt fand ich sie nur noch unfreundlich. Alles hier, die kalten Steintresen, die Geräte aus Edelstahl, die akkurat angeordneten Zierteller, wirkte so leblos. Ich konnte keinen Fehler im Design entdecken – und keine Spur von Persönlichkeit. Sobald ich wieder heimkam, würde ich umdekorieren müssen. Vielleicht würde mir Fontaine ja dabei helfen.

Ich streifte die Schuhe ab und ging über den Teppichboden ins Wohnzimmer. Über dem marmornen Kamin hing ein riesiges Familienbild. Richard, Paige, Jordan und ich posierten in weißen Hemden und kakifarbenen Hosen. Ich erinnerte mich an jenen Tag. Es war schrecklich gewesen. Richard war zu spät gekommen und ich weigerte mich daher, beim Fotografen neben ihm zu sitzen. Dann hatte Jordan angefangen zu weinen, weil sein Vater mit ihm schimpfte. Mein Lächeln auf dem Foto wirkte ungezwungen, doch ich wusste nur noch allzu gut, wie viel Anstrengung es mich gekostet hatte. Ich war Expertin darin, meinen Zorn vor meiner Umgebung zu verstecken. Doch ich konnte auch die Traurigkeit in meinen Augen sehen. Auch dieses Bild würde verschwinden müssen. Es hing hier nur noch für die Kinder. Paige, Jordan und ich würden ein neues Porträt aufnehmen lassen.

Rechts neben dem Kamin war ein Fleck an der Wand. Er stammte von einem Schuh, den ich einmal nach Richard geworfen hatte. Ich wusste nicht mehr, warum ich das getan hatte, aber er hatte es ganz sicher verdient. Wie waren wir so weit gekommen? Der Hass auf ihn hatte mich nicht von heute auf morgen überfallen. Er hatte sich langsam und heimtückisch angeschlichen wie Erfrierungen, bis ich schließlich zu einer Eissäule erstarrt war.

Ich hatte ihn einmal geliebt. Und ich glaube, er mich auch – so wie ein Sportler eine Trophäe liebt. Als wir uns kennenlernten, studierte ich noch und er war Reporter bei einem kleinen Lokalsender. Ach, wie leuchtend und neu unsere Liebe in jenen ersten Monaten unserer Ehe doch gewesen war. Wir hatten Spaß miteinander und ich liebte seine Aufmerksamkeiten. Zuerst waren unsere Streits noch selten, aber laut gewesen, dann waren sie verblasst und mit ihnen jede Form der Kommunikation zwischen uns. Abgesehen vom Sex. Denn das war Richards Vorstellung von Kommunikation gewesen.

»Willst du?«

»Ja, glaub schon. Wenn du willst.«

»Okay.«

In weiter Ferne heulte eine Sirene los, riss mich aus meinen Gedanken an Richard und brachte mich in die Gegenwart zurück.

Ich ging nach oben und blieb eine Weile in der Tür zu meinem Schlafzimmer stehen. Dieser Raum kam mir ebenso wenig vertraut vor wie die Straßen vor der Tür. Es war, als betrachtete ich ein Ausstellungsstück in einem Museum.

Und hier sehen wir die natürliche Umgebung einer modernen amerikanischen Familie. Bitte beachten Sie, dass Männchen und Weibchen dieser Spezies stets so weit voneinander entfernt schlafen, wie es die Matratze erlaubt.

Dieses riesige Himmelbett in der Raummitte musste auch weg. Ich konnte es nicht mehr ertragen. Richard hatte es mir zu unserem fünften Hochzeitstag geschenkt, aber ich hatte seither dafür bezahlt.

Ich zog die oberste Schublade der Kommode auf, wo ich meinen Schmuck aufbewahrte, und kramte darin herum, bis ich das schwarze Samtkästchen fand, in dem sowohl mein Verlobungs- als auch mein Ehering ruhten. Ich klappte es auf. Sogar bei heruntergelassenen Jalousien funkelten die Edelsteine. Ein weiteres extravagantes Geschenk. Richard fand, Liebe müsse man sehen können, und war deshalb stets großzügig mit seiner Brieftasche umgegangen. Genau genommen ging er auch mit anderen Teilen von sich stets großzügig um. Ja, genau das war Richards Fehler. Er war einfach zu großzügig.

Plötzlich hatte ich eine Idee. Ich steckte das Kästchen in meine Tasche.

Während ich die Treppe wieder hinunterging, zückte ich mein Handy und wählte die Nummer einer Nachbarin. Seit meiner Ankunft in Bell Harbor hatte ich mit niemandem hier gesprochen. Sheila von nebenan hob nicht ab, ebenso wenig Nora, Elaine oder Connie. Ich hatte ihnen allen Anfang der Woche eine Nachricht hinterlassen, dass ich in die Stadt kommen würde, doch keine von ihnen hatte sich gemeldet.

Ich trat hinaus auf die Sonnenterasse und spähte über die Hinterhöfe, und da saßen sie, auf Noras Veranda. Ein merkwürdiges Gefühl machte sich in meiner Kehle breit und wieder hatte ich eine Idee. Ich zog das Handy aus meiner Tasche und wählte noch einmal Sheilas Nummer. Sie ging nie ohne Telefon aus dem Haus. Durch die Glaseinfassung sah ich, wie sie ihr

Handy vom Tisch nahm und nachsah, wer anrief. Sie blickte zu meinem Haus hinüber und legte das Telefon dann zurück, ohne den Anruf anzunehmen.

O mein Gott. Ich wurde geschnitten. Warum?

Ich ließ mich auf einen Stuhl fallen und wartete auf die Welle des Zorns. Aber es war genau wie neulich, als ich erfahren hatte, dass sich Richard mit einer anderen traf: Ich fühlte … nichts. Hatten mir diese Frauen denn gefehlt? Nicht besonders. Und ich hatte ihnen eindeutig auch nicht gefehlt. Vielleicht bedeutete ihnen meine Abwesenheit lediglich, dass ich mit keinem saftigen Klatsch aufwarten konnte und daher wertlos war. Vor zwei Monaten wäre ich rauchend vor Wut über den Rasen gestürmt und hätte eine Erklärung verlangt. Jetzt wurde mir nur bewusst, dass dies die Dinge doch sehr vereinfachte. Ich war ein paar nutzlose Freundschaften losgeworden, ohne hässliche Streits oder hormonell bedingte Dramen. Wenn ich wieder nach Glenville zurückkam, würde ich gar nicht erst versuchen, den Kontakt wieder aufzunehmen. Ich würde neue Freunde finden. Bessere Freunde. Was hatte Madame Margaret noch mal gesagt? »Raus mit dem Alten, rein mit dem Neuen.«

Das galt dann wohl auch für meine Mitmenschen.

20

Des holte mich zu einem weiteren Date ab. Er sah einfach unverschämt gut aus. Während er mir die Beifahrertür öffnete, deutete er auf meine Wange. »Du hast da was.«

Na toll, verschmierter Lippenstift? Weiße Spuren der Abdeckcreme, für die ich doch eigentlich schon zu alt war? Ich rieb mir über die Stelle. »Ist es jetzt weg?«

Er schüttelte den Kopf und beugte sich vor. »Oh, verstehe. Es ist ein Kuss.« Hauchzart legte er die Lippen auf meine Wange und wir lachten.

»Zu kitschig?«, fragte er.

»Schon. Aber ich lasse es durchgehen.«

Wieder küsste er mich, bevor er um das Auto herum zur Fahrertür ging. Meine Kinder waren übers Wochenende bei Richard, also war ich für die nächsten Tage frei und ungehemmt. Mit Betonung auf ungehemmt.

Während ich darauf wartete, dass er einstieg, entdeckte ich etwas Glänzendes auf dem Boden. Ich hob es auf. Es war ein Ohrring. Ein plötzlicher Anflug von Déjà-vu streifte mich. Wer kennt nicht dieses Gefühl, man hätte diesen ganzen Mist schon einmal durchgemacht?

In Richards Auto hatte ich ständig solches Zeug gefunden: Streichholzbriefchen von Restaurants, in denen ich nie gewesen war; einzelne lange blonde Haare; halb leere Pappbecher mit Lippenstiftresten am Strohhalm; und einmal sogar eine leere Kondomverpackung. Richard hatte mir damals weismachen wollen, einer seiner Witzboldfreunde hätte nur so zum Spaß ein Präservativ über seinen Schalthebel gezogen. Ja klar, haha, sehr lustig.

Stumm betrachtete ich den Ohrring, während Des den Sitz einstellte und die Sonnenblende herunterklappte. Ich starrte das Schmuckstück an, als würde es sich in Luft auflösen, wenn ich es mir nur ganz fest wünschte. Es war ein auffälliges Stück, mit bunten Glasperlen und Spiraldraht. Nicht gerade elegant. Eigentlich eher grässlich. Und definitiv nicht meines.

Er steckte den Schlüssel ins Zündschloss.

Ich hielt den Ohrring hoch. »Wem gehört der?«

Überrascht sah er erst mich, dann den Ohrring, dann wieder mich an.

»Ähm … nicht dir?«

Ich streckte ihm das Ding hin und hob fragend eine Braue. »Sieht das aus wie etwas, das ich tragen würde?«

Er wirkte verwirrt, als wäre das irgendein Trick oder als hätte ich gefragt: »Sehe ich mit diesem Ohrring dick aus?«

»Äh … nein, vermutlich nicht.«

»Wem gehört er dann?«

Mit einigen Schwierigkeiten startete er den Motor. »Ach ja, ich habe ihn neulich in eurer Auffahrt gefunden und dachte, er müsse von Dody sein. Seitdem habe ich aber immer vergessen, sie danach zu fragen.«

Ich sah wieder den Ohrring an. Ja, er sah wirklich aus wie eine der Monstrositäten, die sie zu tragen pflegte. Seine Erklärung war vollkommen einleuchtend.

»Ich gebe ihn ihr«, sagte ich und steckte den Ohrring ein.

»Danke. Hey, wie geht es Penny? Fühlt sie sich gut?« Etwas ruckartig setzte er rückwärts.

»Ganz okay, aber sie ist immer müde.« Obwohl ich Penny versprochen hatte, ihre Schwangerschaft geheim zu halten, hatte ich Des davon erzählt. Er würde es ganz sicher nicht weitersagen, weil er meine Schwester ja wahrscheinlich niemals kennenlernen würde. Auch Fontaine hatte ich davon erzählt, allerdings völlig unabsichtlich. Wenn es um Verhörtechniken ging, war er mindestens so ausgekocht wie meine Mutter.

»Wollen sie vorher wissen, ob es ein Junge oder ein Mädchen wird?«

»Nein, sie wollen sich überraschen lassen.«

»Aha. Das ist gut. Haben sie sich denn schon Namen ausgesucht?«

»Noch nicht. Was sollen all diese Fragen über Pennys Baby?«

Des lächelte mich an. »Einfach so. Ich plaudere nur ein bisschen.«

Wir gingen bei *Arno's* essen, wo Jasper arbeitete. Danach schlenderten wir die Fußgängerzone in Bell Harbor entlang, hielten Händchen und schmiegten uns aneinander, bis wir eine nette kleine Freiluftbar mit Livemusik fanden. Die Terrasse, auf der wir saßen, ging zum Strand hinaus und war die perfekte Bühne für alles, was die Nacht noch bringen mochte. Die Tische waren winzig und unsere Knie stießen darunter aneinander, was mir vor Vorfreude eine Gänsehaut über den Rücken rieseln ließ.

Wir schlürften Cocktails und redeten über unbedeutende Dinge, zum Beispiel darüber, wer die Sommerzeit erfunden hatte und wie merkwürdig doch das Musical *Cats* war. Ich meine, im Ernst? Ein Musical. Über Katzen.

Ich erzählte ihm davon, wie Penny als Kind immer Strom sparen wollte, lange bevor das in Mode kam, und wie ich deshalb ständig irgendwelche Lichter im Haus angeschaltet hatte, nur um sie zu ärgern.

Des nahm den Faden auf. »Bonnie und ich haben dauernd irgendwas in die Luft gejagt. Einmal sogar ein Sofa.«

»Ihr habt ein Sofa in die Luft gejagt? Warum?«

Er lächelte träge. »Es war da. Und uns war langweilig. Es war ein kaputtes, altes Ding, das jemand wegwerfen wollte. Also haben wir es auf einen Hügel geschleppt und in die Luft gejagt. Robin hat uns allerdings übel ausgeschimpft. Sie hat eigentlich immer geschimpft. Meine Mutter ist an die Decke gegangen.«

Was meine Mutter unter diesen Umständen getan hätte, konnte ich mir nicht einmal vorstellen. »Was ist dann passiert?«

Des tippte sich nachdenklich gegen die Lippen. »Hm, lass mich mal nachdenken. Ich musste die Garage sauber machen, das Auto putzen, die Küche schrubben, mit dem Hund spazieren gehen … eigentlich nur all die Dinge, die ich sowieso dauernd tun musste. Aber ich musste es außerdem meinem Vater beichten und das war die eigentliche Strafe.«

»Warum das?« Wieder konnte ich mir das nicht vorstellen, da ich ja praktisch vaterlos aufgewachsen war.

»Meinen Vater wollte man lieber nicht wütend machen, ich hatte also eine Heidenangst. Ich bin in sein Büro geschlichen, als hätte ich den Kopf unterm Arm.«

»Und was hat er getan?« Ich streckte das Bein aus und streifte ganz zufällig seine Wade.

Er blinzelte und ich freute mich, dass ich ihn so leicht aus der Fassung bringen konnte.

»Er hat gelacht. Der Ingenieur in ihm fand die Sache großartig, aber er hat mir trotzdem eine Woche Hausarrest verpasst und meine Mutter hat mich schuften lassen wie einen Hund. Sie hat uns immer mit Hausarbeit bestraft. Vielleicht bin ich deshalb jetzt ein bisschen schlampig. Unbewusst bedeutet Putzen für mich immer noch, dass ich in Schwierigkeiten stecke.«

»Für mich bedeutet Putzen so etwas wie die Weltherrschaft. Als hätte ich die ultimative Kontrolle über das Universum, wenn ich nur alles an seinen richtigen Platz stelle.«

Er nahm einen großen Schluck. »Das finde ich jetzt allerdings noch gruseliger, als Sachen in die Luft zu jagen. Hey, möchtest du tanzen?«, fragte er, als die Band einen langsamen Song spielte.

Mal überlegen. Wollte ich mich eng an ihn schmiegen und im Takt der Musik wiegen, während alle anderen darüber tuschelten, was für ein schönes Paar wir waren? Könnte Spaß machen. »Ja, bitte.«

Ich hatte recht. Es machte wirklich Spaß. Ich weiß zwar nicht, ob wirklich jemand über uns tuschelte, aber ich genoss es trotzdem. »Sie sind äußerst leichtfüßig, Dr. McKnight.«

»Tatsächlich?«, er klang zufrieden. »Ich muss dir etwas gestehen. Bonnie und ich haben vor ihrer Hochzeit Tanzstunden genommen. Weil unser Vater ja nicht mehr mit ihr tanzen konnte, hat sie mich gebeten einzuspringen. Aber sie dachte, wir sollten vorher ein bisschen üben, damit wir uns nicht blamieren.«

»Oh, das ist ja so süß.«

»Eigentlich nicht. Wir haben uns bei jeder Stunde gestritten wie die Bürstenbinder. Beinahe hätten wir uns gegenseitig umgebracht. Die schlimmste Erfahrung meines Lebens.« Doch sein breites Lächeln strafte ihn Lügen.

Ich schmiegte mich an ihn. »Tja, was auch immer es dir bedeutet, ich bin jedenfalls froh, dass du geübt hast.«

Er zog mich noch enger an sich und wirbelte uns mit selbstzufriedenem Grinsen herum. »Dann bin ich jetzt wohl auch froh.«

Dann küsste er mich, direkt vor all den guten Bürgern Bell Harbors.

»Ich muss dir noch etwas gestehen«, raunte er ganz nahe an meinem Ohr.

»Was denn?«, fragte ich atemlos.

»Ich habe den ganzen Tag an dich gedacht.«

»Wirklich?« Eine köstliche Wärme erwachte in meinem Bauch und breitete sich im ganzen Körper aus.

»Ja. Lass uns zu mir fahren, dann beweise ich es dir.«

***

Donner grollte. Regen trommelte. Der Morgen war grau und trostlos, doch in meinem Herzen schien die Sonne. Ein hauchzarter Vorhang bauschte sich sinnlich im Schlafzimmer, wie in einem Film Noir. In unserer Eile, einander auszuziehen, hatten wir wohl die Schiebetür offen gelassen. Leise glitt ich aus dem Bett, um ihn nicht aufzuwecken. Ich schlich mich morgens gerne ins Badezimmer, kämmte mir die Haare und rieb mir den Schlaf aus den Augen. Dann schlüpfte ich zurück unter die Decke, damit er später dachte, ich wäre frisch wie ein Gänseblümchen erwacht. Schönheit mochte im Auge des Betrachters liegen, aber ein bisschen Nachhilfe konnte nie schaden.

Ich machte mich so gut es ging zurecht. Da meine Handtasche und die meisten meiner Kleider noch immer im Nebenzimmer lagen, standen mir weder Schönheitsprodukte noch Geheimtricks zur Verfügung. Ich drückte mir ein wenig Zahnpasta in den Mund und verteilte sie. Meine Haare waren eine Katastrophe und das Ding an meinem Hals war ziemlich sicher ein Knutschfleck, aber dagegen konnte ich nichts tun. Leise schaltete ich das Badezimmerlicht aus und öffnete die Tür.

Erwischt. Des lächelte mich träge vom Bett aus an.

Schnell duckte ich mich wieder hinter die Tür, sodass nur noch mein Kopf zu sehen war.

»Guten Morgen«, sagte er.

»Guten Morgen.« Ich rührte mich nicht vom Fleck. Ganz sicher würde ich nicht ins volle Tageslicht hinausschlendern. Na ja, in diesem Fall war es eher ein ziemlich trübes Licht, aber trotzdem würde ich mich nicht splitternackt darin präsentieren.

»Ähm, könntest du … die Augen zumachen?«, fragte ich zögerlich.

»Was?« Ein Lachen grollte in seiner Brust.

»Ich habe nichts an.«

»Warum in aller Welt sollte ich dann die Augen zumachen?«

»Weil ich mich geniere. Es ist mir peinlich.«

Des amüsierte sich offenbar königlich und verschränkte die Arme hinter dem Kopf. »Das ist doch lächerlich.«

»Nein, ist es nicht. Komm schon, ich komme mir vor wie ein Trottel. Mach die Augen zu.« Er war wirklich entnervend.

»Dir ist schon klar, dass ich ständig nackte Menschen sehe, oder?«

»Dann dürfte es dir ja nicht besonders schwerfallen, mich jetzt *nicht* anzusehen, du Perversling.«

»Dir ist auch klar, dass ich dich schon mehrmals mit wachsendem Vergnügen nackt gesehen habe, ja?«

»Da lag ich aber meistens auf dem Rücken und außerdem war es dunkel. Das ist etwas anderes.«

Jetzt lachte er. »Du kommst also wirklich nicht da raus?«

»Nein, weil ich nackt bin und du unter der Decke liegst.«

»Das ist das Problem?« Er schlug die Decke zurück und bewies damit, dass er genauso wenig anhatte wie ich.

O mein Gott.

»So, jetzt sind wir quitt. Fühlst du dich jetzt besser?«

Ich sah weg und wurde puterrot. Tief in meinem Inneren war ich ein braves Mädchen, und brave Mädchen schlugen die Augen nieder, wenn sich Männer entblößten. Aber *so* brav war ich dann auch wieder nicht, denn gleich darauf sah ich wieder hin. Schamlos ausgestreckt lag er da und seine dunkle Haut hob sich von den weißen Laken ab. Verschmitzt klopfte er auf die Matratze neben sich. »Komm schon«, lockte er, als würde er mit einem von Dodys Hunden reden.

Schnell wog ich meine Möglichkeiten ab. Ich konnte schlecht den Rest des Tages hier im Badezimmer verbringen. Irgendwann würde ich rauskommen müssen, und wenn ich mir nicht eine Toga aus Handtüchern schneiderte, würde ich dabei wohl nackt sein. Diese Runde ging an ihn.

»Sie, Sir, sind kein Gentleman.« Ich straffte die Schultern und trat hinter der Tür hervor, ohne ihn aus den Augen zu lassen. Sein Gesichtsausdruck wechselte von neckischer Verspieltheit zu etwas ganz anderem.

Hm, vielleicht ging diese Runde ja doch an mich.

Die nächste Stunde verbrachten wir im Bett und erkundeten die Vorzüge der Nacktheit.

Tatsächlich verbrachten wir fast den ganzen Tag im Bett, lagen herum, redeten, lachten und hatten auch Spaß, wenn wir nicht redeten. Wir aßen Waffeln aus dem Toaster und Mikrowellen-Popcorn. Wir sahen uns Filme an, nahmen ein Bad im Whirlpool, alberten herum, hatten noch mehr Spaß, ohne zu reden, und schliefen dann wieder ein bisschen. Das Essen war lausig und die Filme hatten weder Sinn noch Handlung. Es war der beste Tag meines Lebens. Mit Des nichts zu tun machte mehr Spaß als fast alles andere mit irgendjemand anderem.

»Ich sollte wohl langsam heimgehen«, sagte ich widerstrebend, als sich unser Date der Vierundzwanzigstundenmarke näherte. Ich trug eine von seinen OP-Hosen und eines seiner T-Shirts. Meine Haare sahen aus wie ein Vogelnest und ich sehnte mich so sehr nach meiner Zahnbürste wie Scooby nach Scooby-Snacks. Des öffnete gerade wahllos Küchenschränke.

Er spähte hinter einer Schranktür hervor. »Hast du heute Abend denn noch etwas vor?«

»Nein, aber ich dachte, du wirst mich vielleicht langsam leid.«

»Und wie. Ich kann es nicht ausstehen, dass ich dir ständig alle deine Kleider ausziehen darf.«

Ich errötete. »Es sind deine Kleider. Und ich denke, ich habe lange genug die eiserne Jungfrau gespielt.«

Er schloss die Schranktür. »Ach ja? Wann denn?«

Ich stand auf. »So, jetzt gehe ich.«

Er kam aus der Küche und zog mich an sich. »War doch nur Spaß.«

»Hmpf.«

»Sadie, geh nicht«, murmelte er mir ins Ohr. »Bleib hier und iss Käsemakkaroni mit mir.«

»Du glaubst, du könntest mich mit Resten rumkriegen?«

»Ich würde dir ja gerne etwas Besseres anbieten, aber das ist alles, was da ist. Das und ein Glas Oliven. Aber wenn du bleibst, darfst du den nächsten Film aussuchen.«

Was für ein hinterlistiger Trick, er bestach mich mit Resten und B-Movies.

»Ich möchte mir dringend die Zähne putzen und brauche meine Zahnbürste«, gab ich schließlich zu.

Er lachte. »Kannst du denn nicht einfach meine nehmen?«

»Igitt. Das ist ekelhaft. Ich muss mich wirklich ein bisschen frisch machen.«

»Die nächsten fünf Abende muss ich arbeiten. Willst du mich wirklich ohne Kuss in die Schützengräben zurückschicken?« Er wollte mich also nur aus rein sexuellen Gründen hierbehalten, aber das war schon in Ordnung.

»Ich habe dir schon mindestens tausend Küsse gegeben. Aber wie wäre das: Ich gehe heim, ziehe mich um und so und komme dann zurück.«

Er küsste mich auf die Nasenspitze. »Perfekt. Dann fahre ich schnell zum Supermarkt, schnappe uns etwas zu essen und wir treffen uns dann wieder hier. Ich lasse die Eingangstür offen, falls du vor mir wieder hier bist.«

Des setzte mich auf dem Weg zum Einkaufen bei Dody ab und ich schlenderte in seinen Klamotten ins Haus, während meine eigenen in einer Plastiktüte an meinem Arm baumelten. Das hatte Klasse. Fontaine skizzierte an der Kücheninsel, während Jasper Paprika schnitt.

»Hey, Jungs. Wo ist Dody?« Ich ließ mein Kleiderbündel auf einen Stuhl fallen und schnappte mir einen Apfel aus der Obstschale.

»Sie ist beim Christopher-Walken-Filmfestival mit Harry«, erklärte Jasper. »Netter Aufzug übrigens.«

»Danke«, nuschelte ich durch einen Mund voll Apfel.

»Wo wart ihr gestern Abend essen, Schnecke?«, fragte Fontaine.

»Bei *Arno's*. Und heute Abend kochen wir bei Des.«

»Bist du nicht schon seit eineinhalb Tagen bei ihm? Das nenne ich sich in den Sattel schwingen, Cowgirl.«

»Danke. Hey Jas, gut, dass ich dich sehe. Ich wollte dir etwas zeigen.« Ich lief hinauf in mein Schlafzimmer und schnappte mir das kleine Samtkästchen, das ich aus Glenville mitgebracht hatte. Dann kehrte ich schnell wie der Blitz in die Küche zurück.

Ich stellte das Kästchen vor ihm ab.

Jasper musterte es, als wäre es eine Bombe, die er entschärfen musste.

»Was ist das?« Er wischte sich die Hände an einem Handtuch ab.

Fontaine ließ das Kästchen ebenfalls nicht aus den Augen.

»Ich habe nachgedacht. Ich weiß, dass du diesen Ring für Beth haben möchtest, ihn dir aber nicht leisten kannst. Aber wenn du diesen hier dafür eintauschst, bekommst du wahrscheinlich sogar noch Geld zurück.«

Jasper sah mich an, als hätte ich soeben verkündet, ich wäre ein Cyborg.

»Mach es schon auf«, drängte ich.

Er nahm das Kästchen und klappte es vorsichtig auf. »Sadie, den kannst du mir nicht schenken! Das ist ein Riesenklunker.«

Ich zuckte mit den Schultern. »Ich weiß. Aber ich brauche ihn nicht mehr. Ich will ihn nicht mehr. Und ich werde auch nie eine Kette daraus machen lassen, weil sie mich immer an Richard erinnern würde.«

Fontaine schnappte sich den Ring und hielt ihn ins Licht, sodass er funkelte und glänzte.

»Dann tausch du ihn ein und such dir etwas dafür aus.« Jasper schüttelte den Kopf.

»Aber ich brauche nicht noch mehr Schmuck, Jas. Du schon. Ich würde mich freuen, wenn du ihn annehmen würdest. Du weißt doch, dass ich es nicht leiden kann, wenn bei mir irgendwelches Zeug nutzlos herumliegt. Der Ring bedeutet Unordnung für mich. Aber wenn ich damit dir und Beth eine Freude machen kann, dann freue ich mich auch.«

Fontaine reichte den Ring wieder seinem Bruder. »Das ist ein ziemlich gutes Angebot.«

Jasper sah zwischen uns und dem Ring hin und her. »Machen Juweliere so etwas überhaupt? Schmuck eintauschen, meine ich?«

Fontaine nickte. »Bei *Mason's* bestimmt. Ich habe da schon mal Vintageschmuck gekauft.«

Dodys Kuckucksuhr, aus der ein kleiner Tweety schoss, schlug im Flur, während ich auf Jaspers Antwort wartete.

»Bist du dir da auch ganz sicher, Sadie?«, fragte er ernst.

Das war ich. Es war einfach das Richtige. »Absolut.«

Jasper klappte das Kästchen zu und umarmte mich so fest, als müssten wir aus einem Flugzeug springen und ich hätte den einzigen Fallschirm. Seine Stimme brach. »Danke.« Dann eilte er mit einem unterdrückten Schniefen aus der Küche.

Fontaine lächelte mich kopfschüttelnd an. »Zuckerschnäuzchen, ich hatte ja keine Ahnung, dass du so altruistisch sein kannst.«

Ich lächelte zurück. »Und ich hatte ja keine Ahnung, dass du weißt, was altruistisch heißt.«

***

Ich kam vor Des wieder bei seinem Haus an. Ich lungerte herum, räumte auf, wusch das wenige Geschirr in der Spüle ab, sortierte die Sofakissen, machte das Bett und stellte seine Schuhe, die in einem großen Haufen hinter der Haustür lagen, in einer Reihe auf. Stapelweise ungeöffnete Post lag in der Küche und im Esszimmer herum. Ich konnte nicht widerstehen. Ich sortierte alles, legte die Zeitschriften auf einen Stapel, die Werbepost auf einen anderen und alles, was wichtig aussah, auf einen dritten. Dann legte ich sie ordentlich auf den Küchentresen.

Gerade als ich fertig war, kam er herein. »Hi.« Er sah sich um und betrachtete das Ergebnis meiner Bemühungen.

In diesem Augenblick wurde mir bewusst, dass ich mal wieder zu voreilig gewesen war. Vielleicht mochte er es ja, wenn seine Schuhe in einem Haufen hinter der Tür und die Briefe überall verstreut lagen.

Er stellte die Einkaufstüten auf den Tresen neben die eben zusammengelegten Küchenhandtücher. »Du warst fleißig.«

Ich biss mir auf die Lippe. »Tut mir leid. Reine Gewohnheit.«

»Das braucht dir nicht leidzutun.« Er nahm die oberste Zeitschrift vom Stapel. »Hm, wann habe ich die denn bekommen?«

»Sie sind in chronologischer Reihenfolge sortiert, die ältesten liegen unten, die neuesten oben.« Meine Zwangsneurose kannte keine Grenzen. Am besten rückte ich gleich damit heraus.

Er stützte sich auf den Tresen und lächelte. »Lass mich raten. Die Kleider in deinem Schrank sind alle nach Farben geordnet, stimmt's?«

»Ist das denn nicht bei jedem so?«

Sein Lächeln wurde noch breiter. »Meine Schwester Robin ist genauso. Sie wird dich vergöttern.«

Das Gesagte hing in der Luft. Er hatte die goldene Regel gebrochen. Jeder wusste, dass es Unglück brachte, so früh in einer Beziehung ein Treffen mit Familienmitgliedern zu erwähnen. Das war fast so schlimm, wie zu früh »Ich liebe dich« zu sagen. Vorschnelle Liebesschwüre und so.

Sein Lächeln verblasste so schnell, wie es erschienen war. Er wandte sich den Einkaufstüten zu, während ich die perfekt sortierte Post umsortierte.

»Also, was gibt's zu …«

»Spaghetti«, antwortete er, bevor ich die Frage überhaupt gestellt hatte.

Als wir später eng aneinandergeschmiegt im Bett lagen und langsam eindösten, dachte ich über unsere Situation nach und kämpfte gegen die Traurigkeit. Der Sommer ging vorüber. Des und ich hatten es bewusst vermieden, darüber zu sprechen, wann ich wieder nach Glenville zurückkehren oder wohin ihn sein nächster Auftrag wohl führen würde. Ich wusste, dass er ein Angebot für einen längeren Aufenthalt in Bell Harbor auf dem Tisch hatte, aber da er dieses Thema nie angesprochen hatte, war auch ich nicht mehr darauf zu sprechen gekommen.

Die Wahrheit war, dass sich diese schöne Geschichte nur als Zwischenspiel entpuppen würde. Schneller, als ich es mir wünschen würde, wäre ich wieder in meinem echten Leben und er würde in den Sonnenuntergang davonreiten, zu seinem nächsten großen Abenteuer. Wir hatten es von Anfang an gewusst, also wäre es kindisch, sich die Dinge anders zu wünschen, oder? Es führte kein Weg daran vorbei. Wir lebten in einer Blase und taten so, als gäbe es für uns eine Zukunft. Doch die gab es nicht.

»Des?«, flüsterte ich.

»Hm?«

»Es macht Spaß, mit dir zusammen zu sein.«

Er drückte mich ein wenig fester und murmelte mir im Halbschlaf ins Ohr: »Mit dir auch.«

Am Morgen erwachte ich vor ihm, fischte in weiser Voraussicht sein T-Shirt vom Boden und zog es mir über, bevor ich aufstand. Dass er mich gestern nackt erwischt hatte, war zwar durchaus gut ausgegangen, aber ich war trotzdem schüchtern. Ich schaltete das Badezimmerlicht ein und mein Herz machte einen Hüpfer, setzte aus und begann dann zu flattern. Auf der Ablage über dem Waschbecken lag eine brandneue Zahnbürste neben der von Des. Mit Zahnseide war ein Schleifchen darum gebunden, damit ich auch wusste, dass sie wirklich für mich war. Ehrfürchtig nahm ich sie in die Hand, als wäre sie Aschenputtels gläserner Schuh. Das hier bedeutete mir viel, und das nicht nur, weil ich pedantisch auf meine Zahnhygiene achtete. Diese Zahnbürste war etwas Besonderes, weil sie bedeutete, dass er mich hier haben wollte.

21

»Es ist doch nur eine Zahnbürste, Sadie. Vielleicht heißt das auch einfach nur, dass du schrecklichen Mundgeruch hast.«

Ich saß in Pennys grellbunter Marienkäferküche. Nachher würde ich die Kinder bei Richard abholen. Des verbrachte die nächsten fünf Tage in Seattle bei einer Medizinkonferenz, ich hatte also Zeit, umherzuvagabundieren. Ich rührte in meiner Limonade und fragte mich, ob sie recht hatte. Vielleicht maß ich der Sache zu viel Bedeutung bei. »Ich fand es einfach süß.«

Sie rieb sich über ihren immer noch flachen Bauch. Seit sie schwanger war, hatte sie sich das angewöhnt. »Natürlich ist es süß. Aber du solltest nicht wegen irgendeines Kerls da runterziehen, besonders nicht für einen, der vielleicht schon bald wieder weg ist.«

»Es ist Dody, die dauernd sagt, ich solle nach Bell Harbor ziehen. Ich habe das nie gesagt!«

»Nicht direkt, aber du machst ständig Andeutungen. Du redest nur noch darüber, wie lustig du es dort hast, wie freundlich die Menschen sind und wie viel besser als in Glenville alles ist. Wirklich, es ist, als wäre es dir völlig egal, dass du mich total im Stich lässt, gerade jetzt, wo mein Baby kommt!« Penny ließ den Kopf auf die Arme sinken und schluchzte los.

O Mann, diese Hormone des ersten Trimenons waren wirklich mächtige kleine Mistkerle. Sie treten einen in die Kniekehlen, sodass man flach auf sein verheultes Gesicht plumpst.

Ich stellte meine Limonade ab und legte einen Arm um Pennys zuckende Schultern.

»Ich ziehe nicht dorthin. Ich finde auch, dass es eine dumme Idee wäre.«

»Aber das wäre es nicht!«, hickste sie. »Es wäre total vernünftig. Dort ist es so viel besser als hier. Wohin soll ich meine Kinder zum Spielen bringen? Hier gibt es keine Parks in der Nähe. Keinen Strand, keine Bonbonläden und auch keine Flugdrachengeschäfte. Bell Harbor hat all das, und dazu diese niedlichen kleinen Häuschen, die alle unterschiedlich aussehen.« Sie wischte sich das Gesicht ab. »Denk doch mal darüber nach. Du könntest dir einen hübschen kleinen Bungalow kaufen und ihn lila anstreichen, wenn du möchtest. Ich brauche eine verdammte Ausnahmegenehmigung vom Papst, wenn ich mir auch nur ein Vogelhäuschen in den Garten stellen will, blöde Nachbarschaftsvereinigung.«

»Vielleicht solltest du nach Bell Harbor ziehen«, schlug ich vor.

»Vielleicht werde ich das auch, aber du gehst vor.«

Ich lehnte mich zurück und wünschte, in meiner Limonade wäre ein Schluck Gin. »Jetzt meinst du also auch noch, ich solle dort hinziehen?«

»Sieht so aus. Aber tu es nicht für irgendeinen Mann.«

Als Dody und Fontaine den Umzug vorgeschlagen hatten, war es leicht gewesen, den Einfall als Quatsch abzutun. Fontaine hatte immerhin geschäftliche Gründe und Dody war verrückt, doch wenn nun auch Penny ihren Namen auf die Petitionsliste setzte, war das eine andere Sache.

»Würdest du mich denn gar nicht vermissen?«

Wieder hickste sie. »Doch, aber ich würde sowieso dauernd bei dir sein. Prinzessin Butterblume liebt das Wasser.«

»Wer ist denn Prinzessin Butterblume?«

»Mein Baby. So nennt sie Jeff.«

»Und wenn es ein Junge wird?«

»Dann wird er vermutlich ziemlich oft verprügelt werden.«

***

Der Fernseher lief und plärrte durch Richards Wohnung. Ich klopfte ein zweites Mal und kurz darauf öffnete mir Jordan.

»Hi, Mami.« Er warf sich in meine Arme und drückte mich fest. Davon würde ich niemals genug kriegen.

»Hallo, Schönheit«, schnurrte Richard. Oh, davon hatte ich allerdings schon längst genug.

Ich betrat sein vollständig eingerichtetes Appartement.

»Wow. Einfach toll, was du aus der Wohnung gemacht hast.«

Richard lachte. »Ja, tja, du hast ja alle Möbel behalten, weißt du noch?«

Ich lächelte. »Sind die Kinder fertig?« Je früher ich hier wieder rauskam, desto besser.

»Warum die Eile? Hättest du gerne einen Drink?«

»Nein, danke. Wir müssen los. Und ich muss noch fahren.«

»Hast du eine heiße Verabredung in Puppendorf mit diesem Dezzz, über den die Kinder dauernd reden? Wer ist er überhaupt?«

»Niemand Besonderes. Nur ein Freund.« Ich schob mit dem Fuß eine Zeitung auf dem Boden zur Seite, auf der Suche nach den Kinderschuhen.

»Ein Freund, was?« Richard lehnte sich gegen die Wand. »Freunde sind immer gut. Ist es etwas Ernstes?«

Ich hörte auf, nach den Schuhen zu suchen, und sah Richard streng an. »Das geht dich eigentlich nichts an, oder?«

Er feixte. »Ach, also ist es etwas Ernstes? Was ist das eigentlich für ein Name, Dezzz? Ist er ein Rocker oder so?«

Ich entdeckte Paiges Sandale unter einem Sofakissen und durchquerte den Raum, um sie hervorzuziehen. »Er ist Arzt. Kommt schon, Kinder. Helft mir, eure Sachen zusammenzusuchen.«

Paige hopste auf einem Bein herum. »Mami, wo ist mein anderer Schuh?«

»Hier, Schatz. Komm, lass dir helfen.«

Wir liefen umher, sammelten Kleidungsstücke auf und stopften sie in eine Umhängetasche. Ich nahm mir nicht die Zeit, die Sachen extra zusammenzulegen. Sobald ich wieder bei Dody war, würde sowieso alles in die Waschmaschine wandern.

»Daddy, trink meinen Saft nicht aus, ja? Heb ihn für mich auf«, bat Jordan.

»Okay, J. Mache ich. Bist du sicher, dass du gleich wieder los musst, Sade? Wir könnten Pizza bestellen und eine Flasche Wein aufmachen. Du könntest mir von deinem neuen Freund erzählen. Oder noch besser, wir könnten alter Zeiten gedenken.« Seine Anspielung war nicht gerade subtil. *Lass uns die Kinder vor den Fernseher setzen und für einen Quickie nach nebenan verschwinden.*

Nachdrücklich schüttelte ich den Kopf. »Nein, ich hab eine Menge zu tun. Und ich muss auf dem Weg nach Bell Harbor noch schnell beim Haus vorbeifahren.«

Er runzelte die Stirn. »Du musst nicht extra nach dem Haus sehen. Das könnte ich doch für dich tun.«

»Das ist ein sehr nettes Angebot, Richard, aber ich muss ein paar Dinge von dort mitnehmen. Kinder, gebt Papa einen Kuss. Wir müssen los.«

Paige küsste ihn auf die Wange und er umarmte sie. Jordan wollte es ihr nachtun.

»Hey, J. Echte Männer schütteln sich die Hände, weißt du noch?«, rügte Richard.

Ich biss mir auf die Zunge. Gott bewahre, dass Richards Sohn Gefühle zeigte.

Jordan nickte und streckte das Händchen aus.

»Okay, ich glaube, das ist alles«, sagte ich. »Bis dann, Richard.« Ich steuerte die Tür an und die Kinder rannten voraus, doch Richard umfasste meinen Arm und hielt mich fest. »Sadie, sag die Wahrheit. Ist es etwas Ernstes mit dir und diesem Typen?«

War er etwa eifersüchtig? Nach all der Zeit und all dem, was er mir angetan hatte?

Ich war zwar nicht naiv genug zu glauben, dass es mit Des etwas Ernstes war, und ich wusste auch nicht, ob es das jemals sein würde, aber das würde ich Richard bestimmt nicht sagen.

»Sehr ernst, Richard. Ich war noch nie so verliebt.«

22

»Du wirst Tom und Tasha mögen. Sei nicht so nervös«, sagte Des, während wir zum Segelhafen von Bell Harbor fuhren.

»Ich bin nicht nervös. Warum glaubst du, ich wäre nervös?«

»Weil du den ganzen Morgen noch kein Wort gesagt hast und weil deine Lippe blutet.«

Ich tastete nach meinem Mund. Okay, vielleicht war ich wirklich ein bisschen nervös, aber wer wäre das nicht? Wir wollten heute mit zweien seiner Freunde, die er schon seit ihrem gemeinsamen Medizinstudium kannte, segeln gehen. Heute Morgen waren sie mit ihrem Boot aus Chicago angekommen. Ich konnte Back*bord* nicht von Back*fisch* unterscheiden, und sie gingen seit Jahren zusammen segeln. War das etwa kein Grund zur Panik? Und außerdem war Tasha noch immer mit seiner Exfrau befreundet, was aber sicher nicht bedeutete, dass sie mich auf den ersten Blick verabscheuen würde. Oder doch?

Des erzählte, Tasha sei Dermatologin. Super. Sie würde also mein Hautbild bekritteln und mir erzählen, ich müsse wirklich eine bessere Sonnencreme verwenden. Ihr Ehemann Tom war Rechtsmediziner. Wenn die Unterhaltung einzuschlafen drohte, konnte ich ihn immerhin nach nicht nachweisbaren Giften fragen, mit denen ich Richard um die Ecke bringen konnte.

Fontaine hatte mich so nautisch herausgeputzt, wie es mein Kleiderschrank hergab, mit weißer Caprihose und einem dunkelblau und weiß gestreiften Oberteil. Als er mir auch noch einen flotten roten Schal um den Hals schlingen wollte, hatte ich protestiert. Ich wollte nicht aussehen wie die Millionärsgattin aus *Gillians Insel.*

Jasper hatte einen Picknickkorb für uns alle zusammengepackt, der vor klassischen und zugleich exotischen Leckereien fast barst. Ich hatte vor, das Lob dafür selbst einzustreichen. Und natürlich hatte auch Dody mitgemischt und mir beim Hinausgehen koscheres Salz aufs Gesicht gestreut, um mich vor Seekrankheit zu bewahren. Es brauchte ein ganzes Dorf, um mich auf diesen Ausflug vorzubereiten.

Des und ich schlenderten den Anleger entlang und lasen die Bootsnamen laut vor. Wir kamen an der *Beschwipsten Turvey* und der *Go Daddy* vorbei, an der *Blue Velvet* und der *Darmwind* und an einem Boot mit dem originellen Namen *Pustefix*. Dann erreichten wir das letzte Boot in der Reihe, auf dessen Bug in großen blauen Lettern *Bootox* stand.

Clever.

»Hey, Des!«, hörte ich eine Frauenstimme aufgeregt rufen. »Tom, komm hoch. Sie sind da.«

Ich weiß nicht, was ich erwartet hatte, aber Tom und Tasha passten eindeutig nicht in mein Bild. Er war hellhäutig mit feinem blonden Haar und auffallend großen Zähnen. Tasha war klein und stämmig mit dunklen Locken, die sie oben auf dem Kopf zu zwei puscheligen Zöpfen zusammengebunden hatte, die mich an Stofftierohren erinnerten. Sie trug einen praktischen, aber wenig schmeichelhaften schwarzen Badeanzug und eine graue Jogginghose mit nach unten gerolltem Bund und hochgekrempelten Beinen. Meine Sorge, für eine graue Maus vom Land gehalten zu werden, verwandelte sich in die Befürchtung, sie könnten mich lächerlich herausgeputzt finden. Gott sei Dank trug ich wenigstens nicht den Schal.

Wir sprangen an Bord und wurden beide mit warmen Umarmungen begrüßt.

»Sadie, wie schön, dich kennenzulernen«, sagte Tasha. »Nach dem, was uns Des über dich erzählt hat, bist du viel zu gut für ihn. Na, kommt, richten wir euch ein, damit wir ablegen können.«

»Das ist aber ein schönes Boot«, sagte ich.

»Sie ist ein Biest, aber wasserfest.«

Das bedeutete wohl, dass wir nicht sinken würden. Sehr beruhigend. Ich wusste nicht recht, was ich sagen sollte. »Es ist viel größer, als ich dachte.«

Tom wandte sich an Des. »Das hat sie zu dir bestimmt noch nie gesagt.«

Oh, ach so. Das hier würde also doch lustig werden.

Wir legten ab, sobald wir unser Gepäck unter Deck verstaut hatten (was Seemannssprache ist für: *Wir haben das Zeug durch die Luke nach unten geschmissen.)* Es war faszinierend, den dreien dabei zuzusehen, wie sie Seile aufwickelten, Segel setzten und die Fock hissten. Im Laufe des Tages stellte ich fest, dass ich das Segeln mochte, und ich mochte auch Tom und Tasha. Sie waren lustig und großherzig und entspannt. Des war fast albern, und mir wurde bewusst, dass dies das erste Mal war, dass ich ihn mit jemand anderem als mit meiner Familie sah. Mit uns schien er sich zwar immer sehr wohlzufühlen, aber heute war er eindeutig in seinem Element. Es war eine bittersüße Erkenntnis.

Wir saßen im Heck und Des und Tom wechselten sich mit dem Steuerrad ab. Oder hieß es Steuerruder? Ich traute mich nicht zu fragen. Die Sonne strahlte, während wir dahinschipperten, und die Wellen waren so sanft, dass ich mich nicht übergeben musste. Vielleicht lag es aber auch an Dodys koscherem Salz.

»Kann ich dir etwas bringen?«, fragte Tasha. Jedes Mal, wenn ich etwas sagen wollte, wehte mir der Wind die Haare in den Mund. Jetzt verstand ich ihre Puschelfrisur.

»Nein, alles in Ordnung. Danke. Ich habe übrigens einen

Picknickkorb mitgebracht, falls jemand Hunger bekommt.«

Tasha lächelte. »Den habe ich schon durchgewühlt. Sieht fantastisch aus.«

»Sadies Cousin ist Koch«, erklärte Des.

Ich verpasste ihm einen Klaps auf den Arm. »Sie sollten doch denken, dass ich das alles selbst gemacht habe.«

»Entschuldige, ich bin kein besonders begabter Schwindler.«

»Das stimmt allerdings«, warf Tom ein. »Während des Studiums sind wir einmal zu spät zu den Abschlussprüfungen gekommen, weil wir in der Nacht davor noch bis in die Morgenstunden unterwegs waren. Ich war gerade dabei, dem Professor zu erklären, wir wären auf dem Weg zur Prüfung auf offener Straße überfallen worden, weil das die einzige Entschuldigung war, die uns den Arsch retten konnte, da platzt Mr Ich-kann-nicht-lügen hier doch tatsächlich mit der Wahrheit heraus. Mit der *Wahrheit!*«

»Ist die beste Taktik.« Des grinste.

»Ich war damals auch dabei«, fügte Tasha hinzu. »Es war einfach lächerlich. Tweedle Dee und Tweedle Dumm haben vor dem Professor angefangen zu streiten.«

»Und was ist dann passiert?«, fragte ich.

»Ich habe eine volle Note Abzug bekommen, weil ich gelogen habe, und George Washington hier nicht.«

»Tut mir leid, Kumpel.«

Ich lauschte, während sie weitere Geschichten zum Besten gaben, die sie wohl schon unzählige Male erzählt hatten. Es war ein Einblick in die Welt von Des, die mir zuvor fast völlig unbekannt gewesen war. Danach wünschte ich jedoch beinahe, ich hätte nichts von alledem gehört, weil ich dadurch nur noch ein wenig schneller, ein wenig tiefer fiel. Der Aufprall würde wehtun.

»Des hat erzählt, du bist Raumorganisatorin? Dich könnte ich bei uns zu Hause auch mal gut brauchen, trotz Putzfrau und Kindermädchen.«

»Ihr habt ein Kindermädchen? Ich wusste gar nicht, dass ihr Kinder habt.«

Männer. So ein Detail konnte man ja auch leicht mal vergessen. Des hatte die Kinder mit keiner Silbe erwähnt.

Tasha rollte die Beine ihrer Jogginghose noch etwas weiter auf. »Drei Jungs. Sechs, sieben und neun Jahre alt. Echte Teufelsbraten. Wir flüchten immer auf das Boot, wenn wir ihnen mal entkommen wollen. Du hast auch zwei, oder?«

Anscheinend hatte Des sie ausführlicher über mich informiert. »Ja, Paige ist sechs und mein Sohn Jordan vier.«

Des unterbrach mich. »Paige ist eine Räubertochter, sehr ausdrucksvoll und lebhaft, und ihre Haare wirbeln immer herum. Jordan ist wie dein Sam, sehr analytisch, er baut ständig irgendwas. Zuerst mochte er mich nicht besonders.«

Überrascht sah ich Des an. Es war spannend zuzuhören, wie er meine Kinder beschrieb. War das etwa Zuneigung in seiner Stimme? Oder nur Vertrautheit?

Tashas Blick flog von ihm zu mir und zurück. Plötzlich sahen wir alle Des an und niemand sprach.

»Was denn? Sie sind süß«, sagte er verteidigend und war auf einmal sehr damit beschäftigt, etwas im Picknickkorb zu suchen.

Tasha sah wieder mich an, und zum ersten Mal fühlte ich mich abgeschätzt.

Tom räusperte sich. »Also, Des, möchtest du dieses Jahr vielleicht beim *Mac* mitmachen?«

Des hörte auf, im Korb herumzuwühlen, und sah auf. »Habt ihr denn noch einen Platz frei?«

»Vielleicht. Hamptons Frau ist schwanger, und wenn sie nicht wirft, bevor das Rennen losgeht, lässt sie ihn nicht fahren. Typisch Frau, was?« Er lächelte Tasha an.

»Der *Mac?* Ist das ein Bootsrennen oder so? Ich glaube, davon habe ich schon mal gehört«, sagte ich.

»Es ist sogar ein richtig großes Rennen vom Navy Pier in Chicago bis hoch nach Mackinaw Island«, erklärte Tom.

»Das gibt es schon seit ein paar Jahren, oder?«, hakte ich nach.

»So ungefähr seit einhundert.«

»Nein, im Ernst?« O Mann, ich liebte es, mich zum Deppen zu machen.

»Genauer gesagt seit einhundertzwei Jahren«, erläuterte Tom. »Und wenn man zum fünfundzwanzigsten Mal mitmacht, wird man in die *Island Goat Society* aufgenommen.«

Ich wollte zwar nicht noch dümmer wirken, aber ich musste einfach nachfragen. »In den Inselziegenverein? Was soll das denn sein?«

»Hauptsächlich Prahlerei. Sie nennen uns Segler *die Ziegen*, weil wir nach fünf Tagen auf dem Boot immer ziemlich abgemagert und zerzaust aussehen.«

»Und weil sie sich aufführen wie die Tiere«, warf Tasha ein. »Die Feier auf der Insel nach dem Rennen dauert Tage. Nichts als ein Haufen in Rum getränkter Männer im fortgeschrittenen Alter, die sich schlecht benehmen. Ich bin einmal mitgegangen. Nie wieder. Ich habe einen Kerl in den Fünfzigern dabei gesehen, wie er auf ein Topiari im Vorgarten des Grand Hotels gepinkelt hat.«

»Was ist denn ein Topiari?«, wollte Tom wissen.

»Eine Hecke, die aussieht wie ein Tier.«

Tom schüttelte den Kopf. »Wie auch immer. Des, soll ich dich anrufen, wenn Hampton ausfällt?«

»Ich weiß zwar nicht, ob ich mir freinehmen kann, aber klar, gib mir Bescheid.«

***

Ein Abendessen im Jachtklub rundete meine erste nautische Erfahrung ab. Des saß neben mir auf einer Bank, während wir auf einen Tisch warteten. Er hatte den Arm um meine Schultern gelegt und spielte geistesabwesend mit meinen Haaren.

Dann küsste er mich leicht auf die Schläfe. »Möchtest du vielleicht etwas trinken, während wir warten?«

»Möchte ich. Danke.«

»Was hättest du denn gerne?«

»Überrasch mich.«

Tasha sah Tom erwartungsvoll an, doch der ließ seinen Blick stoisch über die vertäuten Boote wandern.

Sie räusperte sich.

Seufzend stemmte er sich hoch. »Ich schätze mal, du möchtest auch, dass ich dir etwas zu trinken hole?«

»Ja, Schatz«, zog sie ihn auf. »Wenn es dir nicht zu viele Umstände macht.«

Tom zuckte mit den Schultern. »Na ja, jetzt stehe ich ja schon. Möchtest du einen Martini?«

»Ich mag keinen Martini, Tom. Das weißt du ganz genau. Wodka Tonic mit Zitrone.«

»Gut, ein Martini mit extra Gin und zwei Oliven. Kommt sofort.«

»Sehr lustig«, sagte sie.

Die Männer gingen davon und Tasha sah mich an. In ihren Augen war wieder dieses neugierige Funkeln, als fragte sie sich, ob das da in meinem Gesicht ein Soßenkleks oder ein bösartiger Leberfleck wäre. Dann lächelte sie und beugte sich zu mir. »So habe ich Des noch nie erlebt, weißt du«, sagte sie.

Ich wand mich. »Wie denn?«

»So gefühlsduselig-turteltäubchenartig-Schatz-kann-ich-dir-was-zu-trinken-holen-mäßig. Und ich kenne ihn schon sehr lange.«

Ich strich eine Falte auf meiner Hose glatt. »Und … ist das gut oder schlecht?«

»Gut. Es ist süß. Ich bin es nur einfach nicht von ihm

gewohnt.« Sie beugte sich vor und stützte die Ellenbogen auf die Knie. »Versteh mich nicht falsch. Ich meine nur, er ist so … verspielt. Er war schon immer eher zugeknöpft, aber heute wirkt er ganz anders.«

»Des ist zugeknöpft?« Ich konnte meine Überraschung nicht verbergen. Ich hatte ihn noch nie auch nur das kleinste bisschen verkrampft erlebt. Verglichen mit mir war er geradezu wie ein Bob-Marley-Fan.

»Ja, tja, er hat wohl ein paar harte Jahre hinter sich. Zuerst ist sein Vater gestorben, während wir noch studiert haben, und dann hat ihn Stephanie durch die Mangel gedreht. Dieses Miststück.«

Ich blinzelte. »Stephanie? Ist das seine Exfrau?«

Tasha nickte und die Puschel auf ihrem Kopf wippten. »Als was für eine falsche Schlange sie sich doch herausgestellt hat.«

Wollte sie mich aufziehen? »Ich dachte, ihr wärt befreundet?«

Sie hob eine Braue. »Stephanie und ich? Wohl kaum. Besonders nicht nach dem, was sie Des angetan hat.«

Ich war hin- und hergerissen. Einerseits wollte ich alles wissen, andererseits dann lieber doch nicht. Ich konnte nicht widerstehen. »Was genau hat sie denn getan?«

Tashas andere Braue hob sich. »Hat dir Des das denn nicht erzählt? Das passt. Er ist einfach zu gut für diese Welt.« Mit einem missfälligen Laut lehnte sie sich wieder zurück und schüttelte den Kopf.

Ich wartete, und morbide Neugierde mischte sich mit Vorahnung und Angst. Natürlich wollte ich, dass sich seine Ex als verabscheuungswürdige Xanthippe herausstellte, weil sie ihn dann wohl nie wieder in ihr Bett locken konnte. Andererseits wollte ich nicht einmal daran danken, dass ihn jemand so verletzt haben könnte.

Tasha warf einen Blick über die Schulter, um nach Des und Tom zu sehen. Sie standen noch immer an der Bar und warteten auf die Getränke. Sie wandte sich wieder an mich.

»Er hat dir also wirklich nichts über sie erzählt?«

»Nur dass sie jung und stur waren und noch während des Studiums geheiratet haben. Er sagte, es hätte nicht funktioniert, weil sie unterschiedliche Prioritäten hatten.«

»Unterschiedliche Prioritäten?« Tasha schnaubte. »Wow, das nenne ich mal eine Untertreibung. Nachdem sie vier Jahre lang verheiratet waren, hatte sie eine Abtreibung, ohne ihm davon zu erzählen.«

Mir klappte der Mund auf und alle Luft schien aus meinen Lungen zu entweichen. »Wie bitte? Warum?«

»Weil sie noch ein Jahr Facharztausbildung vor sich hatte und nicht aussteigen wollte.« Tasha war rot vor Zorn und ihre Kiefermuskeln spannten sich. »Sie hat ihm nicht erzählt, dass sie schwanger ist, weil sie wusste, wie sehr er sich ein Kind wünschte. Sie hatte Angst, er würde ihr die Abtreibung ausreden, und das hätte er sicher auch getan. Aber er hat es erst herausgefunden, als alles vorbei war. Gott, er war am Boden zerstört. Danach hat er mit diesem blöden Nomadenleben angefangen. Klassischer Verdrängungsmechanismus. Es ist Zeit, dass er irgendwo ankommt.« Wieder musterte sie mich, ohne jedes Kaschieren. »Aber ich habe ein gutes Gefühl bei dir und diesem Ort. So glücklich habe ich ihn schon seit Jahren nicht mehr gesehen. Du wirst ihm doch nicht das Herz brechen, oder?«

Wenn ich nicht so erschrocken gewesen wäre, hätte ich vermutlich laut losgelacht. Doch bevor ich etwas erwidern konnte, sagte sie: »Oh, da kommen sie.«

Sie fuhr sich mit der Hand über die Kehle. »Des bringt mich um, wenn er herausfindet, dass ich es dir erzählt habe.«

Es war einfach zu viel. In meinem Kopf drehte sich alles. Während unserer gesamten gemeinsamen Zeit hatte Des nie etwas so Gravierendes angedeutet. Plötzlich kamen mir

Richards klassische Seitensprünge beinahe harmlos vor.

Des lächelte und reichte mir einen Drink.

Mein eigenes Lächeln geriet etwas zittrig. Auf meinem Gesicht mussten die Gefühle wie eine Neonreklame leuchten, denn er brauchte mich nur einmal anzusehen. »Herrgott, Tasha. Kann man euch denn nicht einmal für zwei Minuten allein lassen?«, schimpfte er.

Sie nahm Tom ihren Drink aus der Hand und trank einen großen Schluck, an dem sie sich allerdings fast verschluckte. »Verdammt, Tom, das ist ein Martini!«

Als wir später vom Segelhafen nach Hause fuhren, lehnte ich mich neben Des in seinem kleinen Sportwagen zurück. Der Fahrtwind konnte meiner Frisur kaum noch etwas anhaben. Die Luft war warm und feucht und ich konnte noch immer das Schaukeln des Bootes unter uns fühlen, während wir unter altmodischen Straßenlaternen entlangfuhren.

»Worüber haben Tasha und du gesprochen, während Tom und ich die Getränke geholt haben?«, fragte er und sein Kiefer wirkte angespannt.

»Nicht viel. Sie hat mir nur erklärt, du seist ein wunderbarer Mensch und ich solle dir nicht das Herz brechen.« Es war scherzhaft gemeint, doch er lächelte nicht und erwiderte auch nichts. Ich legte meine Hand auf seine. »Ich breche dein Herz nicht und du meines nicht, okay?«

Er sah mich nicht an, hob jedoch meine Hand an den Mund und drückte seine Lippen darauf.

23

Ich brachte meine Kinder ins Bett und gab Paige ihre eingeforderten zwanzig Gutenachtküsschen. Jordan wollte nur einen einzigen Kuss, und den musste ich ihm auf die linke Wange hauchen. Ich war müde von dem arbeitsreichen Tag, den ich bei einem neuen Organisationskunden verbracht hatte, aber ich freute mich darauf, Des zu sehen. Er hatte die letzten Nächte im Krankenhaus verbracht.

Dody bot an, ein Auge auf die Kinder zu haben, da sie an diesem Abend sowieso zu Hause bleiben wollte. Sie hatte Anita Parker eingeladen, die beiden wollten sich eine Dokumentation über *Area 51* ansehen. Sobald meine Zwerge im Bett steckten, eilte ich die Straße hinunter zum Haus der Pullmans.

Auf dem Weg lauschte ich den Grillen und sog den Duft eines weit entfernten Lagerfeuers ein. Wie schön diese Straße doch war. Bell Harbor war ein wundervoller Ort, um Urlaub zu machen. Schade, dass mein neuer Liebster und ich nicht einfach hierbleiben konnten.

Ich erreichte das Haus und trat ein, ohne vorher anzuklopfen. Des stand in der Küche und sah aus dem Fenster hinaus auf den See. Er wandte sich um und sein kalter Blick ließ mich erstarren. Hätte ich doch klopfen sollen?

»Sadie, hi.« Er nickte mir zu, lächelte aber nicht. Kälte breitete sich in meinem Magen aus.

Mit dem Daumen deutete ich zur Tür. »Ähm, hätte ich anklopfen sollen?«

Er runzelte die Stirn. »Was? Oh, nein. Natürlich nicht. Hey, willst du was trinken?«

Ich wollte am liebsten hinausgehen, wieder reinkommen und noch mal von vorne anfangen. »Äh, klar. Was trinkst du denn gerade?«

»Scotch.« Sein Ton war trotzig, als wollte er mich dazu herausfordern, ihm zu widersprechen.

»Ist alles in Ordnung?«

Er sah mich an, schien mich aber gar nicht wahrzunehmen. Dann atmete er tief durch und schüttelte den Kopf. »Gott, tut mir leid. War ein echt mieser Tag. Komm rein.« Er stellte sein Glas ab und kam um den Tresen herum, um mich zu umarmen. Er fühlte sich angespannt an, doch er schmiegte die Wange an mein Haar und sagte: »Ich freue mich, dass du da bist.«

Ich lehnte mich zurück und sah ihn an.

Seine Stirn war gefurcht und sein Gesicht wirkte kantiger als sonst, er machte nicht gerade den Eindruck, als würde er sich freuen. »Tatsächlich?«, fragte ich.

Er nickte, einmal, dann folgte ein weiterer tiefer Seufzer. »Ja, du bist das Beste, das mir heute passiert ist. Na, komm, holen wir dir etwas zu trinken.«

Ich ließ mich in die Küche ziehen. »Keinen Scotch für mich, bitte«, sagte ich. »Gemeines Zeug. Hast du vielleicht Wein da?«

Er öffnete eine Flasche und goss mir wesentlich mehr Wein ein, als schicklich war. Ich versuchte, Small Talk zu machen, doch er schien gar nicht zuzuhören, er lachte nicht einmal über meine Erzählung von Dodys Experiment, mit Fontaine Rollschuhfahren zu gehen. »Also, erzähl mir von deinem miesen Tag«, sagte ich schließlich.

»Nein.« Er schüttelte den Kopf und nahm einen weiteren tiefen Schluck. »Ich weiß, wir wollten eigentlich ins Kino gehen, aber wäre es auch in Ordnung für dich, wenn wir einfach hierbleiben und ein bisschen fernsehen?«

»Klar, kein Problem.«

Er zog mich an der Hand zum Sofa hinüber. Wir setzten uns und er griff nach der Fernbedienung und schaltete durch die Kanäle.

Er benahm sich so merkwürdig, dass ich nicht recht wusste, wie ich reagieren sollte. Offensichtlich wollte er nicht über die Sache reden, doch er schien auch dem Programm kaum Beachtung zu schenken. Schweigend saß ich neben ihm und wartete darauf, dass er mir sagen würde, was ihn bedrückte.

Ich nippte an meinem Wein, er trank seinen Whisky.

Wir sahen uns irgendeine dumme Sendung an, dann eine andere, aber er schien völlig geistesabwesend zu sein.

»Des«, sagte ich, als er wieder umschaltete. »Ich weiß nicht, warum du so wütend bist, aber ich würde dir gerne helfen, wenn ich kann. Wenn es etwas mit mir zu tun hat, dann ist es nicht fair, es mir nicht zu sagen.«

Er sah mich an, als wäre er überrascht, dass ich noch da war. »Ich bin nicht wütend auf dich, Sadie. Kein bisschen. Es hat nichts mit dir zu tun.« Er stand auf und schenkte sich einen weiteren Scotch ein.

Seine Worte trafen mich. Auch wenn ich nicht der Grund für seine schlechte Laune war, hatte es sehr wohl etwas mit mir zu tun. Ich war hier und deshalb ebenfalls davon betroffen. Ich stand auf und stellte mein Weinglas auf den Tisch.

»Ich gehe wohl besser heim.«

Er kam aus der Küche. »Nein, nein. Geh nicht.« Er zog mich leicht an sich. »Wirklich, ich möchte, dass du bleibst. Ich reiße mich zusammen.«

Ich schlang die Arme um seine Taille und drückte ihn. »Du musst dich nicht zusammenreißen, aber dich so brummig zu sehen, weckt nun mal meine Mutterinstinkte.«

»Mutterinstinkte?« Röte schoss ihm ins Gesicht und mir wurde klar, dass ich wohl kaum etwas noch Unerotischeres hätte sagen können. Er trat zurück, wandte sich ab und fuhr sich mit beiden Händen durchs Haar.

»Hat dir Tasha erzählt, warum Stephanie und ich uns haben scheiden lassen?«, fragte er, ohne mich anzusehen.

Diesmal war ich mit dem Rotwerden an der Reihe. Ich hatte ihm bisher nicht verraten, über was Tasha und ich uns unterhalten hatten. Ich hatte keinen Anlass dazu gesehen und gedacht, wenn er über dieses Thema sprechen wollte, würde er es schon tun. Vielleicht tat er es ja jetzt.

»Ja.«

Er nahm sein Glas vom Küchentresen und kehrte zum Sofa zurück, wo er sich in die Kissen fallen ließ.

Ich gesellte mich zu ihm, setzte mich unbehaglich auf die Sofakante und wartete darauf, dass er etwas sagen würde.

Als er es tat, klang seine Stimme flach. »Wahrscheinlich hätten wir uns früher oder später sowieso getrennt. Wenn es nicht deswegen gewesen wäre, dann wegen irgendetwas anderem. Stephanie war nicht der Typ, der den Bedürfnissen anderer viel Beachtung schenkte.« Er lachte humorlos und nahm einen weiteren Schluck Whisky. »Ich nahm an, dass sie vielleicht einfach kein mütterlicher Typ war und deshalb auch keine Kinder wollte.«

Durchdringend sah er mich an und seine Stimme war kaum mehr als ein Flüstern. »Ich liebe sie nicht mehr, Sadie. Das tue ich schon lange nicht mehr und ich verstehe selbst nicht, warum es mir so viel ausmacht.«

Ich nahm seine Hand und drückte sie. »Warum, was macht dir denn so viel aus?«

»Ich habe heute herausgefunden, dass Stephanie wieder geheiratet hat. Und sie ist schwanger. Das Baby kann jederzeit kommen.« Er leerte sein Glas. »Und weißt du, wie ich das erfahren habe?«

Ich konnte es mir beim besten Willen nicht vorstellen und schüttelte den Kopf.

»Ihre Versicherung hat bei mir angerufen, um sich ihre Adresse bestätigen zu lassen, weil sie mich in ihren Unterlagen immer noch als Notfallkontakt angegeben hat. Kannst du dir so eine Scheiße vorstellen? Sie hatte Zeit, einen anderen Typen zu finden, ihn zu heiraten und schwanger zu werden, aber sie ist einfach noch nicht dazu gekommen, ihre verdammte Versicherungspolice auf den neuesten Stand zu bringen.«

»Bist du dir denn ganz sicher? Vielleicht hat die Versicherung ja einen Fehler gemacht.«

Er schüttelte den Kopf. »Ich habe ein paar Leute angerufen. Es stimmt.«

Ich war sprachlos. Was konnte ich dazu auch sagen? Ich wusste ja nicht einmal, wie ich mich fühlte, wie sollte ich dann auch nur ahnen, was in seinem Kopf vorgehen mochte? Ich wusste nur, dass ich ihn irgendwie trösten wollte. Ich rückte an ihn heran, nahm sein leeres Glas und stellte es auf den Tisch. Dann setzte ich mich auf seinen Schoß und schlang die Arme um ihn. Er lehnte sich gegen mich und barg das Gesicht an meinem Hals. Ich konnte die Anspannung in seinem ganzen Körper fühlen.

»Und weißt du, was das Mieseste daran ist?«

»Was?« Ich küsste ihn auf die Schläfe.

»Nachdem wir geheiratet haben, hat sie mir erzählt, dass sie keine Kinder wolle. Ich habe wirklich versucht, damit klarzukommen, für sie. Und jetzt stellt sich heraus, dass sie nur meine Kinder nicht haben wollte.«

Mein Herz zerbrach in eine Million Stücke. Wie konnte ein Mensch einem anderen nur so etwas antun? Besonders einem so wunderbaren Menschen wie Des. Ich drückte ihn noch fester an mich und sagte nichts. Worte würden in diesem Moment leer klingen und waren nicht das, was er jetzt brauchte. Stattdessen küsste ich ihn, und dann küsste ich ihn noch einmal.

So oft hatte er mich schon in sein Schlafzimmer geführt und mir gezeigt, dass ich schön war. Dass ich begehrenswert war und Gutes verdiente. Heute jedoch übernahm ich die Führung, tröstete und bestärkte ihn. Ohne ein Wort zu sagen, zeigte ich ihm, dass sie unrecht gehabt hatte und dass er wertvoll war.

***

»Was haltet ihr von meinem neuen Bild? Es ist gerade fertig geworden.« Dody trat einen Schritt von der Staffelei zurück, damit Paige, Jordan, Fontaine und ich ihr Kunstwerk bewundern konnten. Ich war zwar nicht mal in der Lage, einen Picasso von einer Pistazie zu unterscheiden, aber das da sah für mich aus wie etwas, das aus dem Mixer auf die Leinwand gespritzt war.

»Wow, Mum. Das ist eine wirklich kühne Pinselführung«, sagte Fontaine.

»Danke. Ich nenne es: Piranhas beim Ravioli-Essen.«

Ich blinzelte. Gottverdammt. Genau so sah es aus.

»Mami, da kommt ein Mann zur Tür«, sagte Jordan und deutete mit seinem Plastikhubschrauber zum Fenster.

Ein mir unbekanntes schwarzes Auto parkte in der Auffahrt. Einen Augenblick später klopfte es an der Tür und das unvermeidliche Gebell von Dickmops und Faulpelz erscholl. Die Hunde galoppierten herum und krachten gegen die Möbel, bis Dody sie davonscheuchte.

Ich öffnete die Tür und sah mich einem hageren kleinen Mann mit dicken Brillengläsern und einem Rollkragenpullover gegenüber – obwohl es doch Hochsommer war.

»Hallo?«

»Mrs Turner? Mrs Sadie Turner?«

Ich nickte.

Er reichte mir einen Umschlag, dann ging er ohne ein weiteres Wort zurück zum Auto.

Ich drehte den Umschlag um und mein Magen verkrampfte sich. Der Absender verriet mir, dass der Brief von der Anwaltskanzlei kam, die Richard vertrat: Kendrew, Graham & Vollstadt. Oder, wie ich sie nannte, Weg, Ex & Hopp. Meine Hände zitterten. Ich erwartete nichts von Richards Anwalt, also konnte das hier nichts Gutes bedeuten. Ich ging auf die Veranda hinaus, weg von den Kindern. Dody und Fontaine folgten mir.

Ich riss den Umschlag auf, zu nervös, um mich erst hinzusetzen, doch nachdem ich die ersten Zeilen gelesen hatte, gaben meine Knie nach und ich sank auf einen Stuhl.

»Was ist los, Schatz?«, flüsterte Dody.

»Richard zerrt mich wieder vor Gericht«, sagte ich, starr vor Schreck und Verblüffung. »Wie es aussieht, will er das Haus und das gemeinsame Sorgerecht für die Kinder.«

»Kann er das denn verlangen?«, fragte Fontaine, dessen Stimme eine Oktave höher klang als sonst.

Ich las den Brief zu Ende, wobei ich ihn auf dem Schoß glatt strich, da meine Hände nicht aufhören wollten zu zittern. »Wenn ich das hier richtig verstehe, dann behauptet er, ich hätte das Haus leer stehen und verwahrlosen lassen und die Kinder einer unpassenden Umgebung ausgesetzt.«

»Das ist doch lächerlich«, fauchte Dody. Fontaine errötete und wandte sich ab.

Plötzlich fügten sich all die Puzzleteilchen, die seit Wochen in meinem Unterbewusstsein umhergepurzelt waren, zu einem Bild zusammen. Deshalb war Richard so freundlich gewesen und hatte angeboten, nach dem Haus zu sehen und die Kinder aus Bell Harbor abzuholen. Je länger ich Glenville fernblieb, desto besser standen seine Chancen, die Richter davon überzeugen zu können, dass ich tatsächlich ausgezogen war und das Haus leer stehen ließ. Das musste er auch meinen

Nachbarinnen erzählt haben. Dieses Arschloch. Deshalb hatte er sich so für meine Beziehung zu Des interessiert: nicht weil er eifersüchtig war, sondern weil er nach Munition suchte! Und das musste auch der Grund sein, warum er nicht länger darauf bestanden hatte, dass Fontaine auszog. Ich hätte es wissen müssen. Ein Leben voller Vorurteile löste sich nicht einfach so in Luft auf. Dieser miese, verabscheuungswürdige Scheißkerl. Richard wollte mich aus meinem eigenen Haus werfen und mir meine Kinder stehlen!

»Dody, ich muss ein paar Anrufe machen. Könntest du eine Weile lang nach den Kindern sehen?«

»Natürlich, Schatz. Nimm dir so viel Zeit, wie du brauchst. Wir schaffen das schon.«

Ich rannte hinauf in mein Zimmer und rief meine Anwältin Jeannette an. Sie war nicht im Büro, also hinterließ ich bei ihrer Assistentin eine detaillierte Nachricht für sie. Dann versuchte ich, Penny zu erreichen, landete aber nur beim Anrufbeantworter. Ich überlegte, ob ich vielleicht auch Des anrufen sollte. Er würde mir helfen. Er würde wissen, was zu tun war. Allein der Gedanke an ihn beruhigte mich. Als er mir letzte Woche von seiner Exfrau erzählt hatte, schien sich unsere Beziehung verändert zu haben.

Einen Monat lang hatte ich so getan, als wäre es nur eine lockere Affäre, doch das war es nicht. Es ging viel, viel tiefer. Des war jetzt ein Teil meines Lebens und ich wollte nicht mehr daran denken, ihm am Ende dieses Sommers Lebewohl zu sagen.

Ich war mir sicher, dass er genauso fühlte. Natürlich hatten wir nichts dergleichen besprochen, doch ich fühlte es in seinen Berührungen, in seinem Blick, der zärtlich war, wenn er mich anlächelte. Irgendwo zwischen Sake und Sex hatte er sich verliebt. Und ich mich auch.

Ich wählte seine Handynummer, legte dann aber auf, bevor

es läuten konnte. Er war bei der Arbeit. Jetzt war nicht der richtige Zeitpunkt, ihm von Richards Hinterlist zu erzählen.

Stattdessen schrieb ich ihm eine SMS und fragte ihn, ob er zum Essen vorbeikommen konnte. Er schrieb zurück, dass ihm die Arbeit bis zum Hals stehe und dass er versuchen würde, rechtzeitig da zu sein, es aber nicht versprechen könne.

Ich lächelte, zwar enttäuscht, dass ich ihn vielleicht nicht sah, aber froh, dass er keine Versprechen machte, die er möglicherweise nicht hielt.

Fontaine klopfte an die offene Tür. »Wie geht es dir? Ich war unten und habe Pläne geschmiedet. Ich habe ein bisschen was gespart und es gehört dir, wenn du einen Schläger engagieren möchtest.«

Bei diesen Worten platzte der Knoten.

»Ich bin stinksauer, Fontaine. Ich bin so wütend, dass ich nicht einmal klar denken kann! Wie kann er es wagen?«

»Ich weiß! Die Sache mit dem Sorgerecht ist vollkommen indiskutabel«, bekräftigte er. »Ich meine, zwischen seinem Terminkalender und dem Frauenaufreißen hat er ja wohl kaum noch Zeit, sich um sie zu kümmern.« Fontaine trat zu meinem Kleiderschrank und begann aus reiner Gewohnheit, meine Klamotten zu durchforsten.

Ich boxte auf eines der Kopfkissen. Ich wusste zwar, wie kindisch das war, doch das war mir egal. »Nicht ein Mal! Nicht ein einziges Mal in diesem ganzen Scheidungsjahr hat er das Sorgerecht auch nur erwähnt. Es ergibt einfach keinen Sinn, dass er es jetzt will.«

»Meinst du, er vermisst sie?« Fontaine lehnte sich gegen den Schrank.

Ich schnaubte angewidert. »Ist mir egal, ob er sie vermisst! Als wir noch verheiratet waren, hat er nie Zeit mit ihnen verbracht, aber jetzt möchte er sie plötzlich bei sich haben? Was soll die Scheiße?«

Fontaine betrachtete seine sorgsam manikürten Fingernägel. »Es tut mir leid, ich bin an der ganzen Sache nicht ganz unbeteiligt. Du hast es zwar nie ausgesprochen, aber ich weiß, dass er mich nicht hier haben will. Es tut mir wirklich leid.«

Ich sprang vom Bett und umarmte meinen Cousin fest. »Das ist doch Blödsinn. Dir muss überhaupt nichts leidtun. Du bist fantastisch mit den Kindern und sie himmeln dich an. Außerdem bist du wesentlich zurückhaltender als Dody. Immerhin ist sie hier diejenige, die ständig in Unterwäsche herumläuft. Vermutlich meinte Richard das.«

Fontaines Lächeln geriet ein wenig matt. »Vielleicht. Aber ich kann zurück in mein Haus ziehen, wenn du glaubst, das könnte helfen.«

»Wag es ja nicht. Ich brauche dich jetzt mehr denn je. Außerdem werde ich sowieso bald wieder nach Glenville zurückkehren. Vielleicht ist das hier ja ein Zeichen, dass ich lieber gleich gehen sollte.«

»Vielleicht ist es ein Zeichen, dass du lieber hierbleiben solltest.«

Ich sah weg. »Jetzt klingst du schon wie Dody und ihre spirituelle Ratgeberin.« Und wie Penny. Und wie mein eigenes Herz.

»Ich komme einfach nicht dagegen an. Ich will dein Organisationstalent an all meine Kunden weiterleiten und einen Haufen Kohle mit dir machen. Hast du schon mit Des gesprochen?«

»Nein. Er ist noch bei der Arbeit.«

»Ich meine darüber hierzubleiben.«

Ach so. Das. Ich schüttelte den Kopf. »Ich weiß nicht so recht, was ich sagen soll. Wir haben noch keine Zukunftspläne geschmiedet, weißt du?«

»Aber er könnte hierbleiben, richtig? Die Lady von der Personalvermittlung ist doch ganz wild darauf, oder?«

Ich nickte. »Ehrlich gesagt habe ich mir darüber auch schon

Gedanken gemacht. Aber Des hat das Thema nicht angesprochen und ich wollte nicht unverschämt sein. Außerdem hätte es wenig Sinn, ihn aus der Stadt zu vergraulen, solange ich selbst noch nicht entschieden habe, was ich möchte.«

Fontaine rollte mit den Augen. »Er ist hin und weg von dir, du Dumpfbacke, also sag ihm schon, wie du dich fühlst, bevor er irgendeinen Arbeitsvertrag in Nova Scotia unterschreibt.«

»Lass mich erst einmal mit Richard fertigwerden, ja? Dann überlege ich mir, was ich Des sagen soll.«

***

Später schrieb mir Des noch eine SMS und erklärte, er könne zwar zum Abendessen kommen, müsse danach aber noch einiges erledigen und zur Frühschicht wieder ins Krankenhaus.

Als er kam, war Beth schon da und half Jasper in der Küche. Die Kinder spielten Monopoly mit Fontaine und mir, und Dody zockte am Computer. Des wirkte müde und zerzaust. Sobald ich einen Blick auf ihn geworfen hatte, war mir klar, dass heute nicht der richtige Abend war, um mich bei ihm auszuheulen. Wir würden auch morgen noch reden können. Wenn sich Des erst einmal erholt hatte, würde er mitfühlend und liebevoll sein und mir alle Unterstützung geben, die ich brauchte.

Paige war wie immer sofort bei ihm. »Hi, Des. Hey, du hast Style, genau wie Fontaine.«

»Wie bitte?«

Sie strich über sein Kinn. »Bartstoppeln.«

»Ach ja«, erwiderte er geistesabwesend.

Jordan brachte ihm ein frisch gemaltes Bild.

»Danke. Ist das … eine Kuh?«, fragte Des.

Jordan schüttelte den Kopf. »Es ist eine Rakete.«

Des stellte das Bild auf den Kopf.

»Es ist moderne Kunst.« Ich beugte mich für einen

Begrüßungskuss zu ihm, doch er hob die Hand.

»Komm lieber nicht zu nahe an diese Klamotten. Ich habe mich nicht getraut, zum Umziehen heimzufahren. Wahrscheinlich wäre ich sonst sofort eingeschlafen.«

Spannung schien sich zwischen uns aufzubauen. Etwas war aus der Balance geraten und es war nicht nur meine Aufregung wegen Richards Brief. Ich fragte mich, ob Des vielleicht etwas Neues über seine Exfrau erfahren hatte. Vielleicht war das Baby da? An seiner Miene konnte ich es nicht erkennen und ich traute mich nicht nachzufragen. Ich war schon den ganzen Nachmittag so neben der Spur, dass ich mir bei überhaupt nichts mehr sicher war. Ich wusste nur, dass ich mich freute, ihn zu sehen.

»Kommt essen!«, rief Jasper aus dem Esszimmer.

Wie eine Herde trampelnder Büffel versammelten wir uns um den Tisch. Am einen Ende saß Dody, chic in einer roten Lederweste, die ihr Onkel Walter einmal bei einem Liza-Minelli-Wohltätigkeitsbasar gekauft hatte. Paige und Jordan flankierten Des, sodass ich mich ihm nur gegenübersetzen konnte. Am anderen Ende saßen Fontaine und Beth zu beiden Seiten von Jasper.

»Ich möchte meine Geburtstagsparty vorverlegen«, verkündete Dody, sobald sich alle die Teller vollgehäuft und zu essen begonnen hatten.

»Warum? Diese Karotten sind übrigens mit Ingwerbutter gebraten«, erklärte Jasper und reichte die Schüssel herum.

»Ich möchte Harry gerne dabeihaben und er ist an meinem Geburtstag leider nicht in der Stadt.«

»Ich dachte, Harry interessiert dich nicht mehr, seitdem du herausgefunden hast, dass er Höhenangst hat«, warf Fontaine ein und steckte sich ein Stück Brokkoli in den Mund.

Dody schüttelte den Kopf und ihr edelsteinbesetztes Haarband funkelte. »Das kann ich ihm nicht übel nehmen. Ich war einfach nur etwas überrascht. Ich hatte für uns einen Fallschirmsprung organisiert und dann wollte er nicht, dass wir gehen.«

»Erinnere mich daran, ihm dafür zu danken! Wirklich, Mum. Kannst du nicht mal einen Gang runterschalten?«, tadelte Jasper.

»Warum sollte ich? Viel Zeit bleibt mir nicht mehr.«

Des ließ mit lautem Klirren seine Gabel fallen.

Alle Blicke wandten sich ihm zu und seine Wangen wurden rot. » tschuldigung«, murmelte er.

Jordan hob die Gabel auf und reichte sie ihm.

»Ich meine, wer weiß schon, wie viel Zeit einem noch bleibt, stimmt's?«, erläuterte Dody. »Tatsächlich hat Anita Parker erst neulich heißen Kaffee im Auto verschüttet und ist fast von der Autobahnbrücke in den Tod gestürzt.«

»Ganz schön morbide, Mum.« Jasper klang jetzt wirklich sauer.

»Nur praktisch. Menschen sterben jeden Tag, wir sollten also keine einzige Minute verschwenden. Ich werde jedenfalls auf den Putz hauen, solange ich noch ordentlich hauen kann.« Sie schob sich eine Gabel voll Nudeln in den Mund. »Ich dachte an das zweite Augustwochenende für die Party.«

»Mum, das ist schon in zehn Tagen«, sprudelte Fontaine hervor. »In der kurzen Zeit kann ich unmöglich alles organisieren, sogar wenn wir es schaffen, die Einladungen morgen zu verschicken. Damit gibst du den Leuten einfach nicht genug Zeit.«

»Wer nicht kommen kann, der kann eben nicht kommen. Aber alle lieben meine Partys, also werden sie es bestimmt versuchen. Es muss ja nichts zu Pompöses werden. Sadie und du, ihr könnt ein paar Einkäufe machen, und Jasper kann den Kuchen backen. Was gibt es denn sonst noch zu tun?«

»Wir brauchen ein Thema! Dekoration, Musik, Sitzordnung. Wir können nichts Gewöhnliches machen, die Leute haben feste Erwartungen, wenn sie auf eine meiner Partys gehen.« Fontaine wollte nichts davon wissen, aber Dody blieb hart.

»Es ist meine Party, und wenn ihr nicht genug Zeit habt, dann organisiere ich sie eben selbst.« Sie probierte von dem Salat.

»Niemand will, dass du deine Party selbst organisierst, Dody«, versicherte ich. »Es ist einfach nur ein bisschen kurzfristig.«

»Tja, wenn ich mir die Party aber wünsche, dann sollte ich sie auch bekommen, nicht wahr, Des?«

Des führte hastig die Gabel zum Mund und sah sie so finster an, als hätte sie ihn beleidigt.

»Es spielt keine Rolle, was ich denke, Dody. Es ist deine Entscheidung.« Dann schaufelte er weiter das Essen in sich hinein. Er benahm sich so merkwürdig, er musste wirklich erschöpft sein.

Dodys Blick ruhte auf ihm und ein eigenartiger Ausdruck huschte über ihr Gesicht. Fast sofort war er jedoch wieder verschwunden und ich fragte mich, ob ich ihn wirklich gesehen hatte. Sie wandte sich an Jasper. »Du kannst dich doch bestimmt um das Essen kümmern, oder?«

»Öhm, ich denke schon. Dann muss ich mir den Abend eben freinehmen.«

»Ich helfe auch gerne bei allem«, bot Beth an.

Dody lächelte und tätschelte ihre Hand. »Danke, Liebes. Seht ihr? Schon ist alles geregelt.«

»Nichts ist geregelt!«, bellte Fontaine und schob seinen Teller beiseite.

Jasper schmunzelte. »Mach dir nicht ins Hemd, Tim.«

Fontaine schnaubte und verschränkte die Arme. »Bii-tte, nenn mich nicht so. Du weißt genau, dass ich diesen Namen nicht ausstehen kann.«

»Warum denn bloß, Fontaine?«, fragte Beth unschuldig. »Tim ist doch so ein schöner Name.«

Wieder schmunzelte Jasper.

»Das ist nicht lustig!« Fontaine grollte wie ein zorniges Kätzchen.

»Ein bisschen schon«, widersprach Jasper eifrig nickend.

Ein bisschen lustig war es schon, da waren wir uns alle einig.

Fontaine schob schmollend die Unterlippe vor, aber Jasper redete weiter und erklärte Beth die Sache. »Pass auf, als Fontaine noch klein war, da war er echt so richtig winzig. Und als er ungefähr zehn war …«

Fontaine stieß ihm den Ellenbogen in die Seite. »Ich war acht!«

Jasper lachte. »Okay, als er also acht war, hat er sich den Knöchel verstaucht und musste mit dieser alten Krücke zur Schule humpeln, die Mum noch irgendwo rumliegen hatte. Mit einer klitzekleinen Holzkrücke.« Jasper machte eine Geste, um zu verdeutlichen, wie winzig die Krücke gewesen war, und bog sich vor Lachen.

Ich verbiss mir ein Lächeln.

»Also haben die Kinder angefangen, ihn Tiny Tim zu nennen, wie den verkrüppelten kleinen Jungen aus dieser Weihnachtsgeschichte von Charles Dickens. Egal, wo er hinkam, überall hieß es: ›Gott segne uns alle und jeden, es ist Tiny Tim. Pah! Unfug!‹ Und irgendwie ist der Spitzname hängen geblieben. Jahrelang haben sie ihn Tiny Tim genannt!«

Unterdrücktes Lachen wanderte um den Tisch. Sogar Fontaines Lippen zuckten, und jetzt erzählte er die Geschichte weiter. »Aber als ich in der siebten Klasse auf eine neue Schule gekommen bin, habe ich allen gesagt, mein Name wäre Fontaine.«

»Und du dachtest, mit diesem Namen würden sie dich weniger hänseln?« Des war ehrlich verwirrt.

Fontaine war dreist genug, selbstgefällig über seine eigene Listigkeit zu schmunzeln. »Ich habe meinen Klassenkameraden erzählt, ich wäre ein Geheimagent des FBI und hätte den Auftrag, Gangs und organisierten Betrug und so aufzuspüren. Das waren immerhin die Tage von *21 Jump Street.*« Endlich lächelte Fontaine.

»Das ist aber noch nicht einmal das Beste«, unterbrach Jasper und schlug mit der Hand auf den Tisch. »Erzähl ihnen, wie du dir den Knöchel überhaupt erst verstaucht hast. Echt, das ist das Beste daran.« Er konnte seine Belustigung kaum im Zaum halten.

Fontaines Grinsen wurde breiter. »Ich bin die Treppe hinuntergefallen, als ich Mums Stilettos anprobiert habe.«

Liebevoll lächelte ihn Dody an, während wir anderen in Gelächter ausbrachen. »Ich hätte es damals schon wissen müssen.«

***

Als Beth und ich den Tisch abräumten, gingen Des und Dody auf die Veranda hinaus. Ich beobachtete sie durchs Fenster und erkannte, dass sie nicht einfach nur plauderten. Des hatte die Hände geballt und beugte sich zu Dody vor. Auch sie wirkte kampfbereit, die Hände in die Hüften gestemmt und das Kinn vorgereckt. Onkel Walter hätte gesagt, ihr Temperament ginge mal wieder mit ihr durch. Was auch immer Des von ihr wollte, sie weigerte sich.

»Worum geht es denn?«, fragte Beth und trat zu mir.

»Ich weiß auch nicht. Er ist schon den ganzen Abend so komisch. Ich glaube, ich sehe besser mal nach, was da los ist.« Ich trat auf die Veranda hinaus, wo sich Des gerade mit beiden Händen die Schläfen rieb.

»Du kannst mich da nicht mit hineinziehen, Dody. Das ist für niemanden fair.«

Ihre Unterhaltung versiegte abrupt, als sie mich sahen. Sie

wirkten ertappt, wie meine Kinder, wenn ich sie mit einer Tüte Kekse im Schrank fand.

»Wo hineinziehen?«, fragte ich.

Des bemühte sich um eine ausdruckslose Miene. »Es hat mir einfach nicht gefallen, wie sie mich wegen ihrer Geburtstagsparty festnageln wollte.«

»Im Ernst?« Das hatte ihm etwas ausgemacht? Und ihre Frage, ob er beschnitten war, nicht? Oder wann er seine Unschuld verloren hatte? Dagegen schien diese Geburtstagssache ziemlich unbedeutend zu sein.

»Ja, tja, es ist eben nicht meine Entscheidung. Hör mal, ich habe morgen die Frühschicht und ich bin total erledigt. Ich gehe nach Hause, ja?«

»Dann lasse ich euch beide jetzt allein, damit ihr euch verabschieden könnt.« Dody legte ihm die Hand auf den Arm. »Es tut mir leid, dass wir in diesem Punkt nicht einer Meinung sind, Des.«

»Ja. Gute Nacht, Dody.«

Sie ging hinein. Die Unruhe, die sich den ganzen Abend über in mir geregt hatte, schien hochzukochen. Hier ging es nicht um irgendeine Geburtstagsparty und auch nicht um Des Müdigkeit. Nach letzter Woche hatte ich gedacht, es gäbe keine Geheimnisse mehr zwischen uns. Außerdem wollte ich ihm unbedingt von Richard erzählen, doch das würde definitiv warten müssen.

»Es tut mir leid, wenn sie dir auf die Nerven geht.«

»Ich bin einfach nur … müde, okay? Ich habe eine ganze Menge um die Ohren und ich kann keine Entscheidungen für sie treffen.«

»Entscheidungen für sie treffen?«

Hastig umarmte er mich und trat zurück. »Mach dir keine Gedanken. Ich versuche, dich morgen anzurufen, ja?« Er eilte zur Haustür hinaus, wobei er den anderen wortlos zuwinkte.

Mit einem mulmigen Gefühl im Magen trat ich ins Haus. Ich brauchte Antworten. Dody stand beim Esstisch und starrte ins Nichts.

»Dody, was zum Teufel ist hier los? Und versuch nicht mir vorzumachen, es ginge um deine Geburtstagsparty. Da ist noch etwas anderes.«

Ich hatte Dody noch nie weinen sehen, und sie war fest entschlossen, dass es auch diesmal nicht so weit kommen würde. Sie blinzelte die Tränen zurück und zwang sich zu einem Lächeln.

Mein Herz schien zu erstarren.

»Beth, Liebes, könntest du die Kleinen hinaufbringen und ihnen mit den Schlafanzügen helfen? Ich muss ein paar Minuten mit meinen großen Kindern sprechen.«

Alle verstummten. Spannung knisterte in der Luft und warnte uns, dass dies nicht nur eine von Dodys üblichen skurrilen Ankündigungen werden würde, etwa dass sie mit dem Bogenschießen angefangen hatte oder beim Miss-betagte-Schönheit-Wettbewerb mitmachen wollte.

Beth nickte und scheuchte meine Kinder hinaus. Wir anderen setzten uns wieder an den Esstisch.

Dody starrte einen Augenblick auf die Hände, bevor sie sprach. Als sie aufsah, schimmerten ungeweinte Tränen in ihren Augen.

»Danke, Kinder, für dieses schöne Abendessen. Es tut mir leid, dass meine Geburtstagsparty so einen Aufruhr verursacht hat. Genau das wollte ich eigentlich vermeiden. Aber es sieht so aus, als müsste ich euch etwas sagen.« Sie holte tief Luft. Dann atmete sie wieder aus. Sekunden verstrichen, die uns wie eine Ewigkeit erschienen. »Anscheinend habe ich ein bisschen Krebs, und ich möchte meine Party feiern, bevor die Behandlung beginnt.«

Die Luft im Raum wurde schwer und giftig. Ich griff nach Fontaines Hand. Hatte sie das wirklich gesagt?

»Was soll das heißen? Ein bisschen Krebs?«

»Irgendeine geduckte Katze oder so. Ich weiß nicht mehr genau, wie es heißt. Oh, wartet. Ich habe es aufgeschrieben, für den Fall, dass ich es vergesse. Der Zettel ist in meiner Handtasche.«

Vergessen? Sie hatte es vergessen? Wer zum Teufel vergaß, welche Sorte Krebs er hatte? Der Raum schien sich zu drehen und zu schrumpfen, während sie in ihrer Handtasche wühlte. Sie förderte Gesichtspuder, einen Lippenstift und eine Kuhglocke zutage und stellte alles auf den Tisch, bevor sie endlich den zerknüllten Zettel fand.

»Hier ist er ja. Es heißt invasives duktales Karzinom.« Sie drückte auf einen Punkt an der Achselhöhle. »Es ist irgendwo hier. Aber der Arzt hat gesagt, so wie die Dinge jetzt stehen, ist es wohl keine der ganz schlimmen Krebsarten, weil sie ihn behandeln können.«

»Jeder Krebs ist schlimm, Mum«, keuchte Jasper.

»Ja, natürlich, aber es ist nicht die allerschlimmste Sorte. Nach einer Operation und ein bisschen Chemotherapie bin ich sicher so gut wie neu.« Doch ihre Lippen bebten und straften ihre zuversichtlichen Worte Lügen.

Ich wusste nicht, was ich sagen sollte. Niemand wusste es. Ich dachte, dass Richard versuchte, mir mein Haus und meine Kinder zu stehlen, wäre schon schlimm. Aber das hier war furchtbar.

Dody füllte die schmerzhafte Stille mit ihrem üblichen sonnigen Optimismus. »So, jetzt wisst ihr es. Aber wagt es ja nicht, mich wie eine Invalide zu behandeln, mir geht es prächtig. Und das wird auch so bleiben. Es ist einfach unglaublich, was sie heutzutage alles heilen können, also machen wir keine große Sache daraus. Und ich will nicht, dass irgendjemand anderes davon erfährt, bis die Party vorüber ist. Habt ihr verstanden?« Mahnend deutete sie auf jeden von uns. »Niemand weiß davon, außer Des natürlich. Er hat mich ja zur Biopsie gebracht. Sadie, ich bin ihm so dankbar. Bitte sag ihm das.«

Die Wände schienen immer näher zu kommen. Er hatte sie zur Biopsie gebracht? Wie lange wusste er schon davon?

»Wann war deine Biopsie, Dody?«, fragte ich.

»Vor drei Wochen. Damals muss ich meinen Ohrring in seinem Auto verloren haben. Aber die Ergebnisse habe ich erst gestern bekommen.« Sie steckte den Zettel zurück in die Handtasche und öffnete die Puderdose. Sie puderte sich die Nase, so beiläufig, als hätte sie uns nicht soeben die dramatischste Ankündigung unseres Lebens gemacht.

»Drei Wochen? Mum, warum hast du uns nichts davon gesagt?«, rief Fontaine. Jasper starrte sie an, als wäre sie bereits ein Geist.

»Weil ihr euch dann nur Sorgen gemacht hättet, und was hätte das schon für einen Sinn gehabt? Solange wir keine Ergebnisse hatten, gab es nichts zu besprechen. Aber Des war wirklich hilfsbereit. Man wird behandelt wie ein Filmstar, wenn man zur Biopsie seinen eigenen Arzt mitbringt, das kann ich euch sagen. Ich habe mich gefühlt wie Shirley MacLaine.«

Erst nach und nach begriff ich alles. Er hatte sie zur Biopsie gefahren? Des wusste seit drei Wochen Bescheid und hatte mir nie etwas gesagt? Wie hatte er so etwas nur geheim halten können?

Fontaine bombardierte Dody mit Fragen, während wir alle versuchten, diese unfassbare Nachricht zu verdauen. Schließlich hob sie beide Hände.

»Bitte, ihr Lieben, übermorgen habe ich wieder einen Termin bei meinem Arzt und dann werde ich mehr wissen. Wenn ihr mich begleiten wollt, sehr gerne.«

Fontaines Stuhlbeine scharrten über den Boden. Er stand auf und trat ans Fenster, wobei er an seinem Daumennagel kaute.

»Das hier ist keine Katastrophe, hört ihr? Es ist nicht das Ende meines Lebens und ganz sicher auch nicht das Ende eures Lebens. Aber wenn ihr mir nicht die größte Fete diesseits des Michigansees schmeißt, werde ich vielleicht doch sterben, nur damit ich als Geist zurückkommen und euch heimsuchen kann.«

»Das hier ist kein Scherz, Mum«, flüsterte Jasper.

Sie tätschelte ihm die Hand. »Ich weiß, Schatz, aber wenn wir nicht mehr lachen, dann haben die Terroristen gewonnen. Also hört auf mit dem Trübsalblasen und fangt an, meine Party zu planen.«

Die Zeit schien stillzustehen, während wir ungläubige Blicke wechselten. Dann wandte sich Fontaine um, räusperte sich und faltete die Hände hinter dem Rücken. Mit der Ernsthaftigkeit eines Richters fragte er: »Ich nehme an, du möchtest die üblichen Verdächtigen einladen?«

Dody lächelte. »Natürlich.«

»Und du möchtest eine riesige, kitschige Torte und jede Menge Alkohol?«

»Unbedingt.«

»Das lässt sich machen.«

Angestachelt von reiner Verdrängung begannen wir damit, Partypläne zu schmieden, statt Behandlungsmethoden zu diskutieren. Das würde noch früh genug kommen. Jetzt aber wollte Dody über Luftballonsträuße und Mariachi-Bands sprechen und darüber, ob das Seidenkleid, das ihr Walter in Thailand gekauft hatte, wohl zu pompös für diese Party wäre.

Doch während wir alle so taten, als hätten wir die Sache akzeptiert, kreisten meine Gedanken um Des und darum, dass er mir dieses Geheimnis drei volle Wochen vorenthalten hatte. Das war unverzeihlich.

Ich steckte Paige und Jordan ins Bett und küsste sie so oft, bis sie mir zu verstehen gaben, ich solle damit aufhören. Dodys

Ankündigung hatte alles verändert und mein Leben irgendwie wieder auf die richtige Spur gesetzt. Die Familie war das Wichtigste. Von geliebten Menschen umgeben zu sein, machte das Leben … na ja, lebenswert. Alles andere war egal. Plötzlich kümmerte es mich nicht mehr, ob Richard dieses dumme Haus in Glenville bekam oder nicht. Es war vollgestopft mit Zeug, das ich nicht brauchte, und mit hässlichen Erinnerungen, die mich nur belasteten. Wenn er aber tatsächlich versuchte, mir auch nur einen Augenblick der Zeit mit meinen Kindern zu rauben, würde ich mit Zähnen und Klauen gegen ihn kämpfen.

Sobald die Kinder schliefen, versicherte ich mich, dass Fontaine da war, falls sie etwas brauchten, und ging dann die Straße hinunter zum Haus der Pullmans. Ich war so zornig auf Des, weil er mir nichts gesagt hatte, dass alles taub war. Ich fühlte mich leichtgläubig und verraten. Hatte er nicht zu Tasha und Tom gesagt, er sei kein besonders begabter Schwindler? Sah ganz danach aus, als wäre er das doch! Wenn er so gut darin war, Geheimnisse für sich zu behalten, was enthielt er mir dann noch vor? Tränen brannten wie Essig in meinen Augen. Was für ein furchtbarer Tag.

Das Licht war an, Des musste also noch wach sein. Hatte er nicht behauptet, er wäre müde und würde gleich schlafen gehen? Das war wohl auch nur eine weitere Lüge gewesen.

Ich hämmerte gegen die Tür. Als er sie öffnete, stieß ich ihm den Zeigefinger gegen die Brust. Hart.

»Du hast es gewusst? Du weißt seit drei Wochen, dass sie Krebs hat, und du hast es mir nicht gesagt?«

Er wich zurück, doch ich folgte ihm und stieß ihn noch einmal gegen die Brust, diesmal noch härter. »Wie konntest du mir das nur verschweigen?«

Verteidigend hob er die Hände. »Sadie, wir wussten bis gestern nicht, ob es Krebs ist. Und ethisch betrachtet hatte ich kein Recht, diese Nachricht auszuplaudern.«

»Ethisch betrachtet? Das ist doch Schwachsinn, Des. Findest du es etwa ethischer, ihrer Familie nichts davon zu sagen?« Ich wollte ihn wieder gegen die Brust stoßen.

»Hör auf damit!« Er stieß meine Hand weg. »Ich hatte keine Wahl. Ich wollte es dir sagen, aber ich musste ihr versprechen, es nicht zu tun.«

»Natürlich hattest du eine Wahl! Du hättest einfach Nein sagen können. Etwas zu verheimlichen, ist dasselbe wie lügen.«

Das glaubte ich nicht einmal selbst, aber ich wollte mit ihm streiten.

Entschlossen reckte er das Kinn vor. »Verdammt, Sadie. Das ist schon das zweite Mal, dass du mich einen Lügner nennst. Ich habe Dodys Wünsche respektiert, und wenn du damit ein Problem hast, dann kläre das mit ihr.«

»Aber du bist Arzt. Auf dich hätte sie gehört. Jetzt haben wir drei Wochen verloren, in denen wir eine Behandlungsmethode hätten planen können.«

»Ja, ich bin Arzt, aber nicht *ihr* Arzt.« Er wandte sich ab und ging zum Sofa hinüber. Schwer ließ er sich darauf sinken. »Hör zu, ich habe versucht, ihr zu helfen, indem ich sie zur Biopsie gebracht habe, als sie mich darum gebeten hat. Und ihr Onkologe ist einer der besten. Viel mehr kann ich aber leider nicht für sie tun. Ich stecke hier in einer Situation, mit der ich eigentlich nichts zu tun habe. Ich habe mir das nicht ausgesucht.«

Mein Zorn hätte sich beinahe in Tränen verwandelt. »Keiner von uns hat sich das ausgesucht. Und ich habe einen vollkommen legitimen Grund, wütend zu sein.«

Er seufzte. »Ja, hast du. Aber nicht auf mich. Jedenfalls nicht deswegen.«

Ein Kugelfisch schien sich in meinem Magen auszudehnen. »Was soll das heißen?«

Er rieb sich über die Stirn. »Setz dich eine Minute.«

»Ich will mich nicht setzen.«

Er sah mich nicht an. Was konnte er denn sagen, um diesen Tag noch schlimmer zu machen?

Er fuhr sich mit der Hand durchs Haar.

Irgendetwas in seiner Miene jagte mir furchtbare Angst ein.

»Sadie, ich weiß, der Zeitpunkt ist beschissen. Aber da gibt es etwas, das ich dir sagen muss.«

Ich wollte es nicht hören. Egal, was es war, es würde mir nicht gefallen.

»Man hat mir eine Stelle angeboten. Eine unglaublich gute Stelle. In Seattle. Sie wollen, dass ich so schnell wie möglich anfange.«

Seattle. In Washington? Das war verdammt weit weg von Bell Harbor.

»Für wie lange?«, hörte ich mich flüstern.

Mit dunklem, schwerem Blick sah er mich an. »Dauerhaft.«

Die Erdachse kippte und warf mich beinahe um. Dauerhaft war eine sehr lange Zeit. Dauerhaft war länger, als meine Ehe gehalten hatte.

»Und du hast zugesagt?« Die Stimme gehörte zu mir, aber die Worte kamen aus dem Nirgendwo. Mein Gehirn war heruntergefahren. Das Atmen kostete mich meine gesamte Konzentration.

»Es ist ein großartiger Job, Sadie. Ich wäre verrückt, wenn ich ihn ablehnen würde.«

Ich nickte, meine Kehle zog sich zu. Ich hätte wissen müssen, dass es darauf hinauslaufen würde. Es war dumm gewesen, auf irgendetwas anderes zu hoffen. Ich wollte wütend auf ihn sein, weil er mir etwas vorgemacht hatte, aber das hatte er gar nicht.

Und selbst wenn er es getan hätte, was spielte das jetzt noch für eine Rolle? Sorgerechtsstreit und Dodys Pflege würden bald mein Leben in Anspruch nehmen. Für diesen dummen, sinnlosen Flirt würde dann ohnehin keine Zeit mehr sein.

Des sah weg. »Ich wünschte, ich könnte jetzt für dich da sein, Sadie. Wirklich. Aber es wird einfach nicht funktionieren.«

Ich wusste nicht, wie ich nach Hause gekommen war oder ob ich noch etwas gesagt hatte, bevor ich durch die Tür ins Freie stolperte. Ich kam erst wieder zu mir, als ich bei Dody in mein Kissen schluchzte. Mein Herz raste, als wäre ich um mein Leben gerannt und hätte kurz vor der Ziellinie verloren.

Des ging fort, Dody würde vielleicht sterben und Richard versuchte, mir meine Kinder wegzunehmen. Alles in mir fühlte sich zerstreut, haltlos und stachelig an.

Stunden später, nachdem die erste Runde Tränen vergossen war, kletterte ich zu Paige ins Bett. Ich sog den süßen, sanften Duft ihrer Haut ein und betete von ganzem Herzen, dass sie sich niemals verlieben würde.

24

Meine Anwältin Jeanette gehörte zu der Sorte eleganter, übervollkommener Frauen, die ich eigentlich aus Prinzip verabscheute. Sie war brillant und furchtlos und kleidete sich so extravagant, dass selbst Fontaine ihren Stil nicht imitieren könnte. Ihre Haut hatte die Farbe von Milchkaffee und der Blick ihrer dunklen, gefühlvollen Augen drang durch Lügengespinste wie Laserstrahlen.

Sie konnte innerhalb eines Augenblicks von züchtig und einnehmend auf aggressiv und fordernd umschalten, je nachdem, was die Situation erforderte. Und sie fluchte wie ein Kesselflicker. Ich hatte eine Heidenangst vor ihr, aber sie war auf meiner Seite und deshalb liebte ich sie mindestens ebenso inbrünstig, wie ich Richard hasste.

Sie zog einige Papiere aus ihrer schlanken schwarzen Aktentasche und legte sie zwischen uns auf den Tisch. Wir hatten uns darauf geeinigt, uns in einem Café in Bell Harbor zu treffen, weil mir die Fahrt nach Glenville zu viel war. Alles, was mich gleichzeitig von Dody entfernte und näher zu Richard brachte, war einfach unerträglich.

»Ich habe mit seinem Anwalt gesprochen«, sagte Jeanette. »Ich glaube, er versucht Sie einzuschüchtern. Er hat hoch gepokert, damit er einen gewissen Verhandlungsspielraum gewinnt.«

Ich rutschte auf meinem Stuhl herum. »Und was will er wirklich?«

»Meiner Insiderquelle nach will er das Haus.«

»Das ist alles? Er droht mir damit, mir meine Kinder wegzunehmen, weil er an das Haus herankommen will?«

»Sie kennen Richard doch. Alles dreht sich um Geld und Prestige. Seine Wohnung ist ein Drecksloch und er zahlt die Hypothek für ein Haus ab, das Sie im Augenblick nicht nutzen. Ich wette, sein Anwalt hat ihm geraten, die Sorgerechtskarte zu spielen, um Ihnen Angst einzujagen und Sie gefügig zu machen.«

»Es funktioniert.«

Jeanette runzelte die Stirn und rückte ihre Designerbrille zurecht. »Lassen Sie sich nicht von ihm herumschubsen, Sadie. Wir können mit ihm darum kämpfen.«

Während der vergangenen Tage hatte ich viel darüber nachgedacht. Genauer gesagt unaufhörlich, wenn ich nicht gerade wegen Dodys Krankheit oder Des abruptem Verschwinden weinte. Er hatte sich nicht einmal von mir verabschiedet. Gestern Abend war ich zum Haus der Pullmans gegangen, um mit ihm zu sprechen, aber da war er schon fort gewesen. Ich hatte durch eines der Fenster ins Haus gespäht und Umzugskartons entdeckt, doch vom ihm selbst fehlte jede Spur.

Es wäre nur logisch, wenn ich jetzt einfach wieder nach Glenville zurückkehrte. Ich könnte direkt dort wieder anknüpfen, wo ich aufgehört hatte: durch ein großes, leeres Haus wandern, gejagt vom Geist meines Versagens, umgeben von Freunden, die keine waren. Oder ich könnte hierbleiben und mich nützlich machen. Dody brauchte mich jetzt, und ehrlich gesagt brauchte ich sie auch.

»Das Haus ist mir egal. Er kann es haben, solange ich das alleinige Sorgerecht behalte.«

Jeanette machte sich Notizen auf dem Rand der Seiten. »Der Immobilienmarkt in Glenville ist total am Boden, Sie könnten also sicher ein kleineres, bescheideneres Häuschen finden, aber womit wollen Sie es bezahlen? Ich arbeite nicht ehrenamtlich.«

»Ehrlich gesagt habe ich mich entschlossen hierherzuziehen. Ich kann bei meiner Tante wohnen, bis sich etwas Neues ergibt. Und ich habe angefangen zu arbeiten. In Bell Harbor gibt es wirklich eine ganze Menge reicher, unordentlicher Leute. Im Augenblick verdiene ich zwar noch nicht sehr viel, aber die Aussichten sind gut.«

Meine Kapitulation enttäuschte Jeanette. Ein Rechtsstreit mit Richard würde bares Geld in ihrer Tasche bedeuten und außerdem genoss sie es ebenso sehr wie ich, ihm Daumenschrauben anzulegen. Wahrscheinlich erinnerte er sie an ihren eigenen Exmann.

»Denken Sie noch einmal darüber nach, Sadie.«

»Glauben Sie mir, das habe ich. Ich bin mir sicher, dass es die richtige Entscheidung ist. Meine Tante und Fontaine sind begeistert und für meine Kinder ist es, als würden wir nach Disney World ziehen. Oder glauben Sie, dass Richard damit doch noch einen Grund bekommt, das Sorgerecht zu verlangen? Denn wenn das so ist, dann muss ich mir etwas anderes überlegen.«

»Das wird wohl kaum eine Rolle spielen. Außer natürlich, es fällt ihm noch etwas ein, das er aus Ihnen herausschlagen könnte. Sie haben nicht vielleicht noch irgendwo eine herrliche Ferienwohnung oder so?«

»Die hat er schon bekommen.«

»Ach ja, richtig. Sie brauchen eine bessere Anwältin«, zog sie mich auf. Ihr Blick wanderte durch das kitschige Café. »Okay, wenn Sie sich sicher sind, dann handle ich die Sache mit Richards Laufburschen aus und rufe Sie morgen an. Aber wir können ihm das Haus nicht einfach umsonst geben. Er muss Sie schon ausbezahlen. Ich verspreche Ihnen, dass diese Sorgerechtsgeschichte nicht ziehen wird. Dieses Spielchen, das er da mit Ihrem Cousin versucht, ist Bockmist. Ihm ist wohl noch nicht aufgefallen, dass er Sie, indem er Ihnen das Haus wegnimmt, ja quasi dazu zwingt, mit den Kindern weiter in der Umgebung zu leben, die ihm angeblich solche Sorgen macht. Im richtigen Moment werde ich das erwähnen. Machen Sie sich keine Sorgen, Sadie, ich passe auf Sie auf.«

Das war die erste gute Nachricht seit Tagen.

***

Mit grimmiger Entschlossenheit stürzte ich mich in die Vorbereitungen für Dodys Party, froh darüber, etwas zu tun zu haben. Fontaine spannte auch Kyle in die Vorbereitungen ein und es dauerte nicht lange, bis wir alle in passenden T-Shirts herumliefen, auf denen *Team Dody* stand. Fontaine bestand darauf, streng in Weiß oder in Rosa zu dekorieren und obendrein jede Menge Glitzer zu verwenden. Es war, als würden wir eine Prinzessinnenparty für Paige organisieren. Wir kauften kilometerweise Tüll, um die Veranda darin einzuhüllen, dazu Lichterketten und kleine weiße Kerzen.

Widerstrebend engagierten wir ein paar von Jaspers Freunden als Band. Sie hatten hier in der Gegend einen gewissen Kultstatus, weil ihr einziger eigener Song *Salami Tsunami* ab und zu im Radio gespielt wurde. Was ihr Talent anging, hatte ich so meine Zweifel, aber sie waren begeistert bei der Sache und spielten für Bier.

Dody behielt ihren Optimismus bei, bekräftigt von Madame Margarets Versicherung, ihre Zeit sei noch nicht gekommen.

»Sie hat mir erzählt, dass sie Federn auf einem Teich gesehen hat und zwei Schwäne, die Seite an Seite eine Acht geschwommen sind. Das heißt, ich werde mindestens achtundachtzig.«

»Oder die Federn stammen von Engelsflügeln und du bist hinüber«, konterte Fontaine.

Warm lächelte sie ihn an und strich ihm über die Wange.

»Danke, Schatz. Es bedeutet mir viel, dass du noch immer Witze darüber machst. Egal, was ich sage, ich kriege Jasper einfach nicht mehr zum Lächeln.«

»Er ist nur etwas entmutigt, Dody. Und ihm geht gerade eine ganze Menge durch den Kopf«, erklärte ich.

Auch mir ging eine ganze Menge durch den Kopf, aber ich versuchte, es mir nicht anmerken zu lassen. Niemand konnte es gerade brauchen, dass ich Liebeskummertränen vergoss. Sie mussten nicht wissen, wie schwer es mich traf, dass Des nicht einmal angerufen hatte, um sich zu verabschieden.

Oder um mich Hoffnung schöpfen zu lassen.

Ich war ohnehin so damit beschäftigt, die Nachricht von Dodys Krankheit zu verkraften und mich um das Sorgerecht und die Haussache zu kümmern, dass ich gar keine Zeit hatte, Des zu vermissen. Außer abends. Und gleich morgens nach dem Aufwachen. Und an sonnigen Nachmittagen. Und wenn ich ein Segelboot oder ein Cabrio sah. Oder einen Mann.

Am Tag nach seiner Ankündigung hatte ich Penny angerufen, um mich bei ihr auszuheulen, aber leider konnte sie an nichts anderes mehr denken als an das Baby und war für mich praktisch nicht zu gebrauchen. Alles drehte sich nur noch darum. Das Baby war jetzt so groß wie ein Maiskorn, das Baby konnte schon klassische Musik im Uterus hören, das Baby könnte Allergien entwickeln, wenn Penny etwas Falsches aß. Sie sah sich jetzt sogar nur noch fremdsprachige Filme an, in der Hoffnung, das Baby würde so bilingual.

Als sie einmal kurz von ihrem Babymonolog verschnaufte und mich fragte, wie die Dinge in Bell Harbor liefen, wollte ich nichts lieber, als ihr zu erzählen, wie es um Dody stand, doch ich war zur Geheimhaltung verpflichtet. Plötzlich fand ich mich in derselben Situation wieder wie Des. Natürlich sollte Penny davon wissen, genau wie meine Mutter. Aber schuldete ich es Dody nicht, dass sie es den Menschen, die ihr am Herz lagen, selbst sagen konnte? Würde ich mir das an ihrer Stelle nicht auch wünschen?

Ich wollte wütend auf Des sein, weil es leichter war, aber in Wahrheit tat er mir beinahe leid, weil er durch mich überhaupt erst in diesen Schlamassel geraten war. Ja, es war unfair von ihm, einfach so zu verschwinden, aber änderte es denn irgendetwas am Ergebnis? Wenigstens war mir so ein langer, tragischer Abschied erspart geblieben. Ich hatte mich nicht an seine Beine geklammert und ihn angefleht, bei mir zu bleiben. Und das wäre schließlich schon ein bisschen peinlich gewesen. Vorhersehbar, aber peinlich.

***

Als ich am nächsten Morgen von einem Treffen mit Kyle nach Hause kam, fand ich Dody und die Kinder kichernd auf der Veranda vor, wo sie Quartett spielten. Kyle war mindestens ebenso begeistert gewesen wie Fontaine, als ich ihm berichtet hatte, ich würde in Bell Harbor bleiben. Immerhin gab es also zwei Männer, die mich liebten. Dann erzählte ich ihm die ganze Geschichte von Des. Ich musste jemandem davon berichten, der nicht schon von der Sorge um Dody zerfressen wurde. Kyle versprach mir, mein Geheimnis zu wahren und mich so mit schlampigen, unorganisierten Kunden zu überschwemmen, dass mir keine Zeit zum Nachdenken bliebe. Damit war ich durchaus einverstanden.

»Wer gewinnt?«, fragte ich und ließ mich auf einen Stuhl fallen.

»Ich! Ich habe ein K und noch ein K«, rief Jordan.

»Das sind Könige, Schatz«, erklärte ich ihm.

»Es ist egal, was für Karten du hast, Jordan. Es kommt darauf an, wie viele Paare es werden«, erklärte Paige.

»Aber die Könige sind besser als die Königinnen«, argumentierte Jordan.

»Ihr Süßen, warum geht ihr nicht in die Küche und malt mir ein paar Bilder, während ich kurz mit eurer Mami spreche? Ich möchte eines mit Schmetterlingen und Gürteltieren. Könnt ihr mir so eins malen?«

Sie liefen in die Küche und stritten sich schon darum, wie ein Gürteltier denn eigentlich aussah.

»Wie war dein Treffen mit Kyle?«

Ich zupfte am Sofakissen herum. »Gut. Er freut sich, dass ich bleibe.«

Sie schlug die Beine übereinander und lockerte den Taillengürtel ihres Tellerrocks. »Den hat mir Walter geschenkt, weißt du. Olivia Newton-John hat ihn in *Grease* getragen. Meine Güte, die reinste Wespentaille muss sie gehabt haben. Und dieser John Travolta? Der sah aus wie ein echter Sexgott. Apropos Sexgott, wo ist eigentlich Des in letzter Zeit?«

Ich hatte diese Frage längst kommen sehen und meine Antwort parat.

»Er hat eine Menge Arbeit. Aber er lässt dich grüßen und hofft, dass es dir gut geht.«

Dodys Mund wurde schmal. »Sadie Turner, das ist eine dicke, fette Lüge. Das erkenne ich an deiner Aura. Wo ist er wirklich?«

Ich täuschte Gelassenheit vor. »Dody, da macht dir meine Aura etwas vor. Er ist beschäftigt und das ist die Wahrheit.« Das war es ja eigentlich auch. Es war nur nicht die ganze Wahrheit.

Sie verschränkte die Arme über dem üppigen Busen. »Habt ihr euch meinetwegen gestritten? Ist er immer noch sauer, weil ich dir nicht schon früher gesagt habe, dass ich Krebs habe?«

Krebs war das neue Unwort für mich. Ich hasste die Art, wie sie es aussprach, als wäre es nicht schlimmer als: »Ich habe da etwas zwischen den Zähnen.«

»Er ist nicht sauer und wir haben uns nicht gestritten. Sei nicht albern, Dody.«

»Sadie Turner, ich bin doch nicht von morgen.«

»Von gestern, nicht von morgen«, korrigierte ich sie umgehend.

»Ja, da haben wir es wieder, du siehst den Wald vor lauter Träumen nicht, aber knapp daneben ist auch im Ei.«

»Wie bitte?« Mit Dody bekam ich schneller Kopfweh als nach einem Glas Jack Daniels.

»Auf mich sollte er sauer sein. Nur weil ich erst mein Fest haben wollte, es war falsch, ihn in so eine Zwickmühle zu bringen. Das ist mir jetzt bewusst geworden. Aber ich schätze, er war stattdessen sauer auf dich?«

»Nein, ich war sauer auf ihn!«, fauchte ich. *Mist. So ein verdammter Mist.* Anscheinend hatte ich zwar das Recht zu schweigen, aber leider nicht die Fähigkeit.

Dody verbiss sich ein Lächeln. Sie war ein Bluthund auf der Fährte. »Warum warst du sauer auf ihn?«

»Weil er es mir nicht erzählt hat. Das war praktisch dasselbe wie lügen. Aber ich bin darüber weg.« Ich ließ mich nach hinten in die Kissen plumpsen.

»Ach, papperlapapp, Sadie. Eine kleine weiße Lüge, um mich zu beschützen. Das kannst du ihm doch nicht übel nehmen.«

»Tue ich auch nicht.« Die Tränen, die ich seit Tagen zurückgehalten hatte, liefen mir jetzt über die Wangen. »Er zieht nach Seattle.«

Dody rückte näher, zog mich in ihre weichen Arme und tätschelte mir den Kopf, als wäre ich ein Kleinkind, und wie ein Kleinkind drückte ich mein Gesicht an sie und ließ den Tränen freien Lauf.

»Seattle?«, sagte sie schließlich. »Aber das ist doch lächerlich. Dort gibt es doch nichts außer Kaffee und Regen. Weiß er denn nicht, was du für ihn empfindest?« Sie zog ihr stets parates Taschentuch aus dem Ausschnitt und versuchte, mir die Nase zu putzen.

Ich setzte mich auf. »Es würde keinen Unterschied machen, Dody. Wir wussten von Anfang an, dass es nur eine kurze Geschichte sein würde. Er hat mir nichts vorgemacht. Und selbst wenn wir beide hiergeblieben wären, hätten wir uns früher oder später trotzdem wieder getrennt.«

»Oh, na, das ist doch mal eine tolle Einstellung. Du klingst wie deine Mutter.«

»Das ist gemein. Glaubst du denn nicht, dass ich mich schon mies genug fühle?«

»Es tut mir leid, aber so ist es nun einmal. Niemand verdient es, betrogen zu werden, Sadie, und Richard zu verlassen war richtig. Er ist kein netter Mensch. Aber deine Mutter hat deinen Vater schon weggestoßen, bevor er irgendetwas falsch gemacht hatte. Vergiss nicht, dass sie meine Schwester ist. Ich wusste, dass ihre Ehe in Gefahr war, aber sie konnte immer nur seine Fehler sehen, nie ihre eigenen. Dann ist er schließlich gegangen und sie ist nie darüber hinweggekommen. Ist es das, was du willst? Die nächsten dreißig Jahre Trübsal blasen?«

»Was soll ich denn deiner Meinung nach tun, Dody? Er zieht nach Seattle!«

»Aber er ist noch nicht weg, oder? Also schwing deinen Hintern da runter und sag ihm, wie du dich fühlst.«

»Doch, er ist schon weg. Ich war dort und das Haus ist verschlossen. Und als ich versucht habe, ihn auf dem Handy anzurufen, war es ausgeschaltet.«

»Ein einziger kleiner Anruf? Mehr schaffst du nicht? Ruf ihn noch einmal an.«

***

Dodys Worte hallten in meinem Kopf wider. Vielleicht sollte ich ihn wirklich noch einmal anrufen. Da ich beim letzten Mal keine Nachricht hinterlassen konnte, wusste er vielleicht ja gar nicht, dass ich angerufen hatte.

Aber er hätte mich anrufen können, wenn er hätte reden wollen. Immerhin war er derjenige, der ging.

Trotzdem, ich wollte nicht enden wie meine Mutter, verbittert und rachsüchtig. Ich rief ihn ein zweites Mal an und landete bei seiner Mailbox.

»Des, hallo, hier ist Sadie. Ich würde mich freuen, wenn wir reden könnten. Ruf mich zurück, ja?«

Zufrieden legte ich auf. Wenigstens hatte ich es versucht. Und was, wenn er wirklich zurückrief? Tja, darüber würde ich mir Gedanken machen, wenn es so weit war.

Doch er tat es nicht.

Drei weitere Tage zogen zäh vorbei ohne ein Wort von ihm. Das tat weh. Sehr weh. Ich verdiente doch wenigstens ein letztes Gespräch, aber vermutlich hatte er die Sache eben hinter sich gelassen.

Ich vermisste ihn, fühlte mich lethargisch und leer. Wieder einmal hatte die Liebe meinem Herzen kleine Zementschühchen verpasst und es in den Fluss der Zurückweisung gestoßen. Der Glücksvogel hatte mir auf die Schulter gekackt.

Ich versuchte, für Dody und die Kinder gute Miene zu machen, doch sie durchschauten mich.

Der einzige Silberstreif war ein Anruf von Jeanette.

»Wir haben einen Deal«, verkündete sie. »Geben Sie Richard das Haus und er lässt die Sorgerechtssache fallen.«

Ein ganzer Felsbrocken fiel mir vom Herzen.

Jeanette fuhr fort: »Und es gibt noch mehr gute Nachrichten: Richard muss Sie ausbezahlen. Der Immobilienmarkt ist zwar wie gesagt im Augenblick ziemlich im Eimer, aber er muss Ihnen fünfzig Prozent des jetzigen Marktwertes zahlen. Das ist zwar nicht üppig, aber es sollte reichen, um sich in Bell Harbor einzurichten.«

Ein weiterer kleiner Sieg.

»Das sind wirklich gute Nachrichten, Jeanette. Vielen Dank.«

»Sehr gerne geschehen. Ich weiß nicht genau, wie schnell die Sache über die Bühne gehen wird. Richard will so schnell wie möglich einen Fuß in die Tür bekommen, aber rechtlich gesehen darf er nicht auf das Grundstück, bis Sie vertraglich darauf verzichtet haben. Sein Anwalt wird die Papiere also so schnell wie möglich zusammenstellen, und sobald ich eine Kopie bekommen und sie mir angesehen habe, rufe ich Sie an. Lassen Sie ihn nicht ins Haus, bevor ich es sage.«

Das war es also. Die Sache stand fest. Wieder einmal würde sich mit einem Kugelschreiberschwung meine Zukunft ändern.

»Einverstanden. Ganz wie Sie meinen.«

»Ich muss schon sagen, Sadie, Sie stecken das alles gut weg.«

Das tat ich wirklich, nicht wahr? Vielleicht hatte ich einfach gelernt, welche Schlachten man austragen sollte und welche nicht. Oder vielleicht hatte ich auch einfach keine Kraft zum Kämpfen mehr.

25

Der Tag, an dem Dodys Party steigen sollte, zog klar und hell herauf. Keine Wolke war am Himmel zu sehen. Es war ein Sommertag wie aus dem Bilderbuch. Die Dekoration war fertig, wir hatten einen großen weißen Pavillon aufgebaut und eine improvisierte Tanzfläche aus bemaltem Sperrholz errichtet. Alles war so elegant und funkelnd, wie es sein sollte.

Jasper, der gerade letzte Hand an eine Platte mit Köstlichkeiten legte, fragte: »Sadie, könntest du die Hunde zu Mrs Schmidt bringen? Sie hat gesagt, wir könnten sie bis nach der Party bei ihr lassen, damit sie uns nicht alles wegfuttern. Dickmops! Runter da!«

Der Hund, der die Vorderpfoten auf den Küchentresen gestellt hatte, sah Jasper tieftraurig an und setzte sich dann hin.

»Klar.« Ich war froh, etwas zu tun zu haben. Die Tatsache, dass Mrs Schmidts Haus direkt neben dem der Pullmans stand, störte mich nicht einmal besonders. Es war die perfekte Gelegenheit, um einen Blick durch die Fenster zu werfen und nachzusehen, ob die Umzugskisten schon weg waren. Ich konnte es noch immer nicht fassen, dass mich Des nicht einmal zurückgerufen hatte. Es passte einfach nicht zu ihm, sich so grob zu verhalten. Aber vielleicht hatte ich ihn ja auch nicht so gut gekannt, wie ich geglaubt hatte.

Sobald ich mit Dickmops und Faulpelz vor der Tür war, fiel mir wieder ein, warum ich so ungern mit ihnen spazieren ging. Wie vierzig Kilo schwere Stolperfallen hopsten sie vor mir herum, als wäre ich ein riesiges Eichhörnchen. Faulpelz rieb seinen Kopf an meinem Bein und hinterließ eine Sabberspur.

Ich konnte gar nicht schnell genug bei Mrs Schmidt sein. Sie öffnete die Tür in einem pfirsichfarbenen Bademantel und mit Lockenwicklern in den Haaren.

»Hallo, Sadie. Komm doch rein. Wie geht es Dody?« Einen Augenblick lang dachte ich schon, sie hätte irgendwie von Dodys Krebs erfahren, doch dann begriff ich, dass sie nur plauderte. Die Hunde stürmten hinein und machten es sich sofort gemütlich. Ich hörte eine Katze im Nebenzimmer fauchen.

»Dody geht es sehr gut, danke der Nachfrage. Sie ist natürlich schon sehr aufgeregt wegen der Party. Vielen Dank, dass Sie solange auf die Hunde aufpassen.«

»Ach, keine Ursache. Ich fühle mich ja schon wie Dr. Doolittle«, entgegnete sie. »Mit Ihren Hunden und Phantom von nebenan.«

Wie aufs Stichwort sprang Zicke, die Katze, auf den Küchentresen und fauchte mich an. Gott! Ich hasste dieses Vieh.

»Phantom? So heißt sie also? Warum ist sie denn hier?« Mir wurde bewusst, dass ich Des nie nach ihr gefragt hatte. Vielleicht hatte er deshalb mit mir Schluss gemacht.

Mrs Schmidt nickte. »Ja, Dr. McKnight hat mich gebeten, auf sie aufzupassen, während er bei seinem Bootsrennen ist.«

Moment mal.

Wie bitte?

»Bei seinem Bootsrennen?«, krächzte ich.

»Ja. Hat er das Ihnen gegenüber denn nicht erwähnt? Ich dachte, Sie beide wären ein Paar.« Sie wackelte mit den Brauen, was ihre Lockenwickler in Aufruhr brachte.

Ich trat von einem Fuß auf den anderen. »Ähm, nein, sind wir nicht. Aber von welchem Rennen sprechen Sie?«

»Dieses große von Chicago bis hoch nach Mackinaw Island.

Er schien nicht gerade begeistert zu sein, soweit ich das beurteilen kann. Aber sein Freund bestand darauf. Danach möchte er seine Mutter besuchen. Was für ein lieber Junge.«

Das Rennen? Er war zum Rennen gefahren? Hatte er mich deshalb nicht angerufen? Nicht dass es irgendetwas änderte, aber es war trotzdem interessant. Wenigstens bedeutete es, dass er noch nicht offiziell umgezogen war. Konnte es vielleicht doch noch eine Chance geben?

Ich versuchte, Zicke/Phantom hinter den Ohren zu kraulen, als wären wir die besten Freundinnen. Sie kratzte mich. »Und wann kommt er zurück?«, fragte ich beiläufig.

Mrs Schmidt klopfte sich aufs Herz. »Kein Paar, was? Aber das wären Sie gerne, stimmt's? Ach …« Sie seufzte und richtete den verträumten Blick zur Decke hinauf. »Da kann ich Ihnen kaum einen Vorwurf machen. Mit zehn Kilo und dreißig Jahren weniger auf dem Buckel wäre ich selbst hinter ihm her. Aber zum Glück für Sie bin ich alt und fett.« Ihr Blick richtete sich wieder auf mich. »Ich weiß nicht genau, wann er zurückkommt. Irgendwann nächste Woche, glaube ich.«

»Tja, vielen Dank, Mrs Schmidt, dafür, dass Sie auf die Hunde aufpassen. Ich gehe jetzt wohl mal besser wieder. Es gibt noch eine ganze Menge zu tun vor der Party.«

»Natürlich. Bis heute Abend dann.«

Ich rannte nach Hause, so schnell ich konnte, und stürzte in die Küche.

Fontaine schnitt gerade Zitronen an der Kücheninsel.

»Er ist auf einem Boot!«, platzte ich heraus.

»Wer ist auf einem Boot?«

»Des ist auf einem Boot! Mrs Schmidt hat mir gerade erklärt, dass er auf dem Chi-Mack-Rennen ist, irgendwo mitten auf dem Lake Michigan! Meinst du, er hat mich deswegen nicht angerufen?«

Mittlerweile kannte die ganze Familie die hässlichen

Details seiner plötzlichen Abreise. Ich hatte es nicht geschafft, sie geheim zu halten.

Fontaine hob die Brauen. »Vielleicht.«

»Vielleicht?« Meine Stimme klang schrill und unschön.

»Ich weiß es nicht, Süße.«

Ich ballte die Fäuste und sah Fontaine abschätzend an.

Komm schon! Konnte er das denn nicht besser? Ich brauchte Ermutigung! Ich brauchte Hoffnung. Wenn Des meine Nachricht gar nicht bekommen hatte, konnte ich ihm vielleicht immer noch sagen, was ich für ihn empfand. Vielleicht würde das an seinem Entschluss etwas ändern. Vielleicht würde es *alles* ändern.

Das waren eine ganze Menge Vielleichts.

Und was, wenn er nie zurückkam? Was, wenn das Boot kenterte und sie alle ertranken? Ich würde enden wie dieses Mädchen aus dem Siebzigerjahre-Song, das sich in einen Segler verliebt, weil er ihr gesagt hat, was für ein tolles Mädchen sie ist und was für eine wunderbare Ehefrau sie abgeben würde. Wie zum Teufel hieß der noch mal? Brittney? Bethany? Betty?

»Brandy!«, brüllte ich mit geballten Fäusten.

»Was?« Fontaine bekam große Augen.

»Was, wenn er ertrinkt? Dann ende ich wie Brandy.«

»Die Sängerin?«

»Nein, Blödmann, das Barmädchen. Aus diesem Song.«

Fontaine legte sein Messer hin und kam langsam mit ausgestreckten Händen auf mich zu, als hätte ich den Finger am Abzug einer geladenen Waffe.

»Liebeskäfer, jetzt schnappst du über.«

Ich kicherte hysterisch. Er hatte recht. Der Stress machte mich irre. Was machte es schon für einen Unterschied, ob Des nun auf einem Boot, in einem Spaceshuttle oder in einem Heißluftballon war? Er zog trotzdem nach Seattle. Selbst wenn er mich doch noch zurückrief, was konnte ich schon sagen, um ihn umzustimmen? Gar nichts. Meine gerade erst zurückgekehrte Hoffnung sank schneller wieder als die *Titanic*. Wie auch immer die Dinge standen, ich würde enden wie Brandy, alleine an einem windgepeitschten Strand, voller Sehnsucht nach einem Mann, der für mich unerreichbar war. Verdammte Segler.

***

Das Geburtstagsspektakel begann. Fontaine flitzte umher wie eine Hummel auf Speed, schüttelte hysterisch Tüllschleifen auf und steckte die Blumenarrangements um. Er hatte darauf bestanden, dass Dody den Nachmittag im Haus verbrachte, damit es eine Überraschung für sie wurde. Er hatte sogar alle Gäste angewiesen, Weiß zu tragen, damit sie zu unserer eleganten Glitzerdekoration passten.

Fontaine, Jasper, Beth, Paige, Jordan und ich hatten uns auf der Veranda versammelt, als Kyle das Geburtstagskind herausführte.

Sie schnappte vor Begeisterung nach Luft. »Oh, schaut nur, es ist wundervoll! Einfach wundervoll. Ach, ihr Kinder habt euch viel zu viel Arbeit gemacht. Es ist so schön. Schaut euch nur die Blumen und die Schleifen und die Lichter an. Oh, Jasper, das Essen sieht köstlich aus. Ach, es ist einfach perfekt.« Sie umarmte und küsste jeden von uns mindestens zwei Mal. Meine Kinder, die es schnell leid waren, dass sich nicht alles um sie drehte, liefen zur Tanzfläche und rannten im Kreis darauf herum.

»Was für ein schönes Kleid, Dody«, sagte Beth.

Dody machte einen Knicks. »Danke, Liebes. Es stammt aus der Marie-Osmond-Kollektion. Ich dachte, Seide könnte ein bisschen zu warm sein. Aber du siehst auch einfach bezaubernd aus! Meine Güte!« Wieder schnappte sie nach Luft, als ihr plötzlich auffiel, dass wir alle Weiß trugen. »Ihr seht ja aus wie Engel. Ich bin doch noch nicht tot, oder? Ist das hier der Himmel?«

Fontaine schüttelte den Kopf. »Das ist nicht nett, Mum! Ich gebe mir so viel Mühe, und alles, was dir dazu einfällt, ist: ›Ich sehe tote Menschen.‹«

Sie kicherte. »Entschuldige, Schatz. Ich habe nur Spaß gemacht. Es ist wunderschön, wirklich. Einfach fantastisch.«

»Danke. Und jetzt besorgen wir dir mal eine Weinschorle, einverstanden?« Fontaine ging zu der ausgedehnten Bar hinüber, die wir in einer Ecke der Veranda aufgebaut hatten.

Kyle trat zu mir und lehnte sich gegen das tüllverhangene Geländer.

»Es sieht wirklich toll aus, oder?« Er legte mir den Arm um die Schultern. »Vielleicht sollten wir Partyplanung der Extraklasse mit in unser Serviceangebot aufnehmen.«

»Sollten wir. Vielen Dank für deine Hilfe.« Eine Woge tiefer Zuneigung für Kyle wallte in mir auf. Er war ein so freundlicher und großzügiger Mensch und er hatte uns beigestanden, als wir es dringend gebraucht hatten. Er war ein wahrer Freund für mich geworden. Ich umarmte ihn. »Du bist der Beste. Ich vergöttere dich.«

»Das ist also Dezzzzzzzz?«

Oh. Mein. Gott. Das konnte unmöglich wahr sein.

Richards sarkastisches Schnarren versengte meine Trommelfelle wie glimmende Kohlen. Mein Kopf ruckte herum und da war er! Ich umklammerte Kyle so fest, dass er leise japste.

»Was machst du denn hier, Richard?«

Jetzt wandten sich alle gleichzeitig zu ihm um. Ein silikonverstärkter Reality-Modelshow-Auswurf hing an seinem Arm. Sie mochte vielleicht zwanzig sein, in Sachen billiges Flittchen wirkte sie jedoch weit älter. Ich hatte schon Pickel gehabt, die mehr Hautoberfläche bedeckten als dieser Rest von einem Kleid, den sie (beinahe) trug.

Richard hielt einen Umschlag hoch. »Ich habe hier etwas zum Unterschreiben für dich, Sadie. Die Hauspapiere. Ich dachte, wir machen die Sache lieber fest, bevor dieser Schakal von einer Anwältin versucht, die Dinge zu verkomplizieren.« Er grinste jeden auf der Veranda an und lachte leise. »Ihr schmeißt hier eine Party? Warum wurde ich nicht eingeladen?«

Wer hatte Richard unter seinem Stein hervorkriechen lassen? Wie konnte er es wagen? Wie konnte er es wagen, hier unangekündigt aufzutauchen und mir mit den Papieren vor der Nase herumzuwedeln? Das war einfach zu viel! Und er hatte seine neue Freundin mitgebracht. Wer zum Teufel brachte seine neue Freundin mit, wenn er seine Exfrau aufs Kreuz legen wollte? Ich war sprachlos, aber nur weil mir die Worte, die in meinem Inneren tobten, beim Aussprechen sicher den Mund verbrannt hätten.

»Richard, das ist jetzt wirklich nicht der richtige Augenblick«, sagte Dody. »Warum kommst du nicht morgen wieder?«

Alle Blicke flogen zwischen mir und Richard hin und her.

Sein Lächeln wurde noch breiter, als wäre das hier ein netter kleiner Plausch mit alten Freunden. »Tut mir leid. Geht nicht, Doodoo. Wir sind schon auf dem Rückweg, aber ich will diese Papiere unterzeichnet haben, bevor ich gehe, weil ich nämlich keinen Fuß über die Schwelle setzen darf, bis unsere kleine Eisprinzessin alles abgesegnet hat. Also, was ist jetzt, Sadie? Unterschreib einfach und ich bin weg.«

Ich konnte kaum atmen. »Richard, ich werde heute ganz sicher gar nichts unterschreiben. Ich mache es morgen, nachdem ich mit meiner Anwältin gesprochen habe.«

Richard schüttelte den Kopf. »Nein, nein. Ich will alles noch vor nächster Woche unter Dach und Fach haben. Mach jetzt keinen Ärger. Du hast zugestimmt, also verkompliziere jetzt nicht alles.«

»Ich verkompliziere gar nichts. Du benimmst dich daneben.

Wir stecken mitten in einer Party, Richard. Ich lese die Papiere gleich morgen früh.«

»Jetzt sofort wäre besser. Ach ja, das hier ist übrigens Barbie. Barbie, Sadie.«

Barbie lächelte. Ich erwartete fast, eine Zahnlücke aufblitzen zu sehen, so jung war sie.

Richards Stimme troff vor Zynismus, als er fortfuhr: »Und möchtest du mir deinen Freund Dezzzzz denn nicht vorstellen?«

Er musterte Kyle unverhohlen. Verdammt! Richard war so widerlich, so unverschämt! Das brachte das Fass zum Überlaufen! Deshalb formte mein Mund plötzlich Worte, völlig unabhängig von meinem Hirn.

Ich drückte Kyle noch fester an mich. »Ja, Richard, das hier ist Des. Und wir möchten beide, dass du verschwindest.«

Ich konnte beinahe hören, wie den Mitgliedern meiner Familie gemeinschaftlich der Unterkiefer herunterklappte.

Fontaine wimmerte leise.

Omeingott, omeingott, omeingott! Habe ich das etwa laut gesagt? Ich linste zu Kyle hinüber.

Er hatte vor Erstaunen die Augen weit aufgerissen.

Ja, anscheinend schon.

Nach einer gefühlten Ewigkeit streckte Kyle die Hand aus. »Richard.«

Ein kollektives Aufatmen meiner Anverwandten folgte.

Richard schüttelte ihm die Hand. »Sind Sie nicht Schotte? Wo ist der Kilt?«

Kyle, mein tapferer Held in strahlender Rüstung, zögerte keinen Augenblick. »In der Reinigung. Da müssen Sie heute Abend wohl einem anderen Rock nachjagen.«

Jasper lachte.

Fontaine wimmerte wieder.

»Okay, das hätten wir hinter uns. Gehst du jetzt endlich?«, fauchte ich.

»Baby, ich bin extra den ganzen weiten Weg aus Glenville gekommen. Und ich gehe nicht ohne deine Unterschrift.«

»Richard, bist du das etwa?«

Un. Glaub. Lich. Meine Mutter marschierte auf die Veranda, ihr dunkles Haar trotz des Windes und der feuchten Luft perfekt gestylt. Penny und Jeff folgten direkt hinter ihr.

Ich packte Kyles Hemd hinter seinem Rücken so fest, dass ich schon Angst hatte, es könnte zerreißen. Er drückte meine Schulter.

»Helene«, rief Dody und stieß Richard beiseite, um ihre Schwester zu begrüßen.

Meine Mutter erwiderte die Umarmung steif.

»Du siehst einfach entzückend aus«, sagte Dody.

»Weiß ist nicht die Farbe meiner Wahl, aber die Einladung war in dieser Hinsicht sehr deutlich«, entgegnete meine Mutter. »Übrigens, alles Gute zum Geburtstag.«

Alle versammelten sich, um meine Mutter, meine Schwester und meinen Schwager zu begrüßen. Ich blieb wie angewurzelt auf der Veranda stehen und ließ Kyles Hemd nicht los.

Penny fing meinen Blick auf und ihre Lippen formten das Wort »Süß!«. Sie hatte ja keine Ahnung, dass dieser Des nur ein Schauspieler war.

Ich wollte den Kopf schüttelten, doch vor meinen Augen drehte sich ohnehin schon alles, deshalb wagte ich es nicht.

Dann entdeckte mich meine Mutter und hob eine perfekt geschminkte Braue.

»Hallo, Sadie. Wer ist das?«

Ihr Blick flackerte zu Kyle hinüber, bevor er wieder mich durchbohrte.

Richard schnaubte. »Dann hast du Sadies neuen Freund also auch noch nicht getroffen, Helene? Das ist Dezzz.«

Gott, ich hasste Richard.

»Wie schön, Sie kennenzulernen, Mrs … äh …« Kyle stockte.

»Harper.«

»Mrs Harper. Ich bin ...« Er stotterte leicht. »Ich bin D...Des.«

»Penny ist schwanger«, platzte Fontaine heraus.

Glückwünsche erklangen und plötzlich drängten sich wieder alle um meine Schwester und ihren Mann. Penny brachte es fertig, jeden zu umarmen und mir dabei ununterbrochen mörderische Blicke zuzuwerfen. So viel also zu ihrem Geheimnis.

In dem ganzen Tumult sprang Fontaine an meine Seite, packte mich und Kyle am Handgelenk und zerrte uns ins Haus.

»Was zum Teufel machst du da?«, zischte ich. »Penny wollte nicht, dass es schon irgendjemand erfährt.«

»Was ich da mache? Was zum Teufel machst du da? Warum hast du behauptet, Kyle wäre Des? Das ist doch bescheuert.«

»Ich weiß auch nicht! Richard hat mich kalt erwischt, schätze ich, hier einfach mit seinem Barbiepüppchen aufzutauchen. Es ist mir so rausgerutscht.«

»Und was sollen wir jetzt tun?«, fragte Fontaine nachdrücklich.

»Leute, entspannt euch. Ist doch keine große Sache. Ich kann für eine Weile Des sein«, flüsterte Kyle.

»Kannst du?«, fragte ich.

»Kannst du nicht!«, schoss Fontaine zurück.

»Natürlich kann ich. Das wird lustig. Ich habe schon seit Ewigkeiten nicht mehr so getan, als wäre ich hetero. Hey, schaut mal, das ist mein Hetero-Gang.« Kyle wankte merkwürdig durchs Zimmer.

»Du siehst aus wie John Wayne mit Hämorriden«, rief Fontaine aufgebracht. »Das wird nicht funktionieren.«

Kyle lachte. »Ach, komm schon. War doch nur ein Witz. Das klappt schon. Ist doch nur, bis Richard wieder weg ist.«

»Aber vielleicht bleibt er den ganzen Abend hier. Ich unterschreibe diese Papiere erst, wenn sie meine Anwältin gelesen hat. Außerdem müsstest du Des bleiben, bis meine Mutter ebenfalls gegangen ist. Dieses Theater erkläre ich ihr ganz bestimmt nicht.«

»Oh.« Darüber dachte er kurz nach. »Okay. Wie auch immer. Ich schaffe das trotzdem. Ihr zwei sagt doch immer, was für ein Arschloch dieser Richard ist, also lasst uns mal ein bisschen Spaß mit ihm haben. Außerdem, wie sollten wir aus dieser Sache denn jetzt wieder rauskommen?«

Er hatte recht. Wenn wir unsere Finte nicht vor Richard und meiner Mutter zugeben wollten, gab es keine andere Möglichkeit.

Fontaine sah Kyle mit neu erwachter Bewunderung an. »Ich hatte ja keine Ahnung, dass du so durchtrieben bist. Ziemlich sexy.«

Kyle wirkte stolz. »Hm, vielen Dank.«

»Moment, was ist mit den Kindern?«, fiel mir ein.

Fontaine biss auf seinem Daumennagel herum. »Ach ja.«

»Was sollte das denn, du Plappermaul!«, rief meine Schwester, die gerade von der Veranda hereinkam. Ihre Wangen leuchteten rot.

Verteidigend hob ich die Hände. »Es tut mir leid, Penn. Ehrlich. Komm, ich erkläre dir alles.«

Wie Verschwörer steckten wir die Köpfe zusammen und weihten Penny flüsternd in alles ein. Sofort vergab sie mir, wenn auch nur deswegen, weil sie unbedingt sehen wollte, wie sich die Sache entwickelte. Sie bot an, die Sache mit meinen Kindern zu übernehmen. Es gefiel mir gar nicht, meine unschuldigen Sprösslinge in meine zwielichtigen Angelegenheiten zu verwickeln, aber immerhin würde diese Sache interessanten Diskussionsstoff für ihre zukünftigen Therapiesitzungen liefern.

Und so wurde *Operation Desmond Storm* eingeleitet.

***

»Sadie, unterschreib einfach diese Scheißpapiere, damit ich hier abhauen kann«, blaffte Richard, sobald ich wieder ins Freie trat.

»Ich habe gerade meine Anwältin angerufen, Richard. Sie hat am Nachmittag eine Kopie bekommen und sieht sie gerade durch. Sobald sie zurückruft und bestätigt, dass alles in Ordnung ist, unterschreibe ich dir deine blöden Papiere. Geh mir bis dahin aus dem Weg und sei nett zu meiner Familie. Jetzt muss ich mich um die Partygäste kümmern und da gehörst du nicht dazu.«

»Kann ich wenigstens einen Drink haben und meine Kinder sehen?«

Ich zeigte ihm den Stinkefinger und lief die Verandastufen zum Strand hinab.

Weitere Freunde und Verwandte erschienen und die Party nahm allmählich Fahrt auf. Fontaine huschte umher wie ein Sandkrebs, begrüßte Gäste und trieb sie zu Dody, die auf einem tüllverzierten Stuhl saß. Es sah aus, als würde sie in Meringue treiben. Neben ihr saß meine Mutter, ihre Haltung so makellos wie ihre manikürten Hände. Man konnte sich kaum unterschiedlichere Schwestern vorstellen.

Paige und Jordan sagten ihrem Vater kurz und wohlüberwacht Hallo, bevor Penny sie wieder fortzog. Jetzt rannten meine Kinder mit einem Dutzend Cousins und Cousinen am Strand umher. Sie waren also erst einmal beschäftigt, hoffentlich lange genug, um von Richard fernzubleiben, bevor sie mein diabolisches Geheimnis enthüllen konnten.

Kyle spielte die Rolle des eifrigen Geliebten mit so viel Enthusiasmus, dass ich ihn schließlich bitten musste, mir nicht mehr ständig den Hintern zu tätscheln.

»Entschuldigung«, flüsterte er. »Aber machen Heteromänner das nicht dauernd?«

»Schon, aber das heißt noch lange nicht, dass es den Heterofrauen auch gefällt.«

Er zuckte mit den Schultern und trank einen Schluck.

Die Sonne sank und der reichlich fließende Alkohol hatte

mittlerweile alte Familienfehden aufgeweicht und Fremde in Freunde verwandelt. Die Party wurde allmählich ausgelassen und die Altersspanne auf der Tanzfläche erstreckte sich von den ganz Jungen bis zu den ganz jung Gebliebenen. Harry war inzwischen eingetroffen, und ich sah zu, wie Dody versuchte, ihm mit einer Nelke zwischen den Zähnen das Tangotanzen beizubringen.

Am Rand der Menge standen Jasper, Fontaine, Kyle und ich und gratulierten uns zu der gelungenen Party.

»Ich glaube, es ist ein voller Erfolg«, sagte Jasper und hob sein Glas.

»Das glaube ich auch. Dody sieht so glücklich aus«, fügte ich hinzu.

Wir stießen an.

»Und dank unseres neuen Des hier konnten wir sogar deinen Fauxpas verschleiern«, ergänzte Fontaine und lächelte Kyle an.

»Verschleiern, was? Trägst du jetzt neuerdings schon Schleier, Timmy?« Das war Richard, der sich von hinten an uns herangeschlichen haben musste, leise und furchterregend wie der Tod persönlich.

»Wo ist Bambi?«, gab Fontaine zurück.

Richard feixte und trank einen großen Schluck aus seinem Glas. »Barbie. Sie ist im Haus und sieht fern. Sadie, hat deine Scheißanwältin denn immer noch nicht zurückgerufen?«

»Noch nicht, Richard. Warum kannst du nicht einfach verschwinden? Du bekommst doch, was du willst. Warum musst du mir unbedingt diese Party kaputt machen?« Wenn ich zickig klang, dann nur deshalb, weil mich Richard darauf reduzierte.

»Glaub mir, ich kann es kaum erwarten, diese Provinzfete zu verlassen, aber ich bin nicht den ganzen weiten Weg aus Glenville hergefahren, um jetzt ohne die Schlüssel zu meinem Haus wieder zu gehen.« Wieder trank er einen Schluck und sog sich einen Eiswürfel in den Mund. Dann nickte er Kyle zu. »Sie sind also Arzt, was?«

Kyle sah sich um, bevor er begriff, dass Richard ihn meinte. »Oh, ähm, ja.«

»Podologe oder Chiropraktiker oder so?«

»Notfallmedizin?« Kyle sah mich an, als wollte er fragen: *»Stimmt doch, oder?«*

Der Schweiß brach mir aus. Ich wollte nicht, dass Richard meinen falschen Geliebten in ein Gespräch verwickelte. Wenn er uns auf die Schliche kam, würde ich das ewig zu hören bekommen.

»Richard, solltest du denn nicht im Haus bei Bambi sitzen?«, fragte ich.

»Barbie. Und ich versuche nur, mich mit deinem neuen Freund hier bekannt zu machen. Wie du dich bestimmt erinnerst, kümmert es mich sehr, welchem Einfluss meine Kinder ausgesetzt sind.«

Diese kaum verhohlene Drohung konnte ich nicht missverstehen. Wenn ich nicht bald diese Papiere unterschrieb, würde er sich darüber beschweren, dass Fontaines Anwesenheit ihn beleidigte. Oh, welch Ironie.

Richard wandte sich wieder an Kyle. »Sie kommen aus Schottland, richtig? Warum haben Sie dann keinen komischen Akzent?«

Ups. Dieses kleine Detail hatten wir glatt vergessen! Kyles Zungenschlag verriet eindeutig, dass er aus dem Mittleren Westen der USA stammte.

»Ich habe fast mein ganzes Leben in den Staaten verbracht. Aber wo wir gerade von komischen Akzenten sprechen … Sie können jedenfalls kaum verbergen, dass Sie ein Junge vom Lande sind, was?«, konterte Kyle.

Ich lächelte erleichtert. *Nette Antwort, Des-Imitator.* Kyle war der beste falsche Freund, den ich jemals gehabt hatte.

Da er spürte, dass er dieses Wortgefecht nicht gewinnen konnte, wandte sich Richard an Jasper. »Und du brätst immer noch Burger?«

»Jep.«

Das wurde allmählich lästig. Jeanette musste so schnell wie möglich zurückrufen, damit Richard endlich Land gewann! Ich suchte die Menge ab. Stand da denn nicht irgendwo ein unangenehmer, ahnungsloser Verwandter herum, dem ich Richard aufdrängen konnte? Als mein Blick auf den Strand fiel, erkannte ich eine einsame Gestalt, die auf uns zukam. Sie war groß, breitschultrig und unverkennbar. Mir blieb das Herz stehen. Es setzte nicht nur einfach einen Schlag aus, es legte eine reifenquietschende Vollbremsung hin.

Es war Des.

Er war zurück in Bell Harbor.

Nein, noch besser, er war hier! Er kam zu Dodys Party! Er sah verstörend umwerfend aus mit der braunen Haut und dem losen Hemd, das sich in der leichten Brise bauschte. Er war sogar noch schöner, als ich ihn in Erinnerung hatte.

Wie war das möglich? Ich wollte ihm entgegenrennen und ihn mit Küssen überhäufen.

»Des«, flüsterte ich unabsichtlich. Er war viel zu weit entfernt, um mich zu hören, doch Kyle stand direkt neben mir.

»Was?«, fragte er.

Verwirrt sah ich zu ihm auf.

Moment.

Was?

Oh, Scheiße. Scheiße.

Kyle!

Und Richard!

Und Des! Der echte Des.

Was jetzt?

»Des«, sagte ich noch einmal mit gepresster Stimme. Kaum

merklich ruckte ich mit dem Kopf in seine Richtung.

Kyle und Fontaine begriffen und ihre Blicke folgten der Bewegung. Fontaine unterdrückte mühsam ein Keuchen, und Kyle sah von Des zu Richard zu mir und wieder zurück zu Richard.

Jasper bemerkte unsere stumme Panik und wandte sich ebenfalls um. Er machte ein Geräusch wie Dickmops, wenn er zu viel Erdnussbutter im Maul hatte. Abrupt wandte er sich an Richard und blockierte so seine Sicht auf den Strand. »Und wen würdest du gerne mal gegen Mayweather im Ring sehen?«

Danke, Jasper! Danke! Über seinen Lieblingsboxer sprechen zu können, würde Richard eine Weile lang beschäftigen. Aber nur eine Weile.

Was sollte ich jetzt nur tun? Des war keine zehn Meter mehr entfernt und kam rasch näher. Es gab keinen Ausweg. Ich war verdammt, mein Spiel würde auffliegen. Plötzlich verstand ich, wie es Wölfe schafften, sich ihre eigene Pfote abzubeißen, um sich aus einer Falle zu befreien.

Na ja, eigentlich doch nicht. Das war wirklich total krass. Aber wenigstens begriff ich jetzt, wie sich der Wolf fühlte. Ich wollte mich auch aus dieser Falle befreien. Aus der Falle, die ich mir selbst gestellt hatte, vor lauter Stolz und Sturheit. Und vielleicht auch aus reiner Dummheit.

Was sollte ich tun?

Was konnte ich tun?

Ich würde die Wahrheit sagen müssen, und zwar schnell, bevor mich Des hören konnte.

»Richard, ich muss dir etwas sa…«

Doch meine Worte gingen in Fontaines Kreischen unter. »Liebling!«, tirilierte er, breitete die Arme aus und rannte auf Des zu. »Warum hat das denn so lange gedauert? Wir dachten schon, du würdest nie kommen.«

Des blieb wie angewurzelt stehen und seine Augen weiteten

sich bei Fontaines Anblick, der wie ein angreifender Schwan auf ihn zuschoss.

Es war, als beobachtete man einen Autounfall in Zeitlupe. Fontaine sprang in die Luft und krachte frontal mit Des zusammen. Er schlang ihm die Arme um den Hals und drückte ihm einen nachdrücklichen Schmatzer direkt auf den Mund.

Des stolperte rückwärts, sowohl aufgrund der Wucht des Aufpralls als auch vor Schock. Wäre dieser Augenblick nicht auf so vielen Ebenen schmerzvoll für mich gewesen, dann wäre es das Lustigste gewesen, das ich je gesehen hatte.

»Was zum Teufel soll das denn, Fontaine?«, rief Des.

Mein Herz zog sich krampfhaft zusammen und ich dachte noch einmal darüber nach, mir vielleicht doch die eigene Pfote abzubeißen.

»Es war sehr ungezogen von dir, mich hier so einfach warten zu lassen, Süßer.« Fontaine kicherte und zog den völlig verwirrten Des zu unserer Gruppe der Schaulustigen herüber. »Aber zum Glück für dich hatte ich ja nette Gesellschaft. Siehst du? Sadie ist auch hier, mit ihrem neuen Freund.«

»Mit ihrem neuen Fr…«

»Er heißt Des«, betonte Fontaine überdeutlich.

»Was?«

»Schau.« Fontaine packte den armen Des am Unterkiefer und drehte seinen Kopf zu uns.

Kyle schlang besitzergreifend den Arm um mich.

Des deutete auf ihn. »Das ist doch Ky…«

»Kein Wunder. Stimmt, es ist wirklich kein Wunder, dass sie auch hier sind. Immerhin ist es ja Dodys Geburtstag und wir wollen doch alle, dass sie glücklich ist. Jasper und Beth kennst du natürlich schon. Ach ja, und das da ist Richard. Er war Sadies Mann, bis sie begriffen hat, was für ein Arschloch er ist. Eigentlich ist er gar nicht eingeladen. Er ist einfach aufgetaucht.«

Fontaines Erklärung hätte kaum offensichtlicher sein

können. Was er sagte, war so auffallend unpassend, dass es mich wunderte, dass keiner von uns zu lachen anfing. Wir standen zu sehr unter Schock. Richard dagegen bemerkte nichts von diesem Schauspiel, das sich hier nur seinetwegen entfaltete. Er war zu sehr damit beschäftigt, sich einen Mohnsamen zwischen den Zähnen herauszupulen, um auf irgendetwas anderes zu achten. Da er Fontaine als unter seiner Würde betrachtete, würde er kaum falsches Interesse an einem seiner Liebhaber heucheln.

Des sah ratlos von einem zum anderen und endlich trafen sich unsere Blicke.

Was für ein Augenblick.

Was für ein Genuss.

Was für eine Katastrophe.

Das war doch absurd. Es musste ein Ende haben. »Richard«, begann ich noch einmal, aber Fontaine wollte nichts davon wissen.

»Sadie, Sadie, lass mich erst alle einander vorstellen. Richard, das hier ist … äh, Gerard. Gerard, das hier sind … alle.«

Des blinzelte wie ein Alien, der soeben in einem Versuchslabor auf einem fremden Planeten erwacht ist. Er sah Fontaine an, und völlige Fassungslosigkeit stand in seinem Gesicht.

Fontaine zuckte mit den Schultern und rollte mit den Augen.

Des seufzte und wandte für den Bruchteil einer Sekunde den Kopf ab.

Es würde nicht funktionieren. Er würde nicht mitmachen. Und warum sollte er auch? Er hatte eine Kostprobe von der Freakshow erhalten, die mein Leben war, und er wollte nicht dazugehören. Im Augenblick konnte ich ihm das kaum verübeln. Ich war den ganzen Ärger einfach nicht wert.

Dann sah Des wieder mich an und nickte kaum merklich.

Mein Herz begann wieder zu schlagen, wenn auch noch sehr vorsichtig.

»Sieht so aus, als hätte ich einiges verpasst«, sagte er.

»Und wer sind Sie?«, fragte Richard, als hätte er den Neuankömmling gerade erst bemerkt.

Fontaine klammerte sich an seinen Arm. »Er ist mein göttlicher neuer Liebhaber.«

Des wirkte, als wäre er einem plötzlichen Gedächtnisschwund zum Opfer gefallen, sein Gesicht verlor jeden Ausdruck. Er streckte Richard die Hand entgegen, der sie einmal mit einem nachlässigen, testosteronstrotzenden Ganzer-Kerl-Handschlag schüttelte.

»Dick«, sagte der echte Des.

»Ähm, eigentlich Richard.«

Des zuckte mit den Schultern. »Und ich bin Gerard. Offensichtlich.«

»Sie sind auch Schotte?«, fragte Richard.

Des sah Fontaine an.

»Ja!«, gab Fontaine entschieden zurück. »So ein Zufall.«

Ich drückte das Gesicht an Kyles Arm und wusste nicht, ob ich lachen oder beichten oder einfach zusehen sollte, wie mein eigenes Urteil seine grauenhafte Wirkung entfaltete. Entweder war Des der beste Kerl aller Zeiten oder er war so verwirrt, dass er einfach nicht wusste, was er sonst tun sollte.

Richard grinste unangenehm. »Ist er denn nicht zu viel Macho für dich, Fontaine?«

»Eifersüchtig?«, zischte Fontaine.

Richard zeigte sein herablassendstes Lächeln, das mich immer schon irgendwie an Hitler erinnert hatte. »Klar, was auch immer. Sadie, wie lange muss ich mir diese Schwuchtelparade noch anschauen?«

Des legte einen Arm um Fontaine. »Das war jetzt ein bisschen unpassend, meinen Sie nicht, Kumpel?«

Richard verzog das Gesicht, als hätte er Kakerlaken am Boden seines Glases treiben sehen.

»Unpassend? Hören Sie mal zu, *Kumpel.* Ich nenne es

unpassend, dass sich Typen wie Sie in der Nähe meiner Kinder aufhalten.«

»Des! Du bist da!« Das war Dody, die von der Tanzfläche mit wehendem Tellerrock zu uns herübergelaufen kam.

Des trat einen Schritt vor, wandte sich dann aber wieder um und sah Kyle an.

»Oh!«, japste dieser. Dann lief er auf Dody zu. »Ja, Dody. Extra wegen dir.« Er nahm sie am Arm und lotste sie zurück zur Tanzfläche, wobei er ihr ins Ohr flüsterte, während sie über die Schulter zu uns zurückblickte. Dann begannen sie zu tanzen, ohne uns dabei jedoch aus den Augen zu lassen.

Ich wagte es nicht, Des anzusehen. Oder Richard. Stattdessen starrte ich in mein Glas und fragte mich, wie es sich so schnell geleert hatte. War da vielleicht ein Loch im Boden? Ich hob es hoch, konnte aber keines entdecken.

Nach längerem Schweigen räusperte sich Des. »Tja, ich glaube, ich werde Des mal ablösen. Ich möchte dem Geburtstagskind gratulieren.«

Er betrat die Tanzfläche, er und sein Stellvertreter wechselten ein paar Worte, dann griff der echte Des nach Dodys Hand und führte sie ein Stück fort zu einigen leeren Stühlen. Kyle schlenderte zu uns zurück, dann fiel ihm wieder ein, dass er ja hetero war, und er straffte mannhaft die Schultern und schritt energischer aus.

»Ich brauche was zu trinken«, schnaubte Richard. Er ging in Richtung Veranda davon, rief mir über die Schulter aber noch zu: »Wenn deine Anwältin lesen kann, Sadie, müsste sie doch langsam mal fertig sein.«

»Tja! Das ist doch gar nicht mal so schlecht gelaufen«, sagte Jasper vergnügt, sobald Richard außer Hörweite war.

»Was macht Des denn hier?«, fragte ich. »Er sollte doch bei seinem Bootsrennen sein oder seine Mutter besuchen oder sich in Seattle einrichten. Warum ist er dann hier?«

»Vielleicht hat er einen kurzen Zwischenstopp eingelegt, um Dody zum Geburtstag zu gratulieren«, schlug Fontaine vor. »Aber wahrscheinlicher ist, dass er sich mit dir aussöhnen möchte.«

Ich zitterte und hoffte wider jede Vernunft, dass mein Cousin vielleicht recht hatte.

Penny trat zu mir und neigte den Kopf in Richtung der Stühle bei der Tanzfläche. »Wer ist das da bei Dody?«

»Des«, seufzte ich.

»Der echte Des? Wow.«

»Hey, das nehme ich übel«, sagte Kyle.

Ich schlang ihm einen Arm um die Taille und drückte ihn an mich. »Du bist mindestens genauso *wow*, Kyle. Und heute bist du mein Held.«

Er umarmte mich. »Du bist ja auch meine erste Freundin. Ob nun echt oder falsch.«

Ich sah zu, wie sich Des und Dody wie alte Freunde miteinander unterhielten. Er lachte über irgendetwas, das sie gesagt hatte, und sie tätschelte sein Knie. Ich überlegte, ob ich sie vielleicht unterbrechen sollte, aber falls Dody da gerade etwas zu meinen Gunsten unternahm, war ich damit ehrlich gesagt ganz einverstanden. Paige und Jordan kamen angerannt und kletterten Des auf den Schoß, als wäre es das Natürlichste der Welt. Paige küsste ihn auf die Wange. Mir tat das Herz weh. Sie himmelten ihn an. Ihnen würde es auch wehtun, wenn er sich endgültig verabschiedete. Aber daran hätte ich wohl drei Monate früher denken sollen.

Ein vertrauter Klingelton erklang. Kyle zog mein Handy aus der Tasche und reichte es mir. Ich hatte ihn gebeten, es für mich einzustecken, da ich keine Taschen hatte und Jeanettes Anruf auf keinen Fall verpassen wollte.

Ich sah auf das Display. »Es ist Jeanette. Gott sei Dank.« Ich lief ein Stück den Strand hinunter, fort von der Musik.

»Hi, Jeanette.«

»Hi, Sadie. Ich wollte Sie nur wissen lassen, dass die Papiere in Ordnung sind. Ich habe eine Klausel eingefügt, in der steht, dass das Haus automatisch wieder in Ihren Besitz übergeht, wenn Sie Richard nicht innerhalb der nächsten neunzig Tage ausbezahlt. So kann er nicht einfach einziehen und nie zahlen. Außerdem gibt es jetzt einen zusätzlichen Paragrafen, in dem steht, dass Sie überall in Michigan leben können, ohne dass er es als Grund für einen Sorgerechtsstreit anführen kann.«

»Und was wäre, wenn ich nach Seattle ziehe?«

»Wie bitte?«

Ich schüttelte den Kopf. »War nur ein Scherz. Ich ziehe nach Bell Harbor und sonst nirgendwohin.«

»Gut. Aber Sie müssen den Vertrag trotzdem nicht unterschreiben, das wissen Sie hoffentlich. Sie könnten das Haus behalten. Richards Masche würde vor Gericht niemals ziehen.«

Ich könnte das Haus behalten. Ich könnte meine Sandalen, die Strandtücher und die Kinder einpacken und nach Glenville zurückgehen, zu meinem großen, teuren Haus in der noblen Nachbarschaft. Ich könnte in Restaurants mit gestärkten Stoffservietten und Parkservice essen, in Begleitung sogenannter Freunde, die seit Monaten den Kontakt zu mir abgebrochen hatten. Ich könnte morgens in Ruhe und Frieden meinen Kaffee trinken, ohne dass mir Dody oder Fontaine Lächerlichkeiten ins Ohr trällerten. Ich könnte wieder ein eigenes Badezimmer haben.

Nein, danke.

»Vielen Dank, Jeanette. Er kann das Haus ruhig haben. Ehrlich gesagt freue ich mich sehr darauf hierherzuziehen. Das wird Spaß machen.«

Ich legte auf und drückte das Handy gegen die Brust. Spaß, ja. Ein bisschen Spaß könnte ich jetzt wirklich gut gebrauchen.

Mittlerweile schienen alle auf der Tanzfläche zu sein. Meine Mutter tanzte mit Jeff, Penny mit Des, Fontaine mit Beth,

Jasper mit Paige und Kyle mit Anita Parker. Sogar Richard und Barbie tanzten.

Ich ging an ihnen vorbei ins Haus, wo die Papiere auf dem Esstisch lagen. Ich nahm einen Füller und schrieb wieder einmal meinen Namen auf eine gepunktete Linie.

Dann wartete ich auf ein Gefühl des Bedauerns. Ich wartete darauf, dass die Trauer mein Herz erfüllte, doch das tat sie nicht. Stattdessen überliefen mich Wellen der Erleichterung. Dieses Haus und Glenville waren meine Vergangenheit. Meine Zukunft war hier. Hier in Bell Harbor, wo die Sonne über dem See aufging und jeder Tag voller Möglichkeiten steckte.

Beschwingt lief ich die Verandatreppen hinunter und fand Fontaine und Kyle bei Penny und Jeff. Gerade kletterte Jasper auf die improvisierte Bühne und stellte sich vor der Band auf.

Als alle verstummt waren, sagte er: »Danke, dass ihr gekommen seid. Wir sind heute hier, weil wir eine unglaublich tolle Frau feiern wollen. Eine Frau, die einfach wundervoll ist.«

Leises Gelächter breitete sich aus.

»Meine Mutter hat so viele bewundernswerte Eigenschaften, dass ich sie unmöglich alle aufzählen kann – obwohl ihr das jetzt sicher gefallen würde. Ich möchte aber sagen, dass sie mir jeden Tag in unzähligen kleinen Dingen gezeigt hat, wie man ehrlich, zielgerichtet und vor allem mit einer ordentlichen Portion Abenteuermut lebt. Ich liebe dich, Mum. Alles Gute zum Geburtstag!«

Wir stampften, klatschten und sangen *Happy Birthday!*, während Jasper seiner Mutter auf die Bühne half. Sie betupfte sich die Augen mit dem Ärmel ihres Marie-Osmond-Kleides. Mein Blick fiel auf Des, der ein Stück abseits von mir stand. Er sah mich an und mir lief ein leiser Hoffnungsschauer den Rücken hinab. Dann bahnte er sich einen Weg zu mir. Wir tauschten ein zaghaftes Lächeln und wandten uns dann wieder der Bühne zu.

»Vielen Dank euch allen«, sagte Dody mit vor Rührung

bebender Stimme. »Es bedeutet mir so viel, dass ihr alle gekommen seid, besonders weil es so kurzfristig war. Ihr seht bezaubernd aus, einfach wundervoll, wirklich. Und ich möchte besonders meinen großartigen Söhnen Jasper und Fontaine danken, die so viel Arbeit in die Party gesteckt haben. Und meiner Nichte Sadie und auch unseren lieben Freunden Kyle, Beth und Des. Ich liebe euch alle. Ihr habt mir einen herrlichen Geburtstag bereitet! Und jetzt, um es mit den Worten der großartigen Eleanor Roosevelt zu sagen: Dann sollen sie doch Kuchen essen.«

Noch mehr Jubel und Applaus und Trampeln brandete auf, als ihr Jasper wieder von der Bühne herunterhalf.

Dann hob er die Hand, um uns zum Schweigen zu bringen. »Beth, würdest du mal kurz zu mir heraufkommen? Wenn alle noch eine Minute mit dem Kuchen warten können, möchte ich noch etwas sagen.«

Mit leuchtend roten Wangen trat Beth zu ihm und wirkte ein wenig verwirrt.

Er nahm ihre Hand. »Die meisten von euch kennen meine Freundin Beth ja schon. Für alle anderen, das hier ist Beth.« Sie wurde noch röter. »Seit einem Jahr sind wir jetzt zusammen. Sie ist meine beste Freundin, meine Komplizin und die Liebe meines Lebens. Ich möchte nicht einen einzigen Tag ohne sie sein.« Er ging auf ein Knie und zog ein kleines Samtkästchen hervor. »Beth, ich liebe dich. Willst du mich heiraten?«

Sie riss die Augen auf und drückte die Hände an die Wangen.

Überraschtes Schweigen senkte sich über die Menge, man hätte eine Stecknadel fallen hören können, sogar im Sand.

»Heiliger Strohsack!«, japste mir Fontaine ins Ohr. »Ich hatte keine Ahnung, dass er das vorhatte. Du vielleicht?«

Ich schüttelte den Kopf, wandte aber den Blick nicht eine Sekunde von der Bühne.

Beths Antwort war nur ein unverständliches Quietschen,

aber sie nickte dabei heftig mit dem Kopf, und Jasper sprang auf, um sie zu umarmen. Jubel und Pfiffe erschollen und Dody hopste wie ein Känguru auf die Bühne, um sie beide zu küssen.

»Ist das nicht süß?« Richards Stimme hinter mir troff vor Sarkasmus.

»Sie sind viel zu jung. Das wird niemals halten«, bekräftigte meine Mutter.

Ich hatte bisher nicht einmal bemerkt, dass sie hinter mir standen. Überraschenderweise fühlte ich mich so gut, dass mich der Klang ihrer Stimmen kaum zusammenzucken ließ. Ich wandte mich zu ihnen um. »Es ist wirklich süß, Richard. Und es wird halten, Mutter, weil sie sich lieben. Ehrlich, was ist los mit euch beiden? Ich habe genug von eurer Schwarzmalerei, warum versprüht ihr eure negativen Gedanken nicht irgendwo anders? Und Richard, das Haus gehört dir. Ich habe die Papiere unterschrieben. Ich ziehe nach Bell Harbor. Also nimm Bambi und mach, dass du Land gewinnst, da drüben geht's raus.«

Meine Mutter zog die Brauen zusammen und straffte die Schultern. Dann deutete sie auf Kyle. »Wegen ihm, Sadie? Du entwurzelst deine Kinder und ziehst hierher, nur wegen eines Mannes, den du kaum kennst?«

Mein Lächeln war aufrichtig. »Nein, Mutter, ich ziehe meinetwegen nach Bell Harbor, weil die Kinder und ich uns hier wohlfühlen und weil es uns guttun wird.« Ich tätschelte Kyles Arm. »Und das hier ist übrigens gar nicht mein Freund. Eher mein Boss. Auch wenn er einen wirklich fantastischen Freund abgeben würde. Für Fontaine.«

Kyle wurde rot und warf meinem Cousin einen verstohlenen Blick zu.

Ihre Augen verengten sich zu Schlitzen. »Soll das ein Scherz sein?«

»Nein, Mutter«, sagte ich und es klang kein bisschen reuevoll. Denn es tat mir nicht leid. »Wir haben uns einen kleinen Scherz mit Richard erlaubt und du bist da irgendwie mit hineingerutscht.«

»Was?«, bellte Richard.

Ich zuckte mit den Schultern. »Jep. tschuldigung.«

Fontaine, Kyle, Penny und Des scharrten sich schützend um mich.

Röte schoss meiner Mutter in die Wangen. »Sadie Turner, das ist mit Abstand das Lächerlichste, das ich jemals gehört habe! So ein dummer Scherz. Schäm dich. Du … du benimmst dich ja schon genauso lachhaft wie Dody!«

Ich lächelte. »Ja, vermutlich schon. Und das ist das netteste Kompliment, das du mir jemals gemacht hast.«

Meine Mutter schnaubte vor Wut wie Miss Piggy mit PMS und stürmte davon.

Richard sah mich noch immer böse an. Er ruckte mit dem Daumen in Richtung Kyle. »Das da ist also nicht Dezzzzz?«

Ich grinste und lehnte mich gegen den echten Des. »Nein. Das hier ist er.«

Des legte den Arm um meine Taille und mein Herz schwoll an vor Glück.

Richard funkelte mich an. »Was soll der Scheiß, Sadie? Du schuldest mir eine Erklärung.«

Jetzt lachte ich frei heraus. »Nein, Richard. Ich schulde dir überhaupt nichts. Und jetzt, bitte, nimm Bambi und verschwinde hier, bevor ich deine kostbaren Papiere wieder zerreiße.«

»Sie heißt Bar… ach, zum Teufel.« Er wandte sich um und stampfte davon.

Wir sahen zu, wie meine Mutter und Richard in der Menge verschwanden.

»Wow, Sade. Das war fantastisch!«, rief Penny lachend. »Du hast sie beide abserviert. Gut gemacht.«

Fontaine sah mich so voller Stolz an wie Eltern ihr Kind

während der ersten Schritte. Ich glaube, in seinen Augenwinkeln glänzten sogar Tränen.

Des drückte mich ein wenig an sich und ein warmes Gefühl breitete sich in mir aus. Ich wusste noch immer nicht, was das alles zu bedeuten hatte, aber ich war froh, dass er hier war. Egal, wie lange.

Die Band begann wieder zu spielen und ein langsames, romantisches Lied erklang.

Ich zog Des an der Hand. »Tanzt du mit mir?«

Er lächelte. »Darin bin ich ziemlich gut, weißt du.«

»Ich auch.«

Mich in seinen Armen zu wiegen, fühlte sich an wie Weihnachten. Wir hatten vieles zu besprechen, aber nicht jetzt. Ich wollte diesen Augenblick genießen, ohne mir Gedanken darüber zu machen, was er bedeutete. Und was nicht. Für die nächsten paar Minuten gehörte Des mir und das war genug.

Nach dem ersten Song tanzten wir weiter, wiegten uns Wange an Wange.

Dody warf mir einen Blick zu und zeigte mir zwei erhobene Daumen. Ich kicherte und fühlte mich gewertschätzt und mädchenhaft.

»Was ist denn so lustig?«, fragte Des.

»Dody freut sich, dass du da bist.«

Wir wiegten uns langsamer und er sah mir in die Augen.

»Und was ist mir dir? Freust du dich auch, dass ich hier bin?«

»Ich freue mich, dass du zur Party gekommen bist. Aber ich frage mich auch, wann du wohl wieder verschwinden wirst. Es war ziemlich mies von dir, einfach so ohne ein Wort aus der Stadt zu verschwinden. Ich glaube, ich verdiene ein anständiges Lebewohl, meinst du nicht?«

»Nein.«

Ich blieb stehen. Mein Herz stolperte über dieses eine Wort. Es stimmte nicht. Ich verdiente sehr wohl ein anständiges

Lebewohl. Ich verdiente Respekt. Wenigstens den Respekt, den man einem Freund entgegenbrachte.

Sein Gesicht entspannte sich und er lächelte. Dann zog er mich von der Tanzfläche und ein Stück fort von der Menge, bis wir im Sand unter dem Mond standen.

»Sadie, ich möchte nicht Lebewohl sagen.«

»Tja, schön für dich, aber ich könnte einen kleinen Abschluss ganz gut brauchen.«

Lachend schüttelte er den Kopf. »Nein. Ich meine, ich habe den Job in Seattle nicht angenommen.«

Moment.

Was?

»Hast du nicht? Warum nicht?«

Er zog mich an sich. »Was glaubst du denn?«

Ich zermarterte mir das Hirn nach einer logischen Antwort. Weil ihm sein Bewährungshelfer verboten hatte, den Staat zu verlassen? Weil man ihn zum Militär gerufen hatte? Weil ihn seine argentinische Supermodelfreundin mit nach Bora Bora nahm? Sosehr ich es auch versuchte, mir fiel nur ein einziger guter Grund ein. Weil er verrückt nach mir war und nicht fortwollte.

Aber nur um ganz sicherzugehen, fragte ich: »Warum sagst du es mir nicht einfach?«

Er seufzte und strich mir das windzerzauste Haar aus der Stirn. »Ich habe gerade fünf Tage meines Lebens mit einer Gruppe Männer eingepfercht auf einem Segelboot vergeudet. Die ersten paar Stunden haben wir damit verbracht, uns gegen die Brust zu schlagen und darüber zu reden, was wir doch für tolle Kerle sind, allein draußen auf dem offenen Wasser. Aber ehrlich, Sadie, schon am zweiten Tag haben alle nur noch von ihren Frauen und Kindern gesprochen. Da habe ich begriffen, was ich hier in Bell Harbor habe.«

Das war jetzt irgendwie kaum die Liebeserklärung, auf die ich spekuliert hatte. »Mit anderen Worten, du hast dich da draußen auf See einsam gefühlt und willst jetzt ein bisschen Gesellschaft?«

Er amüsierte sich sichtlich über meine Unzufriedenheit. »Nein, Sadie. Nicht nur einfach Gesellschaft. Deine Gesellschaft. Ich will dich. Ich möchte mir hier mit dir mein Leben aufbauen.« Er drückte meine Hände und ein ganzer Schwarm Schmetterlinge erhob sich in meinem Bauch.

»Es tut mir leid, dass ich einfach gegangen bin, ohne dir Bescheid zu sagen«, erklärte er. »Ich glaube, ich habe ein bisschen Panik bekommen. Ich bin nicht besonders stolz darauf, aber es ist eben lange her, dass ich jemanden gebraucht habe. Jetzt brauche ich dich und das hat mich ... erschreckt. Das dürfte dir bekannt vorkommen, oder?«

Er zog mich auf, aber ich kümmerte mich gar nicht darum.

»Ja, mit Erschreckung kenne ich mich aus.«

Er lächelte. »Du weißt schon, dass Erschreckung eigentlich kein Wort ist, oder?«

»In meiner Welt schon.«

»Okay. Tja, ich mag deine Welt.« Er zog mich noch ein wenig näher zu sich. »Ich mag die Dinge darin. Und die Menschen darin mag ich auch.« Er sah mich an und schien in meinem Gesicht nach einer Antwort zu suchen. »Gott, Sadie. Ich habe dich vermisst. Ich habe dich wahnsinnig vermisst.«

Ich sog den Geruch des Wassers und des allmählich kühler werdenden Sandes ein, dieser Duft hatte immer glückliche Erinnerungen in mir geweckt. Und hier entstand gerade eine brandneue glückliche Erinnerung.

»Ich habe dich auch ein bisschen vermisst«, gab ich zu.

»Nur ein bisschen?«

»Hm, vielleicht auch sehr. Ich weiß nicht mehr. Ich war ziemlich beschäftigt mit den Partyvorbereitungen.«

Er lachte und zog mich in seine wunderbaren Arme. Ich lächelte zu ihm und den Sternen hinauf und endlich trafen sich unsere Lippen zu einem herrlichen, dringend notwendigen Kuss. Und dann zu noch einem. Und noch einem. Es war ein vollkommener Augenblick, als läge ich an einem weißen Sandstrand nahe der türkisfarbenen karibischen See, mit einer Piña Colada auf der einen und Des auf der anderen Seite.

Mein Herz machte ping, ping, glitzer-funkel, schimmer-flimmer, seufz …

***

Die Party ebbte allmählich ab, bis schließlich nur noch ein paar von uns da waren. Wir versammelten uns am Wasser, setzten uns auf ausgebreitete Decken und lauschten den Wellen. Penny und Jeff kuschelten sich aneinander, zwischen ihnen schlief Jordan. Dody saß neben Harry, eine flaumige neue Spange im Haar, die er ihr zum Geburtstag geschenkt hatte. Sie stammte von einer Non-Profit-Umweltorganisation und war aus Gänsefedern gefertigt. Auch Jasper und Beth waren da. Immer wieder streckte sie die linke Hand aus und betrachtete ihren Verlobungsring, der im Mondlicht funkelte.

Des und ich hatten es uns daneben bequem gemacht. Wir lehnten uns aneinander. Paige hatte sich müde bei uns zusammengerollt und den Kopf auf mein Bein gelegt.

Fontaine brachte ein Tablett mit Getränken und reichte sie herum. Dann ließ er sich neben Kyle fallen. »Sadie sagt, du gibst einen ziemlich stürmischen Verehrer ab«, hörte ich ihn leise sagen.

Kyle lächelte. »Ja, aber sie hat mich trotzdem abserviert. Ich bin also wieder zu haben«, murmelte er zurück.

Fontaine schüttelte den Kopf. »Nicht wenn ich da ein Wörtchen mitzureden habe.«

Sie stießen miteinander an und tranken. Liebe war vielleicht unvernünftig, aber auch ziemlich hartnäckig.

Dody seufzte glücklich. »Ich möchte euch noch einmal

danken, ihr Lieben. Ich glaube, nicht einmal die Party beim Tadsch Mahal war prächtiger. Was für ein wundervoller Abend. Jasper, du romantischer Fuchs, ich hatte ja keine Ahnung, was du vorhattest, und normalerweise bin ich bei solchen Dingen ziemlich scharfsinnig. Beth, wusstest du, das er das tun würde?«

Beth wischte sich über die Augen. »Nein. Aber ich bin froh, dass er es getan hat.«

Jasper beugte sich zu ihr und küsste sie auf die Wange, während sie wieder einmal ihren Ring betrachtete. Er hatte den bekommen, den er von Anfang an gewollt hatte. Sie würden glücklich sein. Ich konnte es sehen. Und wie schön, dass Richards Geschenk, das für mich allen Glanz verloren hatte, recycelt und so Teil einer neuen Zukunft hatte werden können.

»Ich wusste doch, dass auf Madame Margaret Verlass ist«, fügte Dody an. »Sie hat gesagt, dass dieser Abend einfach unvergleichlich werden würde.«

»Madame Margaret? Ist das nicht die Hellseherin, bei der du warst?«, fragte mich Des.

Ich nickte. »Dody hat mich dazu gezwungen.«

Er lachte leise. »Dody kann sehr überzeugend sein. Und was hat sie dir so erzählt?«

Ich schlang den Arm um seine Taille und schmiegte mich an ihn. »Sie hat gesagt, ich würde einen großen, dunklen, gut aussehenden Arzt treffen und hätte eine einfach großartige Zukunft vor mir.«

»Hat sie das wirklich gesagt?«

»Vielleicht habe ich es ein bisschen frei interpretiert.«

Er lächelte mich an und im Mondschein zeigten sich seine Grübchen.

Ich lächelte zurück und mir wurde bewusst, dass mein Leben voller wundersamer Möglichkeiten steckte.

Es war Nacht und hoch am Himmel schien der Mond, aber tief in mir strahlte die Sonne.

Danksagung

Ich wünschte, ich könnte all jenen wohlmeinenden Menschen, denen ich auf meinem Weg begegnet bin, einzeln danken. Doch der Kürze wegen habe ich die Liste auf ein paar ganz besondere Personen reduziert, die mir dabei geholfen haben, diesen Traum in Erfüllung gehen zu lassen.

Zuerst und vor allem möchte ich meinem Mann und unseren Kindern danken, dafür, dass sie mich auf so vielfältige Weise unterstützt haben. Sie haben sich mit mir über jeden noch so kleinen Triumph gefreut, mir Waffeln getoastet und mir (noch mehr) Kaffee gebracht. Ihr gebt allem erst eine Bedeutung.

Vielen Dank an meine Schwestern für die nie versiegenden Ermutigungen, mit denen ihr mich überhäuft habt, obwohl wir uns sonst nicht einmal darüber einig werden, wie man einen Schneemann baut. Danke an Jim und Joan für eure grenzenlose Unterstützung und Großzügigkeit.

Danke auch an meine *Three Cheeka Honey Badgers*, Kimberly Kincaid, Alyssa Alexander und Jennifer McQuiston. Ihr seid das Sahnehäubchen auf dem Eisbecher meines Lebens.

An Meredith, deren feuriges Lob des Manuskripts für mein erstes Buch folgendermaßen lautete: »Hey, das ist echt kein bisschen scheiße.« Und an Kris, die eigentlich keine Bücher mag, aber versprochen hat, sie würde es lesen, wenn ich einmal eines schreibe. Ihr beide wart mir fast mein ganzes bisheriges Leben lang teure Freunde und ihr werdet es immer bleiben. Danke für jedes Lachen.

An Jane, die bisher jedes Wort jedes Manuskripts mit gezücktem Rotstift gelesen hat. Danke für die vielen Stunden, in denen wir über die Vorzüge von Desmonds blödem wunderschönen Haar diskutiert haben.

An Jenny für ihren fantastischen professionellen Rat: »Ich weiß ja, dass du auf dieses *Vom Winde verweht*-Zeug stehst, aber du solltest trotzdem etwas Lustiges schreiben.«

An Hillary, Peggy, Heather, Scott, Sue, Jeff, Samhita, Kim, Dave, Marti, Ted, Mary Beth, Ashlyn, Andrea und Tracy. Vielen Dank für eure ermutigenden Worte immer genau zur richtigen Zeit.

An Marc Graham, Sharon Kendrew und Jeanette Schneider Vollstedt, auch bekannt als der Kilt-Typ, Boston, und Miss J. Ihr habt meine Flugbahn verändert und dafür werde ich euch immer dankbar sein. Wir sehen uns @ *Arno s*. Das geht auf mich.

An Dr. Gil Padula, danke für Ihr medizinisches Wissen, das Sie so großzügig mit mir geteilt haben, damit ein klitzekleines bisschen in diese Geschichte einfließen konnte. Ihr großherziges Wesen hat mich tief beeindruckt.

An meine wunderbaren Freunde bei Romance Writers of America, Mid-Michigan Chapter, Starcatchers, Firebirds, Dashing Duchesses und an all die großartigen Autoren, die mir ihr Wissen und ihre Unterstützung angeboten haben (Kristan Higgins und Delilah Marvelle, euch meine ich), danke, danke, danke.

An meine Agentin Nalini Akolekar, die immer an dieses Buch geglaubt hat. Ich bin ihr grenzenlos dankbar.

Und schließlich und endlich an meine fantastische und unermüdliche Lektorin Kelli Martin bei Montlake Publishing. Das volle Ausmaß meiner Dankbarkeit werde ich lieber privat über ihr ausschütten, um mich nicht öffentlich zu blamieren. Hier soll nur gesagt sein, dass es eine Ehre und eine Freude ist, mit ihr zu arbeiten.

13940210R00211

Printed in Poland
by Amazon Fulfillment
Poland Sp. z o.o., Wrocław